A SONG OF ICE AND FIRE
IV: A FEAST FOR CROWS

冰与火之歌 11

卷四 群鸦的盛宴 [中]

[美]乔治 R. R. 马丁 著

屈畅 胡绍晏 译

重庆出版集团 重庆出版社

图书在版编目（CIP）数据

冰与火之歌．群鸦的盛宴．11 /（美）马丁（Martin,G.R.R.）著；屈畅，胡绍晏译．—重庆：重庆出版社，2012.9
ISBN 978-7-229-05680-3
Ⅰ．①冰… Ⅱ．①马… ②屈… ③胡… Ⅲ．①长篇小说－美国－现代
Ⅳ．①I712.45
中国版本图书馆CIP数据核字(2012)第205413号

冰与火之歌 11
【卷四】群鸦的盛宴（中）
【美】乔治 R.R.马丁 著 屈 畅 胡绍晏 译

出版人：罗小卫
责任编辑：傅南寝 邹 禾 唐弋淄
插图：曹 珂
装帧设计：谢颖设计工作室
封面图案设计：罗 烜
责任校对：李小君

重庆出版集团
重庆出版社 出版

重庆市南岸区南滨路162号1幢 邮政编码：400061 Http://www.cqph.com
重庆出版集团艺术设计有限公司 制版
自贡兴华印务有限公司 印刷
重庆出版集团图书发行有限责任公司 发行
E-mail:fxchu@cqph.com 邮购电话：023－61520646
全国新华书店经销

开本：880mm×1230mm 1/32 印张：9.625 字数：216千
2012年9月第1版 2015年3月第4次印刷
ISBN：978-7-229-05680-3
定价：29.80元

如有印装问题，请向本集团图书发行有限公司调换：023-61520678

铁船长

北风吹拂，无敌铁种号绕过陆岬，驶入圣地娜伽摇篮湾。

维克塔利昂来到站在船头的“理发师”纽特身边。前方隐约可见老威克岛的神圣海岸，上方是荒草遍布的山岭，娜伽的肋骨从地底冒出，仿佛巨大的白色树干，粗细和高度都是大帆船桅杆的两倍。

*灰海王大厅的骨骼。*维克塔利昂能感受到此处的魔力。“巴隆第一次自立为王时，就站在这些骨头底下，”他边回忆边说，“他发誓为我们赢回自由，‘三淹人’塔勒便将一顶浮木王冠戴到他头上。‘*巴隆！*’铁民们高喊，‘*巴隆！巴隆国王！*’”

“他们呼喊你的名字时也会一样响亮。”纽特评论。

维克塔利昂点点头，但没“理发师”那么肯定。*毕竟，巴隆有过三个儿子，还有一个非常宠爱的女儿。*

他在卡林湾对属下的船长们这么说过，他们都敦促他尽早下手夺取海石之位。“巴隆的儿子死光了，”红拉弗•斯通浩斯争辩，“而阿莎是女人。你是你兄长的得力助手，必须由你捡起他的剑。”维克塔利昂提醒他们，巴隆明令他扼守卡林湾，抵御北方人的反扑。拉弗•肯宁说，“狼仔们经受了数次重创，已不足为患，大人。而您若枯守着这片沼泽，听任铁群岛落入别人手中，有什么意义呢？”“跛子”拉弗补充道，“鸦眼是外人，他不了解我们。”

*攸伦•葛雷乔伊，铁群岛之王和北境之王。*只需想想，便能唤醒他心中旧日的怒火，但是……

“言语就像风，”维克塔利昂告诉他们，“鼓动船帆的才有用。你们要我跟鸦眼开战？兄弟对兄弟，铁种对铁种？”无论他俩之间有多少嫌怨，攸伦毕竟是他的兄长。*弑亲者将遭到永世诅咒。*

但湿发发出选王会的号召之后，一切就不同了。*伊伦是淹神的代言人*，维克塔利昂提醒自己，*假如淹神要我坐上海石之位*……消息传来的第二天，他便将卡林湾的指挥权交给拉弗•肯宁，自己忙不迭地前往热浪河，铁舰队就停泊在河边的芦苇和杨柳丛中。波涛汹涌的大海和变幻无常的风浪拖延了他回师的速度，但回到家乡时，他只损失了一艘船。

悲伤号和复仇铁种号紧跟着无敌铁种号绕过陆岬，后面是强手号、铁风号、灰灵号、科伦大王号、维肯大王号、达衮大王号等等，这些大船占了铁舰队的十分之一，其他较小的船只趁着晚潮航行，排成参差不齐的一列纵队，向后延伸出好几里格。望着那些船帆，维克塔利昂•葛雷乔伊意气风发。舰队司令爱他的舰队更甚于男人爱老婆。

已抵达的长船沿老威克岛的神圣海滩一字排开，延伸至目力极限，桅杆如长矛林立。深水处停靠着战利品：平底货船，宽身帆船，大帆船……都是从劫掠或战斗中赢来的，它们吃水深体积大，无法靠近岸边。各船船头、船尾和桅杆上飘荡着熟悉的旗帜。

“理发师”纽特眯起眼睛，“那是哈尔洛大人的海歌号？”“理发师”体格粗壮，罗圈腿，长胳膊，但他的眼神不如年轻时那么锐利了。当年他的飞斧非常精准，人们说他可以用斧子给人刮胡子。

“是海歌号。”看来，就连“读书人”罗德利克也离开了他的书本，前来凑热闹了。“还有老卓鼓的怒吼者号和布莱克泰斯的夜行者号。”维克塔利昂的眼睛一如既往的尖锐——他是铁岛舰队总司令，即便对方收起船帆，耷拉着旗帜，他也统统认得出来。“还有‘银鳍号’，现下属于沙汶•波特利的某位亲戚。”维克塔利昂听说鸦眼淹死了波特利头领，而他的继承人死在卡林湾，但他还有兄弟和别的儿子。有多少？四个？不，五个，而他们中没人有理由喜欢鸦眼。

然后他看到了那艘单桅战舰，暗红色船身细长低矮，船帆漆黑犹如无星的夜空，此刻已然收卷起来。即使停泊中，宁静号仍旧显得无情、残忍而迅捷。船头是一尊黑铁少女像，单臂向外伸展。她腰身细窄，胸脯高傲地挺起，大腿修长匀称，浓密的黑铁长发在脑后飘荡。她的眼睛由珍珠母制成，可她没有嘴巴。

维克塔利昂双手紧握成拳——他曾用这双手揍死四个男人和一个老婆。尽管星星点点的白发已从他头上冒出来，但他一如既往的强壮，拥有公牛般宽阔的胸膛和年轻人的平肚子。弑亲者将遭到神灵和凡人的永世诅咒，巴隆赶走鸦眼那天提醒过他。

“他来了，”维克塔利昂告诉“理发师”，“收帆，划桨。传令下去，悲伤号和复仇铁种号出列，隔断宁静号出海的通道。其余舰队封锁海湾。没有我的允许，不管人还是乌鸦都不准离开。”

岸上的人看见了他们的帆，朋友亲人们隔着水面互相吆喝打招呼，但宁静号甲板上形形色色的哑巴和混血杂种一言不发。无敌铁种号渐渐靠近，他不仅目睹了皮肤暗如沥青的黑人，还有矮小多毛、仿佛索斯罗斯猿猴般的家伙。一群怪物，维克塔利昂心想。

他们在距离宁静号二十码处抛锚。“放条小船。我要上岸。”桨手们准备的同时，他扣上剑带；长剑悬在一侧腰间，另一边是一把匕首。“理发师”纽特系紧司令官肩头的披风，它由九层金丝织就，缝成葛雷乔伊家族的海怪形状，海怪之臂悬垂至靴。披风下面，他穿着沉重的灰锁甲，内衬黑色熟皮甲。在卡林湾，他不得不日夜穿戴盔甲，腰酸背痛总比肠穿肚烂好。沼泽深处住的是魔鬼，只要被他们的毒箭擦破一点皮，几小时之后，就会在号叫中送命，伴随着两腿间止不住的一团团红色与褐色的排泄物。不管谁赢得海石之位，我都要回去解决那些沼泽魔鬼。

维克塔利昂戴上一顶高耸的黑色战盔，铁盔打制成海怪形状，海怪之臂环绕脸颊，在下巴底下相连。小船准备好了。“我把箱子交给你保管，”他一边吩咐纽特一边跨过船沿，“不得有误。”这些箱子事关重大。

“遵命，陛下。”

对此，维克塔利昂不快地皱起眉头。“我还不是国王。”他爬进小船。

伊伦·湿发站在波浪中等他，水袋悬在一条胳膊底下。牧师又瘦又高，但比维克塔利昂要矮一些，他的鼻子仿佛鲨鱼的鳍，从瘦骨嶙峋的脸上冒出来，他的眼睛犹如钢铁，胡须垂至腰间，一束束绳索般的长发随风拍打着大腿背后。“哥哥，”冰冷的白色浪花冲击着他们的脚踝，“逝者不死。”

“必将再起，其势更烈。”维克塔利昂摘掉头盔，跪了下来。海水灌满他的靴子，浸透他的长裤，伊伦将盐水倒在他额头上。他们继续祷告。

完毕之后，司令官问湿发伊伦，“我们的哥哥鸦眼何在？”

“他住在巨大的金丝帐篷内，里面嘈杂喧闹。他身边尽是些不敬神的人和蛮夷番邦的怪物，比以前更糟糕。我们父亲的血在他体内变了质。”

“还有我们母亲的血。”站在娜伽的肋骨和灰海王大厅底下的这片圣地，维克塔利昂不愿提及弑亲的话题，但许多个夜晚，他都梦见自己用铁拳砸向攸伦微笑的脸，砸烂皮肉，令对方变质的鲜血喷涌而出。不行。我向巴隆立过誓。“都来了？”他问牧师弟弟。

“有地位的人都来了。所有的船长和头领。”在铁群岛，船长与头领是一回事，每个船长都必须是自己船上的国王，而每一个头领都必须是船长。“你是来继承兄长的王冠的吗？”

维克塔利昂想象自己坐在海石之位上的模样，“假如那是淹神的意旨的话。”

“浪涛会传达淹神的意旨，”湿发伊伦背转身去，“仔细倾听大海的声音，哥哥。”

“是。”他想象自己的名字经由海浪轻声道出是什么样，由船长们喊出又是什么样。如果杯子传到我手里，我不会推辞。

人群在他四周聚集，祝他好运，企图博取好感。每座岛上的人都来了：布莱克泰斯、陶尼、奥克伍、斯通垂、温奇，还有其他许多家族。老威克岛的古柏勒、大威克岛的古柏勒和橡岛的古柏勒齐聚一堂。连考德家的人也在，尽管每个体面人都鄙视他们。次等的谢牧德家族、维纺家族或奈特立家族的人跟古老骄傲的世家成员肩并肩挤在一起，人群中甚至有最卑微的汉博利家族，他们是仆役与盐妾的后代。某位沃马克家的人拍拍他肩膀，两个斯帕家的人则将一袋酒塞入他手中。他深深啜饮，擦了擦嘴，让人们簇拥着他来到篝火边，谈论战争、王冠和战利品，谈论在他统治之下的荣耀与自由。

当晚，铁舰队的人们在潮线上用帆布搭起一座大帐篷，好让维克塔利昂用烤乳羊、腌鳕鱼和龙虾宴请数十位著名的船长。伊伦也来了，但他吃鱼喝水，而船长们大口灌下的麦酒似乎足以让铁舰队漂浮起来。许多人一口答应支持他：“强健的”弗拉莱格，“聪明的”艾文·夏普，“驼背”何索·哈尔洛——但何索提出把女儿嫁给他当王后。“我无幸娶妻。”维克塔利昂告诉他。他的原配死在产床上，留下一个死产的女儿，续弦妻染上麻疹，而第三任……

“国王必须有子嗣，”何索坚持，“鸦眼就带来了三个儿子，准备在选王会上展示。”

“混血狗杂种而已。你女儿究竟多大？”

“十二岁，”何索说，“美丽丰饶，刚刚初潮，头发是蜂蜜的颜色。她的胸脯现在还小，但臀部很好。她更像她母亲，不像我。”

维克塔利昂明白他的意思是指那女孩并非驼背。然而当他想象她的模样，看见的却是被自己亲手杀死的妻子。他一拳一拳地打她，自己却一直在哭泣，事后他抱她走下海滩，放到岩石之间，将她交付给螃蟹。“加冕后，我很乐意见见那女孩，”他说。何索最多也只敢期望这样的回答，于是心满意足地蹒跚着走开了。

贝勒·布莱克泰斯更难满足。他坐在维克塔利昂身边，身穿羔羊毛黑绿皮纹外套，光滑的脸颊显出几分俊俏，黑貂皮披风上别了一颗银制七芒星。由于在旧镇当过八年人质，他回来时成了青绿之地七神的信徒。“巴隆是个疯子，伊伦也是，而攸伦比他们两个更疯狂，”贝勒头领评论，“你呢，司令大人？如果我喊出你的名字，你会不会终止这场疯狂的战争？”

维克塔利昂皱起眉头。“你要我屈膝下跪？”

“假如有必要的话。听着，我们无法对抗全维斯特洛——劳勃国王已经证明了这点——那将是一场灾难。巴隆说愿意为自由‘付铁钱’，但结果呢？结果我们的女人用空床换来巴隆的王冠。我母亲就是受害者之一，面对现实吧，古道已经消逝，不会再回来了。”

“逝者不死，必将再起，其势更烈。百年之后，人们将歌颂‘勇者’巴隆。”

“最好叫他‘寡妇制造者’。我宁愿用他的自由换回我的父亲。你能给我吗？”见维克塔利昂不答，布莱克泰斯哼了一声，自行离开了。

帐篷里的温度逐渐升高，烟雾腾腾。葛欧得·古柏勒的两个儿子打架时撞翻了一张桌子；威尔·汉博利赌输了，只好吃自己的靴子；小伦伍德·陶尼拉起提琴，而罗姆尼·维纺唱着《血杯》、《铁雨》等古代掠夺者们的歌谣；“少女”科尔和艾德里德·考德耍手指舞，当艾德里德的一根手指落进“跛子”拉弗的酒杯时，人群爆发出一阵哄笑。

笑声中有个女人。维克塔利昂霍地起身，看到她在帐篷的布帘边，正凑在“处女”科尔耳边低语，科尔也跟着大笑起来。他原本希望她不要愚蠢地闯进他的大帐，然而见到她仍旧不自禁地露出几丝微笑。“阿莎，”他以威严的口吻喊道。“侄女。”

她应声走到他身边，精瘦柔韧的身材，脚踏浸透盐渍的高筒皮靴，身穿绿羊毛马裤，褐色加垫上衣，无袖紧身背心的索带松开一半。“阿叔，”阿莎·葛雷乔伊在女人中算是高个子，但她得踮起脚尖才能吻到他的脸颊，“很高兴在我的女王会上看到你。”

“女王会？”维克塔利昂哈哈大笑，“你喝醉了吗，侄女？坐下。我在海滩上没看到你的黑风号。”

“我将她停在纽恩·古柏勒的城堡下面，然后骑马横穿这座岛。”她坐到板凳上，问也没问便径自拿过“理发师”纽特的酒。纽特没有抗议，他早已喝醉睡着了。“你留谁镇守卡林湾？”

“拉弗·肯宁。少狼主死了之后，只剩下沼泽魔鬼骚扰我们。”

“史塔克家并非唯一的北方佬。铁王座已任命恐怖堡领主为北境守护。”

“你要教我打仗？你吃奶的时候我就已经上战场了。”

“而且打输了。”阿莎喝下一口酒。

维克塔利昂不喜欢别人提起仙女岛的事，“每个人年轻时都应该吃一次败仗，以免老了以后再失败。我希望，你不是来争夺王位的吧？”

她以微笑揶揄他，“假如我是呢？”

“很多人记得你小时候光着身子在海中游泳，记得你玩布娃娃。”

"我也玩斧头。"

"没错。"他不得不承认，"但女人的归宿是丈夫，不是王冠。等我当上国王，会给你找一个。"

"阿叔对我真好。等我成为女王，要不要给你找个漂亮老婆？"

"我无幸娶妻。你返回群岛多长时间了？"

"相当长，足以发现湿发叔叔唤醒的比他最初设想的多得多。知道吗？卓鼓家族企图夺取王位，还有人听说'三淹人'塔勒支持马伦•沃马克，因为他是黑心王的后嗣。"

"瞎掰，国王必须在海怪家族中产生。"

"鸦眼正属于海怪家族，而长兄优先于幼弟。"阿莎俯身靠近。"但我是巴隆国王的亲生骨肉，因此排在你们俩之前。听我说，阿叔……"

沉默突然降临。歌声消失了，小伦伍德•陶尼放下提琴，人们纷纷转过头去。甚至匕首和盘子相碰的嗒嗒声也平息下来。

十几个新来的人走进宴会帐篷。维克塔利昂看到"长脸"琼恩•密瑞、"褐牙"托沃德、"左手"卢卡斯•考德、吉蒙德•波特利双臂环抱在镀金胸甲前——那是巴隆第一次起兵期间，他从一个兰尼斯特船长身上扒下来的——橡岛的奥克伍站在他身旁。后面是"石手"、科伦•汉博利、火红的头发编成一根根辫子的"红桨手"、"牧羊人"拉弗、君王港的拉弗，以及"奴仆"科尔。

还有鸦眼，攸伦•葛雷乔伊。

*他看上去一点没变，*维克塔利昂心想，*他看上去跟嘲笑我之后离开那天一模一样。*攸伦在科伦大王几个儿子中最为英俊，三年的流放生活并没改变这点。他的头发仍如午夜汪洋般漆黑，没有一根白丝，他的脸依然平整白皙，留着整洁的黑胡子。一片黑皮革遮住攸伦的左眼，但他的右眼像盛夏的天空一样湛蓝。

他那只微笑的眼睛，维克塔利昂心想。“鸦眼。”他招呼。

“是鸦眼国王，弟弟。”攸伦微笑道。他的嘴唇在灯光下又黑又蓝，好似瘀青。

“选王会才能决定谁是国王，”湿发站起来，“而不敬神的人将永不能——”

“——坐上海石之位。说得好。”攸伦环视帐内。“巧的是最近我天天坐在海石之位上，却没人提出异议。”他那只微笑的眼睛烁烁闪光。“瞧，有谁比我更了解神灵呢？马神，火神，镶宝石眼睛的黄金神，雪松木雕的神，刻在山岩上的神，没有形体的神……我通通知道。我见到人们向他们献花，以他们的名义宰杀山羊、公牛和儿童。我听到人们用几十种不同的语言祈祷：治愈我萎缩的腿，让那位少女爱上我，给我一个健康的儿子……保护我！保护我免遭敌人的伤害，保护我免受黑暗的侵袭，保护我，在马王、雇佣兵、奴隶贩子和我肚子里的螃蟹面前保护我！保护我免受宁静号的掠夺。”他狂笑不止。“不敬神？天哪，伊伦，我是世上最最敬神的水手！你侍奉的只是一个神，湿发，但我侍奉着成千上万个神。从伊班到亚夏，无论是谁，看见我的船帆就会祈祷。”

牧师伸出一根瘦骨嶙峋的手指，“他们向树木、黄金做的偶像和羊头怪物祈祷。那些是虚伪的神……”

“就是这样，”攸伦说，“为这不敬神的罪恶，我把他们杀光了。我让他们血洒大海，然后把自己的种子播进他们哭叫着的女人体内。你说得对，他们那些微不足道的、虚伪的神无法阻止我，你瞧瞧，我比你更虔诚，伊伦。或许你应该跪下向我祈福。”

“红桨手”纵声长笑，其余人也跟着笑。

“傻瓜，”牧师说，“一群傻瓜、恶仆和瞎子。你们就不见站在你们面前的是个什么家伙吗？”

“是国王，”科伦•汉博利说。

湿发啐了一口，大步踏入夜色之中。

等他走后，鸦眼将微笑的眼睛转向维克塔利昂，“司令大人，你不向许久不见的哥哥问好？还有你，阿莎？你母亲还好吗？”

“不好，”阿莎说，“有人让她做了寡妇。”

攸伦耸耸肩，“我只听说风暴之神卷走了巴隆。他是谁杀的？告诉我，侄女，我会亲自替他复仇。”

阿莎也站起身，“这个人的名字你跟我一样清楚。你离开了三年，然而我父亲大人去世才一天，宁静号就回来了。”

“你是在指控我吗？”攸伦和蔼地问。

“我需要指控你吗？”阿莎尖锐的语气令维克塔利昂皱眉。如此对鸦眼讲话很危险，即便他的眼睛仍在微笑，仍然兴味盎然地闪烁着。

“我能操控风向？”鸦眼询问他的党羽。

“不能，陛下。”橡岛的奥克伍说。

“没人能控制风。”吉蒙德•波特利道。

“若是您能就好了，”“红桨手”道，“想去哪里就去哪里，永不停航。”

“你听到了吧？这是三位勇士的证词。”攸伦说。“巴隆去世时，宁静号正在海上。你若不相信叔叔的话，叔叔准许你询问船员。”

“询问一群哑巴？天啊，真他妈管用。”

“你应该找个靠谱的丈夫。”攸伦再次转向他的追随者们。“托沃德，我忘了，你有老婆吗？”

“只有一个。”“褐牙”托沃德咧嘴一笑，揭示出他的外号由何而来。

“我还没结婚。”“左手”卢卡斯•考德宣布。

“那是有理由的，”阿莎说，“女人们也鄙视考德家族。别那么伤心地看着我，卢卡斯，你还有一只手嘛。”她的手握成管状前后蠕动。

考德咒骂起来，鸦眼用一只手抵住他胸口，“这就是你的礼貌吗，阿莎？取笑卢卡斯的缺陷？”

“缺陷？哼，都怪我，我没法把他的小鸡鸡剁下来，一劳永逸地帮上忙。论扔斧子，我不比任何男人差，但目标这么小……”

“这丫头简直忘乎所以，”“长脸”琼恩·弥瑞吼道，“巴隆让她以为自己是男人——”

“对你，你父亲也犯了同样的错误。”阿莎说。

“把她交给我，攸伦，”“红桨手”提议，“让我打她几顿屁股，打得跟我的头发一样红。”

“来试试看，”阿莎说，“不怕当‘红太监’的话就试试看。”她手中忽然出现了一把飞斧。她将它抛到空中，灵巧地接住。“这就是我的丈夫，阿叔，谁想要我，先过他这关。”

维克塔利昂一拳砸在桌子上。“我不允许在这里发生流血事件。攸伦，带着你的……狐朋狗党……离开。”

“我本来期待得到你更热情的欢迎，弟弟。我比你年长……很快就是你法定的国王了。”

维克塔利昂的脸沉下来。“选王会召开后，我们来看看谁将戴上浮木王冠。”

“这点我同意。”攸伦伸出两根手指碰碰左眼上的眼罩，告辞离去。其他人像群杂种狗一样紧跟着他。他们走后，帐内仍旧一片沉默，直到小伦伍德·陶尼继续拉起提琴，人们才又开始畅饮葡萄酒与麦酒，但许多宾客已然失去了胃口。艾德里德·考德捂着血淋淋的手率先溜了出去，接着是威尔·汉博利、何索·哈尔洛，以及好几个古柏勒。

“阿叔。”阿莎将一只手搭到他肩膀上，“跟我一起走走，要是你愿意的话。”

帐外起风了。云层掠过月亮苍白的脸，犹如竞相奋力冲刺的战舰，达到撞锤速度。星星稀少而黯淡。无数长船沿海滩停歇，桅杆高耸，仿佛岸边的森林。维克塔利昂听见搁在沙滩上的船壳发出吱吱嘎嘎的声响，船上的绳索在风中呜咽，旗帜喇喇飘荡。远处深水海湾里，停泊的大船上下摇晃，雾气缭绕中只能看见阴沉沉的影子。

他们沿海岸行走，行在潮线边，远离营地与篝火。“告诉我实情，阿叔，”阿莎道，“为何攸伦当年走得如此突兀？”

“鸦眼经常出去打劫。”

“但从没离开这么久。”

“他驾驶宁静号去了东方，那是一段漫长的航程。”

“我问的是他为什么离开，不是他去了哪里。”见他不答，阿莎续道，“宁静号起航时我不在，我率黑风号绕过青亭岛，前往石阶列岛，去跟里斯海盗竞争。当我回家，攸伦已经离开，而你的新婚妻子却死了。”

“她只是个盐妾。”但自从将她交付给螃蟹之后，他没碰过别的女人。等当上国王，我必须娶妻。娶一个真正的岩妻做我的王后，为我生子。国王必须有子嗣。

“我父亲拒绝提起她。”阿莎说。

“提那些无可挽回的事毫无益处。”他厌烦这个话题，“我看见了‘读书人’的长船。”

“我施尽浑身解数才把他拉出藏书塔。”

那她至少获得了哈尔洛家族的支持。维克塔利昂的眉头越皱越紧。“你不可能统治铁群岛。你是个女人。”

“原来铁岛之王是比赛撒尿决出的？”阿莎大笑，“阿叔，听你这么说我很难过，不过你也许是对的。我跟船长和头领们喝了四天四夜的酒，倾听他们说的话……还有他们不愿意讲出口的东西。我的手下坚定地支持我，外加许多哈尔洛家的人，我还得到了特里斯•波特利，以及其他少数人的拥护。但这不够，远远不够。”她踢起一块岩石，溅入两艘长船之间的水中。“我考虑呼喊阿叔的名字。”

“哪一个？”他问，“你有三个叔叔。”

“加上舅舅一共四个。阿叔，听我说，我会亲自把浮木王冠戴到你头上……只要你同意跟我共治。”

“共治？那怎么可能？”这女人什么意思？*她想当我的王后？*维克塔利昂发现自己以一种前所未有过的方式看待阿莎，命根子也随之变硬。*她是巴隆的女儿*，他提醒自己，他还记得她小时候朝一扇门反复扔斧子。于是他双臂环抱胸前，“海石之位上只能坐一人。”

“那就阿叔坐吧，”阿莎说，“我站在你身后，警卫你的后背，并在你耳边低语谏言。没有哪个国王能独自统治，即使是铁王座上的龙王也需要有人辅佐。国王之手。任命我为你的国王之手，阿叔。”

铁群岛之王从不需要国王之手，遑论女人了。*船长和头领们醉酒时会笑死我的。*“当我的国王之手？你想干什么？”

“终结这场战争，以免我们被战争所终结。我们已经赢得了一切能赢得的东西……若不见好就收，转眼间，所有战利品都可能化为乌有。我对葛洛佛夫人极尽礼数，她发誓她的夫君会跟我们讲和，倘若我们交还深林堡、托伦方城和卡林湾，她保证北方人将割让海龙角和整个磐石海岸。那里虽然地广人稀，却比整个铁群岛加起来还大十倍。和约缔结时将交换人质，从此双方互为犄角，以防铁王座干涉——”

维克塔利昂哑然失笑，“这个葛洛佛夫人把你当白痴耍，侄女。海龙角和磐石海岸已在我们手中，换什么换呢？临冬城燃烧焚毁，化为灰烬，少狼主丢了脑袋，腐烂成泥。我们即将占有整个北境，正如你父亲大人梦想的那样。”

“等到长船能在森林里行驶的那天，你的话才能成为现实。听着，一个渔夫或许能钓到灰色海怪，但他若不割断绳线，就会被拖进海底。北境实在太大，又住满了仇视我们的北方人，我们无法控制。”

“回去玩你的布娃娃吧，侄女，让战士们来赢取胜利。”维克塔利昂给她看看自己的拳头。“我的两只手可是完好无缺，做好了准备。”

“你需要哈尔洛家族。”

“驼背何索提出把女儿嫁给我当王后。只要我答应，便拥有了哈尔洛家族。”

这话似乎让那女孩吃了一惊：“哈尔洛家族属于罗德利克大人。”

“罗德利克没有女儿，只有书籍。何索将成为他的继承人，而我将成为国王。”大声讲出来，这话显得很真实。“鸦眼离开得太久了。”

“有的人离得越远便越显得可怕。”阿莎警告，“有胆你就去篝火间走走、听听。人们讲的故事中既没提及你的力量，也没赞美我的美貌。他们谈论的只有鸦眼，谈论他见识的远方土地，谈论他强暴过的女子，谈论他杀死的男人，谈论被他洗劫的城市，谈论他在兰尼斯港焚烧泰温公爵舰队的手段……”

“狮子的舰队是我烧的，”维克塔利昂强调，“我亲手将第一支火炬扔上他的旗舰。”

“但整个计划由鸦眼制订。”阿莎把手搭上他胳膊。“他杀了你妻子……对吗？”

巴隆严令不准提及此事，但巴隆已死。“他让她怀了孩子，我不得不下手。我也想杀了他，可巴隆不准在自家厅堂里发生弑亲行为。他放逐了攸伦，永远不准回来……”

“……只要巴隆活着？”

维克塔利昂望向自己的拳头。“她给我戴绿帽子。我别无选择。”消息传出去，人们会笑话我，就像我跟鸦眼对质时，他嘲笑我那样。“她是心甘情愿的，她那儿湿得要命。”他炫耀道，“看来，咱们的维克塔利昂浑身上下都高大，除了最关键的地方。”但他不能告诉她这些。

“我为你难过，”阿莎说，“更为她难过……可惜，你也让我别无选择，只能靠自己去夺取海石之位。”

你办不到。“要浪费口舌是你自己的事，女人。”

“我们走着瞧。”她说，然后离开了他。

淹人

直到四肢在冰冷的盐水中冻得麻木，伊伦•葛雷乔伊方才挣扎着返回海滩，披上袍子。

今天，他再度软弱地从鸦眼面前逃开……海浪一次又一次地冲刷，仿佛是在反复提醒，从前那个他已经死了。我被大海淹过又自大海中重生，其势更烈。凡人吓唬不了他，正如邪恶不能击倒他，即使灵魂的骨骼也不行。开门的声音……生锈铁门链的尖叫……

盐浸的长袍硬邦邦的，多处撕裂，两星期没洗过了。羊毛贴紧湿漉漉的胸膛，吸收了从头发上滴下来的盐水。他装满水袋，甩到肩上，大步离开。

一位解手回来的淹人在黑暗中撞到他身上。“湿发。”对方喃喃地道歉。伊伦将一只手放在淹人头上，施予祝福，然后继续前进。地势升高，起初较为和缓，接着陡峭起来，等到短小的荒草摩擦脚趾，海滩已被抛诸脑后。他缓缓地向上爬，一边留意倾听波涛的声音。大海从不倦怠，我也必须时刻保持清醒。

山上，四十四根巨石肋骨从地底冒出来，仿佛巨大的白色树干。看到它们，伊伦不禁心跳加速。娜伽是世上头一条海龙，是大海之中诞生的最具威能的生物，它以海怪和海兽为食，愤怒时能吞下整座岛屿。然而灰海王亲手杀了它，淹神则将它的骨头变成化石，好让后世铁民永远铭记初代先王的功业。娜伽的肋骨成了灰海王大厅的房梁和柱子，它的嘴巴则被当做他的王座。他在这里统治了一千零七年，伊伦回忆着，他娶美人鱼为妻，与风暴之神作战。他不仅统治了海洋，还统治了岩石陆地。他穿着海草编织的长袍，而娜伽的牙齿是他高耸的苍白王冠。

可惜这已是黎明之纪元的往事，当时的勇士们纵横四海，无可阻挡。灰海王留住了娜伽的火种，他的厅堂也因而永远保持着温暖。厅堂的墙壁挂满银色海草编织的织锦，战士们围聚在海星形状的硕大桌旁享用大海的馈赠，他们的座椅则是用珍珠母砌成。消逝了，荣耀的岁月已经消逝了。现在的铁民多么弱小，寿命也变得短暂。灰海王死后，风暴之神迫不及待地熄灭了娜伽的火种，奸人们偷去座椅和织锦，房顶和墙壁逐渐腐朽，灰海王的巨大王座则被大海卷走。此地只剩下娜伽的骨骼，永世地纪念着铁种过往的荣耀。

是时候终结这一切，是时候重新开始了，伊伦·葛雷乔伊心想。

九级宽阔的石阶梯通向石山顶端，石山背后为老威克岛狂风呼啸的丘陵，更远处则是残酷的漆黑群山。伊伦在国王的门扉曾经矗立之处停顿良久，拔出水袋的木塞，灌了一口盐水，然后转身面朝大海。我们来自大海，终将回归于大海。即便在这里，他仍能清晰地听见浪涛不倦的隆隆拍打声，仍能清楚地体会到海底神灵的力量。于是伊伦不由自主地双膝下跪。伟大的神灵啊，您把您的子民派到我这里，他祈祷，您让他们离开厅堂和茅屋，离开城堡和要塞，来到娜伽的遗骨所在，每个渔村每座山谷的代表齐聚一堂。请您再赐予他们智慧，好让他们选出真正的王者；请您再赐予他们力量，好让他们击退虚伪的僭主。他就这样祈祷了一整夜，和神灵同在，伊伦·葛雷乔伊无须睡眠，正如那浪涛，正如海洋中繁衍的鱼群。

清风吹散黑云，曙光偷偷照亮世界。黑暗的天空变为板岩的灰白，黑暗的大海化作苔藓的灰绿，而海湾对面大威克岛的黑暗山峦被无数士卒松染成蓝绿色。世界有了色泽，一百面不同的旗帜也开始舒展，伊伦看见波特利的银鱼、温奇的血月和奥克伍的深绿树林；他也看见战号、海兽与镰刀，但满山遍野、最为耀眼的还是金色大海怪。奴工和盐妾们开始活动了，他们重新燃起炭盆，清洗鱼肉，为船长和头领们准备早饭。等曙光照到石滩上时，铁民们也尽皆苏醒过来，掀开海豹皮毯子，叫嚣着索要今天的第一角杯麦酒。*喝个痛快吧*，伊伦心想，*今天，我们要实践神灵的诺言。*

是的，大海正在鼓励他、回应他，随着风势渐长，波涛也愈加雄伟，飞沫打在长船上散开，浑如漫天鹅毛。*淹神醒来了*，伊伦心想，神灵的赞美从海底传来。*今天，我与你同在，我最强大最忠实的仆人*，那个声音说，*不敬神的人将永不能坐上海石之位。*

他属下的淹人们在娜伽的肋骨下找到了他，他站得笔直坚挺，乌黑的长发在风中狂舞。“是时候了吗？”鲁斯问。伊伦简略地一点头，“是时候了，发出召唤吧。”

于是淹人一边互击浮木棍棒，一边走下山丘。越来越多的人加入进来，敲打声响彻海滩，吧嗒吧嗒的敲打整齐划一、摄人心扉，犹如上百根大树在互相搏斗。铜鼓敲起来了，*咚——咚——咚——咚——咚，咚——咚——咚——咚——咚*。战号吹起来了，一支接一支。*啊啊啊啊啊啊呜呜呜呜呜呜呜呜呜呜呜呜呜呜呜呜呜呜呜呜呜呜呜呜呜呜*。

铁民们纷纷离开篝火，朝灰海王大厅的骨骼聚集，有桨手、舵手、补帆工、造船师，也有提斧头的战士和拿渔网的渔夫，奴工和盐妾跟在旁边伺候。那些被青绿之地同化了的人带着学士、歌手和骑士。平民们在小山底部围成半圆，后面是奴仆、孩童和女人，只有船长和头领有权上山。欢快的西格弗里德·斯通垂、“不苟言笑”的阿德利克、“骑士”赫拉斯·哈尔洛爵士当先走来，披黑貂皮披风的贝勒·布莱克泰斯头领行在穿一身褴褛海豹皮的斯通浩斯头领身边。哥哥维克塔利昂比所有人都高——除了阿德利克——他没戴头盔，但全身甲胄，金色的海怪披风迎风招扬。*谁敢怀疑？谁能怀*

疑？他才是真正的王者。

湿发张开瘦骨嶙峋的双手，让铜鼓与战号平歇下来，淹人们也放低棍棒，所有人都不再说话。天地间，唯有浪涛的咆哮，那是任何凡人都无法阻止的呐喊。“我们来自大海，终将回归于大海。”伊伦刻意压低声音，好让每个人都注意聆听，“愤怒的风暴之神将巴隆卷出城堡，摔死了他，如今他正在波涛之下淹神的流水宫殿里尽情欢宴。”他举目望天。“巴隆去世了！铁国王去世了！”

“铁国王去世了！”淹人们齐声高喊。

“逝者不死，必将再起，其势更烈！”他提醒大家，“巴隆国王，我的长兄，为恢复古道献出了生命。他的每一件东西都是亲付铁钱得来。他是勇者巴隆，受神祝福的巴隆，两次戴上王冠的巴隆，是他为我们赢回了自由与淹神的宠爱！然而巴隆去世了……我们需要新的铁国王坐上海石之位，继续巴隆的事业！”

“新王将再起！”淹人们回应，“新王将再起！”

“他会起来的，他一定会，”伊伦的声音如若隆隆的浪涛，“但他究竟是谁呢？谁能接过巴隆的担子？谁能统治这片神圣的岛屿？他在我们中间吗？”牧师将双手展到极致，“谁将成为我们的王？”

一只海鸥在天空中叫唤，沉默的人群骚动起来，仿佛刚自睡梦中惊醒。大家面面相觑，探察别人的打算。鸦眼自幼缺乏耐性，湿发伊伦告诉自己，也许他会第一个站出来——如果是这样，事情就好办多了。船长和头领们大老远好不容易才聚齐来参加这场盛宴，他们决不会吃了第一道菜就告退席。他们会尝尝这，咬咬那个，品评滋味，最后才将赌注下在最适合自己口味的人选上。

攸伦多半也想到了这点，只见他环抱双臂，站在那群哑巴和混血儿中间不作声。回应伊伦呼唤的，只有风声与涛声。

“铁民必须拥有自己的王，”长长的沉默之后，牧师重复，

“我再问一次：谁将成为我们的王？”

“我。”下方传来回答。

“吉尔伯特！吉尔伯特国王！”响起一阵凌乱的呼叫。船长们为申请人和他的助手让开道路，他们走上山丘，来到娜伽的肋骨底下，站到伊伦身边。

这位国王候选人生得高高瘦瘦，面容枯槁，突出的下巴刮得十分干净。他的三位助手站在两步阶梯下，分别拿着他的长剑、盾牌和旗帜，他们的面容身材跟他十分相似，伊伦认为彼此间是父子关系。只见其中一人展开旗帜，旗上的纹章乃是一条巨大的黑色长船在追逐落日。“我是吉尔伯特•法温，孤灯堡头领。”国王候选人向选王会做自我介绍。

伊伦对法温家族有所了解，他们的领地包括大威克岛极西端的海岸和外海中零星的岛屿——那些石头岛小得可怜，只够修筑一座堡垒，而孤灯堡又在其中最为偏远。从老威克岛向西北方航行八天，经过海豹与海狮的巢穴和无尽的灰色汪洋，才能到达那里。法温家族在铁民中也格外诡异，有人说他们是易形者，是不敬神的怪物，能随意变化为海狮、海象，乃至海洋中的狼——斑点鲸。

吉尔伯特开始讲话，他谈到落日之海对面的奇迹之地，那里没有冬天，丰饶富庶，远离死亡的威胁。“让我当上国王，我就带你们去拜访奇迹。”他大声呼吁，“让我们像娜梅莉亚那样建造万艘长船，追随夕阳挺进。在那片希望的土地上，每个男人都是国王，而每个女人都是王后。”

他的眼睛，伊伦心想，忽蓝忽灰，像大海一样变幻不定。*这是疯子的眼睛，*牧师认定，*痴呆的眼睛。*他的愿景毫无疑问是风暴邪神用来诱惑铁民的陷阱。他让助手们呈上献给选王会的礼物，包括海豹皮、海象牙、鲸骨臂环和青铜战号。船长们看了看，纷纷别过头去，任凭下等人去挑拣。这痴呆履行完仪式后，他的助手们开始叫嚣他的名字，结果只有法温家族的成员响应，而即便是他们自家人中也有几个默不作声的。很快，“吉尔伯特！吉尔伯特国王！”的呼吁消失殆尽。头顶的海鸥厉声尖叫，停在娜伽的肋骨上，孤灯堡头领孤零零地走下山去。

湿发伊伦再度上前，“我再问一次：谁将成为我们的王？”

“我！”一个深沉的嗓音吼道，人群又一次分开。

申请人坐在精雕的浮木轿子里，由孙子们抬上山。此人十分魁梧，约有二十石重，年纪大概九十岁，裹着白熊皮。他头发雪白，浓密的胡须犹如毯子，从脸颊覆盖到大腿，分不清楚哪是胡子、哪是熊毛。他的孙子们虽然也个个健壮，但抬他走在陡峭的石阶上仍旧很吃力。他们在灰海王的大厅前把他放下，其中三位停在他身后担任助手。

放在六十年前，这家伙或能胜任，伊伦心想，可惜他现在太老了。

“是的，是我！”这男人坐着喊道，声音与其身躯十分匹配，“有什么理由不选我？谁能比我更合适呢？告诉那些瞎了眼的家伙，我是艾里·艾枚克，‘公正的’艾里，‘破砧者’艾里！托莫尔，拿我的铁锤！”一位助手将锤子高高举起，它庞大得骇人，旧皮革包裹把柄，钢铁斧头有一条面包那么大。“不知多少双手掌被我这把斧头砸成肉泥。”艾里喝道，“去问问那些小偷吧！也不知多少颗脑袋被我的砧子粉碎，去问问那些寡妇！我可以给你们讲述我一生的征战故事，但我今年才八十八岁，还有更多故事等着我去谱写！如果说年纪代表了智慧，那么没有人比我更睿智；如果说体魄代表了力量，那么没有人比我更强大！你们不是想要有继承人的国王吗？我的子子孙孙无穷尽！是的，艾里国王，听听，这多悦耳，多悦耳，跟我一起喊吧！艾里！‘破砧者’艾里！艾里国王！”

他的孙子辈急忙跟着喊，他的曾孙们则肩扛箱子走出来，把礼物倾倒在石阶底部：无数银币、铜币和铁币，还有臂环、项圈、匕首与飞斧。少数船长拣起几件上等货，加入呼喊中。

呼喊突然被女人的声音打断。

“艾里！”人群纷纷让开。她一只脚踏在最下面一级阶梯上，“艾里，站起来。”

片刻沉寂。寒风吹拂，惊涛拍岸，人们凑在彼此耳边窃窃私语。艾里·艾枚克恶狠狠地瞪着阿莎·葛雷乔伊，“他妈的，小妹妹，你刚才说什么？”

“我叫你站起来，艾里，”她响亮地答道，“只要你站起来，我就跟着其他人一起喊；只要你站起来，我就对你忠心不二。你不是想要王冠吗？好啊，请你站起来接受它。”

人群中的鸦眼哈哈大笑，艾里则对其怒目而视。大个子双手握紧浮木轿子的把手，脸涨得通红，接着又涨成紫色，全身用力，颤抖不休。伊伦看见他脖子上一根粗厚的青筋暴突，眨眼间，他仿佛就要站起来，结果却突然散了劲，呻吟着摔回垫子上。人们哄然大笑，其中攸伦笑得最放肆。大个子垂头丧气，老态龙钟，被孙子们抬下去了。

“谁能君临铁种，”湿发伊伦叫道，“谁将成为我们的王？”

人们再度面面相觑。有人望向攸伦，有人扫视维克塔利昂，更有少数几个人打量阿莎。绿白色浪花颠簸长船，海鸥再度发出沙哑而孤独的尖叫。“提出要求吧，维克塔利昂，”梅林呼吁，“结束这场闹剧。”

“我心里有数。”维克塔利昂吼回去。

*很好。等得越久，胜算越大。*伊伦欣慰地想。

接着上台的是卓鼓头领，又一位老者，但年纪比艾里轻一些。他踏步上山，背挎红雨剑，这把著名的瓦雷利亚钢剑乃是在末日浩劫降临之前锻造而成的。他的三位助手也个个显赫，其中包括他的两个儿子丹尼斯和唐纳，皆为铁群岛中排得上号的武士，站在他们中间的是“不苟言笑的”阿德利克，这巨人的胳膊粗如树干——得到他的支持，卓鼓发言的分量增加了不少。

“凭什么国王就得在海怪家族中产生？”卓鼓以此作为开头，“派克岛有什么权利统治大家？大威克岛是最大的岛屿，哈尔洛岛是最富裕的，而老威克岛最为神圣。黑心王一脉被龙焰吞噬之后，我们铁民推举维肯·葛雷乔伊为领袖，但请记住……我们选他做大王，并非国王！”

他的煽动颇具说服力，伊伦立刻听到有人呼喝赞同，随后老卓鼓开始回顾家族的光辉历史。他说起“恐怖的”戴尔、“掠夺者”罗里、“老爹”葛蒙德·卓鼓的一百个儿子。他拔出红雨剑，讲述了“狡猾的”希尔玛·卓鼓是如何凭借智慧和一柄木棍从全副武装的骑士手中赢得这把传家宝。他谈到古代的舰队和早已被遗忘的八百年前的战争，铁民渐渐激动起来。他滔滔不绝地演讲，一刻也不停歇，然而当他的助手打开箱子时，船长们却失望地发现卓鼓家族的吝啬。青铜决不可能买得王冠，湿发心想，胜负已分，“卓鼓！卓鼓！邓斯坦国王！”的喊声很快平歇。

这时，伊伦的胃一阵痉挛，他感到浪涛比先前更有力。是时候了，他决定，是维克塔利昂提出要求的时候了。“谁将成为我们的王？”牧师再度发出呼吁，但这回他的黑眼睛紧紧盯住挤在人群中的哥哥，“科伦·葛雷乔伊一生留下了九个儿子，其中有一位最为强壮，他勇敢无畏。”

维克塔利昂对上他的眼神，点了点头。当他迈上台阶时，船长们纷纷敬畏地让开。“弟弟，请祝福我。”登上顶端后他一边说，一边跪在地上低下头颅。伊伦打开水袋，将一股海水倾倒在维克塔利昂的前额。“逝者不死。”牧师道。

"必将再起，其势更烈。"维克塔利昂回应。

维克塔利昂起身时，他的助手们已在他身下排成一列："跛子"拉弗，红拉弗•斯通浩斯，"理发师"纽特，个个凶悍。斯通浩斯高举葛雷乔伊家族的旗帜：一面如午夜汪洋般的墨黑大旗上绣着一只金色海怪。看见这面旗帜，船长和头领们便不由自主地呼喊起铁舰队司令的名字。

维克塔利昂等喊声暂告一段落，方才开口，"你们都认识我，如果想要甜言蜜语，请听别人讲去。我没有歌手的嗓子，我只有战斧和这个！"他朝人群擎起钢甲巨拳，而"理发师"纽特举着他的战斧，那是一片沉暗坚实的钢铁。"作为兄弟，我忠心耿耿，"维克塔利昂续道，"巴隆成婚时，他派我前往哈尔洛家迎亲。我率领他的长船舰队参加了无数激战，百战百胜，唯有一次例外。当巴隆首度戴上王冠时，是我驶进兰尼斯港，烤焦了狮子的尾巴。而这一次，当少狼主嚎叫着要逃回家，也是我被派去剥他的皮。我想说的只有一句：我能给你们的将比巴隆给的更多！"

助手们应声高呼："维克塔利昂！维克塔利昂！维克塔利昂国王！"他的部属在台阶中间掀开箱子：银子、金子、宝石、无数掳来的财宝，瀑布般倾泻而下。船长和头领蜂拥而上，一边争抢一边呼喊："维克塔利昂！维克塔利昂！维克塔利昂国王！"伊伦望向鸦眼。他是现在出手呢？还是坐视选王失败？橡岛的奥克伍凑在攸伦耳边低语着什么。

然而制止呼喊的不是攸伦，而是那天杀的女孩。她把两个指头放进嘴巴，尖利的口哨声刺透喧哗，犹如钢刀切割奶酪。"阿叔！阿叔！"她弯腰捡起一顶华丽的黄金头箍，蹦蹦跳跳地奔上台阶。纽特抓住她胳膊，一时间，伊伦只盼望哥哥的助手赶快动手，了结这愚蠢的女孩，然而阿莎很快挣脱了"理发师"，还对红拉弗说了些什么，逼得对方缓缓退开。她推开叔叔的助手们走到顶端时，全场的欢呼声都停止了。毕竟，她是巴隆•葛雷乔伊的亲生爱女，人们很想听听她要说些什么。

“谢谢你带着这么丰盛的礼物来参加我的女王会，阿叔，”她告诉维克塔利昂，“可你不需要把自己捂得这么严实呀。我庄严承诺，决不伤害你。”有人哄笑起来，阿莎转向头领们，“别笑，在这儿的所有人当中，没有谁比我阿叔更勇敢，没有谁比他更强壮，也没有谁比他更凶猛。他跟你们一样能数到十，这有我亲眼为证……而且，当需要数到二十时他还会把靴子扔掉。”更多的人笑了。“可惜，可惜他没有子嗣，老婆也死了好几个，鸦眼是他兄长，比他更有资格……”

“没错！”红桨手在下面叫喊。

“是啊，不过我却更有资格。”阿莎自信满满地把头箍戴在头上，黄金映照黑发。“巴隆的弟弟得排在巴隆的儿子后面！”

“巴隆的儿子死光了，”跛子拉弗叫嚷，“你不过是巴隆的小闺女！”

“闺女？”阿莎把手伸进夹克，“噢！瞧瞧？这是什么？某些人不是自断奶之后就没见过了？”大家又哄笑，“君王有乳头糟糕的念头，歌里是这么唱的吧？拉弗，听我说，我确实是个女人……但不是老太婆，我不像你！跛子拉弗……干嘛不叫打摆子的拉弗？”阿莎从双乳之间抽出一把匕首，“我是位母亲，而它是我的乳儿宝宝！”她把匕首高高举起。“请上前来，我的助手们。”他们推开维克塔利昂的三位助手，来到她下面阶梯上列队：“处女”科尔、特里斯蒂芬•波特利和“骑士”赫拉斯•哈尔洛爵士——他的佩剑“夜临”跟邓斯坦•卓鼓的红雨剑一样充满传奇色彩。“我阿叔说你们大家都认识他，同样的，你们也都认识我——”

“我还想跟你亲近亲近呢！”有人高叫。

“回家亲热自己的老婆去！”阿莎吼回去，“阿叔说他能给你们的将比我父亲给的更多。很好，可那是什么呢？有人说，是财富和荣耀，还有自由，多么美妙。但请仔细想想，他带给咱们的真是这些吗？……别忘了成群的寡妇，不信的话，就去听听布莱克泰斯大人的故事吧。你们中有多少人的家园被劳勃的军队烧毁过？你们中有多少人的女儿遭到欺凌和强暴？燃烧的村镇和坍塌的城堡，这就是我父亲带给大家的成果，他带给你们的是失败！而我这位阿叔将带来更多失败！只有我，我不会走这条路。”

“你将带给我们什么？”卢卡斯·考德问，“教大家织毛衣？”

“没错！卢卡斯，我会给大家织出一个王国。”她的双手交替抛掷匕首，“我们应当从少狼主身上吸取教训，他赢得了每一次战斗……却失去了自己的国家。”

“海怪跟狼仔不同，”维克塔利昂反对，“无论长船还是海兽，海怪抓着猎物就决不松手。”

“我们抓着什么了，阿叔？北境吗？那算什么，百里千里亿万里，远远离开大海的波涛？我们占领了卡林湾、深林堡、托伦方城，甚至夺得了临冬城，该怎样来炫耀它们呢？”她一挥手，黑风号的船员肩扛橡木铁箱挤上前来。“让我带给你们磐石海岸的财富。”第一个箱子被打开时阿莎说。鹅卵石稀里哗啦，如雪崩般四散翻滚，灰的黑的白的，全是被海潮磨平的鹅卵石。“让我带给你们深林堡的宝藏。”第二个箱子也被打开了。一堆松果喷涌而出，翻滚弹跳着落入人群中。“最后，还有临冬城的金子。”第三个箱子里装的是黄色芜菁，又圆又硬，体积比得上男人的脑袋。它们落在鹅卵石和松果之间，阿莎用匕首刺起一块。“哈穆德·夏普，”她叫道，“你儿子哈拉格战死在临冬城，就为这个。”她从刀尖上摘下芜菁丢过去。“你还有别的儿子，如果你还打算用他们的生命来交换芜菁，就请呼喊我阿叔的名字！”

“如果我呼喊你的名字，”哈穆德询问，“我能得到什么？”

“和平。”阿莎说。“土地。胜利的果实。我将带给你们海龙角和磐石海岸，黑土地、大森林还有足以供每个男孩修建厅堂的石头。我们也将拥有北地人……作为朋友，并肩对抗铁王座。摆在面前有两条路：为我戴上王冠，和平和胜利；选择我阿叔，更多的战争和更多的失败。”她收起匕首。“你们想要什么，铁种们？”

“胜利！”“读书人”罗德利克呼喊，他双手围拢嘴巴，“胜利，阿莎！”

“阿莎！”贝勒·布莱克泰斯头领回应，“阿莎女王！”

阿莎的船员们齐声高叫：“阿莎！阿莎！阿莎女王！”他们顿足舞拳拼命吆喝，湿发简直难以置信。*她会毁了她父亲的事业！*特里斯蒂芬·波特利吼着她的名字，还有不少哈尔洛家的人，古柏勒家的人，红面孔的梅林伯爵，许许多多多到牧师无法相信的人……*为着一个女人！*

但仍有不少人保持沉默，或是相互咕哝着什么。“不要懦夫的和平！”跛子拉弗咆哮。红拉弗·斯通浩斯则摇起葛雷乔伊家的大旗，“维克塔利昂！维克塔利昂！维克塔利昂！”人们开始互相推挤。有人捡起松果掷向阿莎，她急忙闪躲，那顶临时的冠冕也因之坠落。一时间，牧师只觉得身陷于巨大的蚁丘，脚下是成千上万激动的蚂蚁。这些“阿莎！”和“维克塔利昂！”的叫喊犹如来来回回的巨浪，而他感到凶残的风暴即将把大家全部吞没。*风暴之神就在我们之中*，牧师心想，*他散播着不和与愤怒。*

号角破空，声如利刃。

号声洪亮而致命，急迫的尖啸教人骨头乱颤。号声游移在潮湿的海风中：

啊啊啊啊啊啊呃呃呃呃哦哦哦哦哦哦哦哦哦哦哦哦哦哦哦哦哦哦哦哦哦哦哦哦哦。

所有目光都转向号声传来的方向——是攸伦手下一位混血杂种在吹号。这光头巨汉胳膊上戴了无数闪闪发光的由黄金、翡翠和黑玉制成的臂环，宽阔的胸膛纹刺着凶狠的禽鸟，利爪滴血。

啊啊啊啊啊啊啊呃呃呃呃哦哦哦哦哦哦哦哦哦哦哦哦哦哦哦哦哦哦哦哦哦。

那只弯弯的号角闪动着黑光，它比那男人还高，因而他必须用双手捧着吹奏。号角上布满红金与黑铁的条纹，号声高涨时，条纹上雕刻的古老瓦雷利亚铭文开始变红。

啊啊啊啊啊啊啊啊啊啊呃呃呃呃呃呃呃呃呃呃哦哦哦哦哦哦哦哦哦哦哦哦哦哦哦哦哦哦哦哦哦哦哦哦哦哦哦哦哦哦哦哦。

多可怕的声音，满载苦痛与怒气的号叫，威胁着要把人耳烧焦。湿发伊伦捂紧耳朵，恳求淹神升起熊熊波涛，把这可恶的号角打个粉碎，可那尖啸还在回荡。这是来自地狱的号角，他张口呐喊，却没人能听到。文身男人的脸颊胀成了一个大球，仿佛就快炸裂，他胸前的肌肉不断抽搐，似乎那只鸟正在撕裂血肉，渴望展翅飞翔。铭文剧烈燃烧，每根线条每个字眼都喷出白色火光。回荡回荡回荡，没完没了地持续回荡，回荡在身后的呼啸丘陵，回荡在娜伽摇篮湾对面大威克岛的群山之间，回荡回荡回荡，直到填满整个潮湿的世界。

正当他以为号声将永无休止时，它却戛然停下。

号手泄气了。他晃了晃，颓然倒下，牧师看见橡岛的奥克伍连忙伸出援手，而“左手”卢卡斯•考德从他手中接过那只弯弯的黑号角。号角中升起一股细薄的轻烟，吹号的混血杂种嘴边满是鲜血和水泡。

他胸前的飞鸟也在泣血。

攸伦•葛雷乔伊缓缓地登上山丘，每只眼睛都望着他。头顶的海鸥一次又一次地尖叫。不敬神的人将永不能坐上海石之位，伊伦坚信，可他必须准许兄长发言。

牧师发出无声的祈祷。

阿莎的助手们慢慢退开，维克塔利昂的手下也一样。牧师退后一步，把一只手掌放在娜伽的肋骨那粗糙的冷石头上。鸦眼矗立在阶梯顶，站在灰海王大厅的门前，用那只微笑的眼睛打量着船长和头领们，而伊伦能感觉到他的另一只眼睛，隐藏的眼睛。

“铁民们，”攸伦•葛雷乔伊说，“你们都听见了我的号角，现在请听听我的发言。我是巴隆的弟弟，在科伦膝下还活着的儿子里我是长兄。维肯大王和‘老海怪’的血液流淌在我的血管里，而我比任何先人都航行得更远。在世的海怪里，只有一只从未品尝过失败的滋味，只有一只从未弯曲膝盖，只有一只去过阴影之地旁的亚夏，目睹了无法想象的奇迹和恐怖……”

“你那么喜欢阴影的话，滚回那里去。”粉红脸颊的“处女”科尔喊道，他坚定地支持着阿莎。

鸦眼没搭理他，“我弟弟将完成巴隆的征服，去夺取整个北境。我亲爱的侄女将带给大家和平和松果。”他蓝色的嘴唇浮现微笑。“阿莎希望享受胜利回避失败。维克塔利昂想统治一个真正的王国，不屑于几亩贫瘠的土地。但从我这里，你们两者皆可得到。”

“鸦眼，这是你们给我起的外号。说得好，试问谁的眼睛能比乌鸦更敏锐？每当战斗结束，总会立刻有成百上千只乌鸦赶来在群尸上开展盛宴。乌鸦的天赋是寻觅死亡，而我看到整个维斯特洛正迈向毁灭！愿意追随我的人将在他们的末日来临之际尽情欢宴！”

“我们是天生的铁种，我们是古老的霸王。我们的旨令曾在涛声所至的地方通行无阻。我弟弟让你们满足于寒冷阴森的北境，我侄女给的更少……可我将带给你们兰尼斯港、高庭、青亭岛、旧镇，河间地和河湾地，御林和雨林，多恩领和边疆地，明月山脉和艾林谷，塔斯与石阶列岛。我承诺我们将君临天下！我承诺我们将得到整个维斯特洛。”他扫视牧师。“毫无疑问，为了我们的淹神无上的荣光。”

半晌间，连伊伦也被他激昂的宣言弄得神志恍惚。在天空中出现红彗星那天，牧师做过同样的美梦。让刀剑和烈火降临人世，扫荡青绿之地，摧毁庙堂里的七神，拔掉北方人的白树……

“鸦眼，”阿莎叫道，“你的理智全在亚夏丢光了吗？如果我们连北境都保不住——我们的确守不住——凭什么去夺取七大王国？”

“为什么不行，以前有人处于同样的地位办到过。难道巴隆从没教他的女儿战争之道吗？维克塔利昂，看来老哥的女儿不知道征服者伊耿。”

“伊耿？”维克塔利昂的手臂环抱住胸甲。“征服者和我们有什么关系？”

“我和你一样身经百战，鸦眼，”阿莎说，“伊耿·坦格利安是凭借巨龙的力量才征服了维斯特洛。”

“我们也行。”攸伦·葛雷乔伊许诺，“你们听到的号角是我在瓦雷利亚的烟火废墟中发现的，除了我，没有活人敢踏上那里的土地。你们体验了它的声音，感受到它的力量。这是龙之号角，在那些用火红的金子和瓦雷利亚钢煅制而成的条纹上铭刻着远古魔符。古代龙王们吹着同样的号角，直到末日降临。透过它，铁民们，我能让巨龙服从我的召唤。”

阿莎纵声长笑，“一只能让山羊服从召唤的号角或许还更管用，鸦眼。世上没有龙了。”

“小妹妹，这次你又错了。龙还有三只，而我知道它们在哪里，无疑这配得上一顶浮木王冠。”

“攸伦！”“左手”卢卡斯·考德呼喊。

“攸伦！鸦眼！攸伦！”红桨手跟着喊。

宁静号的哑巴船员和混血杂种打开了攸伦的箱子，将丰厚的礼物呈现在船长和头领们面前。双手攫满黄金的何索•哈尔洛第一个喊出攸伦的名字，接着是葛欧得•古柏勒，“破砧者”艾里……“攸伦！攸伦！攸伦！”呼喊不断蔓延，不断增强，终于变成咆哮。“攸伦！攸伦！鸦眼！攸伦国王！”声如雷霆，震撼娜伽山丘，好比风暴之神在翻卷乌云。“攸伦！攸伦！攸伦！攸伦！攸伦！攸伦！攸伦！攸伦！”

即使牧师也会困惑。即使先知也会恐惧。湿发伊伦遍寻内心，拥抱他的神灵，却只发现一片静寂。上千个嗓门在高呼哥哥的名字，而他听到的只是生锈铁门链的尖叫。

布蕾妮

女泉城东面的丘陵枝繁叶茂，松树从四面八方围拢，仿佛沉默的灰绿色士兵组成的军团。

机灵狄克说海边的路去轻语堡最近，也最好走，因此一路上海湾很少离开视线。随着前进，岸边的市镇和村庄变得越来越小，越来越稀疏。夜幕降临时，他们找到一家客栈。克莱勃跟其他旅行者一起睡通铺，布蕾妮则为自己和波德瑞克要了一间房。“我们三人共享一张床更划算，小姐。”机灵狄克建议，“如果你不放心，把剑放中间。老狄克是个正派人，他像骑士一样有风度，他的诚实好比白昼的太阳。”

“白昼正在缩短。”布蕾妮指出。

“好吧，也许是这样。如果你不放心，我睡地板你睡床怎么样，小姐？”

“不能睡我的地板。”

“看来你一点儿也不信任我。”

“信任跟金币一样，要靠行动来挣取。”

“随你怎么说，小姐，”克莱勃说，“但到了北边，没有路的地方，你不得不信任狄克。假如我拿剑指着你要金币，谁会阻止呢？”

“你没剑。我有。”

她“砰”的一声关上门，然后站在原地倾听，直到确信他已走开。不管狄克·克莱勃有多机灵，他毕竟不是詹姆·兰尼斯特，不是疯鼠，甚至不是亨佛利·瓦格斯塔夫。他瘦骨嶙峋，食不果腹，唯一的防具是一顶锈迹斑斑、布满凹痕的半盔。他没剑，只有一把带豁口的旧匕首——所以，只要她保持清醒，他便构不成威胁。“波德瑞克，”她说，“将来没有客栈给我们住，而我不信任我们的向导。所以每次野营之后，当我睡觉时，你能不能留心看着点？”

“一直不睡，小姐？爵士？”他想了想，“我有剑，假如克莱勃想伤你，我杀了他便是。”

“不，”她坚决地说，“你不要跟他打。我只要你在我睡觉时监视他，假如他有任何可疑行为，立即弄醒我。放心，我醒得很快的。”

结果第二天停下饮马时，克莱勃就露出了本色。布蕾妮走到灌木丛后面去方便，她蹲在那里，听到波德瑞克说，“你干吗？离远点儿。”完事之后，她拉起裤子，回到路上，发现机灵狄克正在擦去手指上的面粉。“鞍囊里没有金龙，”她告诉他，“我把金币放身上了。”一部分金币放在她腰带上系的钱袋里，其余的藏在衣服内侧缝的两只口袋中。鞍囊上鼓鼓的大钱包塞满了大大小小不同面值的铜币和铜板，铜星币与铜麦币……还有让包袱显得更加鼓鼓囊囊的白面粉，那是自暮谷城出发前的早晨，她特意问七剑客栈的厨子买的。

“狄克没恶意，小姐。”他晃晃沾着面粉的手指，以示无辜。“我只想确认你到底有没有答应我的金龙。这世上骗子多，正派人容易上当。不过还好，你不是骗子。”

布蕾妮希望他带路的水平比偷东西强一些。“出发吧。”她再度翻上马背。

狄克喜欢边骑边唱歌，但没唱过一首完整的歌，总是东一节，西一段的。她怀疑他的目的是讨她喜欢，好令她放松警惕。有时他还试图让她和波德瑞克一起唱，不过没有成功。男孩太害羞，舌头也笨，而布蕾妮从不唱歌。你会唱歌给父亲听吗？在奔流城，史塔克夫人曾经问过她，为蓝礼呢？她没有，从来没有，尽管她心里很想……真的很想……

机灵狄克不唱歌时就说话，给他们讲蟹爪半岛的故事。他说，每一个幽暗的山谷都各有其领主，但只有对付外人时才会联合起来。他们的血管里流着浓浓的先民之血。“安达尔人试图夺取蟹爪半岛，结果在山谷中流血，在沼泽中淹死，处处碰壁。后来他们的漂亮女儿靠亲吻赢得了他们强壮的儿子用剑无法获取的东西——是的，他们征服不了我们，转而用婚姻来怀柔。”

暮谷城达克林家族的国王们曾试图将领地延伸至蟹爪半岛，女泉城的慕顿家族，包括后来蟹岛的赛提加家族也尝试过。然而蟹爪半岛的居民熟悉本地的沼泽与森林，外人无法比拟，如果形势危急，他们还能消失在丘陵中蜂窝般的山洞里。不跟外敌作战时，大家就窝里斗，家族血仇如同山间的沼泽一般又黑又深。有时某位英雄会为蟹爪半岛带来暂时的和平，但等他死去，一切又恢复原状。路西法•哈迪伯爵是伟大的领主，布伦兄弟也一样，老克莱克波恩比他们更胜一筹，但克莱勃是最强大的。狄克仍然不肯相信布蕾妮从没听说过克莱伦斯•克莱勃爵士的英雄事迹。

“我干吗撒谎？”她反问，“每个地方都有当地的英雄。比如我住的地方，歌手们歌颂摩恩的加勒敦爵士，完美的骑士。”

“加勒什么什么爵士？”他嗤之以鼻，“没听说过。他哪里完美了？”

“加勒敦爵士是一位英勇无比的战士，连天上的处女神都为之倾心。于是她送给他一把魔法剑，作为爱的信物。这把剑被称为‘正义之淑女’，没有凡间的武器能与她匹敌，也没有凡间的盾牌能承受她的亲吻。加勒敦爵士终其一生都骄傲地佩带着‘正义之淑女’，但只拔出过三次。他不愿用‘正义之淑女’对付凡人，因为她太过强大，会令战斗不公平。”

克莱勃认为这太可笑了。“完美的骑士？听起来是个完美的傻瓜。一把从来不用的魔法剑有什么意义？”

“荣誉，”她说，“意义在于荣誉。”

这令他笑得更厉害。“克莱伦斯•克莱勃爵士可以拿你们的完美骑士来擦他毛茸茸的屁股，小姐。要我说啊，假如教克莱勃爵士遇上，轻语堡的架子上又得多一颗血淋淋的头颅了。‘早知道我该使用那柄魔剑，’它会对其他脑袋抱怨，‘早知道我该使用那柄魔剑。’”

布蕾妮忍不住微笑。“也许吧，”她承认，“但加勒敦爵士不是傻瓜。面对一个身高八尺、骑野牛的对手，他很可能亮出‘正义之淑女’。他们说他曾用她杀死一条龙呢。”

机灵狄克不为所动：“克莱克波恩也跟龙搏斗过，而且不需要什么魔剑。他只不过将龙的脖子打了个结，这样它每次喷火都会烧到自己的屁股。”

“那伊耿和他的妹妹们到来时克莱克波恩在干什么呢？”布蕾妮问。

“你要知道，那时候他早就已经死啦，小姐。” 克莱勃横了她一眼。“伊耿派妹妹来蟹爪半岛招安，就是那个维桑尼亚。领主们听说了赫伦王的下场，他们可不是傻瓜，因此都屈膝臣服了。王后收他们作直属封臣，承诺他们无须向女泉城、蟹岛或暮谷城效忠。然而这没能阻止可恶的赛提加家族派人来东岸征税。哼，假如他派的人够多，也许有几个可以活着回去……从始到终，我们只效忠自己的领主和国王。*真正的国王*。不是劳勃一家子。”他啐了一口，“在三叉戟河，跟雷加王子一起奋战的有克莱勃，有布伦，也有鲍格斯，御林铁卫里面也有过我们的人，包括一位哈迪，一位凯佛，一位潘恩，三位克莱勃——克莱蒙特爵士、卢伯特爵士和‘矮个’克莱伦斯爵士。其实他有六尺高，但比真正的克莱伦斯爵士要矮。总而言之，我们蟹爪半岛人全是巨龙家族的模范臣民。”

他们向东北方前进，行人不断减少，直到最后，再也找不着客栈了。海湾旁的道路上野草已经多过车辙。当晚他们在渔村栖身。布蕾妮付给村民一些铜板，住进草棚。进去之后，她和波德瑞克占据阁楼，并把梯子抽掉了。

“你留我一个在下面，我完全可以偷走你们的马，”克莱勃在底下喊道，“最好把它们也赶上楼梯，小姐。”她没理睬，于是他继续说，“今晚要下雨的。冰冷难熬的雨。你和波德睡得暖暖和和，可怜老狄克一个人在下面瑟瑟发抖。”他摇摇头，一边嘀咕，一边在干草上铺好铺盖，“没见过像你这么疑神疑鬼的处女。”

布蕾妮在斗篷底下蜷起身子，波德瑞克则于一旁打哈欠。*我并非生来就这么疑神疑鬼*，她有些想朝下面的克莱勃叫喊，*当我还是个小女孩时，相信所有人都跟父亲一样高尚*。即便他们夸赞她是个漂亮的女孩，夸赞她聪明伶俐，身材高挑，舞蹈优美，她也深信不疑。罗伊拉修女为她揭开了谜底。“他们只为讨你父亲大人欢心，”修女说，“你要在镜子里去发现真相，而不是在人们的舌尖上。”这是一个残酷的教训，她每每想起就会痛哭流涕，但这个教训也让她能在高庭忍受海尔爵士及其朋友们的游戏。*活在世上，处女必须多一点怀疑，否则早就不是处女了*，她想着想着，下起雨来。

苦桥的团体比武中，她逐个揪出她所谓的追求者们，依次击败：法洛、安布罗斯、布希、马克·慕伦道尔、雷蒙德·内兰、“鹳鸟”威尔……她踏过哈利·索耶的身躯，击碎罗伯特·波特的头盔，给他留下一道丑陋的伤疤。等他们统统倒下，圣母又将克林顿送到她面前。罗兰爵士这回拿的是剑，不是玫瑰，而她给予他的每记痛击都比亲吻更甜蜜。

当天最后一个面对她怒火的人是洛拉斯·提利尔。他没向她献过殷勤，甚至根本没看过她一眼，但那天他的盾牌上有三朵金玫瑰，布蕾妮痛恨玫瑰，看到它们，立刻激起了她狂暴的仇恨。

睡着之后，她梦到那场战斗，梦到詹姆爵士亲手将彩虹披风系到她的肩头。

第二天早晨，雨还在下。吃早餐时，机灵狄克建议等雨停了再走。

“那要等到什么时候？明天？两星期？等到夏天重新降临？不。我们有斗篷，而路还长着呢。”

雨下了整整一天，脚下的狭窄小道很快变成泥浆水潭。树光秃秃的，持续降雨令落叶变得像浸透水的棕色地毯。尽管狄克的斗篷有松鼠皮衬里，但他还是湿透了，她看得出他在发抖，不由得感到片刻同情。显然，他一直吃不饱，她疑惑地想，不知是否真有走私者的山洞或叫做轻语堡的废墟。饥不择食的人会孤注一掷。也许一切都是骗局。她的疑惑越来越深。

雨水冲刷仿佛是天地间唯一的声响。机灵狄克一个劲儿只顾着向前跋涉。于是她多了个心眼，发现他总是弓着背，仿佛低伏在马鞍上就能保持干燥。这回，黑暗降临时，附近没有村落，也没有可以提供遮蔽的树林。他们被迫在潮线上方五十码处的岩石群中露宿。至少岩石可以挡风。“今晚最好有人守夜，小姐，”她正努力点燃一堆浮木，克莱勃告诉她，“像这样的地方也许会有吧唧脚。”

“吧唧脚？”布蕾妮怀疑地看了他一眼。

“它们是怪物，”机灵狄克津津乐道地解释，“看上去很像人，走近观察才能发现蹊跷。它们的脑袋太大，而正常人长头发的地方，它们长的是鳞片。它们的皮肤像鱼肚子一样白，手指之间有蹼，身体湿乎乎的，散发出鱼腥味，肥厚的嘴唇包着一排排针尖般锋利的绿牙齿。有人说先民已将它们赶尽杀绝，这可不是真的，它们还会在夜里出没，偷走坏小孩，长蹼的脚走路时发出‘吧唧吧唧’的轻微声响。它们把女孩留着繁衍后代，吃掉男孩，用尖利的绿牙齿撕咬人肉。”他冲波德瑞克咧嘴一笑。“它们会吃了你哦，小子，它们会把你活活吃掉。”

“假如它们想试试看的话，我就杀了它们。”波德瑞克摸摸自己的剑。

“哦，你去杀吧，你去杀吧。吧唧脚可不容易对付。”他又冲布蕾妮眨眨眼，“你不是不乖的小女孩吧，小姐？”

“不。”我只是个傻子。木头太湿，不管布蕾妮用钢铁和燧石怎么打，都无法点燃。木柴冒出一点烟，仅此而已。最后她厌烦了，往岩石上一靠，拉起斗篷盖住自己，准备捱一个寒冷潮湿的夜晚。她啃着硬邦邦的腌牛肉，一边梦想热餐，而机灵狄克唾沫横飞地讲述克莱伦斯·克莱勃爵士大战吧唧脚之王。他讲故事十分生动，她不得不承认，但带着小猴子的马克·慕伦道尔也很有趣。

由于下雨的关系，看不到日落，而天色阴郁，也看不到月亮升起。漆黑的夜晚没有星光，克莱勃讲完故事便睡着了，波德瑞克也很快打起鼾来。布蕾妮背靠岩石坐着，聆听海浪。你也在海边吗，珊莎？她心想，你在轻语堡等待永远也不会来的船吗？你跟谁在一起？有人出钱让三个人搭船，是小恶魔加入了你和唐托斯的队伍，还是你找到了自己的小妹？

那是一个漫长的夜晚，布蕾妮万分疲倦。背靠岩石，任凭雨水轻轻拍打全身，眼睑越来越沉。她一共打了两次盹，第二次是突然醒来的，心怦怦直跳，确信有个人正俯视着自己。她四肢僵硬，斗篷缠绕在脚踝上，慌忙踢开它站起来。狄克蜷在一块岩石边，半埋于沉甸甸的潮湿沙土中，沉睡。一个梦。只是梦。

也许抛下克雷顿爵士和伊利佛爵士是个错误，他们看上去是正派人。假如詹姆跟我在一起，她心想……但他是御林铁卫的骑士，理应留在国王身边，而且我想要的是蓝礼。我发誓保护他，失败了；我发誓替他复仇，也失败了；我跟随凯特琳夫人出走，结果又辜负了她。风向变化，雨水顺着脸颊流淌，汇成小溪。

次日，路面缩减成一条鹅卵石窄道，到最后仅剩下一丝痕迹，接近正午时分，突然在一堵风蚀的悬崖下终止。悬崖上方，一个小城堡突兀地俯瞰着海浪，铅灰色天空映衬出三座歪歪扭扭的塔楼。“这就是轻语堡？”波德瑞克问。

“这他妈的像废墟吗？”克莱勃啐了一口。“那是恐穴堡，老布鲁恩大人的居城。但是路到此为止，从这儿往前只有松树与我们做伴。”

布蕾妮仔细观察悬崖，“怎么上去？”

“简单，”机灵狄克拨转马头，“跟紧狄克就好。吧唧脚专抓掉队的人。”

上坡的路原来隐藏在石缝之间，乃是一条陡峭嶙峋的石头小径，大部分是天然形成的，但时不时有凿刻出来的阶梯，使得攀登可以容易一点。周围尽是千百年来风化雨蚀的峻峭石壁，有些地方，岩石呈现出稀奇古怪的形状，很是奇妙——攀缘途中，机灵狄克依次指点。“那是食人魔的脑袋，看到没？”他说，布蕾妮露出微笑，“那是一条石头龙，一边翅膀在我父亲小时候就掉了。那是它的乳房，好像老太婆下垂的奶子。”他瞥了一眼她的胸口。

“爵士？小姐？”波德瑞克说，“有一个骑马的人。”

“哪里？”没有哪块岩石让她觉得像是骑马的人。

“在路上。不是石头骑手。是真的骑手。跟在我们后面。在下面。”他指着说。

布蕾妮在马鞍上扭转身。他们已经爬得相当高，可以看到沿岸方圆好几里格的情况。那个人骑马顺着他们的来路前进，只落后两三里。真的是陷阱？她怀疑地瞥向机灵狄克。

“别斜眼看我，”克莱勃说，“不管他是谁，跟机灵老狄克一点关系也没有。很可能是布鲁恩的人，打仗回来。或许是个四处游荡的歌手。”他扭头啐了一口。“我能肯定他不是吧唧脚。那种东西不骑马。”

“是的。”布蕾妮说。至少这一点大家都认同。

最后几百尺的攀登最为陡峭凶险。松动的鹅卵石在马蹄底下滚动，稀里哗啦沿着身后的石道坠落。当他们从石缝中钻出来时，已经位于城堡底下。一张脸凑在胸墙上探视，然后消失了。布蕾妮觉得那是个女人，她把想法告诉了机灵狄克。

他也同意。“布鲁恩太老，爬不上城墙走道，而他的儿孙们参战去了。剩下的全是女人，外加个把流鼻涕的小孩。”

她差点开口追问向导，布伦大人支持哪个国王，但这已经不重要了。布伦的儿子们不在，其中有些或许不会再回来。我们今晚得不到款待。一座满是老人、妇女和儿童的城堡几乎不可能为全副武装的陌生人打开大门。“你是不是认识布伦大人？”她问机灵狄克。

“以前认识，或许认识。”

她瞥了一眼他上衣的胸口：松散的线头，有片参差不齐的区域布料颜色比较深，显然原本有个纹章，后来被撕了下来。她顿时明白自己的向导是个逃兵。那名骑手会不会是他的袍泽呢？

“我们继续前进，”他催促，“否则布伦就会不放心了。你知道，女人也会用十字弓。”克莱勃指指耸立在城堡后面的石灰岩山岭，山坡上是一片树林。“从这里开始没有路，只能跟随溪流和猎物小径行进，但小姐你不用担心，机灵狄克熟悉这地方。”

这正是布蕾妮所担心的。风沿悬崖顶端一阵阵吹过，她嗅到陷阱的味道。“那骑手怎么办？”除非那匹马会在海浪中行走，否则他的目的就是冲着悬崖而来的。

“骑手怎么办？妈的，假如他是打女泉城来的笨蛋，绝不可能找到我们上山的小路。再说，即使给盯上了，我们也能在森林里甩掉他。明白吗？从这里开始，没有路了。”

只有我们的足迹。布蕾妮疑惑地盘算，是不是应该拿起武器，就在这里跟骑手决斗。如果他是流浪歌手或布伦大人的儿子呢？那我就成了个十足的傻瓜。她觉得克莱勃说的有些道理。如果到明天他仍跟在后面，我再对付他好了。“随便吧，”她一边说，一边拨转马头朝树林行去。

布伦大人的城堡在背后渐渐缩小，很快消失在视野中。哨兵树和士卒松耸立四周，仿佛高大的绿色长矛直刺天空。森林地面上铺着一层掉落的针叶，有城墙那么厚，点缀着松果，淹没了马蹄。雨下了又停，停了又下，但在松林里，几乎感觉不到雨点。

森林里前进的速度也比较缓慢。布蕾妮催马在绿色幽影中穿行，拨开无数伸展的枝条。这里很容易迷路，她意识到，每个方向看上去都一样。连空气仿佛也是灰绿色的，寂静无声。松枝划过手臂，刺耳地刮擦着新漆的盾牌。随着时间推移，诡异的气氛让她越来越不安。

机灵狄克似乎也有同样的困扰。眼看着夜幕逐渐逼近，他唱起歌来：“这只狗熊，狗熊，狗熊！全身黑棕，罩着毛绒……”他的嗓音像扎人的羊毛裤。松林吸走了歌声，犹如吸掉风和雨。不一会儿，他停下来。

“这里不好，”波德瑞克说，“不是个好地方。”

布蕾妮不愿意再加重旁人的负担，“松林阴森森的，但说到底也只是树林子罢了。没什么好怕的。”

“那吧唧脚呢？还有那些脑袋？”

“真是个聪明孩子。”机灵狄克笑道。

布蕾妮恼火地看了他一眼。“没有吧唧脚，”她告诉波德瑞克，“更没有什么脑袋。”

山岭高低起伏。布蕾妮发现自己在祈祷机灵狄克的诚实，祈祷他真的知晓目的地。如果单凭她自己，甚至不定能再回到海边。无论白天黑夜，天空都布满浓密的灰色阴云，没有太阳和星星助她辨认方向。

当晚，他们早早扎营，营地位于一座山岭之下，闪着绿光的沼泽边缘。在灰绿色反光中，前方的地面看起来相当坚实，但等骑过去，泥巴一直没到马肩。他们费尽九牛二虎之力才折回比较坚实的地方立足。“没关系，”克莱勃保证，“我们待会儿回山上去，然后换一个方向下来。”

第二天的进展仍然不大。阴暗的天空下，断断续续的雨水中，他们骑过松林和沼泽，经过水塘、山洞以及一座座荒废的古老要塞，要塞的石块上覆满苔藓。每堆石头都有一个故事，机灵狄克娓娓道来。照他的说法，蟹爪半岛人用血来浇灌松树。布蕾妮的耐心快耗尽了。“还有多远？”她终于发问，“我们一定见识过了蟹爪半岛的每一棵树。”

“根本没有，”克莱勃反对。“不过我们快到了，看哪，树木越来越稀疏，靠近狭海了。”

他口中的小丑或许就是我自己在水塘里的倒影，布蕾妮心想，然而走了这么远，没法回头。她委实疲乏极了，长时间骑马，更令大腿僵硬似铁。最近，她每晚只睡四小时，睡觉时还坚持让波德瑞克看护着。如果机灵狄克想做没本钱的买卖，她可以肯定就是在这里动手，在他熟悉的地盘内动手。他可以将他们引进强盗窝，那儿有跟他一样阴险的同伙；也可以领着他们兜圈子，等骑手赶上来。自离开布伦大人的城堡后，他们没再见到那人的踪迹，但这并不意味着甩掉了尾巴。

晚上在露营地附近踱步时，她忽然想，*也许我不得不回头干*

掉追兵。这想法让她很不安。难怪，她以前的教头便常常质疑她的意志。“你有男人的力量，”古德温爵士不止一次告诫她，“但还是一副女人心肠。在院子里手持钝剑训练是一回事，将一尺长剑刺入他人腹中，并看着对方眼中的光芒渐渐消失，那又是另一回事。”为了让她更坚强，古德温爵士派她去父亲的屠宰场，宰杀羊羔和乳猪。嘶鸣的乳猪和尖叫的羊羔很像被吓坏了的小孩子，等屠宰完毕，布蕾妮已是泪眼朦胧，沾满鲜血的衣服只好交给女仆拿去烧掉。然而古德温爵士还不满意，“猪崽毕竟是猪崽，跟人不同。我当侍从时和你一样年轻，当年我有个朋友又强壮、又快速、又敏捷，是训练场上的英雄。我们都认为，有朝一日，他定能成为杰出的骑士。然后战争打到石阶列岛，我亲眼看着我这位朋友将对手逼得跪倒在地，并打掉了对手手中的斧子，但当他要结果那人时，迟疑了片刻。在战场上，片刻就等于一生。只见那人拔出匕首，插进我朋友盔甲间的缝隙中。他的力量、他的速度、他的英勇，所有艰苦训练得来的技艺……不如戏子放的屁。一切的一切，全因为他正该痛下杀手时畏缩了。千万记住这点，小妹妹。”

我会记住的，在那片松林里，她就着回忆发誓，然后坐到岩石上，拔出剑来，反复打磨。我会记住的，我祈祷自己不要畏缩。

第二天早晨阴冷灰暗，根本看不见太阳升起，但当天色由黑暗转为灰白，布蕾妮知道是准备马鞍的时候了。他们回到松林里，机灵狄克在前面带路，布蕾妮紧紧跟随，波德瑞克骑马断后。

城堡毫无预警地出现在面前。片刻之前他们还在森林深处，一里又一里漫无目的地走着，除了松树什么也看不到。然而当绕过一块巨石，豁口赫然出现在前方，又走一里路后，森林突然到了尽头。再过去是天空与海……还有一座古老破落的废弃城堡，矗立在悬崖之巅，里面杂草丛生。“这就是轻语堡，”机灵狄克说，“听，那些脑袋在说话呢。”

波德瑞克张大了嘴巴，“我听见了。”

布蕾妮也听见了。轻微的低语声从地下和城堡内传来，越是靠近悬崖，声音就越大。原来是海水，她突然意识到，海水在悬崖下侵蚀出一个个空洞，当波浪穿过地底空穴和隧道时，便会发出隆隆响声。“没有什么脑袋，”她说，“你们听到的低语是海浪发出的。”

“海浪才不会低语呢。是脑袋。”

城堡由没涂灰浆的古老岩石搭建而成，每块石头各不相同。岩石缝隙间长着厚厚的青苔，地基底下冒出一棵棵树木。大多数古城堡都有神木林，看样子，轻语堡也一样。布蕾妮将母马牵到悬崖边，那里的围墙已告崩塌，乱石堆上长出一簇簇有毒的红色蔓藤。她将马系在一棵树上，然后壮着胆子尽量移到山崖边。下方五十尺处，波浪涌入一座残塔，塔楼后面是一个大山洞的入口。

“旧灯塔，”机灵狄克走到她身后，“当我只有波德一半大的时候，它就倒塌了。本来有阶梯从这里通往山洞，可惜悬崖垮塌时消失无踪。后来走私者不再到这里登陆，因为以前可以把小船直接划进洞里，现在不行。看到没？”他一只手搭在她背后，另一只手指指点点。

布蕾妮不由得起了鸡皮疙瘩。*只需推一把，我就会摔下去跟残塔做伴*。她连忙退后一步，“把手拿开。”

克莱勃扮个鬼脸。“我只不过……”

“*我才不管你怎么想*。城门在哪儿？”

“在另一边。”他犹豫不决。“你那小丑，他不是个记仇的人吧？”他不安地问。“我的意思是，昨晚我刚想到，他也许会生机灵老狄克的气，因为我卖给他地图，而且事先没说明走私者已不在这里登陆了。”

“你马上就能拿到金币，这笔钱完全够你退还他支付的费用。”布蕾妮无法想象唐托斯•霍拉德能构成任何威胁，“要是他真在这里的话。”

他们绕城墙走了一圈。城堡是三角形，每个角都有方形塔楼。城门几乎完全腐朽，布蕾妮伸手去拉，结果木头立刻断裂，潮湿的长条形碎木剥落下来，半扇门砸到她身上。城堡里有更多的深绿阴影，森林早已翻越墙壁，吞没了主堡与外庭。大门后有道铁闸，齿尖深陷入泥泞的地表，铁门上都是红色锈迹，当布蕾妮摇晃时，它纹丝不动。“很久没人用了。”

“我可以爬进去，”波德瑞克提议，“从悬崖边上。那儿的墙都倒了。”

“不行，太危险。那儿的石头是松的，而且红色的蔓藤有毒。找门吧，城堡定然有边门。”

他们果然在城堡北面找到了道边门，半藏在一大丛黑莓树后面。莓子已被摘光，灌木丛也被砍掉了很多，辟出一条小径，通往那扇门。这些砍掉的断枝让布蕾妮忧心忡忡。“不久前，刚刚有人经过。”

“是你的小丑和女娃儿们，”克莱勃道，“瞧，我说的话是真的。”

珊莎？布蕾妮无法相信。即便唐托斯•霍拉德那样的醉鬼，也不至于糊涂到带她来这么荒僻的地方。废墟中有古怪，史塔克女孩不大可能在这里……但她必须去查个清楚。确实有人在，她心想，需要躲起来的人。“我进去，”她说，“克莱勃，你跟我一道。波德瑞克，我要你看马。”

“我也要进去。我是个侍从。我可以战斗。”

“所以我才要你留在原地。瞧，林子里也许有歹徒，马匹不能没人保护，否则万一出了事，我们怎么回去呢？”

波德瑞克伸出一只脚在石头上蹭了蹭：“遵命！”

她挤进黑莓丛中，拽拉生锈的铁环。边门卡了一会儿，然后陡然打开，伴随着门链刺耳的抗议。这声响让布蕾妮脖子后面汗毛直竖。她拔剑出鞘，即使穿着锁甲和熟皮甲，仍旧感觉像光着身子。

“走啊，小姐，”机灵狄克在她身后催促，“你怕什么呢？老克莱勃死了一千年了。”

我怕什么呢？实在太傻了，布蕾妮告诉自己。那声音不过是海浪在城堡底下的空穴中无休止地冲刷，随着波浪起伏时高时低。然而它听上去确实像是低语，片刻之间，她似乎看到那些脑袋，摆在架子上，互相低声咕哝。“早知道我该使用那柄魔剑。”其中一个说，“早知道我该使用那柄魔剑。”

“波德瑞克，”布蕾妮说，“我的铺盖卷里有把带鞘的剑。把它拿过来。”

“是，爵士。小姐。这就去拿。”男孩奔过去。

“剑？”机灵狄克挠挠耳背，“你手上有一把了，还要另一把干什么？”

“这把给你。”布蕾妮剑柄向上交给他。

“真的？”克莱勃犹犹豫豫地伸出手，仿佛那把剑会咬人一样，“疑神疑鬼的处女给老狄克一把剑？”

“你知道怎么使剑吧？”

“吓！我是克莱勃家的人，”他接过长剑，“我有老克莱伦斯爵士的血统。”他在空中挥了一下，朝她咧嘴笑笑，“人们常说，领主都是靠剑起家的。”

波德瑞克·派恩小心翼翼地捧着“守誓剑”回来，好像捧着一个婴儿。目睹那华丽的剑鞘和装饰的纯金狮子头，机灵狄克打了个呼哨，但等她抽出剑来，练习劈砍，他立刻安静下来。它连发出的声响都比普通的剑来得锐利。“跟紧我。”她嘱咐克莱勃，随即侧身潜入边门，低头躲过门上方的拱梁。

簇叶丛生的外庭出现在面前，左边是大门，还有一座崩塌的马厩，畜栏里多有小树顶出来，穿透褐色的干茅草屋顶。右边有一条腐烂的木楼梯，向下通往黑漆漆的地牢或者地窖。主堡成了一堆长满绿色和紫色苔藓的乱石，院子里满是野草和掉落的松针，一排排一列列庄严肃穆的士卒松四处挺立，但在它们中间有一棵苍白的异类，一棵细窄的小鱼梁木，树干白得像纯洁的少女，深红色叶子随着枝杈延伸舒展。再过去便是倒塌的城墙，空旷的天空和海……

……以及一堆篝火的余烬。

低语声持续不断地在她耳边嘀咕。布蕾妮跪倒在火堆边，捡起一根焦黑的树枝，嗅了嗅，又拨拨灰烬。昨晚有人生火。或者是在向过往船只发信号。

“喂——”机灵狄克喊，“有人吗？”

“安静。”布蕾妮告诫他。

“有人躲起来了。有人想打量打量我们，然后再现身。”他走到通往地下的楼梯跟前，向黑暗中张望。“喂——”他又喊，“下面有人吗？”

布蕾妮看见一棵小树摇晃了一下。灌木丛中钻出来一个人，浑身泥尘，仿佛是从地底冒出来的植物。他手握一把断剑，但她在乎的不是这个，而是他的脸，小眼睛，宽阔扁平的鼻子。

她认得那鼻子。她认得那双眼睛。他的朋友们管他叫“猪崽”帕格。

一切仿佛在一个心跳之间发生。第二个人悄悄从井边爬上来，声音比蛇滑过潮湿的树叶还要轻。他戴一顶铁半盔，盔上扎着褪色的红丝头巾，手执一支粗短的飞矛——这人布蕾妮也认识。她身后窸窸窣窣，又一个脑袋从红色的树叶间探出来，向下张望。克莱勃就站在雨梁木下，抬头便看到那张脸。“原来在这儿呢，”他朝布蕾妮喊，“你的小丑。”

“狄克，”她急促地警告，“快过来。”

夏格维翻身下树，发出一阵刺耳的笑声。他的小丑服褪色得厉害，沾满污渍，看上去是褐色，不是灰色或粉色。他手上拿的也并非表演道具，而是一把三头流星锤，三颗带刺的铁球通过链条拴在木柄上。只见他猛地一砸，克莱勃的一只膝盖便迸裂开来，鲜血和碎骨飞溅。狄克应声倒下。“真有趣。”夏格维嘶哑地说。布蕾妮交给狄克的剑从他手中飞了出去，消失在杂草丛中。他在地上翻滚，一边嘶喊一边抓向自己残废的膝盖。“哎哟，看哪，”夏格维说，“我们的走私贩狄克先生，给我们画地图的先生。您大老远赶过来，是要还我们钱吗？”

“求求你，”狄克呜咽道，“求求你，不要，我的腿……”

“疼吗？我会止疼哦。”

“别碰他。”布蕾妮喊道。

“不要！”狄克厉声尖叫，一边举起沾满鲜血的双手护住头部。夏格维将刺球绕着他脑袋转了一圈，然后砸向脸中央，发出一阵令人作呕的碎裂声。随后是沉默，布蕾妮听到自己的心跳。

“坏夏格，”从井里爬出来的人说。他看见布蕾妮的脸，哈哈大笑。“又是你这女人？怎么，来抓人？还是思念你的好老公们了呢？”

夏格维两只脚轮流跳来跳去，甩着流星锤。“她是来找我的。她每晚都梦见我哦，每当她把手指插进缝里的时候。她想要我，伙计们，大马脸思念她快乐的夏格！瞧好了，我要操她的屁眼，给她灌满五颜六色的种子，直到她为我下个小崽崽。”

“那样的话你得用另一个洞，夏格。”提蒙用拉长的多恩腔调说。

“保险起见，我最好把她所有的洞都操一遍。”他移动到她右边，而帕格绕到左边，迫使她向参差的悬崖边退去。三个人搭船，布蕾妮记起来。“你们只有三个？”

提蒙耸耸肩，“离开赫伦堡后，我们各奔东西。乌斯威克带他那帮人向南骑往旧镇；罗尔杰认为可以从盐场镇溜走；我和我的伙计们则去了女泉城，结果上不了船。”多恩人抬起飞矛。“嘿，你咬瓦格那口可够狠的，咬得他耳朵变黑了，渗出脓水。罗尔杰和乌斯威克提议离开，但山羊非要我们守住他的城堡。他说自己是赫伦堡伯爵，没有人可以从他手中夺走它。他说这话时跟平常一样唾沫横飞。后来我们听说魔山一点一点地将他杀死，第一天砍一只手，第二天砍一只脚，砍得干净利落，再把断肢包扎起来，好让霍特死不了。他本打算最后砍山羊的鸡巴，不料来了一只鸟，要召他去君临，因此不得不提前动手，然后才离开。”

“我不是来找你们。我在找……”她差点脱口而出“我的妹妹”“……找一个小丑。”

“我就是小丑。”夏格维愉快地宣布。

“另一个小丑。”这回布蕾妮没忍住，“他跟一名贵族女孩在一起，那女孩是临冬城史塔克公爵的女儿。”

“你找的是猎狗，”提蒙说，“不巧他不在这儿。这儿只有我们。”

“桑铎·克里冈？”布蕾妮问，“你什么意思？”

“他挟持了史塔克家的女孩。据说那女孩正往奔流城去，却被他半路偷走了。该死的好运气的狗。”

奔流城，布蕾妮心想，她要去奔流城，投奔舅舅。“你怎么知道？”

“贝里那伙人当中的一个招的。闪电大王也在到处找她，他派手下人沿三叉戟河上下搜寻。离开赫伦堡后，我们碰巧遇到其中三位，有一人临死前吐露了情报。”

“他可能说谎。”

“有可能，但他没有，因为我们还听说猎狗在十字路口的客栈杀了三个他哥哥的人，当时那女孩正跟他在一起。店家发誓说是那样，然后罗尔杰杀了他，店里的婊子们也都这么讲。她们可真难看哪，不过没你丑，现在嘛……”

他想分散我的注意力，用话语来麻痹我，布蕾妮意识到。帕格逼近过来，夏格维朝她一跃。她连忙向后退开。若是不赶紧采取行动，就会被逼下悬崖。“别过来，”她警告他们。

“我想干你的鼻孔，小妞，”夏格维宣布，“很有趣吧？”

“他的鸡巴太小了，”提蒙解释，“扔下那把漂漂亮亮的剑吧，也许我们会温柔点儿，婆娘。我们只不过需要些金子，来付给走私者而已。”

“交出金子，就放我们走？”

“我们会的，”提蒙微笑，“等大伙儿都干过你之后，会付费的，而且我们将按普通妓女的标准付费，一枚银币一次；你要是不干，我们还是会拿走金子，然后再强暴你，再让你瞧瞧魔山对付瓦格大人的手法。嘿，你选哪一样？”

“这样。”布蕾妮朝帕格扑过去。

他急忙提起断剑护脸，但当他将剑举高，布蕾妮却往低处攻。守誓剑穿过皮革、羊毛、皮肤与肌肉，直抵佣兵的大腿骨。帕格倒下的同时狂野地反手一劈，断剑擦到布蕾妮的锁甲，然后他无助地仰面跌地。布蕾妮顺势将剑刺入他咽喉，使劲一拧，再拔出来，紧接着一转身，提蒙的矛刚好划过脸颊。我没有畏缩，她心想，鲜红的血液在脸上流淌，你看见了吗，古德温爵士？她几乎感觉不到伤口。

“轮到你了，”她告诉提蒙，多恩人拔出第二支矛，比刚才那支更粗更短。“扔吧。”

“好让你躲过去后，朝我冲锋？我会死得跟帕格一样惨。不。

你来解决她，夏格。”

“这是你的活儿，”夏格维说，“瞧，看到她怎么对付帕格的吗？她一定是来月经了，给经血弄疯了。”小丑在身后，提蒙在前面，无论她转向哪边，总有一个在背后。

“解决她，”提蒙催促，“让你奸尸。”

“哟，你对我真好。”流星锤在旋转。选一个，布蕾妮告诉自己，选一个，赶快选一个。说时迟那时快，一颗石头不知从何处飞来，击中了夏格维的脑袋。布蕾妮没有犹豫，她冲向提蒙。

他比帕格厉害，无奈手上只有一支投掷用的短矛，而她有把瓦雷利亚钢剑。守誓剑在她手中仿佛获得了生命，她也从来没有如此敏捷。剑化灰影，提蒙刺伤了她的肩膀，但她削去提蒙一只耳朵和半边脸，砍断矛头，然后这把一尺之长、波纹绚丽的神兵穿透了锁甲链环，插入他腹中。

布蕾妮抽回剑，血槽中浸满了鲜红的血。提蒙试图继续抵抗，他从腰带里抓出一把匕首，因此布蕾妮砍掉了他的手。这一剑是为詹姆。“圣母慈悲，”多恩人喘着粗气，嘴冒血泡，断腕处血如泉涌。“了结我吧。送我回多恩，你这该死的婊子。”

她了结了提蒙。

她转过身，发现夏格维双膝跪地，晕乎乎的，正在摸索流星锤。等他踉踉跄跄地站起身，又一块石头砸中他耳朵。波德瑞克爬上倒塌的城墙，神气活现地站在蔓藤中间，手中拿着石头。“我告诉过你，我可以战斗！”他朝下面喊。

夏格维哆哆嗦嗦地试图爬走。“我投降，”小丑喊，“我投降。千万别伤害讨人喜欢的夏格维。我太可爱了，我不能死。”

“你也不比其他人强。你奸淫掳掠，无恶不作。”

“哦，是的，是的，我不否认我的罪行……但我是最有趣的，我会讲笑话，我会蹦蹦跳跳。我会逗老爷们开心。”

“还会让女人们哭泣。”

“那是我的错吗？女人没有幽默感。”

布蕾妮垂下守誓剑。“去挖坟。那儿，鱼梁木底下。”她用剑指指。

“我没有铲子。”

“你有两只手。”比你们留给詹姆的多一只。

“何必麻烦呢？把他们留给乌鸦吧。”

“提蒙和帕格可以喂乌鸦。我得埋葬机灵狄克。他是克莱勃家族的人。这里是他的地方。”

地面因雨水而变得湿软，即便如此，小丑也花了白天余下的所有时间才挖出一个够深的坑。完工后，夜幕降临，他手上血淋淋的，全是水泡。布蕾妮将守誓剑收入鞘中，然后把狄克·克莱勃抱到坑边。他的脸惨不忍睹。“很抱歉，我一直不信任你，现在说什么都晚了。”

她一边跪下来放好尸体，一边想，我背对小丑，他应该孤注一掷了。

果然，她听见他刺耳的喘息声，紧接着波德瑞克大声示警。夏格维抓了一块凹凸不平的岩石，布蕾妮却早已将匕首藏在袖子里。

匕首总能打败石头，正如石头总能打败鸡蛋。

她挡开他的胳膊，将铁刃刺入他肚子里。“笑啊，”她朝他怒吼。他却只有呻吟。“笑啊，”她重复，用一只手掐他喉咙，另一只手捅他。“笑啊！”她不停地喊，一遍又一遍，直到鲜血染红了手腕，死亡的气味令她窒息。

夏格维一声也没笑，所有的抽泣都是布蕾妮自己发出的。

她扔下匕首，浑身颤抖。

波德瑞克帮她将机灵狄克放入墓穴中。等他们弄完，月亮已经升起。布蕾妮搓掉手上的泥，扔了两枚金龙进去。

"你为什么这么做，小姐？爵士？"波德问。

"这是我答应他找到小丑的报酬。"

他们身后爆发出一阵大笑。她立刻拔出守誓剑，转身准备对付更多血戏子……结果却发现海尔•亨特盘腿坐在残垣断壁上。"假如地狱里有妓院，这可怜虫会感激你，"骑士大声说，"不然的话，你就是在浪费金钱。"

"我信守诺言。你来这儿干嘛？"

"蓝道大人吩咐我跟着你。若是你运气奇佳，凑巧遇上珊莎•史塔克，他要我将她带回女泉城。不用怕，他命令我不准伤害你。"

布蕾妮嗤之以鼻。"好像你能够一样。"

"现在你打算怎么办，小姐？"

"埋了他。"

"我是指那女孩。珊莎夫人。"

布蕾妮想了一会儿，"假如提蒙所说是真，她正往奔流城去，路上被猎狗抓住了。如果我找到他……"

"……他会杀了你。"

"或者我会杀了他，"她固执地说，"你愿意搭把手，帮我埋葬可怜的克莱勃吗，爵士？"

"真正的骑士怎能拒绝美人的请求呢？"海尔爵士从墙头爬下来。他们一起将泥土堆到机灵狄克身上。月亮越升越高，地底的头颅在窃窃私语，它们属于那些早已被遗忘的国王们。

拥女王者

在多恩的烈日下，水就跟金子一样珍贵，人们狂热地守护着水源。然而沙岩城的井干了一百年，守护者们也离开这里，前往有水的地方，这座中等规模、有雕纹柱和三重拱门的要塞因此被荒废了。沙漠渐渐回来，重新占据此地。

亚莲恩•马泰尔跟德雷、希尔娃一起自南方赶到时正值日落，西方的天空仿佛一片金紫色织锦，云层绽放出鲜红光彩。这片废墟同样闪烁着亮光，倾倒的柱子泛出淡淡的红，血色阴影在石地板的缝隙间蔓延。白昼将尽，沙漠本身也由金变橙，再转为紫。盖林几小时前已经到达，而被称做“暗黑之星”的骑士昨天就来了。

“这里真美，”德雷一边说，一边帮盖林饮马。水是自带的。多恩的沙地战马迅捷而不知疲倦，外地马精疲力竭时，它们还能走很长的路，即便如此，也不能不喝水。“你怎么知道这地方？”

“我叔叔带我来过，跟特蕾妮和萨蕾拉一起。”回忆让亚莲恩露出微笑。“他在附近抓了些毒蛇，教特蕾妮如何安全地挤出毒液。萨蕾拉翻遍每块石头，抹去马赛克上的沙子，想更多地了解曾经生活在这里的人们。”

“那你干什么了，公主殿下？”“斑点”希尔娃问。

*我吗？我坐在井边，假装是被强盗骑士抢来的女孩，等待他来摆布我，*她心想，*他真是个高大结实的男人，黑眼睛，美人尖。*回忆让她扭捏不安。“我在做梦，”她说，“太阳落山后，我盘腿坐在叔叔脚边，乞求他讲故事。”

“奥柏伦亲王是个故事大王。”那天盖林也在，身为亚莲恩的乳奶兄弟，从学会走路之前开始，他们俩就形影不离。“他讲了盖林亲王的故事——我的名字就是跟着他取的。”

“伟大的盖林，”德雷说，“洛伊拿的奇迹。”

“就是他，令瓦雷利亚颤抖。”

“他们颤抖，”杰洛爵士说，“然后杀了他。如果我带领二十五万人走向死亡，他们会称我为‘伟大的杰洛’吗？”他嗤之以鼻，“我想我仍旧会被叫做‘暗黑之星’，算了，至少那是我自己起的名号。”他拔出长剑，坐到干涸的井沿上，开始用油石打磨。

亚莲恩小心翼翼地注视着他。*他血统高贵，足以成为相称的配偶，她心想，父亲或许会质疑我的判断，但我的孩子将和龙王们一样漂亮。*杰洛·戴恩爵士称得上是多恩领最帅的男子，鹰钩鼻，高颧骨，下巴坚强有力。他总把脸颊刮得干干净净，浓密的头发直垂到衣领，仿佛银色冰川，中间被一缕漆黑如午夜的黑发一分为二。*然而他嘴巴的线条很锐利，舌头则更利。*他坐在那里打磨长剑，落日余辉勾勒出他的轮廓，那对眼睛似乎是黑色的，但她曾在近处看过，它们是紫色。*暗紫色。一对黑暗而饱含怒火的眼睛。*

他一定感觉到她的凝视，因而视线离开了长剑，抬头与她目光交汇，微微一笑。亚莲恩脸上发热。*我不该带他来。如果亚历斯在的时候他这么看我，沙地就会染上鲜血。*她说不准会是谁的血。按照传统，御林铁卫是七大王国中最优秀的骑士……但“暗黑之星”毕竟是“暗黑之星”。

多恩沙漠的夜晚冷极了。盖林为大家搜集木柴，白花花的枝干来自一百年前枯死的树木。德雷一边吹口哨，一边用燧石打出火星，点起篝火。

等木柴点燃，他们便围坐在火边，一袋夏日红传来递去……“暗黑之星”除外，他宁愿喝不加糖的柠檬水。盖林情绪活跃，他给大家讲述从绿血河口的板条镇传来的新闻，孤儿们在那里与狭海对岸的划桨船、大帆船式平底船进行交易。假如那些水手可以相信的话，东方大陆正风起云涌：阿斯塔波爆发奴隶起义，魁尔斯有巨龙出现，夷地流行灰疫病，新的海盗王统治了蛇蜥群岛，并出发洗劫高树镇，科霍尔城中红袍僧的信徒们引发骚乱，企图焚毁黑羊神。“密尔跟里斯开战前夜，黄金团突然解除了与密尔人的合约。”

“里斯人将他们收买了，”希尔娃不假思索地说。

“聪明的里斯人，”德雷评论，“胆小而聪明的里斯人。”

亚莲恩想得更多。*假如昆廷有黄金团作依靠……*他们的口号是“黄金在下，苦钢在上”。*想赶我走的话，弟弟，寒铁可不够。*亚莲恩在多恩广受爱戴，昆廷则不为人知。没有任何佣兵可以改变这点。

杰洛爵士站起身，“我去尿尿。”

“小心脚下，”德雷警告，“奥柏伦亲王有一阵子没在这儿挤蛇毒了。”

“对毒液我有抗力，达特。哪条毒蛇敢咬我，它会后悔的。”杰洛爵士消失在一株死树后面。

其余人交换了几个眼神。“原谅我，公主殿下，”盖林轻声说，“但我不喜欢他。”

“真可惜，”德雷说，“我相信他几乎爱上你了。”

“我们需要他，”亚莲恩提醒大家，“他的剑倒不一定，但他的城堡必不可少。”

“高隐城并非多恩唯一的城堡，”“斑点”希尔娃指出，“还有很多爱戴你的骑士。比如德雷。”

“是的，”他确认，“我有一匹好马，一把宝剑，而能与我相提并论的骑士只有……好吧，实际上还是有几个。”

“有几百个，爵士先生。”盖林道。

亚莲恩留下他们互相取笑。除了堂姐特蕾妮，德雷和“斑点”

希尔娃是她最亲近的朋友，而盖林自从他俩在他母亲奶头上喝奶开始就一直揶揄她。此刻的她无心嬉笑。太阳已经消失，天空繁星密布，多得怕人。她背靠一根雕纹柱寻思，无论弟弟身在何处，是否也在凝望同样的星空。你看到那颗明亮的白星了吗，昆廷？那是娜梅莉亚之星，燃烧得炽热，而后面那条乳白色飘带就是她的一万艘船。她的光辉如此耀眼，不比任何男人差，我也将如此。你抢不走我的继承权！

昆廷被送往伊伦伍德城时还很小，按母亲的话来说，是太小了。诺佛斯人没有把子女送出去收养的习惯，而梅拉莉欧夫人始终不肯原谅道朗亲王将儿子从她身边带走。“我跟你一样，不希望如此，”亚莲恩曾偷听见父亲说，“但这笔血债是我们欠他家的，而昆廷是奥蒙德伯爵唯一愿意接受的筹码。”

“筹码？”母亲尖叫，“他是你儿子！什么样的父亲会拿自己的骨肉来还债？”

“当亲王的父亲。”道朗·马泰尔回答。

道朗亲王仍然假装她弟弟跟伊伦伍德大人在一起，却不知其早已在板条镇被盖林的母亲发现了。弟弟扮成商人，伙伴中有一位是弱视，跟安德斯伯爵那个放荡儿子克莱图斯·伊伦伍德一模一样，还有一位是精通各种语言的学士。我弟弟没有他自以为的那么聪明。聪明人应该从旧镇出发。这样虽然行程更远，但更安全，也许不会被认出来。亚莲恩在板条镇的绿血河孤儿中有很多朋友，其中某些人很好奇，为什么亲王要跟领主的儿子一道化名远行，偷偷搭船穿越狭海。有一人夜里爬进窗户，撬开昆廷的小保险箱，发现了里面的卷轴。

若能证明这次穿越狭海的秘密行动是昆廷自己的计划，与他人无涉，亚莲恩愿意付出任何代价……但他所携带的羊皮纸上盖有多恩领马泰尔家族的长枪贯日纹章，盖林的亲戚不敢拆印阅读，这……

“公主。”杰洛·戴恩爵士站在她身后，一半在星光中，一半在阴影里。

“你尿得怎样了？”亚莲恩嬉戏地询问。

“沙子挺感激的。”戴恩单脚踏住一座雕像的头。那似乎原本是座处女神像，然而沙子磨平了她的脸庞。“我尿尿时在想，你这个计划似乎无法达成你的目标。”

“我的目标是什么，爵士？”

“释放‘沙蛇’。为奥柏伦和伊莉亚复仇。我说中了吧？你想品尝狮血的味道。”

这些，再加上我的继承权。我要阳戟城，我要父亲的宝座，我要统治多恩领。“我的目标是伸张正义。”

“管你它叫什么。给兰尼斯特的女孩加冕是个空洞的姿态。她永远坐不上铁王座，你也得不到你想要的战争。只怕狮子没那么冲动。”

“没那么冲动？狮子男孩死了，剩下两只崽，谁知道母狮喜欢哪只？”

“她自己窝里那只。”杰洛爵士拔剑出鞘，利刃在星光中闪烁，犹如谎言一样锋利。“你得靠这个发动战争。不是用金冠，用铁器。”

我不会谋害儿童。“收起来。弥赛菈受我保护。而且亚历斯爵士决不会允许谁伤害他宠爱的公主，这点你一清二楚。”

“不，小姐，我清楚的是，戴恩家数千年来一直在杀奥克赫特。”

他的傲慢令她呼吸急促。“在我看来，奥克赫特也杀了同样多的戴恩。”

“我们都有自己的家族传统。”“暗黑之星”还剑入鞘，“月亮升起之时，嗯，你的模范骑士来了。”

他的眼神很锐利。骑在灰色高头大马上的果然是亚历斯爵士，亚历斯催马在沙地上疾驰，纯白披风威武地飘荡。弥赛菈公主坐在他后面，裹一件带头巾的长袍，隐藏起金色卷发。

亚历斯爵士扶她下马，德雷单膝跪倒，“陛下。”

“主人。”“斑点”希尔娃跪在他身边。

“女王陛下，我是您的人。”盖林双膝跪地。

弥赛菈很疑惑，她抓住亚历斯·奥克赫特的胳膊。“他们为什么叫我陛下？”她用抱怨的口气问，“亚历斯爵士，这是什么地方，他们是谁？”

难道他什么也没告诉她？亚莲恩赶紧迎上前，丝衣盘旋飞舞，她微笑着安抚女孩，“他们是我忠实的朋友，陛下……也会成为您的朋友。”

“亚莲恩公主？”女孩张开双臂拥抱她，“他们为什么叫我女王？托曼出事了吗？”

“他被一群奸臣挟持了，陛下，”亚莲恩解释，“他们怂恿他盗取您的王座。”

“我的王座？你是指铁王座吗？”女孩更加疑惑不解。“他没有偷过，托曼……”

“……比你小，没错吧？”

“我比他大一岁。”

“这意味着铁王座应该由您继承。”亚莲恩宣布，“你弟弟只是个小男孩，您千万不要责怪他，都是重臣们的错……好在您还有忠实的朋友。不知我有没有这个荣幸来亲自介绍他们？”她拉起孩子的手。“陛下，这位是安德雷·达特爵士，柠檬林的继承人。”

“朋友们管我叫德雷，”他说，“假如陛下也肯这样称呼我，我会感到万分荣幸。”

尽管德雷表情坦率，笑得从容，弥赛菈仍然保持警惕。“我还是会用‘爵士’的头衔称呼你，直到了解你为止。”

“无论陛下怎么称呼，我都是您的人。”

希尔娃清清嗓子，亚莲恩继续介绍，“这位是希尔娃•桑塔加小姐，女王陛下，我最亲爱的‘斑点’希尔娃。”

“他们为什么给你起这个外号呢？”弥赛菈问。

“因为我的雀斑啊，陛下，”希尔娃答道，“但他们都找借口说，由于我是斑木林继承人的缘故。”

接下来介绍盖林，这家伙跟往常一样，懒懒散散，长鼻子，黑皮肤，一边耳朵钉着一粒翡翠。“这位是放荡的孤儿盖林先生，最喜欢逗我开心，”亚莲恩道，“他母亲曾是我的乳母。”

“我很难过她死了。”弥赛菈说。

“她没死，亲爱的女王。” 盖林的金牙一闪——那是亚莲恩给买的，以代替被她打掉的牙齿。“小姐的意思是，我是绿血河上的孤儿。”

逆流而上的旅途中，弥赛菈有的是时间了解绿血河孤儿们的历史。于是亚莲恩引领未来的女王来到她这小小团队中最后一位成员面前，“这是最后，但也是最英勇的一位，杰洛•戴恩爵士，来自星坠城。”

杰洛爵士单膝跪下。他镇定自若地打量着女孩，月光在他深黯的眼睛里闪耀。

“曾有一位亚瑟•戴恩，”弥赛菈说，“他在‘疯王’伊里斯时代是御林铁卫。”

“他是‘拂晓神剑’。他死了。”

“那你现在是‘拂晓神剑’吗？”

“不。人们叫我‘暗黑之星’，我属于夜晚。”

亚莲恩将孩子拉开。“您一定饿了。我们有椰枣、奶酪和橄榄，还有甜柠檬水喝。但您不可以吃喝太多，稍事休息，我们就必须骑马出发。在这片沙漠里，最好是晚上赶路，在太阳临空之前赶路。这样对坐骑比较仁慈。”

“对骑手也一样，”“斑点”希尔娃补充，“来吧，陛下，暖暖身子。如果准许我来服侍您，我会感到非常荣幸。”

她领着公主走向火堆，杰洛爵士悄无声息地出现在亚莲恩身后。“我的家族历史可以追溯一万年，直至黎明之纪元，”他抱怨，“为什么我那个亲戚是唯一被人们记得的戴恩？”

“他是个伟大的骑士。”亚历斯•奥克赫特插话。

“他有一把伟大的剑。”“暗黑之星”说。

“还有一颗伟大的心。”亚历斯爵士握住亚莲恩的手臂。“公主，我想跟你私下谈谈。”

“过来。”她领亚历斯爵士进入废墟深处。骑士在披风下穿一件金线外套，饰有三片绿橡叶的族徽，头戴带刺轻铁盔，跟多恩人一样用黄头巾缠绕。那披风是他与众不同之处，闪光的白丝绸皓如明月，柔若清风。*毫无疑问，他把御林铁卫的披风穿来了，这个英勇的傻瓜。*“孩子知道多少？”

“没多少。离开君临前，她舅舅嘱咐她，我是她的保护人，我的任何决定都是为了保护她的安全。她也听见了街市中的人们高呼复仇，知道这不是游戏。这女孩很勇敢，她的睿智超越年龄。我要她做的她完全照办，从不多问。”骑士拉住她的手，环顾四周，压低声音。“还有其他消息你该听一听。泰温•兰尼斯特死了。”

令人震惊。“死了？”

“小恶魔杀的。太后已经摄政。”

“是吗？”*女人坐上了铁王座？*亚莲恩考虑片刻，断定情况只会向好的方向发展。如果七国诸侯习惯了瑟曦太后的统治，那么向弥赛菈女王屈膝也容易些。况且泰温公爵是个危险的对手，没有他，多恩的日子好过多了。*兰尼斯特自相残杀，真是大快人心。*

“那侏儒呢？”

“他逃跑了，”亚历斯爵士说，“现今不管是谁献上他的脑袋，瑟曦都会赐予领主之位。”铺着地砖的内庭半埋于流沙之中，他将她推到一根柱子边亲吻，手伸向她胸口。他的吻绵长有力，若非亚莲恩笑着挣脱，他还想撩起她的裙子。“我知道拥立女王让你很兴奋，爵士，但我们可没时间干那事。稍后吧，稍后，我向你保证。”她抚摸他的脸颊。“你没碰到什么麻烦吧？”

“崔斯坦不肯依。他闹着要坐在弥赛菈床边，跟她玩席瓦斯棋。”

“他四岁时得过红斑病，我提醒过你了，这种病人只会得一次。你应该放出消息说弥赛菈患的是灰鳞病，这才能让他避得远远的。”

“那男孩也许会，但你父亲的学士不会。”

“卡略特，”她说，“他要去看她？”

“我不止一次地向他描述她脸上的红斑。他也没什么疗方，只能让病情自行消退，最后给了我一罐药膏，说是为缓解瘙痒。”

从来没有十岁以下的人死于红斑病，但对成年人来说它是致命的，而卡略特学士小时候没得过这种病——这点亚莲恩八岁时就知道了，当时她自己也受到红斑的折磨。“很好，”她说，“那侍女怎么样？能骗过去吗？”

“从远处看能混过去。小恶魔舍弃众多出身高贵的女孩选择了她，就是为这一目的。弥赛菈亲自弄卷了她的头发，并在她脸上涂红点。知道吗？她们是远亲，兰尼斯港中有许多兰尼、兰尼兹、兰特尔以及较低级的兰尼斯特，他们中半数人都有黄头发。穿着弥赛菈的睡袍，脸上涂满学士的药膏……在昏暗的光线下，她甚至有可能骗过我。寻找我的替身就比较难了。戴克跟我身高相近，可他太胖，因此我让罗德穿我的板甲，并告诫他万不可掀起面罩。此人比我矮三寸，但假如我不站在他身边，也许没人注意。无论如何，他会死死地看守住弥赛菈的房间。”

“放心，我们只需要争取几天时间，到时候，公主就不在我父亲的控制范围之内了。”

“我们究竟去哪里？”他将她拉近，用鼻子轻触她的颈项，“该是把计划的其余部分告诉我的时候了，你觉得呢？”

她笑着将他推开，“不，该是骑马出发的时候了。”

当他们从干涸尘封的沙岩城废墟出发，朝西南方前进时，月亮已为月女座戴上了后冠。亚莲恩和亚历斯爵士领头，弥赛菈骑一匹精力充沛的母马行在他俩中间，盖林和“斑点”希尔娃紧紧跟随，而她的两名多恩骑士押后。七个人，亚莲恩突然意识到，这似乎是个好兆头。*七名骑手奔向荣耀，有朝一日，歌手会让我们永垂不朽。*德雷想带更多人，但那会引人注目，招惹麻烦，而且每多一人，遭遇背叛的风险就会翻倍。*至少在这点上，父亲教导了我。*即便在壮年时代，道朗·马泰尔也行事谨慎小心，习惯沉默，口风严紧。*现在是时候让他卸下负担了，但我不会容许对他荣誉甚或人身的任何伤害。*她将把他送回流水花园，在儿童们的嬉笑声中度过余生，沉浸于柠檬和橙子的香气中。*嗯，昆廷可以跟他做伴。等我为弥赛菈加冕，并释放沙蛇们之后，多恩领将团结在我的旗帜之下。*伊伦伍德家也许会继续为昆廷撑腰，可惜他们势单力孤，构不成威胁；假如他们一党投靠托曼和兰尼斯特，她正好派出“暗黑之星”将其连族诛灭。

“我累了，”骑了数小时之后，弥赛菈抱怨，“还很远吗？我们要去哪里？”

“亚莲恩公主要带陛下去一个安全的地方。”亚历斯爵士向她保证。

“这是一段很长的旅途，”亚莲恩说，“但抵达绿血河后，就会轻松多了。盖林的朋友们将在那里与我们碰头，他们是绿血河孤儿，居住在船上，平时撑船沿绿血河及其支流捕鱼、摘果。他们以船为家，无论做什么都离不开它。”

“对，”盖林愉快地喊道，“我们会在水上唱歌跳舞做游戏，还精于医术。比如我母亲便是维斯特洛最好的产婆，我父亲则能治愈疣瘤。”

“你有父母，怎么会是孤儿？”女孩问。

“他们是洛伊拿人，”亚莲恩解释，“他们的母亲是洛恩河。”

弥赛菈不明白，“我以为多恩人都是……你们都是洛伊拿人呢。”

“我们的确都有一部分洛伊拿血统，陛下，我体内既流淌着娜梅莉亚的血液，也流着莫尔斯•马泰尔的血液——他也就是跟娜梅莉亚结婚的多恩领主。婚礼那天，娜梅莉亚烧毁了所有船只，好让她的人民明白没有退路。大多数人欢欣鼓舞，因为来多恩的旅程漫长而可怕，许许多多人死于风暴、疾病和奴役；然而也有少数人感到悲哀，他们不喜欢这片干燥的红土地，不喜欢这片土地上的七面神，决心坚持旧日的生活方式。他们敲打焚毁的船壳，钉成小船，做了绿血河上的孤儿。他们歌唱的母亲并非我们的圣母，而是洛恩母亲河，其河水自世界之初就滋养着他们。”

“我听说洛伊拿人有个乌龟神。”亚历斯爵士道。

“河中老人是个次级神，”盖林说，“他也是母亲河的儿子，战胜蟹王后，赢得了统治水下住民的权利。”

“哦。”弥赛菈感叹。

“听说您也打过一些大仗，陛下，”德雷用最愉快的语调说，“听说您在席瓦斯棋桌上对我们勇敢的崔斯坦王子毫不留情。”

“他总是相同的布局，所有的山都放前面，而大象在隘口中，”弥赛菈分析道，“因此我派我的飞龙去吃掉他的大象。”

“您的侍女也玩这种棋吗？”德雷问。

“萝莎蒙？”弥赛菈说，“不。我想教她，但她说规则太难。”

“她也是兰尼斯特家的人？”希尔娃小姐问。

“她是兰尼斯港的兰尼斯特，不是凯岩城的兰尼斯特。她头发颜色跟我一样，却是直发，并非卷的。其实，萝莎蒙长得不像我，但穿上我的衣服后，能蒙过陌生人。”

“你们以前这么干过？”

“哦，是的。前往布拉佛斯途中，我们在海捷号上互换身份。伊兰婷修女给我的头发涂上棕色染料，嘴上说是扮家家，其实我知道是为了保护我的安全，以防船只万一被我叔叔史坦尼斯俘获。”

女孩显然累了，因此亚莲恩下令停止前进。他们再次饮马，休息了一会儿，享用奶酪和水果。弥赛菈跟“斑点”希尔娃分享一个橙子，而盖林吃橄榄，然后朝德雷吐核。

亚莲恩满心希望日出前能赶到河边，但他们的出发时间已经比计划晚了许多，因此，当东方的天空渐渐变红时，大家还在骑马。“暗黑之星”赶到她身边。“公主，”他说，“必须加快速度，除非你改变了主意，打算杀死那孩子。我们没有帐篷，而白天的沙漠残酷无情。”

“我跟你一样了解沙漠，爵士。”她反击道，但还是接受了建议。这对坐骑来说很残酷，然而失去六匹马好过失去公主。

很快，风从西面吹来，热辣辣干燥的风，卷起漫天沙砾。亚莲恩拉起面纱，它由微微泛光的丝绸织成，上半部淡绿色，下半部是黄色，两种颜色逐渐融合过渡，作装饰用的绿色小珍珠串随着骑行互相撞击，发出轻微的嗒嗒声。

“我知道我的公主为什么戴上面纱，”她将面纱系到铜盔上时，亚历斯爵士说，“否则她的美丽会盖过天上太阳的光辉。”

她忍不住笑起来。“不，你的公主戴面纱是要遮挡耀眼的光线，并防止沙子入口。你也该这么做，爵士。”她心想，不知她的白骑士操持愚勇有多少年了，亚历斯爵士在床上是个令人愉快的伴侣，但智慧与他形同陌路。

几个多恩人也纷纷遮住脸，“斑点”希尔娃帮小公主戴上面纱，唯有亚历斯爵士固执地披挂白袍，不久后，汗水便顺着他的脸流淌下来，他的面颊泛起红晕。*只怕再过一会儿，他就要被闷熟了*，她心想。他并非多恩烈日的首批受害者，过往诸多世纪中，许多军队旗帜飘飘地越过亲王隘口南下，却在炽热的多恩沙漠里备受折磨，不战而溃。“马泰尔家族的纹章由太阳与长矛组成，那也是多恩人最得力的两样武器，”少龙主在那部自负的《多恩征服记》中写道，“两者之中，太阳更致命。”

谢天谢地，他们无须横越大沙漠，只须通过一块旱地。眼见一只鹰在无云的天空中高高盘旋，亚莲恩知道最艰苦的路程已被抛在脑后。他们很快又发现了一棵歪歪扭扭、满是疙瘩的树，树上的棘刺跟树叶一样多。这种树被称为“沙漠乞丐”，遇见它，就意味着离水不远了。

“快到了，陛下，”盖林愉快地告诉弥赛菈。前方有更多沙漠乞丐树，密密麻麻，围着一条干涸的河床生长。阳光如同炽热的铁锤敲打着大家，但眼见旅程即将结束，人人都很放松。再度饮马后，大家深深啜饮皮袋子里的水，并用它沾湿面纱，然后上马作最后冲刺。奔过半里格，他们已踏在恶魔草上，经过一片片橄榄树林。岩石山岭后面，草长得更绿更茂盛，蛛网般的古老渠道灌溉了柠檬果园。盖林头一个发现闪烁着绿光的河流，他大喊一声，飞驰而前。

亚莲恩·马泰尔渡过曼德河一次，当时是陪三位沙蛇去拜访特蕾妮的母亲。跟那条强劲的水道相比，绿血河几乎不足以被称做河，然而它却实实在在是多恩的命脉。它的名字得自于那泥泞淤塞的绿色河水，然而随着人们靠近，阳光似乎将水变成了金色。她鲜少见到如此美妙的风景。接下来，行程会放慢，然而也比较单纯，她心想，沿绿血河逆流上行，直达万斯城，撑篙船最多只能到达那里。其间正好协助弥赛菈为即将到来的一切作好准备。过了万斯城，前方便是大沙漠。旅行要想顺利，需得沙石城和狱门堡的帮助——她相信他们会配合，毕竟，红毒蛇是被沙岩城抚养长大的，而奥柏伦亲王的情妇艾拉莉亚•沙德出自乌勒伯爵，有四位沙蛇算来是伯爵的外孙女。我就在狱门堡给弥赛菈加冕，在那里揭竿而起。

他们在下游半里格处，一棵绿色大垂柳下找到了船。多恩的撑篙船顶棚低矮，空间宽阔，没什么复杂工艺，少龙主贬损它们是“建在木筏上的破房子”。其实这很不公平，除了最贫穷卑微的绿血河孤儿，大家都努力把船雕画得美轮美奂。眼前这艘船漆着深浅不一的绿，木舵柄雕成美人鱼，栏杆扶手上一张张鱼脸向外张望。它的甲板上堆满撑杆、绳子和橄榄油罐，若干铁灯笼随风摇晃。然而亚莲恩没看到一个绿血河孤儿出来迎接。船夫呢？她疑惑地想。

盖林在柳树底下勒马。“快醒醒，你们这帮赖床的死鱼眼睛，”他边喊边翻身下马，“女王驾到，赶紧出来欢迎陛下。快起来呀，出来，我们一起唱歌喝甜酒。我的嘴巴已经——”

撑篙船的门“哗”的一声掀开，阿利欧•何塔走出来，踏入阳光之中，长柄斧在手。

盖林骤然停下。亚莲恩仿佛被那斧子结结实实地砍中腹部。事情不该如此结束。事情不是这样的。“这是我最不希望看见的一张脸。”她听见德雷说，陡然意识到自己必须采取行动。“快跑！”她一边喊，一边跃上马鞍，“亚历斯，保护公主——”

何塔把长柄斧的斧垛往甲板上一槌，撑篙船的雕花栏杆后便涌出来十几个侍卫，个个装备着短矛和十字弓。更多卫兵出现在船舱顶上。“赶快投降，公主殿下，”侍卫队长喝道，“否则我们就得杀死所有人，只留你和那孩子，这是你父亲的命令。”

弥赛菈公主一动不动地骑在马上。盖林缓缓退离撑篙船，双手高举。德雷解开剑带。“投降似乎是最明智的方法。”他一边冲亚莲恩叫喊，一边率先扔下武器。

“决不！”亚历斯·奥克赫特爵士驱马挡在亚莲恩与十字弓之间，长剑在他手中闪动着银光。他已经解下盾牌，左臂穿进绑带。“只要我有一口气在，你就别想带走她！”

鲁莽的笨蛋，亚莲恩心头焦躁，你要干什么？

“暗黑之星”纵声长笑，“你瞎了还是傻了，奥克赫特？众寡悬殊，赶快放下武器。”

“照他说的做，亚历斯爵士。”德雷劝促。

我们被逮住了，爵士，亚莲恩想喊出来，即便你牺牲自己也于事无补。你若是爱你的公主，就投降吧。这番话卡在她喉咙里。

亚历斯·奥克赫特爵士渴望地看了她最后一眼，然后金马刺一踢，发起冲锋。

他径直朝撑篙船冲去，纯白披风迎风飞舞。亚莲恩·马泰尔没见过如此英勇，却又愚蠢之极的举动。“不——”她厉声尖叫，但等她能出声时，已经太迟。一把十字弓“砰”地发射，接着是另一把。何塔吼出命令。如此近的距离，白骑士的锁甲犹如羊皮纸。第一箭射穿橡木盾牌，钉在他肩膀上，第二支箭擦过太阳穴。一根短矛击中亚历斯爵士坐骑的侧面，然而那匹马仍在向前冲，向前，踉踉跄跄地跨上跳板。“不，”某个女孩在呼喊，某个愚蠢的小女孩，“不，求求你，事情不是这样的。”她听见弥赛菈也在尖叫，刺耳的嗓音中充满恐惧。

亚历斯爵士的长剑左右挥舞，瞬间撂倒两个矛兵。他的马人立起来，踢中一个试图装弹的十字弓兵的脸，但其他弓弩一齐发射，那匹高头大马顿时钉满了弩箭。坐骑轰然倒下，连带着骑士的腿，一齐砸在甲板上。然而亚历斯•奥克赫特爵士居然挣脱了出来，他仍然握着长剑，勉力跪在垂死的马匹旁边……

……阿利欧•何塔笼罩在他面前。

白袍骑士举剑格挡，但动作太过迟缓。何塔的长斧将他右臂齐肩斩下，胳膊旋转着甩出去，鲜血如泉水喷洒。然后何塔双手握斧，一记势大力沉的劈砍，奥克赫特爵士的脑袋飞到了半空，落在芦苇丛里，溅起一阵轻轻的水花。绿血河淹没了红色的血。

亚莲恩不记得自己从马上爬下来，或许是跌下来的。她什么都不记得了，只知道四肢趴在沙地里，一边颤抖，一边哭泣，把昨天的晚餐呕了出来。*不，不，我不想让谁受伤害，一切都按计划进行，我很谨慎很小心*，她能想到的只有这些。她听见阿利欧•何塔的吼叫："快追。不能让他跑了。快追！"弥赛菈倒在地上哀号战栗，双手捂着苍白的脸，鲜血从指缝间流出。亚莲恩搞不明白。一些人手忙脚乱地上马，其他人则一拥而上，围住她和她的伙伴们。一切都让人摸不着头脑。她认为自己坠入了梦中，恐怖的红色噩梦。*这不是真的。我很快就会醒来，并嘲笑自己的惊恐。*

他们反绑她时，她没反抗。一名卫兵使劲把她拽起来，他穿的衣服是她父亲的颜色，另一个卫兵弯腰从她靴子里摸出飞刀，那是她堂姐娜梅送的礼物。

阿利欧•何塔接过刀，皱了皱眉。"亲王吩咐我必须把你带回阳戟城，"他的面颊和额头上斑斑点点，那是亚历斯•奥克赫特的血，"很抱歉，我的小公主。"

亚莲恩抬起泪迹斑斑的脸。"他怎么知道？"她问侍卫队长，"我很谨慎很小心。他怎么可能知道？"

"有人告密呗，"何塔耸耸肩，"总是有人告密。"

艾莉亚

每晚睡觉前，她都会对着枕头喃喃祈祷。“格雷果爵士，”祷词由此开始，“邓森，‘甜嘴’拉夫，伊林爵士，马林爵士，瑟曦太后。”假如她知道河渡口佛雷家人的名字，也会念出来的。有朝一日我会知道，她告诉自己，然后把他们全杀光。

在黑白之院中，再怎么放低声音也会被人听见。“孩子，”那个慈祥的人某天说，“你每晚轻声念的那些名字是谁？”

“我没念什么名字，”她说。

“你撒谎，”他说，“人们害怕时都会撒谎。只不过有些人撒得多，有些人撒得少，更有些人只是在重复一个大谎言，直到自己也几乎相信那是真的……但他们心中某个角落始终明白，谎言依旧是谎言，而这会在脸上表露出来。告诉我那些名字。”

她咬紧嘴唇，“名字不重要。”

“很重要，”慈祥的人坚持，“告诉我，孩子。”

不说就把你赶出去，她听得懂言下之意。“我恨他们，我要他们死。”

“在这栋房子里，有许多这样的祈祷。”

“我知道。”艾莉亚说。贾昆·赫加尔曾给了她三个愿望。我只需凑在他耳边低语……

“这就是你来我们这儿的原因？”慈祥的人续道，“来学习我们的技艺，好杀死这些你仇恨的人？”

艾莉亚不知如何回答。“也许吧。”

“你找错了地方。生死并非你所能决定，只有千面之神才能恩赐。我们不过是他的仆人，发誓代表他的意愿行事。”

“噢。”艾莉亚扫了一眼沿墙立着的雕像，蜡烛在它们脚边闪烁。“他是哪一个神呀？”

“啊，所有的都是。”穿黑白长袍的牧师道。

他从没把自己的名字告诉她，那流浪儿也没有。流浪儿眼睛大，脸颊凹陷，让她想起另一个叫黄鼠狼的小女孩。跟艾莉亚一样，她也住在神庙里，庙中还有三个侍僧、两个仆人和厨师乌玛。乌玛喜欢边干活边讲话，但她说的艾莉亚一个字也听不懂。其他人没有名字，或不愿公开姓名。有一位仆人年纪太大，背驼得像把弓；另一位红脸孔，耳朵里长出毛发。她原以为他俩是哑巴，直到听见他们祈祷。侍僧们比较年轻，最大的跟她父亲年龄相仿，其他两位比她姐姐珊莎大不了多少，他们也穿黑白长袍，却没有兜帽，而且左黑右白——跟慈祥的人和流浪儿正好相反。他们拿仆人的衣服给艾莉亚穿：未经染色的羊毛上衣，松垮的长裤，麻布内衣，布拖鞋。

只有慈祥的人懂得通用语。“你是谁？”他每天都问她。

“无名之辈。”她回答。她本是史塔克家族的艾莉亚，“捣蛋鬼”艾莉亚，“马脸”艾莉亚，后来，变成了阿利和黄鼠狼，乳鸽与阿盐，侍酒娜娜，也曾是灰老鼠、绵羊和赫伦堡的鬼魂……但在内心深处，这些都不是她的真名。在她心中，她始终是临冬城的艾莉亚，艾德·史塔克公爵和凯特琳夫人的女儿，她的兄弟是罗柏、布兰和瑞肯，她还有姐姐珊莎和冰原狼娜梅莉亚，还有同父异母的哥哥琼恩·雪诺。在她心中，她有名有姓……但那并非他想听的答案。

由于语言不通，艾莉亚无法与其他人交流，但她干活时注意聆听他们讲话，并私下重复听到的词语。最年轻的侍僧是盲人，却负责掌管蜡烛，每天穿着柔软的拖鞋在神庙中走动，前来祈祷的老妇人们在他身边喃喃低语。即便眼睛看不见，他总能知道哪些蜡烛熄灭了哪些需要重新点燃。“气味引导着他，”慈祥的人解释，“而且蜡烛燃烧的地方空气比较温暖。”他让艾莉亚闭上眼睛自己体会。

黎明时分，早饭之前，他们跪在平静的黑水池边祈祷。有些天由慈祥的人领头，其余时候则由流浪儿领头。艾莉亚只懂得一点点布拉佛斯语——那些跟高等瓦雷利亚语相同的词汇，因此她向千面之神祈祷时念自己的祷词，——“格雷果爵士，邓森，‘甜嘴’拉夫，伊林爵士，马林爵士，瑟曦太后”。她默默祈祷，心想假如千面之神才是真正灵验的神，应该会听取她的。

每天都有敬拜者来黑白之院，其中大多数人独行独坐，点燃祭坛上的蜡烛，在水池边祈祷，有时还会哭泣。有人用黑杯子舀水喝，然后去睡觉，更多人则不喝水。这里没有仪式，没有颂歌，没有神的赞美诗，也从不拥挤。偶而，敬拜者会求见牧师，慈祥的人或流浪儿便带他去下面的圣室，但那并不多见。

三十尊不同的神像沿墙站立，被点点烛光环绕。艾莉亚发现“泣妇”是老妇人的最爱，富翁偏爱“夜狮”，穷人崇拜“兜帽行者”，士兵会在“巴卡隆”，也即“苍白圣童”的祭坛前点燃蜡烛，水手的对象是“淡月少女”和“人鱼王”。她还惊奇地看见了陌客的祭坛，虽然几乎没人去那里。大多时候，只有一支蜡烛在陌客脚边闪烁。慈祥的人说这没关系，“他有许多张脸孔，有许多聆听的耳朵。”

神庙所在的小山丘内部开凿了无数隧道。牧师和侍僧的卧室在第一层，艾莉亚和仆人睡第二层。最底下一层除了牧师及牧师带去的人，其他人禁止入内，那是圣室所在。

每当她不干活时，便可以随意在地窖和库房间走动，只要不离开神庙或下去第三层。她找到一间满是武器防具的屋子：釉彩头盔、奇特而古老的胸甲、长剑、匕首、小刀，还有十字弓和镶嵌叶形尖头的长矛。另一间地窖塞满了衣服，包括厚厚的裘皮，五颜六色的艳丽丝绸，边上却堆着臭烘烘的破烂袍子和脱线的粗布衫。一定有藏宝室，艾莉亚断定。她想象着一叠叠金盘子，一袋袋银币，海一般的蓝宝石，绿色大珍珠串成绳子。

某天，慈祥的人出乎意料地出现在她面前，问她在干什么。她说自己迷路了。

“你撒谎。更糟的是，你撒谎的水平很差。你是谁？”

“无名之辈。”

“又一个谎言。”他叹口气。

威斯如果逮到她说谎，就会狠狠揍她，但黑白之院中的规矩不同。她帮厨时若是碍手碍脚，乌玛会拿勺子敲她，除此之外，其他人从不动手。他们只杀人，她心想。

总的来说，她跟厨师关系不错。乌玛将小刀塞入她手中，然后指指洋葱，艾莉亚就会去切；乌玛把她推到生面团跟前，艾莉亚就开始揉，直到厨师叫停（“停”是她在神庙里学会的第一个布拉佛斯词汇）；乌玛交给她鱼，艾莉亚就剔骨切片，并将厨师碾碎的干果卷在里面。布拉佛斯周围的鱼类和贝壳海腥味太重，慈祥的人不喜欢，但有一条和缓的棕色河流从南面注入大礁湖，途中蜿蜒穿越一大片芦苇、潮水坑、泥沼和浅滩，那里所产的大量蛤蜊扇贝，包括蚌壳、麝香鱼、青蛙、乌龟、泥蟹、花蟹、攀缘蟹、红鳗、黑鳗、条纹鳗，七鳃鳗和牡蛎等等，全是千面之神的仆人们就餐的雕花木桌上经常出现的食物。有些晚上，乌玛用海盐和碎胡椒子烧鱼，或用蒜末煮鳗，偶尔甚至会加一点昂贵的藏红花。热派会喜欢上这里的，艾莉亚心想。

她喜欢晚餐时间，因为之前无穷岁月里似乎都是饿着肚子入睡的。有些晚上，慈祥的人允许她问问题。某回，她问他，为什么来神庙里的人总显得如此平静，而她家乡的人却贪生怕死。她记得将匕首插入疙瘩脸的侍从肚子时，他如何哭泣；她记得“山羊”把亚摩利·洛奇爵士扔进熊坑时，他如何乞求；她记得神眼湖边，每当“记事本”开始询问金子的去向，村民们如何嗷嗷怪叫，屎尿齐流。

“从某种意义上说，死亡不是坏事，”慈祥的人回答，“它是神恩赐的礼物，以终止我们的渴望，同时也终结痛苦。每个人出生那天，千面之神都会派来一位黑天使，在我们身边终生相伴。当我们的罪孽变得太过深重，当我们的苦难变得难以承受，这位天使便会牵起我们的手，带领我们前往夜晚国度，那里的星星永远明亮闪耀。用黑杯子喝水的人正是来寻找他们的天使，蜡烛使他们平静。说说，当你闻到我们的蜡烛时，想了些什么，孩子？”

临冬城，她差点说出口，我闻到雪、松针和热腾腾的肉汤。我闻到马厩。我闻到阿多的笑声，闻到琼恩和罗柏在院子里打斗，闻到珊莎在唱歌，歌唱某位美丽的笨蛋淑女。我闻到坐着无数国王石像的墓窖，我闻到热乎乎的烤面包，我闻到神木林。我闻到我的狼，闻到她的毛皮，仿佛她仍在我身边。“我什么也没闻到，”她想听听他的评论。

“你撒谎，”他说，“但只要你愿意，你可以保留自己的秘密，史塔克家族的艾莉亚。”只有当艾莉亚惹他不高兴时，他才会如此称呼她。“你也可以离开此地。你不是我们的一员，现在还不是。你任何时候都可以回家。”

“你告诉我，假如离开，就不能再回来。”

“就是这样。”

这句回答让她很伤感。*这是西里欧的口头禅，*艾莉亚记得，*“就是这样”。*西里欧·佛瑞尔不仅教她使用缝衣针，还为她而死。“我不想离开。”

“那就留下吧……但是请记得，别把黑白之院当孤儿收容所。

在这座神庙的屋檐下，所有人的职责都是侍奉，明白吗？*Vaiar dohaeris*。我们要求你服从，任何时间，任何事情，都必须服从。如果做不到，就请离开。”

“我会服从的。”

“我们走着瞧。”

除了帮乌玛，她也被分配别的任务：打扫地板，端菜倒酒，整理一摞摞死人的衣衫，倒空他们的钱袋，清点古怪的硬币等等。每天早晨，她都走在慈祥的人身边，在神庙中巡视，寻找死者。静如影，她告诉自己，一边想起了西里欧。她提着一盏有厚厚铁隔板的灯笼，每到一个空穴，她都会将隔板掀开一条缝，借助光亮寻找死尸。

死者很多。他们来黑白之院祈祷，或者一小时，或者一天，或者一年，喝下池子里甜甜的黑水，然后平躺在某个神像背后的石床上，闭上眼睛睡觉，再也不会醒来。“千面之神的恩赐有无数形式，”慈祥的人告诉她，“但在这里，总是最温和最仁慈的方式。”每当找到尸体，他会先说一句祷词，确认生命已经消逝后，再派艾莉亚去叫仆人，他们的任务则是将尸体抬到第二层的地窖。侍僧将在那里脱下死尸的衣服，并把尸体清洗干净。死者的衣服、钱币及贵重物品放进箱子，准备分类，冰冷的血肉则被带到更下面的圣室中，那里只有牧师能进去，艾莉亚不清楚那里会发生些什么。某次吃晚餐时，一个可怕的念头忽然进入她脑海，她连忙放下刀子，怀疑地瞪着一块苍白的肉。慈祥的人察觉到她脸上的惊恐。“是猪肉，孩子，”他说，“猪肉而已。”

她睡的也是石床，这让她想起在赫伦堡威斯手下擦洗阶梯时睡的那张床，不过这张床塞的是破布，不是稻草，跟赫伦堡的比起来不太平整，却也少了刺人的烦恼。此外，她想要多少被单都行：厚厚的羊毛毯，红色、绿色，花格子，而且房间只属于她一人。她将自己的物品掏出来整理：泰坦之女号上的水手们给的银叉、软帽和无指手套，她的匕首、靴子、皮带，卖马以来一路存下的少许钱财，穿的衣服……

还有缝衣针。

尽管工作繁忙，她仍尽量抽出时间练习缝衣针，就着一根青烛的光亮与自己的影子打斗。某天晚上，流浪儿碰巧经过，看到艾莉亚在舞剑，一个字也没说，然而第二天，慈祥的人便来到艾莉亚的房间。“统统处理掉。”他指着她的物品说。

艾莉亚深受打击，“它们是我的。”

“那你是谁？”

“无名之辈。”

他拿起她的银叉。“这个属于史塔克家族的艾莉亚。所有这些都属于她。这里没有它们的位置，没有她的位置。她的名字太骄傲，而我们容不下骄傲。我们的职责是侍奉。”

“我愿意侍奉。”她感觉受了伤害。她挺喜欢那把银叉。

“你装成侍奉者，内心仍是领主之女。你用过许多名字，犹如轻飘飘换上几件长袍，但那长袍底下始终是艾莉亚。”

“我不穿长袍。穿着笨长袍没法战斗。”

“为什么你要战斗？你羡慕那些招摇过市、渴望鲜血的刺客？”他叹口气。“啜饮冷杯之前，你必须将一切都奉献给千面之神。你的身体。你的灵魂。你自己。要是无法做到，就必须离开此地。”

“那枚铁币——”

“——支付了你来此的旅资。从此往后，你必须自己付账，而且代价不菲。”

“我没金子。”

“我们提供的东西无法用金钱买到。代价是你的一切。世上的凡人，一生中经由不同路径穿越泪水与痛苦的峡谷，而我们选择的道路最为艰辛，只有极少数人能做到。它需要非凡的体力与精神，需要一颗坚强的心。”

我的心之所在是个空洞，她心想，*而且我无处可去*。“我很强壮。跟你一样强壮。我也够坚强。”

“你相信这里是唯一的去处。”他仿佛听到她的想法，“你错了。你可以在商贾人家找到轻松的职位；或者，你希望成为交际花，让人们歌颂你的美丽吗？只需说出来，我们就送你去黑珍珠或幽暗之女。从此，你将睡在玫瑰花瓣上，走路时丝裙婆娑，老爷贵人们会为了你的处女之血而低声下气；再或，若你想结婚生子，我们会为你找个丈夫。诚实可靠的小学徒，富裕的老人，海员，不管你要什么样的都行。”

这些她都不想要，于是默默摇头。

“你不是梦想着维斯特洛吗，孩子？卢科·普莱斯坦的‘光明女士号’明日启程，将依次停靠海鸥镇、暮谷城、君临和泰洛西。我们可以设法让你搭乘。”

“*我才刚从维斯特洛过来呢*。”有时候，逃离君临似乎是一千年前的往事，而有时候，却犹如发生于昨天，世态炎凉历历在目。她知道自己回不了家。“你不要我，我就走，*但我不回去*。”

“我要不要你并没有什么关系，”慈祥的人道，“也许是千面之神指引你来的，但我眼中的你只是一个小孩……更糟糕的是，你还是一个小女孩。千百年来，许多人侍奉过千面之神，但他的仆人中很少有女性。这难怪。女人将生命带来世间。我们赐予的则是死亡。无人可以两者兼顾。”

他想吓唬我，艾莉亚心想，*就像上次用尸虫一样*。“这些我不担心。”

“你应该要担心。若留下来，千面之神将会占有你的耳朵、你的鼻子、你的舌头和你悲伤的灰眼睛，那双见识过世态炎凉的眼睛；他也将占有你的手，你的脚，你的胳膊，你的腿，你的私处，你的希望和梦想，你的爱与恨。侍奉他的人首先必须放弃自我。你能做到吗？”他捧起她的下巴，注视进她的眼睛，眼神如此深邃，令她打了个冷战。“不，”他说，“我想你做不到。”

艾莉亚推开他的手，“我只要愿意就能做到！”

“吃虫子的女孩，史塔克家族的艾莉亚如是说。”

“我可以放弃一切！”

他朝她的物品比画了一下，“那么，就从这些开始。”

当晚晚餐过后，艾莉亚回到房间，脱下长袍，轻声念叨那串名字，睡眠却拒绝降临。她在塞满破布的床上辗转反侧，咬紧嘴唇，感觉到本该是心之所在的那个空洞。

于是她在漆黑的半夜起身，披上从维斯特洛穿来的衣服，扣好剑带。缝衣针悬在一侧，匕首插在另一侧。她头戴软帽，无指手套塞进剑带，手握银叉，小心翼翼地爬上楼梯。这里不是史塔克家族的艾莉亚容身之处，她心想。艾莉亚的家在临冬城，但临冬城早已不复存在。当大雪降下，冷风吹起，独行狼死，群聚狼生。然而她没有了狼群，他们都被杀掉了，被伊林爵士、马林爵士和太后这些坏人，后来，她试图寻找新的狼群，结果那些人统统离开了她，热派，詹德利，尤伦，“绿手”罗米，甚至父亲的旧部哈尔温。

她推开门，步入黑夜。

自来到神庙以来，这是她第一次出门。天色阴霾，迷雾笼罩，仿佛破旧的灰毯子。右边水道中传来划桨声。布拉佛斯，秘之城，她心想，名字取得很恰当。她静悄悄地走下陡峭的阶梯，来到带顶篷的码头，雾气在脚下盘旋，浓得看不清水面，只听见水波轻轻拍打石桩。一点亮光在远处的黑暗中闪耀，那是红袍僧神庙中的夜火。

她在水边停下，手握银叉。它是货真价实的纯银制品。这并非我的叉子，是水手给阿盐的。她将叉子轻轻丢出去，听见它“扑通”一声沉入水底。

接着是软帽和手套，它们也属于阿盐。她将钱袋在掌心里倒空：五枚银鹿，九枚铜星，还有一些零零碎碎的散钱。她把它们统统撒入水中。然后是那双靴子，它们发出的溅水声最响。接着是匕首，这是她从一个弓箭手身上得来的，他曾乞求猎狗给予慈悲。剑带也进了水道。斗篷、上衣、马裤，内衣，所有的一切。除了缝衣针。

她站在码头边，在雾气中颤抖，脸色苍白，浑身起了鸡皮疙瘩。手中的缝衣针仿佛在跟她讲悄悄话。第一课，用尖的那端去刺敌人，剑说，还有，无论如何……绝对……不要……告诉……珊莎！剑身有密肯的记号。只不过是把剑。假如她需要剑，神庙底下有上百把。缝衣针太小了，算不上真正的剑，比玩具强不了多少。琼恩让铁匠铸这把剑时，她还是个笨得无可救药的小女孩。“只不过是把剑，”她大声说出来……

……然而事实并非如此。

缝衣针是罗柏、布兰与瑞肯，是母亲和父亲，甚至是珊莎。缝衣针是临冬城灰色的墙垒，是城中众人的欢乐。它是夏天的雪花，是老奶奶的故事，是心树的红叶和吓人的脸庞，是玻璃花园中温暖的泥土气息，是将她房间的窗户吹得嗒嗒作响的北风。缝衣针是琼恩的微笑。他总爱弄乱我的头发，叫我“我的小妹，”她眼中忽然有了泪水。

魔山的手下抓住她时，波利佛夺走了那柄剑，但当她和猎狗走进十字路口的客栈，它又物归原主。这是诸神给我的东西。不是七神，也不是千面之神，而是她父亲的神祇，北境古老的旧神。千面之神可以拿走我所有的东西，她心想，但他拿不走这柄剑。

她像命名日一样裸着身子走上台阶，手中紧握缝衣针。走到一半时，脚下有块石头松了一下，艾莉亚跪下来，用手指去抠它的边缘。一开始纹丝不动，但她坚持不懈，指甲刮下碎泥灰，终于有了成果。她闷哼几声，双手用力，挖出一块石头。

“你在这儿会很安全，”她告诉缝衣针，“除了我，没人知道。”她将短剑连鞘推进台阶后面，再把石头塞回去，使它看起来跟其他阶梯一样。她边走回神庙边数台阶，牢牢记住剑的所在。总有一天她会需要它。“总有一天。”她轻声对自己承诺。

她没告诉慈祥的人自己做了什么，但他就是知道。第二天晚饭后，他来到她房里。“孩子，”他说，“坐到我身边。我给你讲个故事。”

“什么故事？”她警惕地问。

“关于我们起源的故事。既然你想成为我们的一员，就得了解我们是谁，我们从何而来。世上的人们会悄悄谈论布拉佛斯的无面者，他们不清楚的是，我们比秘之城本身更古老。我们出现在泰坦巨人兴修之前，在乌瑟罗揭开面具之前，在建城之前，我们在北方的迷雾中于布拉佛斯兴旺繁盛，但我们的根在瓦雷利亚，诞生于悲惨的奴隶群中。我们的祖先在十四火峰地底深处的矿井里辛苦劳作，正是这些火峰照亮了古自由堡垒的夜晚。普通矿井是黑暗阴冷的场所，自冰冷死寂的石头中开凿出来，但十四火峰乃熔岩火山，终日熊熊燃烧着，因此古瓦雷利亚的矿井很热，随着井道越钻越深，温度也越升越高。来自世界各地的奴隶们犹如在烤箱中劳作，周围的岩石烫得没法碰，空气弥漫着硫黄的味道，吸进肺里灼痛难耐，而即使穿上最厚的鞋子，脚底也会被烫出水泡。有时，他们为寻找金子破开洞壁，结果却遭遇蒸气、沸水或熔岩。有些井道凿得十分低矮，奴隶们无法站立，只能爬行或弯腰行走。那泛红的黑暗之中还有蠕虫。”

“蚯蚓？”她皱眉问。

“火蚯蚓。有人说它们是龙的远亲，因为它们也会喷火。它们无法在天空中翱翔，只能在岩石土壤中钻洞。假如古老的传说可信的话，早在巨龙来到之前，十四火峰中就有火蚯蚓。幼虫跟你细瘦的胳膊差不多大，但它们可以长到巨大无比，而且极端不喜欢人类。”

“它们会杀奴隶吗？”

“那些被钻开的井道中通常会发现烧得焦黑的尸体。然而矿还是越挖越深，奴隶大量死亡，奴隶主却不在乎。他们认为红金、黄金和银子比奴隶的生命更珍贵，奴隶在古自由堡垒中本不值钱。每逢战争，瓦雷利亚人都会俘虏成千上万的奴隶，和平时期，他们让奴隶交配繁衍，其中最差的则被送入地底泛红的黑暗中等死。”

“奴隶们不起来反抗吗？”

“有些人反抗过，”他说，“矿井里起义很常见，但收获甚微。古自由堡垒的龙王们拥有强大的巫术，弱者挑战他们是很危险的。第一个无面者就是反抗者之一。”

“他是谁？”艾莉亚不及细想便脱口而出。

“无名之辈，”他回答。“有人认为他本身就是个奴隶，有人坚持说他是自由堡垒的公民，出身于贵族世家，有人甚至会告诉你，他是个同情手下奴隶的监工。事实上，没人真正清楚他的来历，大家只知道，他在奴隶中活动，聆听他们的祈祷。上百个国家的子民被抓来在矿井中劳作，每个人都用自己的语言向自己的神祷告，然而祈求的都是同一件事——解脱，终结痛苦，一件极为普通极其简单的小事，却得不到神的回应。煎熬无止境地继续着。难道世上的神们全聋了吗？他疑惑地想……直到有天晚上，在泛红的黑暗中，他明白了。”

“所有神祇都有自己的工具，为其效力的善男信女在世间执行他们的意志。表面上，奴隶是在向上百个不同的神灵哭喊，其实那是同一个神，有着上百张不同的脸孔而已……而他即是这个神的工具。就在当晚，他选择了一个景况最悲惨、祈求解脱最迫切的奴隶，将他从痛苦中解放了出来。这就是首次恩赐的由来。"

艾莉亚向后退开。"他杀了那奴隶？"这不对，"他应该杀奴隶主才对！"

"他也将恩赐带给了他们……这个故事改天再讲，它只属于不为人知的无名之辈。"他昂起头，"你是谁，孩子？"

"无名之辈。"

"你撒谎。"

"你怎么这么肯定？是魔法吗？"

"用你的眼睛去看，无须魔法就能分辨真伪。你要学习如何解读表情，如何看眼睛，看嘴巴，看下巴的动作，还有肩颈连接处的肌肉。"他用两根手指轻轻碰了碰她。"有些人说谎时会眨眼睛，有些人会张大眼睛，有些人会将视线转向别处，有些人会舔嘴唇，还有许多人撒谎前会捂住嘴，仿佛要掩盖自己的欺骗行为。其他征兆或许更隐蔽，但总是存在的。虚假的微笑和真实的微笑在此刻的你眼中也许差不多，实际上它们的区别犹如黄昏与清晨。你能分辨黄昏与清晨吗？"

艾莉亚点点头，尽管她不太确定。

"那么你就可以学习分辨谎言……学成之后，没有任何秘密能瞒过你。"

"教我。"她愿意当无名之辈，愿意承受这个代价。无名之辈心中没有空洞。

"她会教你。"流浪儿出现在门外，"从布拉佛斯语开始。若是你既不会说又听不懂，那还从何做起呢？你也要把你的语言教给她。你们俩互相学习。你愿不愿意？"

“愿意。”她回答。于是从此刻起，她成了黑白之院的学徒。她的仆人衣服被取走，得到一件黑白相间的长袍，如同黄油般柔软，令她想起临冬城的旧红毯子。长袍下面，她穿着精纺白亚麻布内衣和悬垂过膝的黑衬袍。

从此以后，她成天和流浪儿在一起，摸摸这个东西，指指那个东西，互相教授语言。起初是简单词汇，例如杯子、蜡烛、鞋子，然后逐渐变难，最后是句子。西里欧•佛瑞尔曾让艾莉亚单腿站立，直到站不住为止，后来又让她去抓猫。她也曾手握木剑在树枝上舞蹈。那些都很难，但现在更难。

连针线活都比学语言有趣，她心想，因为前天晚上，她忘了一半自以为已经掌握的词语，剩下的一半发音也糟糕得很，结果被流浪儿嘲笑。*我学句子就像从前缝针脚一样乱七八糟*。假如那女孩不是饿得如此瘦小，艾莉亚或许会揍她那张笨脸蛋，现下只能咬紧嘴唇。*我笨得什么都学不会，我笨得不知道放弃*。

流浪儿学通用语却比较快。某天晚餐时，她忽然扭头问艾莉亚，“你是谁？”

“无名之辈。”艾莉亚用布拉佛斯语回答。

“你撒谎，”流浪儿道，“你必须撒得更好。”

艾莉亚笑出来，“撒得更好？你的意思是，说谎说得更好吧，真笨。”

“说谎说得更好吧真笨。我来教你撒谎。”

第二天，她们便开始了撒谎游戏，彼此轮流问问题。有时候如实回答，有时候则撒谎，提问者必须尝试分辨真伪。艾莉亚只能靠猜。大多数时候她都猜错。

“你几岁了？”有一次流浪儿用通用语问她。“十岁。”艾莉亚边说边伸出十根手指。*她认为自己仍然是十岁，但很难确定*。布拉佛斯计算日子的方法跟维斯特洛不同。不过她知道自己的命名日已经过了。

流浪儿点点头。艾莉亚也点头回应，并用自己最流利的布拉佛斯语问，“你几岁了？”

流浪儿伸出十根手指。然后伸了第二遍，第三遍。接着是六根手指。她的脸仍然静如止水。*她不可能有三十六岁*，艾莉亚心想，*她是个小女孩*。“你撒谎，”她说。流浪儿摇摇头，又给她演示了一次：十，十，十，六。她告诉艾莉亚“三十六”怎么说，并让艾莉亚重复。

第二天，她把事情告诉慈祥的人。“她没撒谎，”牧师呵呵笑道，“被你称做‘流浪儿’的人是个成年女子，终生侍奉千面之神。她将自己的一切都交给了神，一切可能的未来，一切体内的活力。”

艾莉亚咬紧嘴唇，“我会跟她一样吗？”

“不会，”他说，“除非你希望如此。是毒药让她变成现在这个样子。”

毒药。她明白了。每晚祈祷之后，流浪儿都要将一个石壶倒空至黑水池中。

流浪儿与慈祥的人并非千面之神仅有的仆人。时不时会有其他牧师造访黑白之院。胖子有一双凶狠的黑眼睛和一只鹰钩鼻，宽大的嘴里满是黄板牙；古板脸从来不笑，他的眼睛是白色的，嘴唇又厚又黑；美男子每次来都会变化胡子的颜色，鼻子也不相同，但始终不失英俊。这三个来得最频繁，偶而也有别的人：斜眼、领主和饿鬼。有回胖子跟斜眼一起来，乌玛派艾莉亚给他们倒酒。“没倒酒时，你必须站得跟石像一样，”慈祥的人告诉她，“能做到吗？”

“能。”*习动先习静*，西里欧•佛瑞尔很久以前在君临城教导她，这也成为了她的信条之一。她曾在赫伦堡当过卢斯•波顿的侍酒，要是把他的酒洒了，他会剥你的皮。

“好，”慈祥的人说，“你还是瞎子和聋子。你也许会听到一些事，但必须一只耳朵进一只耳朵出。不能听进去。”

艾莉亚那天晚上听到许多对话，大多是布拉佛斯语，她能理解的连十分之一都不到。*不动如石*，她告诉自己，于是最难的部分成了竭力遏制打哈欠。晚餐还没结束，她便开始精神恍惚。她手捧酒壶，梦到自己是一头狼，在月光下的森林里自由奔驰，身后跟着的庞大狼群发出阵阵嗥叫。

“其他人也是牧师吗？”第二天早晨她问慈祥的人，“他们都以真面目示人吗？”

“你怎么想，孩子？”

她认为不是。“贾昆·赫加尔是牧师吗？贾昆会不会回布拉佛斯？”

“谁？”他完全一无所知。

“贾昆·赫加尔。他给了我那枚铁币。”

“我不认识叫这个名字的人，孩子。”

“我问他怎么变脸，他说跟换名字一样简单，只要你了解方法。”

“是吗？”

“你能不能教我变脸？”

“没问题。”他说着托起她的下巴，将她的头转过来。“鼓起腮帮子，伸出舌头。”

艾莉亚鼓起腮帮子，伸出舌头。

“好。你变脸了。”

“我不是这个意思。贾昆用了魔法。”

“巫术都是有代价的，孩子。掌握真正的易容术需要多年的祈祷、奉献和学习。”

“多年？”她沮丧地说。

“若是容易的话，任何人都能做到。对你而言，奔跑之前先学走路，在戏子的把戏就能达到目的的场合，何必求助魔法？”

“我连戏子的把戏都不会。”

“从扮鬼脸开始练习。皮肤下面是肌肉。学着运用它们。你的脸长在你身上。脸颊，嘴唇，耳朵。微笑和愤怒不该像风暴一样忽去忽来。笑容应是仆人，当你召唤时才出现。学习控制你的脸。”

“教我怎样做。”

“鼓起脸颊。”她鼓起脸颊。“抬起眉毛。不，再高点。”她又抬起眉毛。“好。看你能保持多久。现在还长不了。明天早上再试。地窖里有块密尔镜子。每天在它面前练习一小时。眼睛，鼻孔，脸颊，耳朵，嘴唇，学习控制所有这一切。”他托起她下巴。“你是谁？”

“无名之辈。”

“谎言。可悲的谎言，孩子。”

第二天她找到那块密尔镜子，然后每天早晚都坐在它面前扮鬼脸，两边各点上一支蜡烛照明。控制你的脸，她告诉自己，你就能撒谎。

此后不久，慈祥的人命她去帮侍僧处理尸体。其实这比替威斯擦楼梯轻松多了。有的尸体肥胖高大，她铆足劲才搬得动，然而大多数死者都是皮包骨头，干干瘦瘦的老人。艾莉亚一边清洗，一边观察，琢磨着他们为何会来到黑水池边。她还记得老奶妈讲的一个故事，故事里说，在漫长艰苦的冬季，活得太久的人会宣布自己要去打猎。他们的女儿呜咽哭泣，他们的儿子将脸转向火堆，她仿佛仍能听到老奶妈的声音，但没人阻拦，也没人询问他们打算在这深深的积雪和呼号的寒风中捕什么猎。她不知这些布拉佛斯老人在前往黑白之院前是如何跟子女们说的。

月亮一轮又一轮地变换形状，但艾莉亚完全看不到。她在黑白之院中侍奉，清洗死者，学习布拉佛斯语，就着镜子扮鬼脸，试图记住自己是无名之辈。

有一天，慈祥的人传唤她。“你的口音太糟糕，”他说，“但积累的词汇已勉强能让别人明白你的意思。该是让你暂时离开我们的时候了。要真正掌握我们的语言，只有每天从早到晚地讲，不停地讲。你走吧。”

“什么时候？”她问他，“去哪儿？”

“现在，”他回答，“去神庙之外。布拉佛斯是海中的上百岛屿，你已经学会怎么说蚌壳、扇贝、蛤蜊，对不对？”

“对。”她用自己最好的布拉佛斯语重复了一遍这些名词。

她最好的布拉佛斯语让他露出笑容。“行了。去水淹镇下面的码头，找一个叫布鲁斯科的鱼贩。他是个好人，可惜背不大好使，他需要一个女孩，推着他的小车售卖蚌壳、扇贝和蛤蜊给船上下来的水手。你就是那个女孩。明白吗？”

“明白。”

“假如布鲁斯科问起你，你是谁？”

“无名之辈。”

“不。那不行，在黑白之院外不行。”

她犹豫片刻。“我是阿盐，来自盐场镇。”

“特尼西奥•特里斯和泰坦之女号上的人们认识阿盐。你的口音很特别，因此肯定来自维斯特洛……但我想应该是另一个女孩。”

她咬紧嘴唇，“可以叫我凯特吗？也就是‘猫儿’？”

“凯特。猫儿。”他考虑了一会儿。“好。布拉佛斯到处是猫。多一只也不会引人注目。你就是猫儿，一个孤儿，来自……”

“君临。”她曾随父亲两次造访白港，但更熟悉君临。

“就是这样。你父亲是一艘划桨船上的桨手长。你母亲死后，他带你一起出海，接着他也死了，船长觉得你没用，就在布拉佛斯把你赶下了船。那艘船叫什么名字？”

“娜梅莉亚。”她立刻接道。

当晚，她便离开了黑白之院，右腰插着一把长长的铁匕首，隐藏在斗篷下面，那是一件打过补丁，又褪了色的斗篷，适合孤儿穿。她的鞋子夹脚，漏风的上衣破旧不堪，但想到展现在眼前的布拉佛斯，一切都无所谓了。夜晚的空气中有烟尘、盐和鱼的味道，运河曲折蜿蜒，街巷更加离奇，人们好奇地看着她经过，乞儿们朝她叫喊。她听不懂，完全迷了路。

“格雷果爵士，”她一边念诵，一边踏上四拱石桥。在桥中央，她看到旧衣贩码头的船桅。“邓森，‘甜嘴’拉夫，伊林爵士，马林爵士，瑟曦太后。”雨水哗啦啦地下，艾莉亚仰头望天，让雨点落在脸颊上，犹如愉快的舞蹈。“*vaiar morghuiis.*”她说，“*vaiar morghuiis*，*vaiar morghuiis.*”

阿莲

初升的阳光穿过窄窗，阿莲伸着懒腰爬起床。吉思尔听到响动，慌忙披上睡袍。屋内还充斥着夜晚的寒意。等到冬天，这里就不能住了，阿莲心想，这里会冷得跟坟墓一样。于是她穿好袍子，系起腰带。“炉火灭了，”她吩咐，“麻烦你，加点柴。”

“是，小姐。”老妇人答应。

阿莲在少女塔的住所宽敞华丽，与莱莎夫人在世时她所寄居的小卧房自不可同日而语。现今她有了单独的更衣室和厕所，还有一个白石雕刻的阳台，足以俯瞰谷地。趁吉思尔照料壁炉的工夫，阿莲赤脚走出去。脚下石头冷冰冰的，屋外山风凛冽——鹰巢城上一贯如此——但眼前的风景让她暂时忘却了所有不适。少女塔是七座尖塔中最东边的一座，因此没有障碍、视野最好，晨光之下，森林、河流与田野纷纷慵懒呈现，光辉在山头闪烁，好似无数传说中的金字塔。

好漂亮啊。白雪皑皑的巨人之枪笼罩在前，雄浑豪迈的山岩与冰雪使得它肩膀上的城堡显得如此渺小。夏日里阿莱莎之泪腾涌的悬崖，如今垂下二十尺高的冰柱。一只猎鹰在崖边盘旋，张开蓝色的翅膀，翱翔于晴空之中。我有翅膀就好了。

她把手放在精雕细琢的栏杆上，向外眺望。六百尺的正下方乃是长天堡，继而无数凿刻的石阶组成蜿蜒的道路穿过雪山堡和危岩堡，直下谷地。月门堡的塔楼与工事细小得像孩童的玩具，而城堡之外，公义者同盟的士兵们也从帐篷里起身，来来往往，好比蚁丘中的蚂蚁。他们真是蚂蚁就好了，她心想，伸腿就能踩扁。

小杭特伯爵的队伍于两天前抵达，其他人则早到了。奈斯特•罗伊斯关门抗拒，但他麾下士兵尚不满三百，而前来逼宫的六镇诸侯每人皆带来一千精锐。阿莲像清楚自己的真名一样清楚这些人的名讳：本内达•贝尔摩，洪歌城伯爵；赛蒙•坦帕顿，九星城的骑士；霍顿•雷德佛，红垒伯爵；安雅•韦伍德，铁橡城伯爵夫人；杰伍德•杭特——呼为“小杭特”——长弓厅伯爵，以及六镇中强大者约恩•罗伊斯，外号“青铜约恩”，声名显赫的符石城伯爵，乃奈斯特的表兄和罗伊斯家族本家的族长。自莱莎•艾林坠落之后，这六镇诸侯就在符石城商讨，最终签订了盟约，誓言共举义旗，保境安民，并为劳勃公爵和谷地而战。他们的声明中丝毫没提到峡谷守护者，反而要求“终结乱政”，清理“宵小奸臣”。

冷风拍打着小腿，她回屋换装，准备用餐。培提尔将前妻的衣橱尽数赠与，里面有她做梦也不敢想象的无数丝衣、绸缎、天鹅绒与毛皮，不过大都既肥且宽——莱莎多次怀孕又多次死产流产后，已彻底没了体型——阿莲只穿得上奔流城年轻二小姐的那些旧裙服。吉思尔负责把其他衣服一件一件改好，毕竟，十三岁的阿莲已比她姨妈二十岁时高了一胫。

今天早上，她看上一件徒利家族红蓝相间的裙服，边缘镶有松鼠毛，于是吉思尔帮她穿进喇叭袖，捆好背带，再梳绾她的长发——昨晚临睡前，阿莲刚重新染过。姨妈将她枣红色的秀发染成了深棕色，然而过不多久，发根又会变红，所以得时时补料。*染料用完后我该怎么办呢？*毕竟那是从狭海对岸的泰洛西得来的稀罕之物。

下楼梯时，她再度感叹于鹰巢城的寂静，只怕七国上下没有比这里更沉默的城堡了。此地的仆从不仅稀少，而且个个老迈，交流时也识趣地压低声音，以免惊扰暴躁的少主。山上没有马厩，没有猎狗咆哮，没有骑士操练比武，连守卫们在白石厅堂里巡逻的脚步

声也显得疏远缥缈，她唯一能清晰分辨的，乃是寒风席卷尖塔的呜咽与叹息。想起刚来城里时，至少还能听见阿莱莎之泪的缠绵，如今吉思尔说瀑布要到春天才会解冻。

劳勃大人独坐在厨房上方的明月厅内，无精打采地用木匙掏着一大碗蜂蜜麦片粥。“我要鸡蛋，”他看见她便抱怨，“我要三个煮得软软的鸡蛋，外加煎好的培根。”

他们没有鸡蛋，更没有培根。鹰巢城粮仓里储备的燕麦、玉米和大麦足以支撑一年之久，但新鲜食品都是由一位名叫米亚•石东的私生女孩从谷地带上来的。如今公义者同盟封锁了山路，米亚不敢冒险穿越——六镇诸侯非常清楚这点，他们中最先赶来的贝尔摩伯爵刚到山下便派乌鸦传信警告小指头，只要他还挟持着劳勃公爵，就别想得到任何供应。换言之，从严格意义上讲，鹰巢城没有遭到围困，但情况也好不到哪里去。

“等米亚上山您就会有鸡蛋的，要多少有多少，”阿莲对小公爵保证，“她会带来鸡蛋、黄油和瓜果，许多美味可口的东西。”

男孩不为所动，“我现在就要鸡蛋。”

“乖罗宾，这里没有鸡蛋，你是知道的。好啦，快把粥喝了吧，味道挺不错的。”她自己先舀了一匙。

劳勃将汤匙在碗里拌来拌去，就是不放进嘴里。“我不饿，”他最后决定，“我想回去睡觉。昨晚我又没睡着，阿莲，总是听见歌声！柯蒙师傅给我安眠酒喝，可我喝了还是听见有人唱。”

阿莲放下汤匙，“如果有人唱，我也会听见。乖罗宾，你在做噩梦，没别的。”

“不对，才不是梦！”男孩眼中噙满泪花，“是马瑞里安，他又在唱！你爸爸说他死了，不，他才没有死！”

“他死了，”听劳勃这样讲，她忽然觉得很害怕。他幼弱多病，如果又疯了该怎么办？“乖罗宾，马瑞里安真的死了，他深爱着你母亲大人，所以无法原谅自己对她犯下的罪孽，他最终被蓝天所召唤。”当然，阿莲和劳勃一样没看见尸体，但歌手的结局早已注定。“真的，他死了。”

“但我每晚都听见他唱歌，就连关上窗户，用枕头蒙住脑袋也不行。你爸爸该把他舌头拔出来，我命令他这么做，结果他不执行！”

那当然，得留住舌头好让他在外人面前招供。“罗宾，乖，把粥喝了吧，”阿莲哄道，“好吗？就当是为了我？”

“我不想喝粥，”劳勃伸手将汤匙掷过大厅，砸在一幅织锦上，洁白的明月锦绣留下了点点污迹。“大人要鸡蛋！”

“大人应该满怀感激地把粥喝下去。”培提尔的声音从身后传来。

阿莲连忙回头，看见他和柯蒙师傅并肩站在拱形门梁下。“请听听峡谷守护者的劝告，大人，”学士劝道，“您的封臣此刻正上山前来输诚效忠，您需要精神抖擞地接待。”

劳勃用指关节揉揉左眼，“叫他们走，我才不想看见他们。如果他们坚持要来，我就要看他们飞！”

“噢，您这提议很有意思，大人，可惜我保证过他们的安全，”培提尔说，“无论如何，现在要赶他们走也迟了，对方多半已到达危岩堡。”

“就不能放过咱们吗？”阿莲闻言哀叹，“咱们从来都没伤害过他们。他们想要什么呢？”

“他们要劳勃大人。他，还有谷地。”培提尔促狭地微笑，“一行八人，除了六个闹事者，还有带路的奈斯特子爵以及林恩•科布瑞——这种腥风血雨的场面，他怎会错过？”

小指头的话只能加剧她的恐慌。传说在比武场上被林恩•科布瑞杀掉的人和在战场上被他杀掉的人一样多。他的骑士封号是助劳勃叛乱而获得的，起初，他在海鸥镇对抗琼恩•艾林公爵，后来投靠叛军参加三叉戟河决战，并在会战中击杀了许多人，其中包括著名的御林铁卫——多恩的勒文亲王。培提尔告诉阿莲，当勒文亲王最终对上科布瑞那柄名剑“空寂女士”时，已然身负重伤，难以为继，但他又随即补充，“这些言语你可不能在科布瑞面前提起，所有问起他与马泰尔一战真相的人，都被他送到地狱里去向他的对手提问了。”实际上，只要她从鹰巢城守卫们口中听来的故事有一半真实，林恩•科布瑞就已经比公义者同盟的六位诸侯加起来还要危险了。“他怎么也来？”阿莲急促地追问，“我还以为科布瑞家站在您这边呢。”

“莱昂诺•科布瑞大人的确倾向于我，”培提尔解释，“但他弟弟我行我素惯了。在三叉戟河，当他们的父亲被砍倒时，是林恩抓起‘空寂女士’，替父报仇。随后莱昂诺护送老人去后方找学士救治，林恩则率队冲锋，不仅击溃威胁劳勃左翼的多恩军队，还杀掉了对方领袖勒文•马泰尔。老科布瑞伯爵临死前，将‘空寂女士’剑传给了幼子，把封地、爵位、城堡和所有钱财留给莱昂诺，不过作哥哥的并不领情，始终觉得自己的权利受到了损害，至于林恩爵士嘛……他对我的感情就跟他对莱昂诺的感情一样深，你知道，他本来想娶莱莎的。”

“我不喜欢林恩爵士，”劳勃插话，“我不许他来这里。你赶紧叫他下山，我从没准许他上来。不准他上来！妈咪说过，这里是攻不破的！”

“你妈妈死了，大人，而直到你十六岁命名日之前，谷地由我统治，”培提尔转身吩咐厨房台阶上的驼背仆女，“美拉，给大人拿一个新汤匙，大人想喝粥。”

“我才不想喝！我想看它飞！”劳勃兜起大碗掷过去，麦片与蜂蜜霎时在空中飞溅，培提尔•贝里席见状敏捷地闪躲开来，柯蒙师傅就没那身手了，结果被木匙结结实实地打中胸膛，食物溅满脸庞和肩膀，令他顾不得学士的尊严，惊惶地出声尖叫。阿莲连忙上前安抚，可惜迟了，发病的男孩用颤抖的手抓起一壶牛奶再度扔出去，然后他试图站起来，结果撞翻了椅子，摔成一团，乱蹬的腿狠狠地踢中阿莲的肚子，差点令她背过气去。“噢，诸神在上。”培提尔厌恶地说。

麦片粥点缀在柯蒙师傅的头发和脸庞上，他跪在主子面前，呢喃着安慰的话语。一颗米粒自他右颊缓缓滑落，仿佛一大颗灰黄的泪珠。*这次发作没有上次强烈*，阿莲试图往积极的方面想。癫痫病发作完毕后，培提尔召来两名穿天蓝披风和银锁甲的守卫，“带他回房，用水蛭放血。”峡谷守护者下令，两名守卫中的高个子便一声不吭地将主人揽入怀中。*连我都能轻轻松松抱起他*，阿莲心想，*他就像他的布偶那么轻。*

柯蒙多留了片刻，“大人，会面可否缓一日？自莱莎夫人死后，这孩子的病一天比一天厉害，不仅发作得更频繁，每次发作也更加剧烈。我已在所能允许的最大范围内为他放血，给他喝安眠酒和罂粟花奶，以助其入睡，然而，他需要休息……”

“他一天能睡十二个钟头，”培提尔打断道，“而我只要他在必要的时刻保持清醒。”

学士尴尬地用手指梳梳头发，甩开无数米粒，落到地板上。“从前，每当他焦躁不安时，莱莎夫人会喂他奶喝。安布罗斯博士说母乳具有奇特的功效。”

“这就是你的谏言吗，学士先生？你要我们为鹰巢城公爵和艾林谷守护者找个奶妈？那等他结婚那天，该怎样让他断奶呢？或者教他放弃奶妈的乳头直接找上新娘子的？”培提尔公爵哈哈大笑，“不，不妥，我建议你另选一条路子。孩子都爱吃甜食，对吧？”

“甜食？”

"甜食。蛋糕、派饼、果酱、果冻、蜂窝上的蜂蜜……诸如此类，或许……在牛奶里加一点甜睡花，你试过吗？只加一点点，以安抚神经，帮他摆脱癫痫病的困扰。"

"一点？"学士的喉结急促地前后蠕动，"一点点……也许，也许罢……不能太多，也不能太频繁，然而，我可以试……"

"一点，"培提尔公爵保证，"在你带他出来接见封臣们之前。"

"遵命，大人。"学士急匆匆离开，每走一步，颈链都轻声作响。

"父亲，"等众人离开后，阿莲发问，"您用早餐吗？我去盛粥。"

"我讨厌麦片粥，"他用小指头的眼睛打量她，"一个亲吻足以当我的早餐了。"

真正的女儿决不会拒绝为父亲献上亲吻，因此阿莲奔上前吻了他，那是干巴巴、急促的一碰，刚刚碰到脸颊，旋即急促地分开。

"多么地……尽职尽责啊，"小指头的嘴唇在笑，眼睛却没有，"好吧，我正好有职责要交给你。去找厨子，温几壶红酒，加上蜂蜜和葡萄干，我们的客人爬了很长的路，想必又冷又渴。等他们抵达，你得亲自出去迎接，奉上面包、奶酪和葡萄酒……我们还剩下什么样的奶酪？"

"呛口的白奶酪和发臭的蓝奶酪。"

"端白的出来。此外，你得更衣。"

阿莲低头审视自己的裙服，那是奔流城的深蓝和暗红，"您觉得这太——"

"——太徒利化了。我的私生女儿炫耀地穿着我前妻的衣服会刺激'公义者'们。赶快去换，嗯，需要我提醒你天蓝和乳白也不行吗？"

"是，"天蓝和乳白乃是艾林家族的色彩。"他们有八个，您……青铜约恩也在其中？"

"他是这八个里面我唯一关心的。"

"青铜约恩认得我，"她提醒培提尔，"他儿子披上黑衣时，他随行来临冬城做客。"阿莲模糊地忆起，自己是如何疯狂地爱上了威玛爵士……那仿佛是一生之前的事了，是某位笨女孩的梦想。"后来，罗伊斯大人他还……他还在君临见过珊莎•史塔克，在首相的比武会上。"

培提尔以一根手指抬起她的下巴："罗伊斯见过这张俏脸不假，但这张脸不过是一千张脸谱中匆匆闪过的花朵。下场比武的战士关心的是自个儿的安危，不是人群中的孩子；而临冬城的珊莎是个枣红头发的小女孩，我女儿是高大美貌的少女，头发更有栗子的颜色。人们只会看到自己想看的东西，阿莲，"他吻了她的鼻子，"叫玛迪燃起书房的炉火，我将在那里待客。"

"不在大厅吗？"

"不成。我不能太靠近艾林家的王座，否则会挑起更深的怨恨，他们认为像我这样出身低微的人注定没资格向往那高高在上的座位。"

"书房啊……"她本该就此住嘴，却不知怎地又补问了一句，"若您把劳勃……"

"……和谷地交给他们？"

"他们已经占有了谷地。"

"噢，他们是占有谷地的一大块，这我承认，但远远没到控制局面的程度。我在海鸥镇很受欢迎，也有别的诸侯肯当我的朋友。格拉夫森、林德利、莱昂诺•科布瑞……当然，他们的势力比不上公义者同盟。不过阿莲，你觉得我们还能上哪儿去呢？返回我在五指半岛上的雄伟要塞吗？"

她考虑过后路了，“乔佛里给了您一座雄伟要塞，您理所当然应该回赫伦堡。”

“那只是虚位，我需要用它来迎娶莱莎，仅此而已——当时总不能让兰尼斯特把凯岩城封给我吧。”

“是，但城堡已经属于您了。”

“啊，那是怎样一座城堡啊！洞穴般的殿堂与荒废的塔楼，鬼魂与幽灵四处出没，无人打理，难以防御……还有关于诅咒的小麻烦。”

“诅咒是歌谣和故事里才有的事。”

这话令小指头不禁微笑：“已经有关于中毒矛惨死的格雷果·克里冈的歌谣了吗？或者关于在他之前的佣兵，被他肢解四肢的那位？那位又是从亚摩利·洛奇爵士手中接管城堡的，而亚摩利·洛奇爵士得自于泰温公爵，结果前者教熊吃掉，后者死在自己的侏儒儿子手上。我还听说河安老夫人也死了。罗斯坦家族、史壮家族、哈罗威家族，塔尔斯家族……碰过赫伦堡的人统统不得好死。”

“那就把它交给佛雷侯爵！”

培提尔轻笑出声，“也许吧，或者给咱们亲爱的瑟曦太后……噢，可不该说她的坏话，她把那些华丽的织锦给我送来了，你说，她不是挺仁慈的吗？”

提起太后的名字便令她全身僵硬。“不，她才不仁慈，她让我害怕。如果教她知道我在这里——”

“——那我只好让她提前出局了，如果她还没把自己置于死地的话，”培提尔用小指头的笑逗弄她，“在权力的游戏之中，最卑微的棋子也有自己的欲望，有时候会拒绝执行你为它们设计的行动。记住这点，阿莲，这是瑟曦始终学不会的一课。好啦，你不是还有职责要办吗？”

她乖乖照办，首先监督厨子温酒，接着找来一大轮白奶酪，并令下人烤好二十人份的面包，以防诸侯们带的随从过多。吃了我们的面包与食盐，他们就是宾客，再也不能伤害我们。虽说在孪河城，佛雷家族公然践踏关于宾客的律法，谋杀了她的母亲大人和哥哥，但她不相信高贵的约恩•罗伊斯会堕落到那种程度。

随后她开始布置书房。书房已铺有密尔地毯，没必要再撒香草，阿莲吩咐两名男仆抬来搁板桌，再端来八张沉重的橡木皮革座椅——若是寻常宴席，该把两张椅子分别放在桌子首尾，再左右各放上三张，可这次不一样，阿莲另有主意，她在桌子的一面放了六张椅子，另一面放上两张。

同盟的诸侯们应该到达雪山堡了吧，爬山十分辛苦，骑骡子需骑上一天，走路得花好多日子了。会谈将在夜间举行，蜡烛必不可少。于是等玛迪燃好炉火后，阿莲又叫她取来若干熏香蜂蜡，这是魏克利伯爵送给莱莎夫人的求婚礼物。随后她又回去厨房，确保面包和葡萄酒准备妥当。一切都很顺利，还有时间留给她梳洗换装。

她首先看中一件纯紫的丝裙服，接着又为一件暗蓝色镶银丝的天鹅绒裙服着迷，最后她想起阿莲不过是私生女，打扮不能招摇醒目。结果她换上一件羊毛裙服，暗棕色，做工朴素，胸前与衣袖上绣了藤蔓与枝叶的装饰，还镶有金色裙边。这件裙服舒适体贴，却几乎可算是仆女的服装。培提尔将前妻的珠宝也尽数给了她，此刻她拿许多项链试了又试，觉得它们都过于华丽，最后只系了一条天鹅绒缎带，锻带是秋天的金色。吉思尔将莱莎的银镜端来，她发现这个颜色与阿莲蓬松的深棕色头发很配。*罗伊斯伯爵认不出我来的*，她心想，*连我自己都认不出自己*。

自觉具备了培提尔•贝里席的信心之后，阿莲•石东戴上微笑，跑去迎接客人。

鹰巢城是七大王国里唯一一座需要客人从地下进入的城堡。蜿蜒的石阶穿过雪山堡和危岩堡，在长天堡终结。最后六百尺是垂直的悬崖，迫使来客放弃坐骑，作出选择：要么和萝卜一起搭乘摇摇晃晃的木篮子上山，要么在山腹中攀登凿刻的搭手。

雷德佛伯爵和韦伍德伯爵夫人是同盟中的长者，众人将吊篮让给他俩坐，篮子回来时又载了肥胖的贝尔摩伯爵上去。其他诸侯自行攀登。阿莲在新月堂温暖的壁炉前以劳勃公爵之名欢迎他们，奉上面包、奶酪和盛在银杯中温热的葡萄酒。

先前培提尔给她一张纹章卷轴加以研习，因而她能通过纹章辨认出所有人。显然，胸前绣有红色城堡的是雷德佛，他身材矮小，灰胡子修剪整齐，慈眉善目；安雅夫人是公义者同盟中唯一的女性，深绿外套上用黑玉镶有韦伍德家族的破碎车轮徽章；紫衣上绣六只银铃的是贝尔摩，梨形肚子，圆肩膀，多肉的下巴伸出无数淡黄间灰的短须；赛蒙•坦帕顿与他刚好相反，胡子又黑又尖，外加尖鼻子和冰蓝色眼睛，使得这位九星城骑士犹如天上的猛禽。他的紧身上衣在交叉的金色十字内绣了九颗黑色的星；小杭特伯爵的白貂皮披风咋看上去没有特色，直到她发现系外套的别针——五根呈扇形散开的银箭。此人年过四十，阿莲私下觉得他已接近五旬，乃父统治长弓厅近六十年之久，最近突然暴病身亡，谣传是做儿子的迫不及待要继承权位。小杭特的脸跟鼻子红得像苹果似的，无疑是贪杯的缘故，她决心多给他倒几杯酒。

来客中最年轻者胸前绣有三只乌鸦，每只爪下都抓着一颗血红的心脏，此人褐色的头发披到肩膀，前额垂下一髻散乱的发卷。这便是林恩•科布瑞爵士，阿莲一边想，一边警惕地扫视着对方刚硬的唇形和令人不安的眼神。

罗伊斯兄弟走在最后，奈斯特子爵陪伴着青铜约恩。符石城伯爵如猎狗般高大，纵然头发灰白，面容沧桑，仍有说不出的魄力，那双纠结的巨掌仿佛随时能将年轻人的脖子轻轻折断。看他严肃的神情，珊莎不由得忆起临冬城的往事，忆起伯爵大人坐在桌边和母亲低语；忆起他外出打猎，收获了一只雄鹿，欢呼呐喊声震城堡；忆起他在较场里以比武用的钝剑将她父亲打倒在地，还打败了罗德利克爵士。不行，他一定能认出我来，他怎么可能不认识我？阿莲犹豫要不要跪在对方面前寻求庇护。他没为罗柏而战，怎会为我而战呢？战争已告结束，临冬城成了废墟。“罗伊斯大人，”她怯生生地问，“您需要美酒以驱除寒意吗？”

青铜约恩瓦灰色的眼珠半隐藏在她所熟悉的浓眉毛下面，当他们目光交汇时，那双眉毛不禁一皱，“姑娘，我们会过面吗？”

阿莲惊得几乎把舌头吞下去，幸好奈斯特子爵提她解了围，“阿莲是峡谷守护者的私生女儿。”他粗声告诉表兄。

“小指头的小指头折腾得挺欢的嘛。”林恩•科布瑞挂着一丝恶作剧的微笑评论道，贝尔摩听了哈哈大笑，阿莲只觉红晕爬上脸颊。

“你多大了，孩子？”韦伍德伯爵夫人问。

“十四岁，夫人，”她差点忘了阿莲的年龄，“我已经不是孩子了，我是有过月事的女人。”

“是吗？还没开苞吧？”小杭特伯爵的大胡子将他的表情完全遮住。

“现下还没有，”林恩•科布瑞接嘴，当她不在场一样，“不过我瞧这妞儿是含苞欲放了。”

“心宿城的操守规矩已沦落至此了吗？”安雅•韦伍德也是头发花白的老人，眼角皱纹斑斑，下巴皮肤松弛，可语气中的尊贵令人肃然起敬，“这姑娘年纪轻轻，温顺知礼，却不幸经历过恐怖的事件。注意你的言辞，爵士。”

“我的言辞我自己知道关心，”科布瑞反唇相讥，“夫人您注意自个儿就好了。许多死人可以告诉您，我可不是喜欢听人教训的骑士。”

韦伍德伯爵夫人不再理他，“带我们去见你父亲，阿莲，这里的事越早处理完越好。”

“峡谷守护者在书房等候大家，请大人们移步。”众人出了新月堂，爬上一段大理石阶梯，途经地窖和三个杀人洞——诸侯们假装对顶上的机关不闻不问。等到达顶端，贝尔摩已是气喘吁吁，如同铁匠的风箱，而雷德佛的脸色变得跟他的头发一样灰败。守卫们打开铁闸门，“这边走，大人们，请随我来。”阿莲引大家穿过一条挂有无数华丽织锦的拱廊，来到罗索·布伦爵士把守的书房门口。他为大家开门，并跟着进去。

培提尔坐在搁板桌前，一只手握着一杯葡萄酒，另一只手翻弄着一张脆弱的白卷轴。当公义者同盟的诸侯们进入时，他翻起眼睛打量大家。“大人们，欢迎之至，还有您，我的好夫人。啊，登山使人劳累，快请落座。阿莲，亲爱的，给我们的贵客倒酒。”

“是，父亲。”她欣慰地发现，香蜡已然点起，书房中弥漫着豆蔻与其他贵重香料的味道。她取酒壶时，客人们一个接一个的落座……奈斯特·罗伊斯犹豫半晌，最终不得不坐到培提尔公爵身旁的空位子上，林恩·科布瑞则站在壁炉旁边，伸手取暖，剑柄的心形红宝石映照出耀眼的红光。阿莲看见他冲罗索·布伦爵士微微一笑。*以“老男人”的标准而论，林恩爵士长得挺俊，她心想，可我一点也不喜欢他的笑容。*

“我正在阅读诸位大人的严正声明。”培提尔开口，“写得真好，操刀的学士深谙笔墨之道。诸位，什么时候让我也联名签署呢？”

他的话大大出乎来客们的意料。“你？”贝尔摩说，“签字？”

“我的笔墨功夫虽不及这位渊博的学士，书写文字却也绰绰有余，况且最关心劳勃大人的难道不是区区在下吗？至于这帮‘宵小奸臣’，让我们齐心协力地挖出来。大人们，我全心全意地支持你们的事业，恳请你们即刻赐教签署盟约的手续。”

阿莲一边倒酒，一边听见旁边的林恩•科布瑞“嗤嗤”发笑。其他人则倍感困惑，直到青铜约恩•罗伊斯清脆地捏了捏指节，道：“我们此行的目的不是要你在盟约上签字，也不是来跟你玩文字游戏的，小指头。”

“是吗？真可惜，游戏乃是生活的调料，”培提尔把卷轴放到一边，“好吧，让我们直入正题，大人们，夫人，你们想要我做些什么呢？”

“我们不想要你做什么，”赛蒙•坦帕顿用冰蓝色眼珠瞪着峡谷守护者，“我们要你滚。”

“滚？”培提尔佯作惊讶，“我能上哪儿去？”

“国王给了你赫伦堡，”小杭特伯爵指出，“任何人都该满足了。”

“河间地正需要有人统治，”老霍顿•雷德佛说，“奔流城被围，布雷肯和布莱伍德公开交战，三叉戟河两岸的土匪气焰嚣张，杀人放火，到处都有未及掩埋的尸首。”

“好一副诱人图画，雷德佛大人，”培提尔应道，“不过很可惜，我在谷地身兼重责。况且劳勃大人目前还算安稳，难道要我把这病弱的孩子带往一片混乱血腥中去吗？”

“公爵大人留下，”约恩•罗伊斯宣布，“我将把他带去符石城，让他成为一个能令琼恩•艾林骄傲的骑士。”

“符石城？”培提尔好奇地问，“为何不是铁橡城或红垒？为何不是长弓厅？”

“随便哪里都可以，”贝尔摩叫道，“公爵大人会轮流造访每家的城堡。”

“是吗？”培提尔的语气中充满怀疑。

韦伍德伯爵见状叹了口气，“培提尔大人，别再使小儿科的离间计了。我们大家说好了，乃是同气连声的盟友。就我看，符石城相当合适，约恩大人培养出了三位好男儿，没有谁比他更适合教导小公爵，那里的亨威格师傅比您的柯蒙师傅年长，经验更丰富，也更适合调养劳勃大人的身体；那里强壮的山姆•石东乃是全天下最棒的教头，可以教导这孩子战争之道；那里的卢科斯修士潜心于七神信仰。此外，符石城还有许多同龄孩子，比老女仆或佣兵更适合与劳勃大人做伴。”

培提尔•贝里席轻捻胡子，“我不否认，公爵大人需要伙伴，然而你们仔细瞧瞧，阿莲她能算是老女人吗？你们不清楚，劳勃大人很喜欢我女儿，待会你们可以亲自问他。此外，我已邀请格拉夫森伯爵和林德利伯爵各遣一子归我收养，两人均与劳勃年纪相仿。”

林恩•科布瑞笑道：“哟，两只小狗的狗崽子。”

“当然啦，劳勃也需要年长的孩子为伴，最好是前途光明、表现利索的侍从，以便小公爵当成榜样观摩学习。”培提尔转向韦伍德伯爵夫人，“好夫人，听说您的铁橡城中正有这么一位上上之选，您能遣哈罗德•哈顿前来与劳勃大人作陪吗？”

安雅•韦伍德似乎颇感有趣，“培提尔大人，您真是我所见过的最大胆的强盗了。”

“哟，我可不是要偷走那孩子，”培提尔担保，“只希望他能与劳勃成为朋友。”

青铜约恩•罗伊斯倾身向前，“劳勃大人和年轻的哈利理当成为朋友……他们将联袂在符石城做我的养子与侍从，在我的照应下成长。”

“把男孩交出来，”贝尔摩伯爵叫喊，“我们保你平安无恙地离开谷地，去做你的赫伦堡公爵。”

培提尔稍带责难地回望向他，“您的意思莫非是：若我不肯照办，就要动粗喽，大人？实在太奇怪了，我尊贵的前妻尚且认定我职责所在，应当守护谷地，须臾不得离开，诸君反倒苦苦相逼，竟然容不下我。”

“贝里席大人，”韦伍德伯爵夫人朗声道，“莱莎·徒利乃是琼恩·艾林的寡妇和劳勃·艾林的母亲，身为摄政统治谷地，咱们敬她是主。你呢……直说了吧，你没有艾林家族的血统，与劳勃大人更无亲属关系，凭什么坐在山上使唤大家？”

“若您记忆不差，可知莱莎封我为峡谷守护者？”

小杭特伯爵接口道：“莱莎·徒利并非谷地人，她没资格安排峡谷的事务。”

“那劳勃大人呢？”培提尔反问，“莱莎夫人连自己亲生儿子的事也安排不了了？”

奈斯特·罗伊斯一直保持沉默，此刻大声说道：“我曾满心希望迎娶莱莎夫人，杭特大人的先父与安雅夫人之子也有此打算，科布瑞更有整整半年待在山上。想想看，若夫人选的是我们中的一位，诸位决不会质疑他峡谷守护者的权威。说到底，莱莎夫人只不过刚巧挑了小指头大人，并将儿子交其关照罢了。”

“他也是琼恩·艾林的儿子，表弟，”青铜约恩朝月门堡的守护者皱眉，“他属于谷地。”

培提尔提出解答：“鹰巢城与符石城一样，都在谷地的范围之内，难道爬上山就升天了吗？”

“尽管说你的笑话，小指头，”贝尔摩伯爵咆哮，“我们要男孩。”

“虽然很不愿令您失望，贝尔摩大人，可我不得不遗憾地通知您，我不能与我的继子分开。你们都很清楚，他身子有些纤弱，经不得长途奔波。身为他的继父和峡谷守护者，我不能容许他有任何意外发生。”

赛蒙•坦帕顿清清嗓子，“我们每人带来一千精兵，此刻兵士都驻扎在山脚下，小指头。”

“希望他们在山下住得舒服。”

“如果必要，我们能召集更多人手。”

“想用战争来威胁我吗，爵士？”培提尔的语气中没有一丝恐惧。

青铜约恩吼道：“我们要带走劳勃大人！”

会谈陷入了沉寂。这时，林恩•科布瑞忽然从壁炉边不耐烦地转过身，“闹够了没有？听得我起鸡皮疙瘩，蠢货们，论嘴皮功夫，小指头可以说到你们个个支撑不住，眼皮打架！跟他这路货色有什么好废话的……爽快点，靠家伙决定吧。”他拔出剑来。

培提尔连忙摊开双手，“我没有武器，爵士。”

“这个问题好解决，”烛光在科布瑞的烟灰色剑刃上跳跃，沉暗的金属令珊莎想起了父亲的巨剑寒冰。“你的苹果食客带了刀，叫他给你，或者把你自己的匕首找出来比画比画。”

她看见罗索•布伦摸向剑柄，但剑未出鞘，青铜约恩便暴跳如雷地站起来，“放下武器，爵士！你到底姓科布瑞还是姓佛雷？我们是这里的客人！”

韦伍德伯爵夫人抿紧嘴唇，“实在太不成体统了。”

“收剑，科布瑞，”小杭特伯爵应和，“你的行为让大家蒙羞。”

“是的，林恩，”雷德佛用和缓的语气劝道，“这对我们没好处，让‘空寂女士’歇息去吧。”

“我的女士口渴着呢，”林恩爵士不肯让步，“她若出鞘，见血方休。”

“那就让她口渴去吧！”青铜约恩结结实实地挡在科布瑞身

前。

“好个公义者同盟！”林恩·科布瑞恶狠狠地咒道，“瞻前顾后，难成大事，不如改名叫老妇人同盟！”他将沉暗的剑收回鞘内，推开布伦，旁若无人地大步离开。阿莲听见脚步声清彻的回响。

安雅·韦伍德与霍顿·雷德佛交换了一个眼色，杭特干了杯中酒，伸出杯子让阿莲满上。“贝里席大人，”赛蒙爵士郑重其事地说，“请您原谅刚才的意外事件。”

“原谅？”小指头冷冰冰地道，“是谁把他带来的，大人们？”

青铜约恩解释，“我们并非有意——”

“是你们把他带来的！这太荒唐了，简直是公然蔑视律法，我有权召唤守卫，大人们——”

杭特匆忙起立，差点撞翻阿莲手中的酒壶，“你保证过我们的安全！”

“……是的，你们应该心存感激，我总还有荣誉感，与某些人不同。”培提尔的声音中蕴涵有她从未听过的恼怒，“我读了你们的声明，也听了您们的要求，现在请听听我的：即刻从山下撤军回家，别再骚扰我儿子。我不否认，从前是有统治不善的地方，可那是莱莎干的，非出于我。给我一年时间，我将与奈斯特大人携手整治，一年之后，诸君将不会有任何委屈。”

“空口无凭，”贝尔摩说，“我们凭什么信任你呢？”

“您居然质疑我的人品？到底是谁在会议上亮家伙，啊？你们自称要保护劳勃大人，却不给他吃的，令他营养不良，这桩桩悖行应该画上句号了。告诉您，大人，我不懂如何带兵打仗，但假若真的被逼上绝路，也会奋起抵御。峡谷里并非只有你们六镇诸侯，君临的王室更是支持我的统治。如果你们想要战争，尽管直说，只怕谷地将血流成河。”

阿莲察觉到公义者们眼中逐渐扩散的犹疑。“一年时间并不太长，”雷德佛大人迟缓地道，“或许……如果您保证……”

“没人想要战争，”韦伍德伯爵夫人确认，“秋天即将结束，大家要准备过冬。”

贝尔摩清清喉咙，“在年底之前……”

“……若我不能满足诸位，便自动放弃峡谷守护者的称号。”培提尔对诸侯们保证。

“条件很公平。”奈斯特•罗伊斯子爵插话。

“不许有任何报复行为，”坦帕顿坚称，“不许指名谁为叛逆或乱党。对此您得发誓。”

“很好，”培提尔承诺，“我要的是朋友，不是敌人。你们愿意的话，我即刻为大家各写一张赦免状，连同林恩•科布瑞在内，不管怎么说，他哥哥是个实在人，我不会让尊贵的科布瑞家族蒙上污点。”

韦伍德伯爵夫人转向同伴们，“大人们，我们可否加以考虑？”

“没什么好考虑的，事情很清楚，他赢了。”青铜约恩用灰色的眼睛久久地打量着培提尔•贝里席。“我不喜欢这安排，但看来不得不给你一年时间。抓紧享受吧，大人，记住，并非所有人都是傻瓜。”他猛地掀开门，几乎把它扯了下来。

接下来举办了一场简单的宴席，培提尔忙不迭地为朴素的食物道歉。劳勃穿一件乳白与天蓝相间的外套跑出来，很称职地扮演着小公爵的角色。青铜约恩没有列席，他直接下山去了，林恩•科布瑞走得更快，其他人做客到第二天清晨方才告辞。

他操纵了这场会议，当晚，阿莲躺在床上，听着窗外呼啸的风声，静静地想。她不明白，也不知怀疑因何而生，总觉得有那么一点线索，令人无法入睡。她翻来覆去地想，好像一只叼着老骨头的狗，最后她起身换好衣服，离开熟睡的吉思尔。

培提尔还在灯下写信。“阿莲，”他说，“亲爱的，这么晚了，还不睡呢？”

“我想知道实情，一年之内会发生什么？”

他搁下笔，“雷德佛和韦伍德老了，一年之内，或许死一个，甚至死俩；杰伍德•杭特将被他的弟弟们杀掉，多半是小哈兰动手，他也是谋害老伊恩爵爷的元凶——瞧，这就是我常说的，‘一不做二不休’嘛；至于贝尔摩，此人生活腐化，容易收买；坦帕顿我会结之为友；遗憾的是，青铜约恩将继续与我为敌，不过还好，只需将其孤立，便不能构成威胁。”

“林恩•科布瑞爵士呢？”

烛光在公爵眼中闪烁，“林恩爵士将成为我不共戴天的仇敌，他将以最恶毒最轻蔑的语言来诋毁我，并参与每一个针对我的密谋。”

这下她的怀疑终于得到了证实，“为这份服务，您准备怎样奖励他？”

小指头抚掌大笑，“有什么，不过是金子、男孩和承诺呗。林恩爵士的胃口不大，亲爱的，他只要钱财、孩童与杀戮。”

瑟曦

国王不高兴地撅起嘴巴。“我想坐上铁王座，”他告诉她，“你让小乔坐，凭什么不让我坐？”

“小乔十二岁了，你呢？”

“可我是国王！国王理当坐在王座上！”

“谁跟你讲这些的？”瑟曦深吸一口气，让多卡莎把束腰束得更紧。多卡莎是个胖女孩，比塞蕾娜强壮，却没那么灵巧。

托曼脸红了：“没人跟我讲。”

“没人？你尊贵的王后是空气吗？”从这次叛逆中，太后完完全全嗅得出玛格丽•提利尔的味道。“你敢对我撒谎，我只好把佩特找来，打个皮开肉绽了。”佩特从前是乔佛里的替身儿童，现下成了托曼的。“你想我这样做吗？”

“不。”国王闷闷不乐地咕哝道。

“谁跟你讲这些的？”

国王快快地变换着双脚重心：“玛格丽夫人。”他已经晓得别在母亲面前提起“王后”这头衔。

“这就对了，托曼。听着，我要处理国家大事，这些东西你人还小，弄不明白，而我不许小孩子在王座上坐卧不宁地用幼稚的问题打搅我。让我猜猜，玛格丽还怂恿你参加我的御前会议，对吗？”

“是的，”男孩承认，“她要我学会王者之风。”

“等你长大了，想参加多少会议都行，”瑟曦告诉儿子，“我向你保证，到时候你厌烦都还来不及。劳勃开会时几乎都在打瞌睡。”如果他舍得出席的话。“他喜欢打猎放鹰，把冗繁的国政交给老公爵艾林打理——你还记得这老头子吧？”

“他因为胃痛而病死了。”

“是啊，可怜的人。瞧你这么勤奋好学，不如先去背诵维斯特洛所有的国王和首相的姓名吧，明天早上我来检查功课。”

“是，母亲。”男孩温顺地答应。

“真是我的好孩子。”她是当今摄政王太后，在托曼成年之前，不准备交出一丝一毫的权力。既然我可以等，等了半辈子，他自然也可以等。她扮演过尽职尽责的女儿，扮演过脸红害羞的新娘，扮演过乖巧顺从的妻子；她忍受了劳勃烂醉如泥后的摸索，忍受了詹姆熔岩爆发般的妒意，忍受了蓝礼无所不在的玩笑，忍受了瓦里斯假惺惺的窃窃私语，忍受了史坦尼斯铁青着脸的磨牙霍霍；她战胜了琼恩•艾林、战胜了奈德•史塔克，还战胜了自己邪恶、奸诈、杀人不眨眼的侏儒弟弟。她一直在心中对自己承诺：笑到最后的笑得最好，总有一天，总有一天我的时辰会到来。玛格丽•提利尔竟想在我如日中天时发起挑战，我定要将其化为灰烬。

想到灰烬，早餐也没味道了，其后发生的事件也未能转变她的心情。早晨剩下的时间，瑟曦与盖尔斯大人和他的账簿为伴，听对方在咳嗽间歇中谈论金龙、银鹿与铜星。随后觐见的是维水大人，他报告说有三艘大帆船即将竣工，并请求拨付更多预算，好让它们看起来雄伟华贵，符合王家威仪。太后欣然应诺。接着她一边观赏月童的跳跃表演，一边和商人公会的代表们共进午餐，倾听对方抱怨麻雀们在街市中四处游荡，还睡满了广场。我是不是该让金袍子把他们轰出城去？她正思考时，派席尔来了。

大学士最近在御前会议上难得地激动了几回。比如上次开会，他强烈抗议奥雷恩•维水新任命的大帆船船长人选——维水想把位子留给年轻人，派席尔看中的则是经验，坚持要任用自黑水河一战幸存的船长。“他们不仅老练，而且在战场上证明了自己的忠诚。”国师评价，但瑟曦认为这帮人都太老朽，表示支持维水大人的意见。“他们证明了自己精于游泳，”太后说，“作母亲的应该舍身卫子，当船长的应该与船俱沉。”对此，派席尔很不服气。

可他今天似乎心情不错，甚至挤出来一点颤巍巍的笑容。“陛下，好消息啊，”他宣布，“威曼·曼德勒遵照您的命令，砍了史坦尼斯大人那洋葱骑士的头。”

“你确定？”

“千真万确。走私贩的人头和手臂被挂在白港的高墙上示众，威曼保证就是他，而佛雷家的人证实其所言非虚。他们见过那颗脑袋——脑袋嘴里含着一颗洋葱——还见到了那双手，其中一只手的指节全被削去了。”

“很好，”瑟曦道，“派一只乌鸦去曼德勒大人处，褒扬他的忠诚，声明我们立即释放他儿子。”看来白港很快会回归国王统治下，而卢斯·波顿和他的私生子将毫无阻碍地南北夹击卡林湾，只等要塞陷落，波顿的军团便将荡平托伦方城与深林堡的铁民，最后再联合奈德·史塔克的诸侯们，进攻史坦尼斯大人。

与此同时，在南方，梅斯·提利尔的重兵已然把风息堡团团围住，并伐木兴建了二十多台投石机日夜不停地轰击那雄伟的城墙。迄今为止，效果不佳。提利尔大元帅，瑟曦轻蔑地想，他的纹章应该是坐在地上、一筹莫展的胖子才对。

当天下午，古板的布拉佛斯使节再度求见。太后已经忽悠了他半个月，很想再拖个一年半载，但盖尔斯大人说自己再也应付不了了……哎，盖尔斯除了会咳嗽，还会什么呢？

布拉佛斯人自称纳霍·第米提斯。恶心的人配上恶心的名字，连他的嗓门也很恶心。瑟曦在座椅上挪动着身体，揣度到底要听这虚张声势的家伙聒噪多久？铁王座耸立她身后，无数倒刺与纠结洒下扭曲的阴影，笼罩了王座厅。只有国王或首相才能坐上王座，瑟曦只是落座于阶梯底部一把堆满绯红垫子的金木座椅上。

趁布拉佛斯人换口气的机会，她连忙道："你的问题似乎该与我们的国库经理讨论哪。"

尊贵的纳霍不为所动。"我与盖尔斯伯爵谈了六次，他朝我咳嗽，给我道歉，可是陛下，却没有还我一分钱呀。"

"再和他谈一次，"瑟曦愉快地建议，"'七'在我们国家是个幸运数字。"

"陛下似乎很喜欢开玩笑。"

"如果我开玩笑，我会笑的。你看见我笑了吗？听见我笑了吗？我跟你保证，当我开玩笑的时候，男人们都会跟着笑。"

"好吧，劳勃国王——"

"——早已进了坟墓，"太后尖刻地指出，"平叛之后，铁金库自会得到金子。"

他竟然傲慢地朝她皱眉头："陛下——"

"会见到此结束。"今天，瑟曦已受够了。"马林爵士，护送尊贵的纳霍•第米提斯出去。奥斯蒙爵士，送我回住所。"客人们很快就要到来，她得抓紧时间沐浴更衣——今天的晚餐注定会很无聊，由此可见，统治王国是件多么麻烦的事情，尤其是统治"七大"王国。

下楼梯时，奥斯蒙•凯特布莱克爵士刻意靠过来，他身穿御林铁卫的白衣白甲，显得高高瘦瘦。等确定周围无人之后，瑟曦挽住了他："喂，你的小弟进展如何？"

奥斯蒙爵士有些犹豫："噢……他啊，他进展不错，只是……"

"只是？"太后往声调里渗入一丝恼怒，"我得承认，对咱们亲爱的奥斯尼我快失去耐心了。他早该骑上那匹小母马才队。我任命他为托曼的贴身护卫，好让他每天都能见到玛格丽，他应该快快替我把那朵玫瑰摘下来。难道说……我们的小王后对他的魅力视若无睹？”

“他很有魅力，您忘了吗？他是个凯特布莱克啊。不过，请原谅——”奥斯蒙爵士揉了揉油腻的黑发，“——问题在于女方。”

“怎么说？”太后开始怀疑奥斯尼爵士并非合适人选，或许别的男人更合玛格丽的胃口吧。比如银发的奥雷恩•维水？高大魁梧的塔拉德爵士？“咱们的处女王后情有所钟？莫非你弟弟的脸勾不起她的兴趣？”

“她喜欢那张脸，两天前才刚刚摸过他的伤疤。弟弟告诉我，她当时还说，‘哪个女人这么狠心呢？’奥斯尼没说是女人做的，但她就是知道，也许派人打探过哦。他俩谈话时，她喜欢触碰他，要么替他整理披风搭扣，要么替他梳理头发，诸如此类。有一回，在靶场上，她甚至让他教她如何使用长弓，他趁此机会抱住了她。奥斯尼给她讲很多色迷迷的笑话，她放声大笑，回以更色情的玩笑。不，她想要他，这很明显，只是——”

“只是？”瑟曦急切地追问。

“只是他们从未独处。大部分时间，国王在场，国王不在的时候，是形形色色的其他人士。每晚她都会邀请两位女伴与她同床，另两位女伴则负责安排她的早餐和替她更衣。她与她的修士一起祷告，与表亲埃萝一起读书，与表亲雅兰一起唱歌，与表亲梅歌一起缝纫。她有时候跟洁娜•佛索威、梅内狄斯•克连恩一道外出鹰狩，有时候和小布尔威玩城堡游戏。她骑马外出时总是带着大批随从，至少四五名骑士和十多个卫兵。而且，就连平日在处女居里，她身边也有男人。”

“男人，”有蹊跷。可以做文章？“说清楚，什么男人？”

奥斯蒙爵士耸耸肩：“歌手呗。这女孩无可救药地宠爱歌手与杂耍艺人之流，她的表亲则吸引了众多骑士——尤其是塔拉德爵士，奥斯尼说这大呆瓜都无法决定自己想要埃萝还是雅兰，或者两个都要。雷德温的双胞胎经常应邀作陪，流口水爵士会带来鲜花和水果，恐怖爵士则弹奏竖琴——据奥斯尼形容，他的表演让你想起被掐死的猫。盛夏群岛的王子也常来参加聚会。”

“贾拉巴•梭尔吗？”瑟曦不屑地哼了一声，“多半又在乞求给予军队和金钱，以收复故土了。”梭尔固然衣着华贵，但在那身羽毛和珠宝装饰底下，他不过是个高级乞丐。劳勃本可以坚定地说“不”，就此终结他的希望，结果她这醉醺醺的蠢笨丈夫却为征服盛夏群岛的荣耀所吸引，始终下不了决心。毫无疑问，他妄想睡那些黄褐皮肤、炭黑乳头、只穿羽毛斗篷的贱女人。劳勃没说“不”，他每每回应梭尔的是“等明年吧”，就这样年复一年地拖下来。

“我不确定他是否在乞求，陛下，”奥斯蒙爵士回答，“奥斯尼认为他在教她们盛夏群岛话。哦，没教奥斯尼，是教王——教小母马和她的表亲。”

“会说话的马是珍稀动物，”太后干巴巴地道，“告诉你弟弟，把马刺磨亮点，我会想办法尽快让他骑上去的，我保证。”

“是，陛下，其实他早已经等不及了，迫不及待呢。呵呵，那匹小母马真是个可爱的尤物。”

*白痴，他想要的是我，太后心想，玛格丽唯一能吸引他的只是两腿间的领主授封状。*她虽宠爱奥斯蒙，但也觉得对方就跟劳勃一样迟钝。*希望他的手比脑袋瓜快，迟早托曼会需要他大打出手。*

走到烧毁的首相塔的阴影下时，突然响起一阵欢呼，原来在院子对面，某位侍从结结实实地刺中了枪靶，令横木飞速旋转。欢呼声是由玛格丽•提利尔和她那群小鸡带领着发出的。*她们几个叫得这么欢，那小屁孩又不是得了比武冠军！*紧接着，瑟曦惊讶地发现骑马冲锋的竟是身穿镀金板甲的托曼。

太后别无选择，只好满脸堆欢，跑去祝贺自己的儿子。她走到他身边时，百花骑士正把儿子扶下马。男孩兴奋得喘不过气来。“你们看见了吗？”他问大家，“我就像洛拉斯爵士那样英勇。你看见了吗，奥斯尼爵士？”

“看见了，”奥斯尼•凯特布莱克赞道，“您真厉害。”

“您的身手比我强呢，陛下。”德莫特爵士加入道。

“我还折断了长枪哦！洛拉斯爵士，你听见了吗？”

“是的，声若雷霆。”翡翠与黄金制成的玫瑰钩扣扣住了洛拉斯爵士的披风，秋风吹动他飘逸的褐色卷发。“你骑得漂亮，但请记住，这只是你第一次成功，明天又得重新上路。你必须每日反复操练，直到每一记突刺都同样准确有力，直到长枪成为你手臂的一部分。”

“我会的！”

“你真有志气。”玛格丽单膝跪地，吻了国王的脸颊，并用一只胳膊环住他。“哥哥，小心哦，”她警告洛拉斯，“过不了几年，我英勇的夫君就会把你打下马来。”她的三位表亲纷纷附和，那讨厌的小布尔威甚至边跳边唱：“托曼是冠军，是冠军，是冠军啦！”

“他长大以后才能上场。”瑟曦道。

人们的笑容犹如冰霜摧残下的玫瑰般统统枯萎。脸上长满痘子的老修女首先跪下，其他人跟着跪，只有小王后和她哥哥站着没动。

托曼没注意到突然转变的气氛，“母亲，你看见了吗？”他还在欢乐地叫喊，“我在盾牌上折断了长枪，却没给沙包打中哟！”

“我在院子对面瞧见了。你做得很好，托曼，就和我心目中一样棒。你天生是校场上的好手，总有一天，你会成为比武大会上的常胜将军，像你父亲那样。”

“无人能与他匹敌。”玛格丽·提利尔朝太后羞涩地微笑，“可是陛下，恕我孤陋寡闻，劳勃先王赢得过哪次比武大会的冠军呢？他把哪位好骑士打下马来过呢？我想，国王应该好好听听他父亲的英雄事迹，以为榜样。”

红晕顿时爬上瑟曦的颈项，这女孩让她语塞。事实上，劳勃·拜拉席恩不喜欢长枪比武，他参加的都是团体战，这样才能用钝斧或钝锤打个痛快，将对手揍得落花流水。她开口时，心里想着詹姆，不由自主地说出了心里话。*这可不像我。*“劳勃赢得了三叉戟河的大比武，”她勉强应道，“他战胜雷加王子，尊我为他爱与美的皇后。我的好儿媳，你连这都不知道吗？”她没给玛格丽回应的时间，“奥斯蒙爵士，麻烦你，替我儿子脱下板甲。洛拉斯爵士，请随我来，我有话跟你讲。”

百花骑士只好像条小狗似的跟着她走——他本来就是条乳臭未干的小狗。上了螺旋梯后，瑟曦方才开口：“说，这是谁的主意？”

“我妹妹的，”他承认，“当时我们看着塔拉德爵士、德莫特爵士和波提菲爵士轮流上阵，王后提出要陛下也去试试。”

他称她为王后，想要刺激我。“你呢？你做了些什么？”

“我为陛下穿上板甲，并指导他如何夹紧长枪。”铁卫照实回答。

“那匹马对他而言太大了，如果他摔下来怎么办？如果沙包砸中他脑袋怎么办？”

“对骑士来说，淤伤和流血是稀松平常的事。”

“所以你哥哥才成了残废吧，”她高兴地发现，这话从那张俊俏的脸庞上抹去了所有笑容。“或许是我哥哥忘了给你讲解职责，爵士，现在听好了，你的唯一使命就是保护好我儿子。至于训练，那是教头的事。”

“艾伦•桑塔加死后，红堡没有教头了。”洛拉斯的语气里隐约透着不忿。“国王陛下已经快满九岁，他渴望受训，九岁的孩子可以当侍从，受人指教了。”

有人会指教他，但决不是你。“你当年是谁的侍从，爵士？”她甜甜地问，“我记得，是蓝礼大人吧？”

“我很荣幸。”

“是的，我也这么想。”从这两人的例子来看，瑟曦很明白侍从和主人之间可能发展出多紧密的联系，因此她不允许托曼亲近洛拉斯•提利尔。没错，百花骑士决不能成为儿子模仿的偶像。“好了，怪我失察。我不仅要统治王国，指挥战争，还要哀悼父亲，打理内务，恍惚间便忘了指定新任教头，真是可责。放心吧，我会立刻弥补过失。”

洛拉斯爵士扫开一绺垂下前额的褐色发卷。“单论使枪或使剑的技艺，我认为陛下找不到能及我一半功力的人选了。”

你还真谦虚啊。“托曼是你的国王，不是你的侍从。你会为他而战，为他而死，仅此而已。”

太后在吊桥前跟百花骑士分开，独自越过插满尖刺的干涸护城河，朝梅葛楼走去。找谁当教头呢？她一路思索着回到住所。拒绝了洛拉斯，就没理由挑选其他铁卫，否则便成了明目张胆地挑衅高庭。塔拉德爵士？德莫特爵士？托曼似乎喜欢上了自己的贴身护卫，然则在处女玛格丽一事上，奥斯尼很让她失望，而奥斯佛利她还另有安排。猎狗发了狂，实在是可惜，记得托曼一直很害怕桑铎•克里冈粗嘎的嗓门和烧伤的面孔，用他来教导国王，正好可以打消洛拉斯•提利尔那些不着边际的骑士梦。

艾伦•桑塔加是多恩人，瑟曦突然想起，我应该写信给多恩。几世纪以来的流血冲突在阳戟城和高庭之间划出了一道深深的鸿沟。是了，一个多恩人正合我意。不是说“多恩壮士密如沙”么？

科本大人正在她书房的窗前边读书边等她。“陛下，我接到些报告。”

“破获了更多的阴谋？”瑟曦问，“今天我很累很烦了，快点说吧。”

他和蔼地笑笑，“如您说愿。首先，据说泰洛西的大君主动向里斯人提出条件，希望终止目前愈演愈烈的贸易战争。谣言还称密尔准备加入泰洛西一方，但没有黄金团撑腰……”

“密尔与我无关。”自由贸易城邦常年战争不断，它们彼此无休止地结盟与背叛对维斯特洛影响甚微。“你有要紧事吗？”

“阿斯塔波的奴隶暴动扩散到了弥林。十几条船上的水手在谈论龙……”

“你搞错了，弥林人崇拜的是鹰身女妖。”这是从哪里读到的？算了，不管他，弥林远在世界的尽头，甚至比瓦雷利亚更遥远。“奴隶暴动就暴动好了，关我什么事？况且维斯特洛是废除了奴隶制的。还有别的事吗？”

“来自多恩的新闻也许陛下会更关注。道朗亲王刚刚收押了戴蒙•沙德爵士，这私生子从前是红毒蛇的侍从。”

“我记得这个人。” 戴蒙爵士曾随奥柏伦亲王一道前来君临。“他做了什么？”

“他想释放奥柏伦亲王的女儿们。”

“蠢货。”

“还有，”科本大人续道，“据我们在多恩的朋友回报，斑木林骑士的女儿很奇特地与伊斯蒙大人订了婚，并在订婚当晚便前往绿石城，现在应已完婚了。”

“这有什么好奇怪？她肚子里怀了野种呗。”瑟曦把玩着一绺发卷，“这位被开过苞的新娘有多大呢？”

“二十三岁，陛下，而伊斯蒙大人——”

“——已经七十多了。我很清楚。”按劳勃这边的血缘计算，伊斯蒙是她的亲族。哼，劳勃他老爸不晓得是疯了还是欲火焚身，竟会找上他们家的女人。瑟曦嫁给劳勃时，丈母娘已去世了好多年，但卡珊娜夫人在世的两位兄弟不仅前来参加婚礼，还在宫中住了半年。随后劳勃坚持还礼，亲率王室前往风怒角外那个多山的小岛上，于伊斯蒙的家堡盘桓，以示荣宠。在绿石城度过的潮湿阴冷的两星期，堪称瑟曦生命中最漫长的两星期。詹姆打第一眼起，便嘲笑这里是“绿屎城”，瑟曦认为恰如其分。由于结了婚，她便陪着王夫放鹰、打猎、和两位舅舅拼酒，还看着他在绿石城的校场里把各路亲戚打得不省人事。

那帮亲戚里有个女人，一个矮矮胖胖的小寡妇，乳房大得像南瓜，她的丈夫和父亲都在风息堡的围城战中送了命。“她爹对我不错，”劳勃告诉瑟曦，“我和她小时候也常常一起玩耍。”果不其然，他很快又继续跟她 “玩耍”起来。只要瑟曦睁一只眼闭一只眼，他立马会溜出去安慰她。某天晚上，瑟曦忍不住让詹姆暗中尾随，以证实自己的怀疑。弟弟很快便回来了，怒冲冲地询问她是否要劳勃去死。“不，”她回答，“我要让他后悔。”她一直认定乔佛里是那天晚上的产物。

“埃尔顿•伊斯蒙找了个比自己年轻五十岁的老婆，”她对科本说，“这跟我有何关系？”

对方耸耸肩。“我不知道……然而我清楚的是，戴蒙•沙德爵士与这位桑塔加家的女子都是道朗亲王的女儿亚莲恩的心腹——至少我们在多恩的线民这么说。或许其中没有关联，但我想陛下还是知道比较好。”

“现在我知道了，”她快失去耐心了，“还有事吗？”

“最后一件事。一件小事。”他露出抱歉的微笑，讲述了城市平民中最近流行的一幕傀儡戏：一群骄傲的狮子如何统治动物王国。“真是大逆不道，戏中的狮子变得越来越贪婪，越来越自负，接着开始吞食自己的子民。高贵的雄鹿起来反抗，狮子二话不讲把它也吃了，还夸口说自己生来就该是百兽之王。”

“难道有错吗？”瑟曦笑问，事物都有两面性，就她看来，这幕生动的戏剧正好是给叛徒们的教训。

“可是，陛下，傀儡戏的末尾，一条龙从蛋里孵出来，吞噬了所有狮子。”

好啊！原来这不是傲慢，直接反了！“没脑子的白痴，居然把希望寄托在木头龙身上。”她考虑片刻，“叫你的线民去看戏，把参加者统统记下。若其中有什么重要人物，首先报告给我。”

“我能否冒昧地请教陛下，您打算怎么处理这些人呢？”

“重罚。一半财产充公。这样既能点醒他们，又对国库有益，还给了他们改过自新的机会。没钱的人挖一只眼珠，作为观看叛逆行为而不上报的惩罚。至于戏子们嘛，砍头示众。”

“都城中有四位戏子，如果陛下同意，我能否要两个人呢……最好是女人……”

“我已经给了你塞蕾娜。”太后尖刻地说。

“是的。可那个可怜的女孩……不堪使用了……”

瑟曦不愿再想起她。这女孩完全没料到自己的遭遇，以为是来为太后服务的，即便科本用铁链把她锁住，她还是没闹明白。回忆让太后恶心。下面的地牢又黑又冷，连火炬也会颤抖。那黑暗中尖叫的肮脏东西……“算了，你可以带走一个女孩，两个也行。但首先，把名字报上来。”

“遵命。”科本立时离开。

夕阳西垂，多卡莎为她打了洗澡水。正当太后欣慰地沉浸在温水中，盘算着如何应对晚宴客人时，詹姆破门而入，轰走了乔斯琳和多卡莎。弟弟气势汹汹，浑身马臭味，他把托曼也带来了。“亲爱的老姐，”他开门见山地说，“国王要你给个答复。”

瑟曦满头的金发漂浮在水中，屋内蒸汽腾腾，一滴汗珠流下脸颊。“托曼，”她用满含恶毒的轻柔语调反问，“出什么事了？”

男孩很清楚母亲的语调，因此缩了回去。

“陛下明天早上要骑他的白马，”詹姆道，“参加长枪训练。”

太后坐起来，“不，他不会。”

“我要去，我要参加，”托曼咬着下嘴唇，“我每天都想参加！”

“你可以参加训练，”太后宣布，“等我找到了合适的教头之后。”

“我不要什么合适的教头，我要洛拉斯爵士。”

“太孩子气了。我知道，你的小不点儿老婆净给你吹嘘那个蠢蛋骑士，可奥斯蒙•凯特布莱克比他强三倍。”

詹姆哈哈大笑，“肯定不是我认识的这位奥斯蒙•凯特布莱克。”

瑟曦想掐死他。或许我该给洛拉斯爵士下令，让他当着国王的面被奥斯蒙爵士击落下马。这样应该可以扫清蒙住托曼眼睛的阴霾了。还能羞辱这自命英雄的小儿，瞧他还傲不傲。“我会找个多恩人来训练你，”她说，“多恩人在比武场上的成绩有目共睹。”

“才不是呢，”托曼壮着胆子说，“无论如何，我也不要什么笨蛋多恩人，我要洛拉斯爵士，这是国王的命令！”

詹姆捧腹大笑。他真是无可救药，这是件严肃的事情，有什么好笑？太后恼火地一掌拍向洗澡水。“你要我再把佩特找来吗？你无权命令我，我是你母亲。”

“你是我母亲，可我是国王。玛格丽说任何人都必须服从国王。我明天要骑白马上校场，让洛拉斯爵士教我长枪。我还要养一只小猫咪，而且我不想吃甜菜。”他的小胳膊环抱在胸前。

詹姆还在笑，太后决定忽略他。“托曼，过来，”见他警惕地不动身，瑟曦叹口气，“你怕什么？王者无畏。”于是男孩垂下眼睛，缓缓地踱到澡盆前。她伸出手，抚摩他的黄金卷发。“无论你做没做国王，你毕竟只是个孩子。在你成年以前，王国由我统治。我答应你，你可以学习长枪比武，但不能让洛拉斯教你。御林铁卫的骑士有更要紧的事务，天天陪小孩子玩是很荒唐的。你去问问队长大人，是这样吗，爵士？”

“那可不，我们身兼重责，”詹姆淡淡一笑，“比方说呢，骑马溜城墙等等。”

托曼快哭出来了，“我能养只小猫咪吗？”

“或许吧，”太后松了口，“只要你不再说那些关于长枪比武的孩子话。行吗？”

他变换着双脚重心，“好。”

“好孩子。去吧。我的客人马上就要来了。”

托曼乖乖离开，但出门之前他突然回头道：“等正式坐上王座，我会废除甜菜的！”

弟弟用断肢关上门，“陛下，”两人独处后他叹道，“我奇怪的是，你究竟是今天喝多了，还是天生就那么傻？”

瑟曦狠狠一掌朝洗澡水拍去，飞起漫天水花，溅到他脚边。“管好你的嘴巴，否则——”

“——否则什么？否则派我再沿城墙巡逻一圈？”他盘腿坐下。“你那该死的城墙好端端的，我一步一步地仔细检查，去了所有七座城门。好啊，我作报告好了：启禀陛下，钢铁门的绞链生锈了，国王门和烂泥门被史坦尼斯的攻城锤破坏，需要更换，至于城墙本身，仍然坚固牢靠……不过呢，陛下似乎忘了来自高庭的朋友们住在城墙里面哪？”

“我什么也没忘！”她朝他嚷道，一边想起了那枚金币——一面是手，一面是早已被遗忘的国王。下贱的狱卒怎么可能私藏财产？罗根如何得到高庭的古金币？

“关于教头的事，今天我还是头一遭听说。我建议你认真考虑洛拉斯•提利尔，毕竟，洛拉斯爵士——”

“我明白他的德行，不会让他接近我儿子。你给我提醒他，叫他留意自己的职责。”洗澡水开始变凉了。

“他很清楚自己的职责。而君临城中没有谁的长枪——”

“你就比他使得好——至少在你失去右手之前。巴利斯坦爵士年轻时也比他厉害，亚瑟•戴恩和雷加王子更不用说。少给我吹嘘玫瑰有多英勇。他黄口小儿一个。”她已经厌烦了詹姆天天跟她唱对台戏。没人敢跟父亲唱对台戏。当泰温•兰尼斯特开口时，大家只有服从的份；而我呢，当我开口时，所有人都自以为是地提出什么谏言，违背我的意思，甚至拒绝我！哼，不过因为我是女人。不过因为我没法用剑战胜他们。他们尊重劳勃远远多于尊重我，而劳勃只是个白痴酒鬼。她不能再忍受了，尤其不想再忍受詹姆的轻慢。我要尽快摆脱他。她曾梦想跟他并肩统治七大王国，现而今，詹姆变了，他成了个讨厌鬼。

瑟曦从澡盆中爬出来，洗澡水“哗啦啦”地从她的头发和大腿上流淌而下。“需要你开口时，我自会问你。出去，爵士，我要更衣。”

“哦，更衣，招待客人。这回又准备对付谁呢？抱歉，你的敌人太多，我跟不上节奏。”他放低视线，望向她两腿之间不住滴水的毛发。

他还想要我。“你自己放掉的东西现在又舍不得了，弟弟？”

詹姆抬起眼睛，“我爱你，亲爱的老姐。然而你是个傻瓜，金光灿灿、美艳无双的大傻瓜。”

这句话刺得她难受。在绿石城的时候，你可不是这样称呼我的，在那个诞生小乔的晚上，瑟曦心中隐隐作痛。“滚，”她背转身，倾听他离开的声音，倾听他用断肢摸索着关门。

乔斯琳布置餐桌，多卡莎则为太后换装。这件裙服由亮绿色绸缎与豪奢的黑天鹅绒条纹互相交织，胸前有繁复的黑色密尔蕾丝——它昂贵，却符合太后的威仪与美丽，再说，城堡里白痴的洗衣妇近来笨手笨脚，把她其他很多衣服都洗缩水了，穿不进去。她本该鞭打她们，只是坦妮娅为她们求情。“您的子民更喜欢一位仁慈的太后哦。”她这么说，所以瑟曦只下令将裙服的费用从仆人的工资中扣除，这样温和多了。

多卡莎将一面银镜放到她手里。真美，她边瞧边露出微笑。脱下丧服感觉就是美妙。黑色让我看起来太苍白。今天的客人要是玛瑞魏斯夫人就好了，太后懊恼地想。疲劳的工作之后，坦妮娅的机智让她心情舒畅。自梅拉雅·赫斯班之后，瑟曦再没有朋友了，而梅拉雅不过是个不知天高地厚、贪婪的小阴谋家。哎，她早已经被淹死了，还是别说死者的坏话吧，而且，是她教会我除了詹姆之外谁也不能信任。

等她来到书房，客人们已喝上了甜酒。法丽丝夫人不仅长得像鱼，还像鱼一样地喝，瑟曦看着半空的酒壶，心里想。“亲爱的法丽丝，”她欢快地招呼道，吻了对方的脸颊，“英勇的巴尔曼爵士。当我接获你们母亲的消息时，担心得快发狂了，快跟我说说，我们亲切高贵的坦妲伯爵夫人现下好些了么？”

法丽丝夫人快哭出来了，“陛下真好心。法兰肯学士说，我母亲的骨盆碎了，他尽了一切努力。现在只有祈祷，可……”

祈祷？无论怎么祈祷，半月之内她还是会死。坦妲·史铎克渥斯那样的老女人不可能熬过骨盆破碎的重伤。“我也会加入祷告，”瑟曦承诺，“科本大人说，坦妲夫人是被马甩下来的？”

“她骑着骑着，鞍带忽然断裂。”巴尔曼·拜奇爵士解释，“马房小弟居然没及时更换带子，我们为此惩罚了他。”

“应该狠狠地惩罚他。”太后落座，并示意客人们也坐下，“再来一杯甜酒如何，法丽丝？记得你喜欢甜酒。”

“很荣幸您还记得我的习惯，陛下。”

我怎能忘呢，瑟曦心想，*詹姆说应该加封你为宫廷酒桶，因为你尿的尿多半也是酒*。“一路可顺利？”

“不顺利，”法丽丝抱怨，“基本上都在下雨。我们本打算在罗斯比过夜，结果盖尔斯大人年轻的养子拒绝开门，”她吸了吸鼻子，“陛下，您瞧好了，盖尔斯死后，这个可恶的家伙便会霸占罗斯比家的家产，甚至会要求继承封地和领主头衔——然而照权利，他们家的东西不是该传给我们吗？我母亲大人是他第二任老婆的姑妈，他第三任老婆是我舅妈。”

天哪，你们家的羔羊纹章是不是搞错了？应该换成贪婪的猴子才对吧。“从我认识盖尔斯大人开始，他就一副随时要断气的样子，但直到今天还活得好端端的，也许还会活上许多年，”她和蔼地微笑，“也许咳到我们大家都进坟墓为止。”

“或许吧，”巴尔曼爵士表示赞同，“但我们遇到的麻烦不只是罗斯比的养子。陛下，成群匪徒在路上游荡，肮脏的、粗鲁的蛮子，拿着皮盾和斧头。有人夹克上锈了七芒星，神圣的七芒星！可瞧瞧他们，怎样的一帮贱狗！”

“对，他们是寄生虫。”法丽丝应和。

“他们自称为‘麻雀’。”瑟曦说，“然而麻雀也是一种灾害。一旦仪式办完，我就要咱们的新任总主教好好管管，如果他做不到，我便亲自动手。”

“新任总主教大人选出来了？”法丽丝问。

“还没有，”太后不得不承认，“本来奥利多修士形势很好，结果某天一群麻雀跟踪他进了妓院，把他赤条条地拖到街上。现在卢琛修士票数领先，据我们在山上的朋友说，他只差几票便能当选了。”

“愿老妪用她智慧的金灯指引我们。”法丽丝虔诚地说。

巴尔曼爵士则在座位上挪了挪身子，“陛下，我们还有一件事要说明，虽然有些尴尬……请您相信，我们对您绝对忠诚，给那个杂种命名……不是我太太，不是我岳母，也不是我们家任何人的主意。洛丽丝是个傀儡，玩笑是她丈夫开的。当我要他挑个更合适的名字时，他朝我哈哈大笑。”

太后一边小口呒酒一边审视对方。巴尔曼爵士年轻时曾在很多比武会上建立威名，也堪称七国上下最帅气的骑士之一——现在嘛，现在他的胡子还比较帅气，除此以外，已然老态龙钟。波浪般的金发褪去，肚子挺起，连厚厚的外套都遮掩不住。*他是个没多大价值的棋子，她决定，不过应该能胜任这件事。*“龙王们来到前，提利昂曾是国王的姓名。虽然侏儒玷污了它，但这个孩子或许能恢复它的荣誉呢。”*如果这杂种活得成的话。*“我知道一切并非你的过失。一直以来，我都把坦妲夫人当成我所没有的亲姐姐那样看待，把你……”她忽然失声，“请原谅，我天天生活在恐惧之中。”

法丽丝的嘴巴张开又阖上，真像一条蠢笨之极的鱼。“天天……生活在恐惧之中，陛下？”

“乔佛里死后，我连一晚安心觉都没睡过，”瑟曦给自己杯子里倒满甜酒，“朋友们……你们是我的朋友，对吧？也是托曼国王的朋友？”

“您那个可爱的孩子，”巴尔曼爵士宣布，“是的，我们是他的忠臣，您别忘了，史铎克渥斯家的族语——‘忠诚是我的骄傲’。”

“如果我身边再多些像你这样的大忠臣为我分忧就好了，好爵士，我不妨直言相告，对黑水河的波隆爵士，我放心不下。”

史铎克渥斯堡的夫妻俩交换了一个眼神。“这人傲慢粗鲁，陛下，”法丽丝抢先揭发，“口无遮拦。”

“他不是真正的骑士。”巴尔曼爵士说。

“他当然不是，”瑟曦朝两人微笑，“你才是真正的骑士。记得从前在……在哪次比武会上你战斗得如此英勇，如此完美……那是哪次呢，好爵士，给我留下了深刻印象？”

他谦虚地笑了，“陛下您指的是六年前的暮谷城比武会？不，当时您不在那儿，否则您一定会戴上爱与美的后冠。是平定葛雷乔伊叛乱后在兰尼斯港举办的比武会？那次盛会上我将许多优秀的骑士打下马来，比如……”

“正是那天，”有完没完呢？她拉长了脸，“我父亲去世当晚，侏儒也自黑牢里不翼而飞，两位诚实的狱卒莫名其妙地倒在血泊中。有人说他逃往狭海对岸，但我不信。侏儒很狡猾，他也许正潜藏在附近，酝酿着什么阴谋。也许他的同党将他藏了起来。”

“波隆？”巴尔曼爵士摸向自己浓密的胡须。

“他是侏儒带来的人。陌客才知道他受提利昂的指使送了多少人下地狱。”

“陛下，如果侏儒藏在我家领地，我应该能注意到。”巴尔曼爵士提醒她。

“我弟弟个头小，向来鬼鬼祟祟，”瑟曦容许自己的手微微发抖，“给小孩子起名字不算什么……怕只怕不掐灭叛乱的苗头，会引发严重后果。科本大人告诉我……这个波隆正在招募佣兵。”

“他养了四个骑士。”法丽丝道。

巴尔曼爵士嗤之以鼻，“我的好夫人言重了，他们算什么骑士？跟他一路货色，一朝得道的佣兵而已，跳梁小丑，浑身上下没有一丁点儿骑士精神。”

“唉，正如我忧心的那样，波隆为侏儒招兵买马。但愿七神保佑我儿子平安，我敢打赌，侏儒杀他就跟杀他哥哥一样连眼睛都不会眨。”瑟曦呜咽起来，“朋友们，我已经顾不得自己的荣誉……但太后的荣誉和母亲的恐惧相比，又有什么值得可惜的呢，你们说对不对？”

“您把话说清楚，陛下，”巴尔曼爵士安慰她，“让我们为您分忧。请您放心，这里的谈话一定不会传出去。”

瑟曦把手伸到桌子对面，轻轻挤了挤骑士的手。“我……如果波隆爵士有个……有个事故发生……我想我能睡得安稳些……如果他打猎的时候……”

巴尔曼爵士考虑了一会儿，“严重事故？”

*妈的，要踩他的脚指头我用得着你吗？*太后咬紧嘴唇，*我的敌人无处不在，而我的朋友净是些白痴。*“我恳求你，爵士先生，”她低声说，“不要逼我说出口……”

“我懂了。”巴尔曼爵士举起一根指头，压住嘴唇。

芜菁都比你反应快。“你是位真正的骑士，爵士先生，你是天上诸神派来的使者，以回应一位恐惧中的母亲的祷告。”瑟曦吻了他，“动作要快。波隆现在亲信还不多，但假以时日，他的势力便会膨胀起来。”她接着吻了法丽丝。“我不会忘记你们的，我的朋友，*我真正的、史铎克渥斯家的朋友。*‘忠诚是我的骄傲’，说得多好啊，我郑重承诺，事成之后，会给洛丽丝找个更好的丈夫。”*凯特布莱克？*“请记住，兰尼斯特有债必还。”

晚宴剩下的就是香料葡萄甜酒、黄油甜菜、新烤的面包、药草烤梭子鱼与野猪肋骨——劳勃死后，瑟曦对野猪格外欣赏。心情愉快的她甚至原谅了法丽丝喋喋不休的奉承和巴尔曼的夸夸其谈。直到午夜，她才终于摆脱他们。巴尔曼爵士唯一干得漂亮的就是建议再来一壶酒，而太后欣然应允。我花在香料甜酒上一半的钱便足以雇无面者去杀波隆了，她迷迷糊糊地想。

夜深了，儿子应当睡得香甜，瑟曦决定先去探望他再回房休息，结果吃惊地发现儿子正搂着三只黑猫睡觉。“它们打哪儿来的？”她质问在国王寝室门外守卫的马林•特兰爵士。

“小王后给他的。其实她只想给他一只，但他无法决定自己最喜欢哪只，便把三只都要走了。”

他至少这点比小乔出息，没捅什么解剖母猫的娄子，然而玛格丽幼稚的阴谋让她忍俊不禁，托曼太小，无法用亲吻勾引，便搜罗几只猫来讨好他？得了吧。不是黑猫就好了，黑猫代表着坏运气，在这座城堡里雷加的小女儿便深受其祸。若非疯王用那疯狂的嘲弄得罪了我父亲，那本该是我的女儿。拒绝泰温公爵的女儿夺走泰温公爵的儿子，是伊里斯一生中最大的失误，最终，他为王太子迎娶了一位体弱多病、黑眼睛、平胸脯的多恩公主。

过了这么多年，被拒绝的回忆依然是她的伤口。许多个夜晚，她梦见雷加王子坐在大厅里，用修长精致的手指演奏他的银弦古竖琴。世上还有他那么俊美的人儿吗？他不是凡人。他有古瓦雷利亚的血统，巨龙与诸神的血统。小时候，父亲许诺一定会让她嫁给雷加王子，当时她才六岁？七岁？“千万别说出口哦，孩子，”父亲谆谆叮嘱，脸上挂着瑟曦只见过那么一次的秘密微笑，“等陛下同意婚约后再庆祝。从现在开始，这是我俩之间的小秘密。”她把这话藏在心底，直到某天忍不住画了一幅画，画中的她骑在飞龙上，坐在雷加王子身后，双手紧紧环住他的胸膛。当詹姆追问时，她骗他说这是亚莉珊王后与杰赫里斯国王。

直到十岁那年，她才亲眼见到她的王子，那是在父亲大人为欢迎伊里斯王西巡而特意举办的比武大会上。看台在兰尼斯港的城墙下搭起，平民们的欢呼一直传到凯岩城，声如雷霆。他们给我父亲的欢呼比给国王的响亮两倍，太后忆起，但给雷加王子的却又是给我父亲大人的两倍。

雷加•坦格利安年方十七，新晋当上骑士。参加长枪比武时，他在黄金锁甲外罩黑板甲，头盔上红、金与橙色的绸缎犹如熊熊火焰。她的两位叔叔倒在他枪下，外加她父亲手下十几位最强的武士，全西境的精华，统统不敌。到了晚上，王子放下武器，拿起竖琴，他的歌谣让她热泪盈眶。当终于被引见给他时，瑟曦立刻为那双忧郁的紫眼淹没了。他受过伤，她心想，但结婚之后，我会好好待他，为他弥补心中的痛。在雷加身边，连她美丽的詹姆看起来也像个放牛娃。王子是我的丈夫啦，她幸福得头晕目眩，老国王去世后，我还会当上王后。比武会结束前，姑妈特意跑来祝贺她。“你要打扮得漂漂亮亮哟，”吉娜夫人一边为她整理裙服，一边嘱咐，“你和雷加王子的婚约将在最后的宴会上宣布。”

那是瑟曦一生中最快乐的一天，否则她也不会壮着胆子造访“蛤蟆”巫姬的帐篷。她这么做，其实只为了证明给简妮与梅拉雅看，母狮子什么都不怕。我是未来的王后，怕什么丑陋老太婆呢？然而那个预言却伴随了她一生。简妮在恐惧中尖叫着逃走，梅拉雅和我留了下来。我们让她尝到鲜血，然后嘲笑她愚蠢的话。那些无稽之谈。不管那老太婆怎么说，我明天就会成为雷加王子的妻子。父亲答应过我。泰温•兰尼斯特言出如金，决无反悔。

然而等到比武大会结束的那一刻，她的笑容消失了。没有宴会，没有庆祝。只有冷冰冰的沉默，只有国王和首相之间恶狠狠的瞪视。后来，当伊里斯和他的儿子以及所有英勇的骑士都离开之后，小女孩泪眼汪汪地跑去找姑妈。“你父亲确实提出了婚约，”吉娜夫人告诉她，“但伊里斯断然拒绝。‘你是我最得力的仆人，泰温，’国王说，‘然而仆人和主子的继承人没道理结合。’擦干眼泪，亲爱的，你见过哭泣的狮子吗？你父亲会给你找个好男人，一个比雷加好得多的男人。”

姑妈撒了谎，正如父亲让她失望，正如今天的詹姆也让她失望。*父亲没找到好男人，他把劳勃塞给我，是他让巫姬的诅咒犹如毒花生根发芽。*若遂诸神所愿，她嫁的是雷加王子，他决不会看那个小狼女第二眼的。*雷加会成为国王，我会成为王后，我们的子孙将世代繁衍下去。*

她永远也不能宽恕劳勃杀了他。

狮子是不宽恕敌人的，黑水河的波隆爵士很快就会明白了。

布蕾妮

是海尔·亨特坚持要带上脑袋。“塔利会把它们插到城墙上。”他说。

“我们没焦油，”布蕾妮指出，“肉会腐烂。留下它们吧。”行经阴森森的绿松林时，她不想提着被自己杀死的人的脑袋。

亨特不肯依。他自行砍断死人的颈项，将三颗脑袋的头发扎到一起，挂在马鞍上。布蕾妮别无选择，只能尽量假装它们不存在，但有时候，尤其是晚上，她觉得死人的眼睛看着她的后背，还有一次梦见它们互相低语。

他们原路返回。蟹爪半岛寒冷潮湿，有些天下雨，有些天多云，从没暖和过，甚至扎营时，也很难找到够多的干木头用来生火。

等来到女泉城，一大群苍蝇已与他们如影随形，乌鸦吃掉了夏格维的眼睛，“猪崽”帕格和提蒙头上则爬满了蛆。布蕾妮和波德瑞克早就保持在前方一百码处骑行，以远离腐败的味道，只有海尔爵士顽固地声称自己不在乎。“埋了它们。”每次扎营过夜时，她都劝他，但亨特固执得要命。他是不是想向蓝道大人邀功，这三个都是他杀的？

出于荣誉感，骑士没这么说。

他和布蕾妮被带到慕顿家城堡的院子里见塔利。“结巴侍从扔了块石头，”他报告，“其余都是这使剑的妞儿干的。”三颗脑袋已交给士官，清洗干净，涂上焦油，插到城门上。

“三个？”蓝道大人不大相信。

"看她打斗的架势，你会相信她还能再杀三个。"

"那你有没有找到史塔克家的女孩？"塔利问她。

"没有，大人。"

"宰了几只耗子，满意吗？"

"不，大人。"

"真可惜。好吧，你已经尝到鲜血的滋味，证明了你想证明的东西。是时候脱掉盔甲，穿回像样的衣服了。港口有船，其中一艘要去塔斯，我安排你搭乘。"

"感谢大人，但不用了。"

塔利大人的脸色表明，他恨不得将她的脑袋也拿枪插上，挂在女泉城门口，跟提蒙、帕格和夏格维做伴。"你打算继续这件蠢事？"

"我要找到珊莎小姐。"

"大人，请听我一言，"海尔爵士道，"我看到她跟血戏子们打斗，她比大多数男人强壮，动作更快——"

"是那把剑快，"塔利打断他，"瓦雷利亚钢天性如此。比大多数男人强壮？没错，她是个怪胎，这点我不否认。"

*不管我做什么，他这样的人永远不会喜欢我，*布蕾妮心想。"大人，也许桑铎·克里冈知道那女孩的消息。如果能找到他……"

"克里冈是逃犯，似乎加入了贝里·唐德利恩一伙。当然，也可能没有，故事版本各不相同。如果知道他躲在哪儿，我会立刻将其开膛破肚，教他死得惨不忍睹，但迄今为止，虽然吊死了几十个匪徒，我们却始终抓不到首领。克里冈、唐德利恩、红袍僧，现在还有那个'石心夫人'……连我都抓不到，你怎么找呢？"

"大人，我……"她没有答案，"我试试看。"

"算了，去试吧。你有那封信，无须我的通行状，但我还是会给你一份。幸运的话，你唯一的麻烦是骑马骑到身子散架；如若不然，被克里冈和他的狗群强暴完之后，他们也许会让你活下去。那时你可以怀着狗杂种游回塔斯。”

布蕾妮不理会这些话。“请问大人，猎狗身边有多少人？”

“六个，六十，六百，取决于问的是谁。”蓝道•塔利显然不想再答理她，他转身准备离开。

“假如我和我的侍从请求您安排住宿，直到——”

“随你怎么请求，我不能忍受你住在我的屋檐下。”

海尔•亨特爵士踏步上前。“大人明鉴，据我所知，这儿仍是慕顿大人的领地。”

塔利恶狠狠瞪了骑士一眼。“慕顿懦弱得像蛆虫，别跟我提他。至于你，小姐，大家都说你父亲很优秀。倘若如此，我同情他。世上有些人生儿子，有些人生女儿，这没办法，但只有被诅咒的人才会得到你这样的怪胎。无论生死，布蕾妮小姐，只要我还坐镇女泉城一天，就不准你再回来。”

言辞就像风，布蕾妮告诉自己。*它无法伤害你。由它去吧*。她想说：“遵命，大人。”但话未出口，塔利已经离开。她梦游似地走出院子，不知要往何处去。

海尔爵士跟着她。“城里有几家客栈。”

她摇摇头，不想跟海尔•亨特说话。

“你还记得臭鹅酒馆吗？”

她的斗篷上仍有那里的臭味，“什么？”

“明天正午在那里等我。我堂兄埃林曾被派去抓猎狗，我找他谈谈。”

“为什么？”

“为什么不呢？假如我成功，而埃林失败，我能笑话他好几年。”

女泉城确实有客栈，海尔爵士说得没错。但其中有些在历次劫掠中被焚毁，有待重建，保留下来的客栈里挤满了塔利大人的士兵。那天下午，她和波德瑞克走了个遍，却找不到床铺。

“爵士？小姐？”太阳快落山时，波德瑞克说，“这儿有船。船上有床位。吊床。或者架子床。”

蓝道大人的手下仍在码头巡逻，密密麻麻，犹如爬满三个血戏子脑袋上的苍蝇，幸好他们的头目认得布蕾妮，挥手将她放行。本地渔民正将船系到岸边准备过夜，一边叫卖当天的渔获，但她的兴趣在大船上，那些可以在风暴频繁的狭海中来往的船只。这样的船，码头里共有五六艘，其中一艘名叫“泰坦之女号”的三桅船正解开绳索，准备趁晚潮出海。她和波德瑞克·派恩轮流询问剩下的船只。海鸥镇少女号的主人把布蕾妮当妓女，声明他的船不是窑子；伊班捕鲸船上的鱼叉手提出要买下她的男孩；其他船的态度好一些，她在破浪号上给波德瑞克买了个橘子，这艘平底货船刚从旧镇过来，途经泰洛西、潘托斯和暮谷城。“下一站海鸥镇，”船长告诉她，“然后绕过五指半岛，去姐妹堡和白港——假如风暴不太恶劣的话。告诉你哦，我的破浪号一直很干净，老鼠没有其他船那么多，还有新鲜鸡蛋和刚搅拌出来的黄油。小姐您要搭船去北方吗？”

“不。”现在不去。她很想去，但是……

朝下一个码头走去时，波德瑞克缓缓挪步，犹豫地说：“爵士？小姐？假如小姐真的回家了呢？另一位小姐，我是说。爵士。珊莎夫人。”

“他们烧了她的家。”

“但她的神在那里。神不会死。”

神不会死，女孩会。“提蒙心狠手辣，杀人如麻，但我认为猎狗的事他没撒谎。在确定女孩不在河间地之前，我们不能北上。继续找吧，还有船。”

在码头东端，他们终于找到栖身之处，那是一艘被暴风雨严重损坏的划桨商船，名叫密尔之女号。她严重倾侧，失去了桅杆和一半船员，船主却没钱修整，因此很乐意从布蕾妮那儿赚几个小钱，让她和波德共享一间空舱。

当晚他们睡得很不安稳。布蕾妮醒了三次。第一次是开始下雨时，另一次是木板“咯吱”作响，她以为机灵狄克要溜进来杀她——这回她握住了匕首，其实屋里什么也没有。躺在狭小黑暗的船舱中，过了好一会儿她才想起机灵狄克已经死了。等睡意渐渐来临，她又梦到那些死在她手上的人。他们在她周围徘徊，嘲笑她，折磨她，她用剑狠狠地砍，将他们劈成血淋淋的碎片，然而那些碎片仍将她团团围住……夏格维，提蒙，帕格，没错，还有蓝道•塔利，瓦格•霍特，红罗兰•克林顿……罗兰指间夹着一朵玫瑰。他将玫瑰伸向布蕾妮，她把他的手砍了下来。

她浑身大汗淋漓地醒来，夜里剩下的时间都蜷缩在斗篷底下，倾听雨点敲打头顶的甲板。这个夜晚风雨交加，远处雷声阵阵，她不由得想起那艘趁晚潮出海的布拉佛斯船。

第二天早上，她找到臭鹅酒馆，叫醒邋遢的店主，买了些油腻腻的香肠、炸面包、半杯红酒和一壶开水，外加两个干净杯子。那女人一边煮开水，一边斜睨布蕾妮。“你就是跟机灵狄克一起离开的大个子，我记得你。怎么着，上了他的当？”

“没有。”

“强暴你？”

“没有。”

“偷你的马？”

“没有。他被歹徒杀害了。”

“歹徒？”那女人似乎好奇更甚于惊慌，“我一直以为狄克会被绞死，或被送去长城呢。”

他们吃了炸面包和一半香肠。波德瑞克就着带红酒味的水吃，布蕾妮则捧着兑水的红酒，寻思自己为什么要来。海尔·亨特并非真正的骑士。他那张诚实的脸不过是戏子的面具。我不需要他帮助，不需要他保护，不需要他，她告诉自己，他根本不会来，所谓见面只不过是又一个恶作剧。

她正要起身离开，海尔爵士进来了。“小姐。波德瑞克。”他瞥了一眼杯子和盘子，吃剩一半的香肠躺在一摊油脂里，已然凉了。“天哪，我希望你们别吃这儿的东西。”

“吃不吃关你什么事，”布蕾妮说，“找到你堂兄了吗？他说了些什么？”

“最后有人看到桑铎·克里冈是在盐场镇，就是打劫那天，之后他沿三叉戟河向西骑去。”

她皱起眉头，“三叉戟河很长。”

“对，但我们的狗儿不会游荡得离河口太远。维斯特洛似乎对他失去了吸引力。知道吗？在盐场镇，他是在找船。”海尔爵士从靴子里抽出一卷羊皮，推开香肠，将它展开。这是一张地图。“猎狗在十字路口的老客栈里杀死三个他哥哥的人，这儿；然后带头打劫盐场镇，这儿。”他用手指敲打盐场镇。“他被困住了。佛雷家在上游的孪河城，往南穿过三叉戟河是戴瑞城和赫伦堡，西面的布莱克伍德家和布雷肯家正在开战，蓝道大人在这儿，女泉城。而即便他不怕山地部落，前往谷地的山路也已被雪封住。一条狗能上哪里去呢？”

“如果他和唐德利恩在一起……”

“他没有。埃林可以肯定这点，因为唐德利恩的人也在找他，并扬言要吊死他，为了他在盐场镇干的事。这事与他们无关，蓝道大人放话说他们参与了劫掠，目的是为了让平民们起来反对贝里的兄弟会。只要老百姓在保护闪电大王，就永远抓不到他。附近另有一支队伍，由那个叫‘石心夫人’的女人带领……据一则故事所述，她是贝里伯爵的情人，被佛雷家绞死后，经由唐德利恩的亲吻而复活。现在她跟他一样，都是不死之身。”

布蕾妮仔细观察地图。“如果克里冈最后被发现的地方是盐场镇，应该从那里下手。”

“盐场镇没剩下什么人，埃林说，只有一个老骑士躲在他的城堡里。”

“尽管如此，还是得从那地方开始找。”

“有一个人，”海尔爵士道，“一个修士，他在你到来的前一天进入我看管的城门。此人名叫梅里巴德，是土生土长的三河人，并一生都在这儿效力。他明天就要动身巡游，每次巡游都会造访盐场镇。我们跟他一起走吧。”

布蕾妮猛地抬起眼睛。“我们？”

“我跟你们一起走。”

“不行。”

“好吧，我跟梅里巴德修士一起去盐场镇。你和波德瑞克爱去哪儿去哪儿。”

“蓝道大人又命令你跟着我？”

“他命令我离你远点。蓝道大人认为，被狠狠地强暴一次也许对你有好处。”

“那你为什么跟着我？”

“要么如此，要么回去看门。”

“你的主人命令你——”

“事实上，他不是我的主人了。”

她怔了一怔。“你不再为他效力了？”

“伯爵大人通知我，他不再需要我的剑了，或者说不再容忍我的傲慢无礼。反正结果都一样。从此以后，我准备享受雇佣骑士的冒险生活……不过要真找到珊莎•史塔克，我们肯定能得到丰厚的奖赏。”

金钱和土地，他看中的是这些。“我想救那女孩，不是卖她。我立过誓。”

“我不记得我立过誓。”

“所以你不能跟着我。”

第二天早上太阳升起时，他们出发了。

这是一支怪异的队伍：海尔爵士骑在栗色战马上，布蕾妮骑高大的灰母马，波德瑞克•派恩骑一匹驼背劣马，而梅里巴德修士手持木杖走在旁边，领着一头小毛驴和一只大狗。那头驴子驮的货物如此沉重，布蕾妮有点担心会把它的背压断。“都是吃的，带给贫穷饥饿的三河百姓，”梅里巴德修士在女泉城门口解释，“种子、坚果和干果，燕麦粥，面粉，大麦面包，三轮出自小丑门边那家客栈的黄奶酪，我自己吃的腌鳕鱼，狗儿吃的腌羊肉……噢，还有盐。洋葱，胡萝卜，芜菁，两袋豆子，四袋大麦，九只橘子——我坦白，橘子是我的软肋，这几只都是特意从水手那儿弄来的，也许是春天来临之前能尝到的最后几个。”

梅里巴德是个没有圣堂的修士，在教会的等级阶层中，地位仅比乞丐帮兄弟高一点。七国上下有数以百计像他这样衣衫褴褛的修士，从事基层工作，在各个肮脏的小村庄间跋涉，执行宗教仪式，主持婚礼与忏悔。理论上讲，凡是他造访之处，人们应该供给食物与住宿，但老百姓大多跟他一样贫穷，因此梅里巴德要是在一个地方逗留太久就会造成宿主的困难。好心的店家有时准许他睡厨房或马厩，有些修道院、庄园，甚至少数城堡也会接纳他，得不到便利时，他就睡树下或篱笆后面。“河间地有许多好篱笆，”梅里巴德说，“越老越好，没什么比得上一百年没人管的篱笆丛了。在那里面，正派人睡得跟住客栈一样暖和，还不用担心跳蚤。”

修士愉快地承认，他不识读写，但会念上百种祷词，能背诵《七星圣书》中长长的段落，农民们用得上的也就这些。他的脸很粗糙，乃是长年风吹日晒所致，一头蓬厚浓密的灰发，眼角牵着皱纹。尽管高达六尺，身材粗壮，他走路却有点驼，远远看去矮了许多。他的手大，布满茧疤，红红的指关节，指甲里净是泥尘，此外，他还有一双布蕾妮毕生所见最大的脚丫，那双脚从不穿鞋，覆盖着又黑又硬的老茧。

“二十年来我没穿过一双鞋哟，”他告诉布蕾妮，“第一年，脚上的水泡比脚趾头还多，每当踩到硬石头，脚底就像杀猪般鲜血直流，但我不停祈祷，于是天上的鞋匠神将我的皮肤变得跟皮革一样柔韧。”

“天上没有鞋匠神。”波德瑞克提出异议。

“有的，孩子……你或许叫他别的名字。告诉我，七神当中你最爱哪位？”

“战士。”波德瑞克毫不犹豫。

布蕾妮清清嗓子。“在暮临厅，我父亲的修士总是说，只有一个上帝。”

“上帝有七种形象，正是如此，女士，你指出这点没错，但七位一体的神启并非平常百姓可以领会，而我又笨嘴拙舌，因此就说有七个神。”梅里巴德转回来面对波德瑞克。“我认识的男孩没有一个不爱战士。然而我老了，老人爱铁匠。没有铁匠的劳作，战士守护什么呢？瞧，每个镇子、每座城堡都有铁匠。他们制造我们耕地种庄稼用的犁，制造我们修船的钉子，制造马蹄铁保护我们忠诚马儿的蹄子，还有领主老爷们闪亮的宝剑。铁匠的价值毋庸置疑，因此我们才将其尊为七神之一，其实称其为农夫、渔民、木工或鞋匠也一样。他究竟干哪样活并不重要。重要的是他在干活。天父主宰，战士打仗，铁匠劳作，合起来代表着男人理应履行的职责。铁匠是神性的一个化身，正如鞋匠是铁匠的一个化身。他听见我的祈祷，治好了我的脚。”

“诸神慈悲，”海尔干巴巴地说，“但你完全可以穿着鞋子，何必麻烦神灵呢？”

“赤脚是我赎罪的方式。最神圣的修士也可能犯罪，而我的肉体软弱至极。想当年我年轻气盛，那些女孩子……倘若村里只有你一个人去过一里之外的地方，那么修士看上去也像王子一样英勇高贵。我为她们背诵《七星圣书》，哦，《少女之卷》最有效。是的，我在扔掉鞋子之前，是个道德败坏的人。想起那些被我玷污的少女们，我就感到羞愧。”

布蕾妮不自在地在马鞍里挪动，回想起高庭城下的营地，回想起海尔爵士他们打的赌，赌谁能先跟她上床。

“我们在寻找一位少女，”波德瑞克•派恩透露，“一位十三岁的贵族处女，枣红色头发。”

“我以为你们找的是土匪。”

“也要找他们。”波德瑞克承认。

“旅行者都会尽量避开土匪，”梅里巴德修士说，“你们却要找他们。”

“我们只找一个匪徒，”布蕾妮说，“猎狗。”

“这事儿海尔爵士跟我说了。愿七神保佑你，孩子，据说他杀了一大批婴儿，蹂躏了许多少女，人们叫他‘盐场镇的疯狗’。正派人为什么要跟这样的畜生打交道呢？”

“波德瑞克说的那个少女也许跟他在一起。”

“真的？那我们得为那可怜的女孩祈祷了。”

也为我祈祷吧，布蕾妮心想，为我念一段祷词。请求老妪举起金灯，引领我找到珊莎小姐，请求战士赐予我力量，好让我保护

她。然而她没有说出来，如果海尔·亨特听到这些话，便会嘲笑女人的软弱。

梅里巴德修士徒步行进，而他的驴子又有沉重负担，因此他们一整天都只能缓缓前进。他们没顺大路向西走，当初布蕾妮就是经由这条路跟詹姆爵士一起来到遭洗劫后尸体遍布的女泉城的。他们折向西北，沿螃蟹湾有条曲曲弯弯的小径，小到海尔爵士那些珍贵的羊皮纸地图上全找不着。这一侧看不到陡峭山岭，黑黝黝的沼泽或蟹爪半岛的松林，土地低洼潮湿，蓝灰色天空笼罩下尽是荒芜的沙丘和盐沼，道路时而消失在野草和潮水坑间，过了一里地才再次显现。布蕾妮知道，若非梅里巴德，他们一定会迷路。地面很软，因此有些地方，修士会走到前面，用木杖敲打，确保可以立足。方圆若干里格之内都没有树，只有海、天空和沙子。

天下没有哪个地方比塔斯更美，那儿有山岭和瀑布，有高山牧场与幽影山谷，但此地亦有其动人之处。他们穿越了十几条和缓的小河，青蛙和蟋蟀在其中生活，燕鸥在海湾的高空中滑翔，矶鹞在沙丘上鸣叫。有一次，一只狐狸穿过他们行走的道路，惹得梅里巴德的狗狂吠起来。

这里还有人。有些居住在野草丛中泥土与茅草搭的房子里，其余的在海湾中乘着皮革小圆舟捕鱼，并把他们的家筑在沙丘顶端歪歪扭扭的木竿子上。大多人似乎是独居，跟外人没有过多的交流，像是很害羞。但到得正午，梅里巴德的狗又叫起来，三个女人从野草丛中钻出，塞给梅里巴德一个草织篮子，里面装满了蛤。他给她们一人一只橘子作为回报，尽管在这片土地上，蛤跟烂泥一样普通，而橘子稀有昂贵。其中一个女子年纪很大，另一个怀了孩子，还有一个是清新漂亮的女孩，仿佛春天的花朵。梅里巴德去听她们忏悔时，海尔爵士窃笑，“她们才是诸神的化身……少女、圣母和老妪。”波德瑞克看上去如此惊诧，布蕾妮不得不告诉他：这只不过是三个沼泽女人。

继续上路后，她问修士："这些人住的地方离女泉城不满一天骑程，为何战争没有殃及他们？"

"他们没什么可被殃及的，小姐。他们的财产是贝壳、石头和皮革小舟，他们最好的武器是生锈小刀。他们生老病死，爱其所爱。他们知道慕顿大人统治着这片土地，但少有人见过他，奔流城和君临对他们来说则只不过是名字。"

"然而他们信仰诸神，"布蕾妮说，"我想那都是你的功劳。你在河间地行走多少年了？"

"快四十年了，"修士说，他的狗响亮地应和了一声。"从女泉城到女泉城，我走一圈需要半年，或许更久，但我不会说自己了解三叉戟河。我只远远地瞥过大领主的城堡，但我熟悉市镇与庄园，熟悉那些小得连名字都没有的村庄，熟悉篱笆与山岭，熟悉可以让口渴的人喝上水的小溪和旅人们栖身的山洞，熟悉老百姓走的路。是的，羊皮纸上没有那些泥泞曲折的小径，但我都清楚。"他咯咯笑道。"我当然清楚喽，我这双赤脚跨过每里地不下十遍。"

偏僻的小路给土匪走，山洞则是逃犯躲藏的好地方。布蕾妮不禁生出一丝怀疑：海尔爵士对此人究竟有多了解？"你一定过着孤独的生活，修士。"

"七神始终与我同在，"梅里巴德回答，"我还有忠实的仆人，还有狗儿。"

"你的狗有名字吗？"波德瑞克•派恩问。

"他一定是有的，"梅里巴德说，"但他不是我的狗，呵呵。"

狗摇着尾巴叫了一声。他个头大，毛发蓬松，至少十石重，但很友善。

“那他属于谁呢？”波德瑞克问。

“啊，他当然属于他自己和七神喽。至于名字嘛，他没告诉我。我叫他狗儿。”

“哦。”显然波德瑞克不理解一条名叫狗儿的狗。男孩琢磨了一阵子，“我小时候有过一条狗。我叫他英雄。”

“他是吗？”

“是什么？”

“英雄。”

“不是。但他是条好狗。它死了。”

“旅途中，狗儿会保护我的安全，即使是如此的艰难时代，有狗儿在身边，狼和歹徒都不敢骚扰我。”修士皱起眉头。“最近，狼群变得很可怕，某些地方，单身旅人得睡在树上。我从前见过最大的狼群不过十来头，现下沿三叉戟河巡弋的大狼群里，狼的数目数以百计。”

“你有没有亲身遭遇过？”海尔爵士问。

“诸神保佑，我没有，但我在夜里不止一次地听见它们嗥叫。层层叠叠的嗥叫声……令人血液凝固，连狗儿都颤抖起来，而狗儿杀过十几头狼呢。”他揉揉狗的脑袋。“有人会告诉你，它们是恶魔，他们说狼群由一头可怕的母狼带领，高傲硕大的灰色身影令人望而生畏。她能独力杀死野牛，没有任何陷阱或圈套能逮住她，她不怕铁也不怕火，所有想骑她的狼全被她杀了。而且她不吃别的，专以人肉为食。”

海尔·亨特爵士哈哈大笑。“这下可好，修士，可怜的波德瑞克眼睛瞪得像鸡蛋。”

“我没有。”波德瑞克忿忿不平地说。狗儿叫了一声。

当晚，他们在沙丘之间搭了个冷冰冰的营地。布蕾妮派波德瑞克到岸边走走，寻找取火用的浮木，但他空着手回来，泥浆一直覆盖到膝盖。“退潮了，爵士。小姐，没有水，只有泥滩。”

“离泥浆远点，孩子，”梅里巴德修士劝告，“烂泥不喜欢陌生人。假如你走错地方，冷不防便会被它张口吞没。”

“只是烂泥而已。”波德瑞克坚持。

“它灌满你的嘴，爬进鼻子，接着是死亡。”他笑笑，以去除话语中的寒意。“擦掉泥浆，吃瓣橘子吧，孩子。”

第二天的情况差不多。他们拿腌鳕鱼和几瓣橘子当早餐，在太阳完全升起之前就上路了。身后是粉色的天空，前方是紫色，狗儿当先带路，嗅着每一束野草，不时停下来在草边撒尿；它似乎跟梅里巴德一样熟悉这条路。燕鸥的叫声在空中激荡，潮水涌进来。

正午时分，他们在一个小村庄停留，这是他们遇到的第一个村子，在小溪旁用木竿子一共架起八座房子。男人们乘小圆舟出去捕鱼了，妇女和男孩顺着摇摇晃晃的绳梯爬下来，聚拢在梅里巴德修士身边祈祷。仪式过后，他宣布免除他们的罪孽，分给他们一些芜菁、一袋豆子和两个珍贵的橘子。

回到路上，修士说：“今晚最好有人守夜，朋友们。村民说看见三个残人躲在沙丘附近，旧瞭望塔的西面。”

“三个？”海尔爵士微微一笑，“三个对我们的剑妞来说是小菜一碟。况且，他们不大会招惹有武器的人。”

“除非肚子饿到难以忍受，”修士说，“沼泽里有吃的，但只有懂得如何去找的人才找得着，而这些都是陌生人，是战争的幸存者。如果他们来搭话，爵士，我请求你交给我来处理。”

“你要怎样做？”

“给他们吃的，要他们坦白罪孽。我会宽恕他们，并邀请他们一起去寂静岛。”

“邀请他们趁我们睡觉时割我们的喉咙？”海尔·亨特反问，“处置逃兵，蓝道大人有更好的办法——钢刀与麻绳。”

“爵士？小姐？”波德瑞克说，“残人就是逃兵吗？他们算不算土匪呢？”

“或多或少算是吧。”布蕾妮回答。

梅里巴德修士不以为然。“或少多于或多。土匪有许多种，就像鸟也有许多种一样。矶鹞和海鸥都长着翅膀，但它们并不相同。歌手们喜欢歌唱好人为奸臣陷害，被迫落草为寇，但大多数土匪更像那个肆意劫掠的猎狗，而不像闪电大王。他们本就是坏人，为贪欲驱使，心怀恶意，蔑视诸神，只关心自己。与他们相比，所谓的残人更值得同情，尽管他们或许也一样危险。他们都曾是淳朴的平民百姓，从没离开自己的房子哪怕一里地，直到某一天，领主的召唤来了。于是他们穿着破烂的鞋子和破烂的衣服，在领主华美的旗帜下出发，往往没带什么武器，只有镰刀、开锋的锄头，或把石块用皮索绑到棍子上制成的简陋锤子。兄弟、父子、朋友共同踏上征程。他们听过歌谣和故事，出发时心情迫切，梦想见证奇景，赢取财富和荣耀。战争仿佛是一场伟大的冒险，是大多数人做梦都梦不到的美妙历程。”

“然后他们尝到了战争的滋味。”

“对一些人来说，一点点滋味便足以令他崩溃，更多的人继续坚持，一年又一年，直到数不清参加过多少次战斗，但即使是第一百次战斗中幸存下来的人，也有可能在第一百零一次战斗时崩溃。弟弟眼看着哥哥死去，父亲失去儿子，朋友的肚皮被斧头劈开，他还试图塞住自己的肠子。”

“他们看见带领自己上战场的领主被砍倒，另一个领主高声宣布他们现在属于他。他们受的伤刚愈合一半，就又负上新伤。从来吃不饱，鞋子在无休止的行军中逐渐解体，衣服烂成布条，许多人更因喝了脏水而生病，屎尿都拉在裤子里。”

“如果想要新靴子，或更暖和的斗篷，或生锈的铁半盔，他们就得从尸体上拿，不久，他们也开始从活人那儿偷——在战争进行的土地上，有跟他们过去一样的老百姓。他们偷这些人的东西，偷鸡摸狗，杀牛宰羊，而这距离掠走平民的女儿也就一步之遥。某天，当他们环顾四周，意识到所有的朋友和亲人都已逝去，自己身边全都是陌生人，头上的旗帜也难以辨认时，已惶然不知身在何方，不知如何回家。他们为领主而战，领主却不晓得他们的姓名，只会威风凛凛地高声呼喝，要他们列好阵形，拿起长矛、镰刀和开锋的锄头，坚守阵地。接着，骑士们袭来了，那些全身铁甲、看不到脸的骑士，冲锋时钢铁的轰鸣充斥整个世界……”

“然后那人崩溃了，他当了逃兵，成为残人。”

“他当即逃跑，或在战斗过后扒着死尸爬走，或在漆黑的夜晚偷偷逃营，找个地方躲起来。到了此时，所有家的观念都已消失，国王、领主和神祇对他来说不如一块馊掉的肉，至少肉能让他多活一天；也不如一袋劣酒，可以暂时淹没他的恐惧。逃兵的生活今日不知明日，吃了上顿不知下顿，活得像野兽而不像人。布蕾妮小姐说得没错，目前这种时局，旅行者应该小心逃兵，警惕逃兵……但也应该同情他们。”

梅里巴德说完之后，深邃的沉默笼罩了这一小队人马。风吹过一丛垂柳，瑟瑟作响，远处传来一只鸟隐隐的叫声，狗儿在修士身边慢跑，微微喘息，驴子的舌头从嘴角伸出来透气。沉默不断延伸，直到最后，布蕾妮说：“你上战场时有多大？”

“啊，跟你的这个男孩差不多，”梅里巴德答道，“其实去打仗还太小，但哥哥们都去了，我也不甘落后。威廉说我可以做他的侍从，但他不是骑士，只不过是酒店小弟，拿着从厨房偷出来的小刀当武器。他死在石阶列岛，没真正挥过一次武器。高烧要了他和我哥哥罗宾的命。欧文死于钉头锤下，脑袋被砸成两半，他的朋友‘麻子’琼恩因为强奸而被绞死。”

“你说的是‘九铜板王之战’？”海尔·亨特问。

“他们这样命名，但我既没见到一位国王，也没赚到一个铜板。那只是一场战争。”

山姆威尔

山姆站在窗前，不安地摇晃，注视着最后一道阳光消失在一排尖屋顶后面。他一定又喝醉了，他阴郁地想，要不就是遇上另一个女孩。他不知该咒骂还是哭泣。戴利恩是他的兄弟。他唱歌没人比得上，但要他干任何别的事……

夜雾升起，一缕缕灰色雾气爬上古运河边建筑物的围墙。“他答应会回来，”山姆说，“你也听到的。”

吉莉看了看他。她的眼眶又红又肿，肮脏杂乱的头发耷拉在脸庞周围。她就像一只小心谨慎的动物，透过灌木丛向外张望。最后一次生火取暖已是好几天前的事了，然而野人女孩喜欢蜷缩在火炉边，仿佛冷冷的灰烬中仍然存有余温。“他不喜欢跟我们在一起，”她轻声说，以免吵醒婴儿，“这是个可怜的地方，而他想要红酒与微笑。”

是的，山姆心想，除了这里，到处都有酒。布拉佛斯充斥着客栈、酒馆和妓院，如果戴利恩喜欢炉火和温酒，不要陈腐的面包，不愿跟一个哭泣的女人、一个肥胖的胆小鬼和一个生病的老人做伴，谁能责怪他呢？也许我有资格责怪他。他说黄昏之前会回来，他说会给我们带回红酒和食物。

他再次抱着一线希望向窗外张望，希望看到歌手匆匆赶回家。黑暗正降临到秘之城，沿着小巷和水渠蔓延。布拉佛斯善良的百姓纷纷关上窗户，闩上门闩。夜晚属于刺客和妓女。他们是戴利恩的新朋友，山姆苦涩地想，近来戴利恩谈论的只有他们。他正尝试写一首歌，献给一个叫月影的妓女，她在月池边听见他唱歌，便赠给他一个吻。“你应该问她要银币，”山姆说，“我们需要的是钱，不是亲吻。”但歌手只笑笑。“有些吻比黄金更值价，杀手。”

这也让他生气。戴利恩不该为妓女写歌。他应该歌唱长城和守夜人的英勇。琼恩期望他的歌或许能劝导一些年轻人穿上黑衣。结果他唱的却是金色的吻、银色的头发和火红的嘴唇。没有人会为了火红的嘴唇而穿上黑衣的。

有时他的歌还会吵醒婴儿。孩子啼哭，戴利恩就冲他叫嚷，要他安静，而吉莉流泪，于是歌手气冲冲地离开，几天都不回来。“她老哭哭啼啼，我想给她几巴掌，”他抱怨，“她吵得我睡不着。”

*假如你生下个儿子，又被活生生夺走，你也会哭的，*山姆差点说出口。他无法责怪吉莉的悲伤，便转而责怪琼恩•雪诺，不知琼恩的心何时变成了石头。有一次，他趁吉莉去水渠打水时向伊蒙学士提出这个问题。“当你们把他选为总司令的时候。”老人回答。

即使现在，消极颓废地等在这间冷冰冰的屋子里，山姆心中仍不太愿意相信琼恩真的做了伊蒙学士说的事。*可那一定是真的，否则吉莉怎会哭得如此厉害？*他只需直接问她，抱在胸前喝奶的孩子究竟是谁的就行了，但他没有勇气。他害怕答案。*我仍是个胆小鬼，琼恩。*在这广阔的世界中，无论走到哪里，恐惧都与他如影随形。

一阵空洞的隆隆声在布拉佛斯的屋顶上方回响，仿佛遥远的闷雷——这是礁湖对面泰坦巨人发出的，标志着夜晚到来。响动吵醒了婴儿，而他突然发出的啼哭又吵醒了伊蒙学士。吉莉把乳头塞给孩子，老人睁开眼睛，虚弱地在床上蠕动。“伊戈？好黑。为什么这么黑？”

*因为你瞎了。*到达布拉佛斯之后，伊蒙神志不清的时间越来越长，有时他似乎不知道自己身在何处，说着说着就开始胡言乱语，唠唠叨叨地讲起他父亲或兄弟的事。*他一百零二岁了，*山姆提醒自

己，但他在黑城堡时虽然年纪大，却从来没有神志不清。

“是我，”他不得不说，“山姆威尔•塔利。您的事务官。”

“山姆。”伊蒙学士舔舔嘴唇，眨了眨眼。“对。这儿是布拉佛斯。原谅我，山姆。天亮了？”

“不。”山姆摸摸老人的额头。他皮肤湿乎乎的，沾满汗水，又冷又黏，每一次呼吸都伴随着轻微的喘息。“现在是晚上，师傅，您刚才睡着了。”

“哦，我睡得太长了。这里好冷。”

“我们没有木头，”山姆告诉他，“店主人不肯再赊，除非立即付钱。”同样的对话已是第四或者第五遍了。*我该拿钱买木头*，山姆每次都责骂自己，*我该给他取暖*。

然而他把最后一点银币浪费在红手之院的医师身上，那是位肤色白皙的高大男子，穿着绣有红白相间的旋涡花纹的长袍。从他那里，银币换来半瓶安眠酒。“有助于减轻他临终前的痛苦。”布拉佛斯人不无善意地说。山姆问他还可以做些什么，他摇摇头。“我有各种各样的药膏药水，也可以给他放血，清肠，使用水蛭疗法……但何必呢？水蛭无法让他年轻。他老了，死亡已侵入他的肺里。给他这个，让他睡吧。”

于是他让师傅整日整夜地睡，现在老人挣扎着要坐起来，“我们得上船。”

又是船。“你太虚弱，不能出去，”他不得不制止。航海途中，伊蒙学士着了风寒，等抵达布拉佛斯，他虚弱得需要被抬上岸。他们当时仍有满满一袋银子，于是戴利恩要了客栈里最大的床——那张床可以睡八个人，因此店主人坚持收八人份的钱。

“我们明天就去码头，”山姆承诺，“到时候，您可以四处询问，寻找下一站去旧镇的船。” 即使在秋天，布拉佛斯也是个繁忙的港口。一旦伊蒙的身体恢复到可以继续旅行，寻找一艘载他们去目的地的船并非难事。路费的问题则比较棘手。来自七国的船只最有希望。也许可以找一艘旧镇商船，船主的亲戚当过守夜人就好了。肯定有人仍对长城上的守卫抱持着敬意……

“旧镇，”伊蒙学士喘息着说，“是的，我梦到了旧镇，山姆。我又回到了年轻时候，跟弟弟伊戈在一起，还有他侍奉的大个子骑士。我们在老客栈里喝酒，浓烈的苹果酒。”他再次尝试坐起来，事实证明这对他来说太困难了。过了一会儿，他躺回去。“船，”他又说，“我们将在那边找到答案。关于龙，我需要了解。”

不，山姆心想，你需要的是食物和温暖，填饱肚子，还有炉膛里噼啪作响的炙热火焰。“你饿不饿，学士？我们还剩下面包和一点奶酪。”

“现在不要，山姆。等我感觉好一点再说吧。”

“你不吃怎么会好？”在海上谁都没吃多少东西，尤其过了斯卡格斯岛之后、在穿越狭海途中，秋季风暴始终伴随。有时从南方来，夹带着滚雷闪电，黑沉沉的雨一下就是好几天；有时来自北方，寒冷严酷，狂风仿佛能把人刺穿。有一回，山姆醒来时，发现整条船被冻上了一层冰壳，犹如洁白的珍珠，闪闪发光。船长将桅杆放下，系在甲板上，单凭划桨来完成渡海。等他们看见泰坦巨人时，已经没人吃得下东西。

然而一旦安全上岸，山姆发现自己饿坏了。戴利恩和吉莉也一样，连婴儿的吮吸也变得更急切。但伊蒙……

“面包不新鲜，我可以问厨房讨点肉汤来泡一泡。”山姆告诉老人。店主是个吝啬鬼，眼神冷漠，对自己屋檐下这群穿黑衣的陌生人心存怀疑，但他的厨师心肠比较好。

“不要。也许可以来一小口酒？”

他们没酒。戴利恩答应过用他唱歌得来的钱买一些。“我们会有酒的，”山姆不得不说，“现在只有水，虽然并非优质水。”优质水来自架空水渠，这些由砖块砌成的大水渠由桥弓支撑，布拉佛斯人称其为甜水渠。富人把水引入自家中，穷人则用桶子在公共喷泉池打水。山姆让吉莉去打水，却忘了野人女孩一生都生活在卡斯特堡垒的视线范围之内，连小镇都没见过，而布拉佛斯是一个岛屿和运河组成的石头迷宫，没草，没树，到处都是陌生人，讲着她听不懂的语言。她吓坏了，把地图弄丢之后，很快自己也迷了路。被山姆发现时，她正在一座石像下哭泣，那雕像是某位死去多年的海王。“这是水渠里的水，”他告诉伊蒙学士，“但厨师把它煮开过。也有安眠酒，假如您还需要的话。”

“我暂时睡够了，也做够了梦。水渠里的水就行。请帮我一把吧。”

山姆轻轻地把老人扶起来，将杯子送到他干裂的唇边。即使如此，仍有将近一半水滴落到学士胸前。“够了，”喝了几小口之后，伊蒙又开始咳嗽，“你会把我呛死的。”他在山姆的怀抱中颤抖，“为什么屋子这么冷？”

“没木头了。”戴利恩付给店主两倍价钱，要了一个带壁炉的房间，但他们谁也没意识到木头在这里如此昂贵。除了权势人家的庭院花园，布拉佛斯不长树，这儿的人也不愿砍掉大礁湖外围岛屿上覆盖的松树，那是为他们遮挡风暴的防风林。木柴都是由驳船从河流上游穿过礁湖运进来的。在这里，连马粪都珍贵得紧，因为布拉佛斯人用小船代替马匹。本来他们若按计划启程去旧镇，这些都不成问题，但那实在是不可能。伊蒙学士如此虚弱，再次航行会要了他的命。

伊蒙的手在毯子上摸索，寻找山姆的胳膊。“我们得去码头，山姆。”

“等您好一些就去。”老人目前的状态难以面对海边飞溅的浪花和潮湿的风，而布拉佛斯无处不临水。北边是紫港，布拉佛斯商船停泊于海王殿的拱顶和高塔下；西边是旧衣贩码头，挤满外地船只，有的来自其他自由贸易城邦，有的来自维斯特洛、伊班，甚至遥远神奇的东方。其余各处布满小码头、渡船泊口及古旧的灰船坞，捕虾船、捉蟹船和渔船在泥滩与河口劳作之后便停泊在这些地方。“现在您需要休息。”

“那你代我去，”伊蒙催促，“给我带一个见过龙的人来。”

“我？龙？”山姆十分惊愕，“学士，那只是个故事，水手的故事。”这也怪戴利恩。歌手从酒馆和妓院带回千奇百怪的故事，不幸的是，当他听说龙的故事时已喝醉了，记不起细节。“整件事也许是戴利恩胡编乱造，歌手都这样，善于编故事。”

“他们善于编故事，”伊蒙学士同意，“但即便最富于想象力的歌曲，也有事实作为基本依据。替我找到那个依据，山姆。”

“我不知问谁，也不知如何问。我只会一点点高等瓦雷利亚语，若他们跟我讲布拉佛斯话，我连一半都听不懂。您会的语言比我多得多，等您好一些，您可以……”

“我什么时候才会好一些，山姆？告诉我……”

“很快就会好转的，只要您吃好，睡好，到达旧镇之后……”

“我到不了旧镇了，这点我心知肚明。”老人把山姆的胳膊抓得更紧。“我很快就会去见我的兄弟们。他们有的与我用誓言结合，有的以血缘维系，但全都是我的兄弟。还有我父亲……他从没想过继承王座，可还是得坐上去。他曾说，那是对他的惩罚，为了砸死哥哥那一锤。我祈求他死后能找到有生之年从未体会过的平静。修士们歌颂恬淡的安息，歌颂卸下防备，向极乐世界远航，在那里欢笑，聚会，相互友爱，直至永远……但假若死亡之墙的背后没有快乐与甜蜜，只有冰冷、黑暗和痛苦，那该怎么办？”

他在恐惧，山姆意识到。“您不会死。您只不过是病了。一切都会过去的。”

“这次我熬不过去了，山姆。我做梦……在漆黑的夜里，我思考那些白天不敢提出的问题。对我而言，若干年中有个问题始终令我困扰：为什么诸神夺走我的眼睛和力量，任我在冰天雪地中被人遗忘，却还要我在世间逗留如此之久？我这样一个行将就木的老人对他们有什么用？”伊蒙师傅斑斑驳驳、瘦如枯枝的手指在瑟瑟颤抖。“因为我记得，山姆，我仍然记得。”

他不明白。“记得什么？”

“龙，”伊蒙低声说，“我们家族的悲哀与荣耀。”

“最后一头龙在你出生前就死了，”山姆说，“你怎么可能记得它们？”

“我梦见了它们，山姆，我看见天空中有一颗泣血的红彗星，然后是那红色。我看到它们在雪地里的影子，听到皮革翅膀哗哗扇动，感觉到它们灼热的呼吸。我的兄弟们也梦到过龙，而那些梦要了他们每个人的性命。山姆，我们在依稀流传的古老预言中颤抖，在残存的奇迹与恐惧中战栗，世上的人们再也无法理解……或者……”

“或者什么？”山姆说。

“……没什么。”伊蒙轻笑，“或者我是个濒死的老糊涂，烧坏了脑子。”他疲倦地闭上白浊的盲眼，然后又迫使它们睁开。“我不该离开长城。雪诺大人或许不明白，但我应该想到。烈火索取，冰雪保存，而那长城……唉，现在回头已太晚，陌客等在门外不愿离去。事务官，你一直对我尽忠职守，请为我办这最后一件事。去有船的地方，山姆，尽一切可能了解有关龙的消息。”

山姆将手臂轻轻脱出他的抓握。“好的。假如这是您的意愿。只不过……”他不知还能说什么。我没法拒绝他。他可以沿着旧衣贩码头的泊位与船坞去找戴利恩。先找到戴利恩，然后一起去船上，最后带着食物、红酒和木柴回来，生起炉火，美餐一顿。他站起身。“好吧，假如我要去的话，就该走了。吉莉留下。吉莉，记得把门闩好。”陌客等在门外。

吉莉抱着婴儿点点头，眼里盈满泪水。她又要哭了，山姆意识到，这超过了他所能忍受的极限。剑带挂在墙壁的栓子上，旁边是琼恩给他的古老的破号角。他摘下剑带扣到腰间，再将黑羊毛斗篷披到自己浑圆的肩膀上，弯腰穿过门洞，“噼噼啪啪”地走下木梯，楼梯在他的重压下呻吟。客栈有两个正门，一个面朝大街，另一个面向运河，店主此时多半在大厅，他不会给赊账太久、不受欢迎的客人好脸色看，于是山姆选择了面朝大街的门走出去。

今晚空气寒冷，好歹雾不算太浓，山姆感到庆幸。有时，浓密的水汽覆盖地面，甚至连脚都看不到，有回他差点就一脚踩到水渠里了。

山姆在孩提时代便读过布拉佛斯的历史，梦想有一天能来这里，看看大海中耸立的威严可怕的泰坦巨人，乘坐轻快的蛇舟沿运河游览宫殿和庙宇，观赏刺客的水舞，剑刃在星光下闪烁。现下他到了这里，却一心只想离开，一心只想平安抵达旧镇。

斗篷被风卷起，他拉好兜帽，沿鹅卵石马路朝旧衣贩码头走去。由于剑带总有滑落至脚踝的危险，因此他不得不边走边注意往上提。他始终走在狭小阴暗的巷道里，以防跟人照面，遇到的每一只猫都让他的心怦怦直跳……布拉佛斯到处是游荡的猫儿。我得找到戴利恩，他心想，戴利恩是守夜人军团的成员，是我的誓言兄弟，我要跟他一起合计。伊蒙学士没了力气，而吉莉即使没受悲伤的打击时也很无助，但戴利恩不一样……不，我不要把人往坏处想。也许他受伤了，所以没回来。也许他死了，躺在小巷的血泊中，或俯面漂浮在运河里。每到夜晚，刺客们身着色彩艳丽的服饰招摇过市，他们携带细长的佩剑，急切地想证明自己。有些人可以为任何理由开打，有些人则根本不需要理由，而戴利恩素来脾气暴躁，管不住舌头，尤其是他喝酒的时候。歌唱战斗并不代表他擅长战斗。

虽然最好的酒馆、客栈和妓院都在紫港与月池附近，戴利恩却更喜欢旧衣贩码头，因为那儿的顾客会讲通用语的比较多。山姆沿绿鳗客栈、黑船工、摩洛戈一家家找下去，戴利恩曾在这些地方表演。一无所获。雾宅外泊着几条等客的蛇舟，山姆试图询问那些撑船手，有没有见过黑衣歌手，但无人听得懂他的高等瓦雷利亚语。可能他们装作听不懂。纳波桥的第二个桥拱下有间肮脏的小酒馆，最多只能容纳十人，山姆朝内张望了一下。戴利恩不在。他又去了放逐者旅馆、七灯之院及一家叫猫舍的妓院，仍然没头绪，得到的只有怪异的凝视。

他离开猫舍时差点在红灯笼下撞上两个年轻人，一个黑发，一个金发。黑头发那个用布拉佛斯语说了些什么。“对不起，”山姆不得不赔礼道歉，“我听不懂。”在七大王国，贵族们身披色彩缤纷的天鹅绒、锦绣与绸缎，农民和普通百姓则穿原色羊毛布或暗褐色粗纺布。布拉佛斯正相反。刺客们打扮得像孔雀一样招摇过市，把玩着手中的剑，而有权势的人要么选择接近黑色的深灰、深紫或深蓝，要么直接穿黑衣服，黑得好像没有月亮的夜晚。

“我朋友泰洛说你胖得让他恶心，”金发刺客道，他的短上衣一面是绿天鹅绒，另一面由银线织成，“我朋友泰洛说你的剑嗒嗒作响，教他头痛。”他操通用语，另一个穿酒红锦袍披黄披风的黑发刺客显然就是泰洛，他用布拉佛斯语说了几句，引得他的金发朋友哈哈大笑，“我朋友泰洛说你的衣着逾越了身份。你穿黑衣，难道是个大老爷吗？”

山姆想逃跑，但那样可能会被自己的剑带绊倒。千万别碰剑，他提醒自己，即使一根指头搭到剑上，也足以让两个刺客认为是挑战。他寻找能让他们满意的词句。“我不是——”他仅仅说得出这几个字。

“他不是老爷，”一个小孩插嘴，“他是守夜人，笨蛋，他来自维斯特洛。”一个女孩推着满满一车海藻挤到光亮中；她骨瘦如柴，邋里邋遢，穿着大靴子，头发又脏又乱。“快乐码头里还有一个，正在给‘水手之妻’唱歌，”她告诉两个刺客，接着对山姆说，“假如他们问谁是世上最美的女人，说‘夜莺’便好，否则他们会向你挑战。你要不要买点蛤蜊？我的牡蛎卖完了。”

“我没钱。”山姆说。

“他没钱，”金发刺客嘲弄。他的黑发朋友咧嘴笑笑，操起布拉佛斯语又说了些什么。“我朋友泰洛很冷，亲爱的胖子朋友，把你的斗篷给他吧。”

“别脱斗篷，”推车的女孩道，“否则他们接下来会要你的靴子，用不了多久，你就光着身子了。”

“太吵闹的小猫儿会被淹死在水里哦。”金发刺客警告。

“有爪子的就不会。”女孩左手中突然出现了一把跟她一样细瘦的匕首。叫泰洛的对金发刺客说了些什么，然后两人互相窃笑着走开了。

“谢谢。”他们离开后山姆对女孩说。

她的匕首消失了。“如果你夜间出门佩剑，就代表别人可以向你挑战。你想跟他们打吗？”

“不。”山姆尖叫，那声音把他自己吓了一跳。

“你真是守夜人吗？我没见过你这样的黑衣弟兄。”女孩朝推车比画了一下。“你想吃，就把最后一点蛤蜊吃了吧。现在天黑了，没人会买。你要坐船去长城？”

“去旧镇。”山姆拿起一只烤熟的蛤蜊，一口吞下。“我们在这里转船。”蛤蜊味道很好。他赶紧又吃了一只。

"刺客们从不理会没佩剑的人，连泰洛和渥贝罗这样笨的骚骆驼也不例外。"

"你是谁？"

"无名之辈。"她有股鱼腥味。"我以前有名有姓。现在没了。你要是愿意，可以叫我猫儿。你呢？"

"塔利家族的山姆威尔。你会说通用语啊？"

"我父亲曾是娜梅莉亚号的桨手长。一个刺客杀了他，因为父亲说我母亲比'夜莺'美丽——不是你碰到的那两个骚骆驼哟，是一个真正的刺客。总有一天我要割开他的喉咙，为父报仇。船长说娜梅莉亚号不需要小女孩，便把我赶了下来。布鲁斯科收养了我，给我一辆推车。"她抬头看他。"你要坐哪艘船出海？"

"我们订了乌莎诺拉小姐号的舱位。"

女孩怀疑地斜睨他。"她已经离开了。你不知道吗？她好多天之前就离开了。"

我当然知道，山姆想说。记得当时自己跟戴利恩站在码头上，看着那艘船向着泰坦巨人和外海驶去，船桨起起落落。"好，"歌手说，"这下完了。"假如山姆勇敢些的话，就该当即把他推落水中。戴利恩的甜言蜜语能让女孩子脱衣服，但在船长的舱室里，全是山姆一个人在苦苦游说布拉佛斯人。"我等了这个老头子三天，"船长说，"货舱满了，我的手下也操够了老婆。不管带不带上你们，我的乌莎诺拉小姐今晚都得趁潮水出发。"

"行行好，"山姆乞求，"我只求再多延几天，好让伊蒙学士恢复体力。"

"他没体力。"船长前一天晚上亲自去客栈查看过伊蒙学士。"他年老体衰，我不想让他死在我的乌莎诺拉小姐号上。你们要么留下陪他，要么离开，与我无关，反正我今天出海。"更糟的是，他拒绝退还他们预付的旅资，这些银币本能送他们安全抵达旧镇。

“你们订下我最好的舱室，它就在那儿空等着。如果你们不走，并非我的责任，凭什么要我承担损失？”

若当时出海，我们或许已到了暮谷城，山姆懊恼地想，风向好的话，甚至有可能抵达潘托斯。

但这些跟推车的女孩没什么关系。“你说见到一个歌手……”

“他在快乐码头，正要跟‘水手之妻’结婚。”

“结婚？”

“她只跟与她结婚的人上床。”

“快乐码头在哪儿？”

“戏子船对面。我给你带路吧。”

“我认识路。”山姆见过戏子船。戴利恩不能结婚！他立过誓！“我得走了。”

他在湿滑的鹅卵石路上奔跑，那是一段很长的路，没过多久他就开始喘息，黑斗篷在身后飘荡，喇喇作响。他边跑边得用一只手扶住剑带。少许几个行人都投来好奇的目光，一只猫人立起来，冲他“嘶嘶”叫嚷。到达戏子船时，他已经脚步不稳。快乐码头就在街对面。

他冲进去，还在面红耳赤地喘粗气时，就被一个独眼女人抱住了脖子。“别，”山姆告诉她，“我不是为此而来。”女人用布拉佛斯语答了一句。“我不会讲布拉佛斯话。”情急之下，山姆用高等瓦雷利亚语说。蜡烛燃烧，火炉里的火噼啪作响，有个人在拉小提琴，他还看到两个女孩手拉手围着一名红袍僧跳舞。独眼女人将乳房贴到他胸口。“别这样！我不是为此而来的！”

“山姆！”戴利恩熟悉的嗓音传来，“伊娜，放开他，那是‘杀手’山姆。我的誓言兄弟！”

独眼女人从他身上退开，但仍用一只手搭着他胳膊。一个舞女大声说：“要是他愿意，可以来杀我。”另一个说：“你觉得他会让我摸一摸他的剑吗？”她们身后的墙上画着一条紫色三桅船，船员全是女人，除了高筒靴之外什么都没穿。一个泰洛西水手在角落昏睡，鼾声透过一大丛鲜红色胡须传出来，还有一个年纪较大、长着巨乳的女人在跟一个盛夏群岛人玩瓦片棋，后者体格魁梧，身披红黑羽衣。戴利恩坐在屋子中央，用鼻子拱着膝盖上的女子的脖子。她穿着他的黑斗篷。

“杀手，”歌手醉醺醺地喊，“快来拜见我夫人。”他的头发浅黄犹如蜂蜜，笑容暧昧陶醉，“我为她唱情歌哦。当我歌唱时，女人像黄油一样融化。哎，我如何能拒绝她这张脸呢？”他亲吻她的鼻子。“夫人，给杀手一个吻吧，他是我兄弟。”女孩站起身来，山姆看到她斗篷下面什么都没穿。“对了，兄弟妻不可戏，别跟我老婆调情哟，杀手，”戴利恩哈哈大笑，“如果你想要她的姐妹，请随便挑，我还有足够的钱。”

*用这些钱可以给我们买吃的，*山姆心想，*还可以买木柴，让伊蒙学士取暖。*“你干吗？你不能结婚。你跟我一样立过誓。他们会要你的脑袋。”

“我们的婚姻只维持一晚，杀手，就算在维斯特洛也不会要你的脑袋。你没去鼹鼠镇挖过宝吗？”

“没有。”山姆涨红了脸，“我决不会……”

“那你的野妞儿呢？你一定跟她干过两三次。在森林里的夜晚，一起挤在你的斗篷底下，别告诉我你从没上过她。”他朝椅子挥挥手。“坐下，杀手。喝杯酒，找个婊子。别客气。”

山姆不想喝酒。“你答应过我黄昏前回去，并带回酒和食物。”

“你就是这样杀异鬼的？拿口水淹死？”戴利恩再度大笑，“她是我老婆，而你不是。不想喝我的喜酒，就快滚吧。”

“跟我走，”山姆说，“伊蒙学士醒了，他想听那些龙的事。

他提到泣血的彗星和白鬼，还有梦，还……若我们能查到更多关于龙的事，也许能让他安心。请帮帮我吧。”

“明天……明天，不要在我新婚之夜。”戴利恩拽着新娘的手，起身朝楼梯走去。

山姆挡住去路。“你答应过，戴利恩，你立过誓。你是我的兄弟。”

“在维斯特洛是这样。你觉得这里是维斯特洛吗？”

“伊蒙师傅——”

“——快断气了。你把我们所有的银币都浪费在那个穿花条纹衣服的医师身上，然而他也这么说。”戴利恩的语气强硬起来，“要么找个女孩，要么滚，山姆，别破坏我的洞房花烛。”

“我会走，”山姆说，“但你得跟我来。”

“不。我跟你没关系了。我跟黑衣没关系了。”戴利恩从赤身裸体的新娘身上扯下自己的斗篷，扔到山姆脸上。“给。把这块破布给老头子盖上，也许能让他暖和一点。我不需要它了。很快我就能穿上天鹅绒，明年就会穿裘皮，吃——”

山姆揍了他。

他没多想，直接捏手成拳，砸向歌手的嘴巴。戴利恩破口咒骂，而他那赤身裸体的新娘惊声尖叫，山姆扑向歌手，将他推倒在身后一张矮桌子上。他俩差不多高，但山姆体重是对方两倍，而且这次他愤怒得忘记了恐惧。他先照着歌手的脸和肚子痛打，然后捶他的双肩。戴利恩扣住他的手腕，山姆便用脑袋撞裂了歌手的嘴唇。歌手松手后，山姆猛击他的鼻子。一个男人大笑起来，一个女人在咒骂。忽然间，打斗放慢了速度，他们仿佛是两只在琥珀中挣扎的黑苍蝇。有人把山姆从歌手的胸口拖开。他也打那个人，然后硬物砸到他脑袋上。

接下来他发现自己腾空出了门，在雾气中头朝前地飞。他刚看到身下黑糊糊的水，运河便迎面向他扑来。

山姆像块石头、像块巨岩，或者说像座山一样沉了下去。海水渗进眼睛，涌入鼻孔，黑暗冰冷，带着咸味。他试图呼喊求助，却咽下更多的水。他努力张嘴，一边蹬踢，一边翻滚，一连串气泡从鼻子里涌出。*游起来*，他告诉自己，*游起来*。睁开的眼睛被咸水刺痛，什么也看不见，他短暂地冒出水面，吸入一口空气，一只手拼命拍打，另一只扒向运河壁。然而岩石滑溜溜的，抓不牢。他又沉了下去。

山姆感到水浸透衣服，皮肤冰冷，剑带顺着双腿滑落，缠住脚踝。*我要淹死了*，他心中充满难以言喻的恐惧，于是狂乱地向前划，试图做出最后一次努力，结果脸却撞到运河底部。*我的身子上下颠倒了*，他意识到，*我要淹死了*。他挥舞的手碰到什么东西，也许是鳗鱼，滑溜溜地从指间穿过。*我不能这样，没有我，伊蒙学士会死的，吉莉也将无人依靠。我一定要游起来，一定要……*

一声巨响，什么东西缠住他，穿过腋窝，箍住胸口。他首先想到鳗鱼，*鳗鱼逮住了我，要把我拖下去*。他张口呼叫，吞下更多的水。他最后一个念头是，*我要淹死了，哦，诸神保佑，我要淹死了*。

他睁开眼睛仰卧在地上，一位魁梧的黑皮肤盛夏群岛人正用锤子那么大的拳头敲他的肚皮。*停，停，你弄疼我了*，山姆想呼喊，但说不出话，只能一边喘气一边呕吐。他浑身湿透，躺在鹅卵石间一摊水中颤抖。盛夏群岛人继续捶他的肚子，更多水从他鼻子里喷出来。“停，”山姆喘着气，“我还没淹死。我还没淹死。”

“呀，你没有。”救他的人俯身看他，此人身材高大，黝黑的皮肤湿淋淋地滴水。“你欠崇许多羽毛。水弄坏了崇精美的披风。”

这是真的，山姆看到羽毛披风贴紧黑人巨大的肩膀，全湿透了，沾满污渍。“我没想过……”

“……学游泳？呀，崇看得出来。你拍水太多，胖子本该能浮起来。”他用一只巨大黑手提着山姆的紧身上衣，帮他站起来。“崇是月桂风号的大副。许多话都会讲一点点。在里面看到你打那个歌手时，崇笑了。崇也听见了你的话。”他咧开大嘴微笑，露出洁白的牙齿。“崇知道那些龙。”

詹姆

“我还以为你会剪了这讨厌的胡子，知道吗？你看起来就像劳勃。”姐姐已换掉丧服，穿上一身浅绿裙装，袖子是银色的密尔蕾丝，脖子上的金项链镶有一颗鸽子蛋大小的祖母绿。

“劳勃的胡子是黑的，我的是金色。”

“金色？白的吧？”瑟曦从他下巴上扯了一根毛，举到面前。实际上，是灰的。“弟弟，你正在褪色，你成了过去那个你的幽灵，成了个苍白的残废，和这身白盔白甲倒是配套。”她抛开那根胡须，“我喜欢穿着绯红和金色服装的你。”

我喜欢沐浴在阳光之下，任露水滋润肌肤的你。他想吻她，想把她抱回卧室，扔到床上……她和蓝赛尔、奥斯蒙·凯特布莱克，甚至月童上床……“我要和你谈谈。收回成命，我的剃刀便任你驱使。”

瑟曦嘴巴一抿，她喝了香料热酒，口中散发出豆蔻的味道。“你是来讨价还价的？需要我提醒吗，你发誓服从命令。”

“我发誓保护国王。我应该留在他身边。”

“你应该服从他调遣。”

“托曼不过是在你递去的每一张纸上面盖章罢了。这是你的意思，而且愚蠢透顶。不信任达冯，又为何要任命他为西境守护？”

她在窗边座椅坐下，窗外是首相塔焦黑的废墟。“你为何推诿，爵士？难道你的勇气也随着右手消失了吗？”

“我对史塔克夫人发过誓，不会再拿起武器反对史塔克家族或徒利家族。”

“那不过是喝醉了酒，并被利剑抵着喉咙发的誓。”

“如果我不在托曼身边，又如何能护得他周全？”

“打败他的敌人，就是保护他的最好方式。父亲不是常说，‘最好的盾牌是挥舞的宝剑吗’？——哦，对了，宝剑是要手来挥舞的。不管怎么说吧，相信残废的狮子余威仍存，我要奔流城，我也要布林登•徒利——无论死活。此外，赫伦堡作为中枢要道，需要得到整治，威里斯•曼德勒没死的话一定被关在那里，他是安抚北方人的关键之一，而我们向守军派出的乌鸦均未得到回应。”

“他们是格雷果的人，”詹姆提醒姐姐，“魔山的手下残酷而又愚蠢。他们多半把你的乌鸦全吃光喽。”

“所以才派你去，我勇敢的弟弟，他们很可能也会拿你当晚餐，但我相信你会教他们消化不良的，”瑟曦理理裙子。“你出征期间，将由奥斯蒙爵士暂代御林铁卫队长一职。”

……她和蓝赛尔、奥斯蒙•凯特布莱克，甚至月童上床……“这个不能由你说了算。若你实在要我走，我将指派洛拉斯爵士为代理人。”

“开什么玩笑？你明知道我如何看待洛拉斯爵士。”

“如果你没派巴隆•史文前往多恩——”

“我需要他前去，多恩人不能信任。你忘了吗，红毒蛇做过提利昂的代理骑士？我可不放心把女儿就这样扔在阳戟城。还有，我重申，决不允许洛拉斯•提利尔掌管御林铁卫。”

“洛拉斯爵士比奥斯蒙爵士男人多了。”

“噢，看来你对男人的观念也变了，弟弟。”

詹姆感觉怒气逐渐升起，“没错，洛拉斯不会像奥斯蒙爵士那么色迷迷地盯着你的胸口，但我不认为——”

“你这是什么话！？”瑟曦给了他一耳光。

詹姆毫不躲闪，“看来我的胡子还得多蓄一些，才能承受太后陛下的抚慰。”他好想撕开她的裙服，与她疯狂接吻……若是在以前，有两只手的时候，或许他已经这么做了。

太后的双眼犹如幽绿的玄冰，“你最好赶紧上路，爵士。”

……蓝赛尔、奥斯蒙•凯特布莱克、月童……

“你手没了还是耳朵没了？！房门就在后面，爵士。”

“如你所愿。”詹姆转身而去，离开了瑟曦。

诸神啊，他们一定在窃笑。他知道瑟曦不喜被人顶撞，温柔的话语或能将她动摇，不过最近只要看见她，他就一肚子火，好话全说不出口。

其实，他心中的一部分倒希望能离开君临。对于瑟曦身边那帮白痴和马屁精，詹姆实在受够了。据亚当•马尔布兰报告，跳蚤窝的贫民把当今御前会议称为“小人会议”。他尤其不放心科本……此人虽说救过詹姆一命，但毕竟曾是血戏班的成员。“科本有许多秘密，谁都能闻出来。”他警告瑟曦，姐姐却只笑笑，“弟弟多心了，我们彼此都有许多秘密。”

……她和蓝赛尔、奥斯蒙•凯特布莱克，甚至月童上床……

四十名骑士和他们的侍从等在红堡的马厩外，其中一半是兰尼斯特家族直属的西境骑士，另一半则是新近投靠、不受信任的降将。为安抚军心，詹姆让雨林的德莫特爵士负责托曼的王旗，让红罗兰•克林顿负责御林铁卫队长的纯白旗帜，并收下一位培吉、一位派柏和一位派克顿担任自己的侍从。“把朋友留在身后，敌人留在身前，方能万无一失，”这是萨姆纳•克雷赫的劝诫，还是父亲的教诲？

他的坐骑是匹血色母马，战马则是高大的灰公马。詹姆已有多年不曾为马取名字，他见过太多坐骑来来去去，想起来甚为痛心。不过，当派柏家的小子把这两匹马分别命名为“荣誉”与“光辉”时，他哈哈大笑，听之任之。光辉披上兰尼斯特的绯红鞍配，荣誉则罩上御林铁卫的纯白衣裳。乔斯敏•派克顿牵住缰绳，让詹姆爵士上马——这名侍从瘦得像根矛，手长脚长，油腻的鼠灰色头发，柔软的面颊上刚长出桃子似的绒毛。他身披兰尼斯特的绯红披风，但外套上有自己家族黄色底面上十只紫色胭脂鱼的纹章。“大人，”这小子询问，“您要戴上新手吗？”

“戴上它，詹姆，”凯切镇的肯洛斯爵士劝道，“戴上它朝百姓挥手致意，往后他们会给儿孙传诵您的故事。”

“算了，”詹姆不愿向群众撒谎——哪怕是个金光灿灿的谎。*让他们看到断肢，让他们看到残废。*“我准许你表演，肯洛斯爵士，就当为了我吧，双手双脚地挥舞都可以。”说罢，他用左手抓起缰绳，催马前进。

“派恩，”当大家集合完毕后，詹姆下令，“你骑在我旁边。”

伊林•派恩爵士遵令上前。他看起来像个要饭的，一身老旧生锈的锁甲，套在褪色的煮沸皮革背心上，人和马都没有纹章，盾牌画得一塌糊涂，连颜色都看不清楚，再搭配憔悴的神情与深陷的眼窝，伊林爵士浑如死人……当然，从某种意义上说，他已经死了许多年。

*我会让他振作起来。*谁叫詹姆要当这光辉灿烂的铁卫小队长呢？他不得不接受国王的调令，然而伊林爵士是他的条件之一，另一个条件是亚当•马尔布兰。“我要他们两个。”他告诉姐姐，瑟曦当即批准。*她巴不得赶走他们呢。*亚当爵士乃是詹姆的童年好友，沉默的刽子手则属于他父亲——如果他还属于任何人的话。派恩作过御前首相的侍卫队长，没料到祸从口出，有人密告说他私下赞叹泰温公爵才是真正的七国统治者，伊里斯王便拔了他舌头。

“开门，”詹姆喊道，壮猪用雄浑的嗓音重复，“*开门！*”

当初梅斯•提利尔敲锣打鼓地骑出烂泥门时，数千民众列队欢呼。男孩们个个兴高采烈地走在队伍旁边，高昂着头，模仿提利尔大兵迈大步的样子，他们的姐妹则打开窗户，抛出飞吻。

今日截然不同。兰尼斯特的队伍经过时，几名妓女懒懒地招呼，卖肉派的继续高声叫卖。鞋匠广场上，两名衣衫褴褛的麻雀自顾自地朝数百百姓宣讲，警告说不敬神的人与恶魔崇拜者将引来末日之灾。人群为队伍让路，麻雀与鞋匠们全是呆滞的眼神。“他们喜欢玫瑰的香味，对狮子却毫无感觉，”詹姆评论，“我亲爱的老姐应该好好想想。”伊林爵士没有回答。他真是个旅行的好伙伴，我喜欢跟他谈话。

大队人马在城外等候，包括亚当•马尔布兰爵士与他的斥候，史提夫伦•史威佛爵士的辎重队，“好人”老博尼佛爵士的百名“圣战士”，萨斯菲尔德的弓骑兵，古利安学士与他的四笼乌鸦和佛列蒙•布拉克斯爵士的两百重骑兵。詹姆麾下这支军队总算不满一千，难称庞大，但奔流城下不缺兵。那座城堡已被兰尼斯特军团团包围，而佛雷家出动的人马甚至比西境更多，不过他们发来的上一只乌鸦带信称，全军供应已难以为继。布林登•徒利是坚壁清野后方才退回城堡的。

其实也没什么好清的。就詹姆亲眼所见，河间地几乎找不到一块未被焚烧的田野、一座未遇洗劫的城镇、一个未遭强暴的少女。现在我亲爱的老姐要我去完成亚摩利•洛奇和格雷果•克里冈的未竟事业。他嘴里阵阵苦味。

尽管君临附近的国王大道跟承平时期一样安全，詹姆仍令马尔布兰率斥候出动。“罗柏•史塔克在呓语森林攻我不备，”他告诉前都城守备队长，“这事再也不会发生了。”

“我以性命向您担保，”能重上战马，马尔布兰似乎颇感欣慰，他忙不迭地脱掉都城守备队的金羊毛披风，换上自家的烟灰色披风，“十里格之内，敌人休想靠近。”

詹姆颁布严令，未经他允许，任何人不得离队。不有言在先的话，这帮贵族少爷就会到处奔跑赛马，驱散家畜，践踏农田了。都城近郊难得还有牛羊漫游，树上有苹果与草莓，农舍旁堆满大麦、燕麦和冬小麦，道路两边是牛车马车。走得远点，这番景象哪里去找？詹姆与沉默的伊林爵士并骑在前头，感觉十分惬意。温暖的阳光洒在背上，朔风拂过头发，犹如瑟曦的指尖。小子卢·派柏采来一头盔黑莓，詹姆抓了一把，然后吩咐他分给侍从们和伊林·派恩爵士。

派恩似乎很满意那身生锈锁甲和皮革背心，也很满意自己的沉默——从他那边，只传来马蹄声和剑鞘与剑刃拍击的声音。虽然他满脸麻子，眼神冰冷得像冬日的湖泊，毫无表情可言，但詹姆本能地感受到对方对于离开君临的欢喜。*我让他自己选，他思量着，他本可以拒绝我，继续做他的御前执法官。*

伊林的职位是劳勃·拜拉席恩新婚时送给詹姆的父亲的回礼之一，随后这个闲职被泰温公爵用来偿还派恩为兰尼斯特家族做出的牺牲。伊林·派恩爵士成了一位完美的刽子手，干净利索，一击收工，从未让处决陷入难堪境地。他的沉默更为他增添了气势，王国难得一位如此匹配的执法官。

当初詹姆下定决心后，便去叛徒走道尽头找伊林爵士。那里有座半圆形矮塔，上层分成若干房间，专司软禁贵族，比如可用来讨取赎金或安排交换的骑士与领主之流；地下经由一扇精铁门和一扇灰木门通往地牢。地下第一层设有监狱总管、大告解官和御前执法官的房间。御前执法官的本职是刑场杀人，但按惯例，还要打理地牢事务，管理这里的人。

对于这项任务，没有比伊林·派恩爵士更不合适的人选了。他既不识字，又不能写，甚至连说话都不会，只好统统扔给别人处理。可惜的是，他也没有同僚，因为王国自戴伦二世的朝代以来便没再任命过大告解官，而上任监狱总管乃是个从小指头那里买肥缺的布商人。毫无疑问，他最近几年发了笔横财，然而去年很不幸地和其他有钱的傻瓜一起倒向史坦尼斯。他们自称“鹿角民”，小乔便将鹿角钉在他们头上，再用投石机抛出城去还给史坦尼斯。这回詹姆找来时，只能再求助于驼背的雷纳佛·伟维水，让这自称有龙之血脉的老头指引他走下狭窄的阶梯，来到伊林·派恩生活了十五年的地方。

房间充溢着食物腐烂的臭气，草席上爬虫随处可见，詹姆还差点踩上一只老鼠。派恩的双手巨剑放在搁板桌上，旁边有一块磨刀石和一张油腻腻的布，剑刃被打磨得极为锋利，在苍白的光线下闪烁着蓝盈盈的光。但除此之外，脏衣服堆得满地都是，布满红锈的锁甲与板甲也被拆散开来，四处乱扔，至于打破的酒瓶子，更是无法计算。*这个男人除了行刑，没有其他生活了*。当伊林爵士从屎臭熏天的卧室里出来会他时，詹姆心想。

“太后陛下命我节制大军，收复河间地，”他告诉对方，“你可以跟我走……假如你舍得放弃这所豪宅的话。”

沉默是派恩的回答，还有毫不动摇的悠长凝视。正当詹姆准备离开时，对方点了点头。*他终究是肯改变了*，詹姆瞥瞥身边的伙伴，*或许我们两个还有希望*。

当晚，队伍在哈佛城所在的小丘下宿营，夕阳沉没后，一百个帐篷沿小溪搭建起来。詹姆亲自安排哨兵放哨，都城附近想来不会有什么麻烦，但当初他舅舅史戴佛在牛津肯定也是这么想。*我决不会重蹈覆辙*。

从城堡里传来哈佛夫人的代理城主的邀请，詹姆带上伊林爵士、亚当·马尔布兰爵士、博尼佛·哈斯提爵士、红罗兰·克林顿、壮猪与其他十几位骑士及贵族同去。“我想我应该戴上那只手。”上山之前，他对小派说。

这孩子立刻为他绑上。那只手由纯金制成，指甲是祖母绿，肉眼看去十分逼真。它指头半拢，刚好能握住杯子。*我不能用它打仗，却能用它喝酒*，詹姆看着男孩在他的断肢上绑绷带，心里想。“从今天起，人们会称呼您为金手将军。”武器师傅曾向詹姆保证。*错，直到我死后，人们还是会叫我弑君者。*

金手在餐桌上屡屡为他带来赞叹——直到打翻酒杯。他的脾气发作了。“妈的，如果你如此羡慕这该死的玩意儿，我很乐意把你用剑的手砍掉。”他告诉佛列蒙·布拉克斯。

无人再敢多言，他在平静中多喝了点酒。

城堡主人跟兰尼斯特家族结亲，才一岁便做了他表弟提瑞克的夫人，此刻也还是个圆胖的小婴儿。席间，这位艾弥珊德夫人被抱出来相见，她穿金线小裙服，裙服中间用翡翠颗粒组成一条淡绿色大波浪，周围是绿色栅格——这是哈佛家族的纹章。过不多久，小女孩号啕大哭，便被奶妈安抚着送回卧房了。

“还没有提瑞克大人的消息？”鲑鱼端上桌时，代理城主询问。

“没有。”提瑞克·兰尼斯特于君临暴动中失踪时，詹姆还在奔流城作俘虏。若这孩子没死，该满十四岁了。

“遵照泰温大人的命令，我曾亲自带队搜查，”亚当·马尔布兰爵士边剔鱼骨头边说，“但我的发现不比拜瓦特多。当暴民们突破金袍子的封锁线，那孩子还在马上，其后嘛……嗯，我们找到了他的马，人却没有半点线索，多半是被拉下来杀了。但若是这样，尸体在哪儿？暴民让其他人暴尸街巷，为何单单没有他？”

“或许令他活着更有价值，”壮猪认为，“兰尼斯特家的人赎金不菲。”

“这点毫无疑问，”马尔布兰承认，“怪就怪在没人来索要赎金，这孩子如同凭空蒸发了。”

“他死了，”詹姆已喝下三杯葡萄酒，金手变得越来越沉，越来越笨拙。哼，倒不如装上钩子。“等那帮暴民明白自己杀的是谁，恐怕慌不择路地要把尸体投入河中，以防被我父亲发现。兰尼斯特有债必还，当年君临城破，泰温公爵教他们领教过滋味。”

“有债必还。”壮猪同意，大家也就此打住。

不过等饭后在塔楼房间过夜时，詹姆自己却怀疑起来。再怎么说，提瑞克与蓝赛尔一道做过劳勃国王的侍从，他们晓得的秘密比黄金更贵重，比利刃更致命。他想到了瓦里斯，那个咯咯假笑、浑身散发着薰衣草香味的太监。全城都有此人的眼线密探，要在混乱中偷走提瑞克自是举手之劳……或许太监早就知道暴动将于何时何地发生。瓦里斯让我们大家相信，他是不可或缺的，他什么都清楚。然而这次暴动他却一分半点都没警告瑟曦，他甚至没到船边去送别弥赛菈。

詹姆打开窄窗。夜，越来越清冷，一轮弯月高挂天空，照在他的金手上，反射出昏暗的光。它掐不死太监，却可以打烂那张黏糊糊的笑脸，打个稀巴烂。他忽然很想打人。

伊林爵士正在擦剑。“时候到了。”他吩咐对方，刽子手便站起来随他下楼，破皮靴刮擦着陡峭的石阶。兵器库前有个小院子，詹姆找来两面盾牌、两顶半盔和一对比武用的钝剑，把它们分给派恩，自己左手握剑，右手穿进盾牌的绑带。他的金手能抓东西，却握不牢，所以盾牌很松。“你曾是位堂堂正正的骑士，爵士先生，”詹姆喊道，“和我一样。让我们看看自己现在变成什么样了吧。”

伊林爵士举剑回应，詹姆更不搭话，直接上前攻击。然而，尽管派恩的外表就像他的锁甲一样生了锈，也没有布蕾妮的强壮体魄，但詹姆递出的每一记都被他的钝剑或盾牌挡住。两人在弯月下舞蹈，两柄钝剑奏出钢铁的乐章，沉默的骑士让詹姆好好攻击了一阵，最后才发起反击。他连连打中詹姆的大腿、肩膀和上臂，三次划过头盔，一记猛斩打飞了詹姆右臂的盾牌，力道之猛，差点把连接金手与断肢的绷带扯断。等收剑住手时，詹姆已然遍体淤伤，酒全醒了，头脑无比清明。“我们每晚准时开战，”他告诉伊林爵士，“明天打，后天也打，天天打。直到我的左手变得跟我过去的右手一样强大为止。”

伊林爵士张开嘴巴，发出一阵粗嘎的声音。他在笑啊，詹姆心中绞痛。

第二天早上，无人敢提及他的伤势，看来他们昨晚睡得跟死猪一样。只有下山时，小子卢·派柏替骑士老爷们问了这个不该问的问题。詹姆朝他咧嘴笑道：“你不晓得吗，哈佛家的女仆精力特别旺？她们会咬人呢，小子。”

这天仍然阳光明媚、微风吹拂，接下来的一天多云，再来的三天就是下雨了。但对于队伍来说，这些都没差，他们风雨无阻地沿国王大道北进，保持着稳定速度，而每晚詹姆都会找个私密之地，留下更多爱的伤痕。他们在马厩里打，有独眼的驴作见证；他们在旅店地窖里打，周围是装满葡萄酒和麦酒的木桶；他们在石制大谷仓焦黑的残骸里打；他们在小河中林木茂盛的沙洲上打；他们也在空旷的原野上打过，任凭雨水哗哗地拍打着头盔与盾牌。

詹姆找了各种借口，但他没有蠢到认为大家真的相信。至少，亚当·马尔布兰了解实情，众多亲随也各有猜测。当然，没人敢在他面前说出口……唯一的证人是个哑巴，不用担心弑君者功夫浅薄的事实暴露出去。

现今，到处都能看到战争留下的满目疮痍。田野里，本该是收获秋小麦的时节，然而野草、荆棘与灌木长到马头那么高，国王大道上见不到一个旅人，从黄昏到清晨，都是狼群的天下，它们连人都不怕。马尔布兰的一名斥候下马撒尿，回头马已被扑杀。“如此放肆的畜生，”“好人”博尼佛爵士悲天悯人地说，“定是披着狼皮的恶魔，用来惩罚我们的罪孽。”

“是啊，好一匹罪孽深重、不可饶恕的马。”詹姆瞧着马儿可怜的残缺尸体，回答道。他命令将马尸分割腌制，前路漫漫，人烟稀少，肉可不能浪费。

一个叫母猪角的地方有座塔堡，堡中住了一位顽强的老骑士罗杰•霍格爵士，他辖下有六名士兵、四名十字弓手和二十多位农民。罗杰爵士身材粗壮，肯洛斯爵士认定他是克雷赫家族的远亲，因为他的纹章上也有斑纹野猪。壮猪表示同意，并花了一个小时和罗杰爵士仔细研究血缘问题。

詹姆感兴趣的是霍格对于狼崽们的描述。“绣着白星星的北方狼来打劫过，”老骑士倾诉，“大人，我把他们赶走了，其中三人的尸体就埋在那片芜菁地下。在他们之前，是嗜血的狮子——对不起，大人——其首领的盾牌上刻有狮身蝎尾兽。”

“亚摩利•洛奇爵士，”詹姆解释，“我的父亲大人命他掠夺河间地。”

“可我没住在河间地，”老罗杰•霍格爵士坚决地说，“我是哈佛家族的封臣，艾弥珊德伯爵夫人直属于君临——等她学会走路，就会向托曼陛下屈膝的。这番话我讲过，可那洛奇不听，反而杀了我一半的绵羊和三只产奶的山羊，甚至企图把我活活烧死在塔楼里面。幸亏墙壁是坚石砌成，足有八尺之厚，等火焰熄灭，他便没了兴趣，骑马离开。第二天狼来了——四条腿的狼——吃光了狮身蝎尾兽为我留下的所有绵羊，我只得到毛皮，可毛皮不能填肚子啊。大人，您说怎么办？”

“播种，”詹姆建议，“祈祷在冬天来临之前，还有最后一次收成。”这并非对方期望的回答，却是他唯一能给的答案。

第二天，队伍越过一条小河，这是君临城和奔流城各自统治范围的分界线。古利安学士取出地图，宣称面前这片山丘属于渥德兄弟，这是两位隶属赫伦堡的有产骑士……不过他们的厅堂皆为土木结构，早被烧成灰烬，只剩几根梁柱了。

渥德兄弟没现身，他们的子民也没出现，一群土匪居住在弟弟的堡垒的地窖里，其中一位还披着褴褛的绯红披风。詹姆把他们统统吊死，感觉很不错，这是正义的感觉。或许某一天，兰尼斯特，或许某一天老百姓们会真的称呼你为金手将军。公正的金手将军。

越接近赫伦堡，情况越黯淡。队伍在暗灰色苍天下骑行，湖泊闪烁着阴郁的冷光，犹如一大块被砸烂的钢铁。詹姆不禁想起了布蕾妮，不知她有没有经过这条路。若她前往奔流城找寻珊莎•史塔克……他很想向人打听他们是否见过枣红头发的美貌处女，或是又丑又肥、相貌愁死活人的老处女，然而他一个旅人也没见到，唯有狼群和它们此起彼伏的嗥叫。

白蜡般的湖水对面，黑心赫伦尽倾国之力修筑的塔楼隐隐浮现，五根扭曲的黑指头伸向空中，石头诡异畸形。赫伦堡名义上的领主是小指头，但他似乎不着急前来接管封地，詹姆只好顺路帮他“整治”城堡了。

他毫不怀疑城堡需要整治。格雷果•克里冈从血戏班手中夺过了这座阴郁巨城，随后便被瑟曦召回君临担任代理骑士，他的手下一定还像盘子里的干豆似的散布在城内——而他们是决不可能把王国的和平带给三河流域的。格雷果爵士圈养的这群走狗唯一了解的和平就是坟墓。

亚当爵士的斥候报告说赫伦堡大门紧闭上闩，于是詹姆摆开阵形，令凯切镇的肯洛斯爵士吹起赫洛克之号，那是一只弯曲的黑号角，刻有古代的黄金条纹。

肯洛斯爵士连吹三声，余音在城墙内回荡，接着铁链呻吟，大门缓缓开启。黑心赫伦的城墙如此之厚，詹姆足足经过十几道杀人孔，阳光才突然涌现。不久前，他正是在这座院子里向血戏班道别的。硬泥地面上已然荒草丛生，苍蝇覆盖在马尸上。

十来个格雷果的部下站在塔楼上观看他们下马，这些人个个眼神冷硬，嘴巴紧抿。这样的家伙，在魔山身边才有活路。但至少，格雷果的人没有勇士团那么暴虐邪恶。“操，是詹姆·兰尼斯特，”一个头发灰白相间的大兵说，“小子们，他妈的弑君者驾到。如果我看错了，你们可以拿长矛操我的屁眼！”

“你是谁？”詹姆问。

“爵士叫我‘臭嘴’，大人。”他吐了泡痰在手掌，然后在脸上擦擦，权当洗脸了。

“真帅。你是这里的头儿？”

“我？屁，当然不是。大人，说我是头儿，你不如拿根长矛操我的屁眼。”臭嘴胡子里的面包屑多半能供养一只老鼠军团，詹姆看了哈哈大笑，而对方将这视为鼓励。“拿根长矛操我的屁眼。”他重复了一遍，接着也笑起来。

“你听到他的话了，”詹姆扭头对伊林·派恩说，“去找根顶好的长矛，准备插他屁眼。”

伊林爵士没长矛，“没胡子”琼恩·本特利欢快地扔了一柄给他。见此光景，臭嘴醉醺醺的笑容戛然而止。“妈的，你想干什么？”

“让你清醒清醒，”詹姆道，“说，谁是这里的头儿？格雷果爵士任命了代理城主吗？”

“代理城主是波利佛，”另一人接口，“他却教猎狗宰了，大人。他、记事本和那萨斯菲尔德小子一起没了。”

又是猎狗。“真的是桑铎？你见过他？”

“我们没见，大人，是店主告诉我们的。”

“事情发生在十字路口的旅馆，大人。”这回说话的是个年轻人，一头沙色乱发，戴着曾属于瓦格·霍特的钱币项链——那些钱币来自于数十个东方城市，其中包括金、银、黄铜、青铜等不同质材，形状有圆有方，有三角形、有指环形，甚至有骨头。“店家发誓说杀人的男子半边脸上全是烧伤，他们店的婊子也这么招供。桑铎还带了个男孩，衣衫褴褛的农民小子。他们砍翻波利和记事本之后，沿三叉戟河往下游跑了。”

“派人追了吗？”

臭嘴皱起眉头，好像思考让他痛苦。“没有，大人，真他妈操蛋，但我们没理会他。”

“把狗宰了不就结了？”

“是啊，”对方揉揉嘴唇，“可我从来不喜欢波利那坨马粪，而且猎狗他是爵士的弟弟，所以……”

“我们是操蛋，大人，”脖子上挂钱币项链的年轻人接口，“可去杀猎狗，疯子才会干。”

詹姆仔细瞧了瞧他。*他比其他人胆大，而且不像臭嘴那么醉得厉害。*“你怕他。”

“我可不是‘怕’他，大人，只是想把他留给大人物们去处理而已，如此才叫身份对等。比如爵士，比如您，都是料理他的好对手。”

*我若有两只手，一定去会会他。*詹姆很清楚现下的自己走不了几招就会给桑铎干掉。“你叫什么名字？”

“拉夫德。简称拉夫。”

“拉夫，叫全体守军在百炉厅集合，外加所有的俘虏，我要好好瞧瞧他们，对了，你刚才提到的从十字路口抓的妓女也要来。噢，别忘了山羊，真遗憾，听说他已经逝世了，但我想亲眼看看。”

首级献上，他发现山羊的嘴唇、耳朵和鼻子都被切掉了，而乌鸦吃了眼睛。说来也怪，这颗头居然还能认出来属于瓦格•霍特，全拜那奇特的胡须所赐——足有两尺长，在尖下巴下面晃荡。除了胡子，科霍尔人的头骨上只剩几块干瘪的皮肤。“身体的其他部分呢？”詹姆问。

没人回答。最终，臭嘴垂下双眼，低声道，“烂掉了，爵士。呃……或是给吃了。”

“有个俘虏老吃不饱，”拉夫德解释，“所以爵士烤山羊给他吃。说实话，科霍人没什么肉，爵士先砍下他的双手双脚，接着是上臂和大腿。”

“那胖子吃得最多，大人，”臭嘴接口，“但爵士要让俘虏们都尝尝人肉的滋味，他还让山羊自己吃自己。操，他看到自己的肉还流口水呢，拼命狼吞虎咽，油脂滴满了胡须。”

*父亲，詹姆心想，你养了一群疯狗。*他想起小时候在凯岩城听过的故事，疯狂的罗斯坦伯爵夫人在赫伦堡内用人血洗澡，大摆人肉宴席。

想到这里，复仇也没了兴致。“把它丢进湖中，”詹姆将山羊的头扔给小派，转身面向守军，“培提尔公爵到任之前，博尼佛•哈斯提爵士将以国王之名镇守赫伦堡。你们如果愿意留下——并征得了爵士先生的同意——可以跟随他；不愿留下来的随我讨伐奔流城。”

魔山的手下面面相觑。“赏赐还没发呢，”有人说，“爵士答应过的。他说重重有赏。”

“他说过！”臭嘴附和，“*追随我的人，重重有赏！*”十几个人也加入进来。

博尼佛爵士举起铁拳，“留下来的人可以分得一份土地，结婚后我会再给一份，生下头胎我给第三份。”

“土地，爵士？”臭嘴吐了口痰，“放他妈的屁。操，想翻地，我们不晓得在自个儿家里翻吗？真他妈操蛋，爵士说‘重重有赏’，意思是金子！金子！”

“有意见上君临找我亲爱的老姐说去。”詹姆转向拉夫德，“俘虏在哪儿？威里斯•曼德勒爵士呢？”

“他就是那个胖子。”拉夫德道。

“是嘛？他有个三长两短，你们就惹大麻烦了。”

夏格维、帕格或佐罗等诸位勇士早跑得无影无踪，让瓦格•霍特当了光杆司令。至于河安伯爵夫人的人，只有三位还活着——为格雷果爵士打开边门的厨子；名叫“黑拇指”本恩的驼背武器师傅；还有皮雅，然而她失去了上次与詹姆相会时的美貌。有人打断了她的鼻子，还敲掉了她一半的牙齿。这女孩一看见詹姆，就立刻倒在他脚边，啜泣着，用惊人的力气抱紧他的大腿，直到被壮猪拉开。“以后没人会伤害你了。”他告诉她，她却哭得更大声。

囚犯受的待遇较好，威里斯•曼德勒爵士也没死，他们这批人大多是在三叉戟河渡口一战中被魔山俘虏的。作为管用的人质，他们被关押起来，虽然现下个个又脏又臭、不修边幅，有的还缺牙齿缺手指、遍体鳞伤，但至少有吃有喝，战伤也得到了处理。詹姆不知道他们清不清楚自己吃的肉，决定还是别点破的好。

然而囚犯们已彻底丧失了尊严，尤其是大胖子威里斯爵士，胡须一大把，目光呆滞，下巴颤抖。詹姆说要派人护送他去女泉城乘船返乡，他顿时瘫倒在地，比皮雅哭得更厉害，足足合四人之力才把他扶起来。*烤吃山羊的报应，詹姆心想，诸神在上，我恨透了这座该死的城堡。*赫伦堡三百年来见证的恐怖比凯岩城三千年中经历的更多。

于是詹姆令百炉厅中生起炉火，再让那唯一的厨子赶紧去为他的队伍准备热饭热菜，“什么都可以，山羊肉不要。”

他自己在猎人厅内与博尼佛•哈斯提爵士共进晚餐，博尼佛爵士庄严肃穆，三句不离七神之名。“我不要格雷果爵士的走狗，”他切开一个和他一样遍布皱纹的梨子，小心翼翼地确保那并不存在的果汁不会玷污他朴素的紫色外衣，上面有他家族的白色斜线纹章，“他们是帮罪孽深重的恶棍。”

“我家修士常说，所有人都有罪。”

“他说得没错，”博尼佛爵士表示同意，“但有些人犯下的罪孽无可饶恕，犹如熏天恶臭，恐怕七神连闻闻都受不了。”

看来你和我弟弟一样没鼻子，否则我的罪孽会教你被这个梨子噎死。“好吧，我把格雷果的人全带走。”士兵不缺用武之地，若迫不得已非要硬攻奔流城，他会让他们打头阵。

“把那个妓女也带走，”博尼佛爵士要求，“你知道我说的是谁，就是那个地牢里挖出来的女人。”

“皮雅，”科本曾派她来陪床，以为能讨他欢心……现在的皮雅已不是过去那个娇小、甜蜜、咯咯傻笑着爬进他被窝的尤物了。当格雷果爵士要安静时，她很不识趣地搭了话，魔山便用钢甲拳套把她的牙齿和漂亮小鼻子打成碎片。若非瑟曦急召魔山前往君临面对红毒蛇的长矛，只怕皮雅的遭遇还会更惨。詹姆是决不会可怜格雷果的。“皮雅生于兹长于兹，”他劝告博尼佛爵士，“这里是她唯一的家。”

“她是堕落的化身，”博尼佛爵士说，“我不能容许她向我的人卖弄……卖弄风骚。”

“她卖弄的日子已经结束了，”詹姆道，“但若你坚持，我会带她走。”他可以收她做洗衣妇，他的侍从不在乎为他搭建帐篷、照料马匹或清理铠甲，但洗衣服一直不大积极。“单凭你的百名圣战士，能守住赫伦堡吗？”其实只剩下八十六名，有十四个在黑水河上送了命，但博尼佛爵士迟早会招募到信仰虔诚的新人的。

“决无问题。老妪会为我们指引前路，战士将给予我们力量。”

或者陌客会让你们统统倒霉。詹姆不清楚是谁怂恿姐姐任命博尼佛爵士为赫伦堡代理城主的，多半是奥顿•玛瑞魏斯。隐约记得，哈斯提家族侍奉过玛瑞魏斯的祖辈，而且这萝卜头发的裁判法官似乎天真地认为，外号“好人”的贵族想必最宜于派往河间地，治疗卢斯•波顿、瓦格•霍特和格雷果•克里冈所留下的累累伤痕。

或许他的人选不错。哈斯提家族源于风暴之地，在三河流域无亲无故，没有世仇，没有关系，也没有亲信。而这位博尼佛爵士素来冷静、公正、尽职尽责，他训练出的圣战士是有纪律的兵，一起骑上高大灰马时也显得十分威武堂皇，足以慑服群众。小指头曾打趣说博尼佛爵士多半把手下的兵统统阉割了，以保证他们纯洁高尚。

然而说到底，战士的名誉要在战场上证明，并非靠整齐可爱的坐骑。他们精于祈祷，也精于杀敌吗？就詹姆所知，在黑水河上他们表现不错，但也无甚突出之处。博尼佛爵士本人年轻时倒是武艺精湛，前途似锦，后来却出了意外——不晓得是因为战败、耻辱还是重病——导致他认定比武乃是空虚的炫耀，从此放下长枪。

赫伦堡必须守住，而瑟曦挑选了这位“小贝勒”。“此城厄运缠绕，”他警告博尼佛爵士，“据说赫伦与他儿子们着火的鬼魂晚上会在大厅里出没，教他们发现的话会被活活烧死。”

“我不怕鬼魂，爵士。《七星圣经》有云：妖魔、亡魂抑或幽灵皆无法伤害虔信七神之人，君子以信仰为甲，能行遍天下。”

“你以信仰为甲，但也请记得穿上锁甲和板甲。迄今为止，这座城堡的主人都没好下场。瞧瞧魔山、山羊，甚至我父亲……”

“恕我冒昧，他们都缺乏信仰之心，不像我们。战士会保护我们，况且我们并非孤立无援。古利安和他的乌鸦与我们同在，左近的戴瑞城有蓝赛尔大人，女泉城有蓝道大人，三军协力，足以荡平这一带的土匪蟊贼。等局势安定后，七神自会指引善男信女们回到村落，重新播种、耕作，修建家园。”

那些还没教山羊赶尽杀绝的人。詹姆用金手钩起酒杯。“若有任何勇士团的成员落到你手中，立刻押送给我。”纵然陌客抢在詹姆之前带走了山羊，但胖子佐罗、夏格维、罗尔杰、虔诚的乌斯威克等人逃不脱。兰尼斯特有债必还。

“你会折磨他们，然后杀了他们？”

“换成你，你会宽恕他们吗？”

“若他们真心悔悟……是的，我会在送他们上断头台之前接纳他们为兄弟，并为之祈祷。信仰可以救赎，罪行必须惩罚。”哈斯提双手合十，顶着下巴，这姿势竟让詹姆荒谬地联想起父亲。“如果遇到桑铎•克里冈，你要我怎么做？”

拼命祈祷，詹姆心想，拔腿快跑。“送他去与他亲爱的老哥团聚，并感谢七神创造了七层地狱——单单一层容不下两个克里冈。”他突然站起来，“贝里•唐德利恩情况不同，如果抓住了他，关起来等我回头处置。我要用绳索捆住他的脖子，一路牵回君临，再当着全国百姓的面，让伊林爵士将其斩首示众。”

“他身边的密尔和尚呢？听说他到处宣扬邪教。”

“杀他、吻他，还是跟他一起祈祷，随便你。”

“我从不与男人接吻，大人。”

“他可不一样，”詹姆的微笑成了哈欠，“请原谅，若你不反对的话，我告辞了。”

“好，大人。”哈斯提说。他的祷告时间又到了。

詹姆想要的却是战斗。他三步并作两步出门，夜风清冷。火光中的庭院里，壮猪与佛列蒙•布拉克斯爵士正在比武，周围围了一群喝彩叫好的士兵。李勒爵士将是最后的赢家，詹姆明白，我还是找伊林爵士打架的好。

幻影手指再度抽搐，他远离火炬与人声，走过密闭拱桥，来到流石庭院——直到这时，他才醒悟自己的去处。

熊坑内，灯笼洒下苍白冷淡的光，照耀在一圈圈陡峭的大理石凳上。看来有人比我先到。坑中是练武的好场所，或许伊林爵士先想到了。

然而站在坑边的骑士比派恩更高大，他满脸胡子，体格结实，身穿绣有狮鹫纹章的红白外套。克林顿，他在里面干吗？黑熊还半掩在沙地中，但只有骨骼和破损的毛皮残留了。詹姆有些为野兽悲哀。至少，他是战死的。"罗兰爵士，"他喊道，"你迷路了吗？我明白，城堡大得很。"

红罗兰举起灯笼，"我来看看狗熊与美少女对话的现场。"他的红须在火光中犹如着了火，詹姆闻到了酒气，"妞儿真的光着身子打？"

"光着身子？不。"故事似乎被夸张了几倍。"血戏子们让她穿上粉红色的丝裙服，拿着比武用的钝剑。山羊要好好看她出洋相，他觉得这样很'有趣'……"

"……也好，光着身子的布蕾妮只怕会把熊先吓趴喽。"克林顿笑道。

詹姆没笑，"听你的口气，似乎挺了解她。"

"我曾是她的未婚夫。"

他大吃一惊，布蕾妮从未提及订婚之事。"他父亲为她……？"

"为她订过三次，"克林顿道，"确切地说，我是她的第二个未婚夫，由我父亲和她父亲共同决定。我早听说那妞儿很丑，可我父亲说，蜡烛吹灭后，所有女人都是一个样。"

"你父亲。"詹姆瞧向红罗兰的外套——红底与白底上，两只狮鹫互相对望。这是名扬天下的克林顿家族舞蹈狮鹫纹章。"你父亲是前首相的……弟弟？”

“表弟。琼恩大人没有亲兄弟。”

“是啊。”回忆刹那间涌上心头。记得琼恩·克林顿是雷加王子的密友，当年玛瑞魏斯令人失望地无力弹压劳勃的叛乱，而雷加王子又遍寻不着，伊里斯做出了所能做的最佳选择，任命克林顿为首相。然而疯王对他的国王之手总是很残酷，正如他经常在铁王座上割伤手掌。鸣钟之役后，他一怒之下剥夺了琼恩大人的荣誉、城堡、土地与财富，放逐到狭海对岸等死。果然，传闻克林顿伯爵没过多久就买醉亡身了。伯爵的表弟——即红罗兰的父亲——转而投奔叛军，并在战后获得了家族的鹫巢堡作为奖励。不过劳勃虽把城堡给了他，却没法还克林顿家族被没收的财物，还将他们家一大部分土地赏赐给更热心的支持者。

今天的罗兰爵士只是个有产骑士而已，对他而言，塔斯的处女应该是屈尊就驾，上上之选。“你为什么不和她结婚？”詹姆质问。

“我啊，我亲自去塔斯岛见了她。我比她大六岁，她却与我一般高矮，平起平坐。她是个穿丝衣的母猪，却没有母猪的乳房。跟她聊天时，她差点把自己的舌头咬掉。于是我给了她一朵玫瑰，并且告诉她，这是今生她唯一能从我这儿得到的东西。”克林顿望向坑内，“说真的，也许这头熊都没她吓人，我——”

詹姆用金手狠狠扇了他一嘴巴，打得骑士滚下台阶。灯笼掉在地上摔碎，灯油流出来，熊熊燃烧。“你不能这样称呼一位出身高贵的小姐，爵士。说她的名字，她叫布蕾妮。”

克林顿手脚并用地爬开扩散的火焰。“布蕾妮，大人，”他啐了一口血在詹姆脚边，“美人布蕾妮。”

瑟曦

轿子缓缓爬上维桑尼亚丘陵，随着马蹄沉闷的节奏，太后靠在舒适的红垫子上休息，外面传来奥斯蒙•凯特布莱克爵士的叫喊："让路，清空街道，为摄政王太后陛下让路！"

"玛格丽身边养了一个活跃的小宫廷，"玛瑞魏斯夫人报告，"有杂耍艺人、默剧演员、诗人、木偶师……"

"和歌手？"瑟曦提示。

"是的，很多很多歌手，陛下。'琴手'哈米西每半月应召一次，有时候伊森人阿里克晚上会来表演，蓝诗人则是她的最爱。"

太后想起这蓝诗人也参加了托曼的婚宴。他年轻、英俊，莫非有文章？"她身边还有其他人，听说不少是骑士、廷臣及仰慕者之流。说实话，夫人，你觉得玛格丽还是处女吗？"

"她说她是，陛下。"

"她那么说，你觉得呢？"

坦妮娅黑色的大眼睛里闪动着淘气的火花。"她在高庭与蓝礼大人成亲时，我帮着大人脱衣服。大人是个身体健康、充满欲望的男子，我们拥他上婚床时看到了证据——而玛格丽赤身裸体地在婚床上等他，跟命名日时一样一丝不挂，在毯子下面漂亮地羞红了脸。洛拉斯爵士亲手把她抱上去的。玛格丽或许坚称他们的婚姻并未圆满，坚称蓝礼大人喝得太醉以至于无法动手，但我向您保证，当我退出门外时，大人两腿间那话儿可没有半点委顿的迹象。"

"第二天早上你进去了吗？"瑟曦急忙问，"你见到染血的床单了吗？"

“没有，她没展示床单，陛下。”

真可惜。不过话说回来，染血的床单也说明不了什么。据说下贱的农夫女在新婚之夜会像猪一样流血，但玛格丽·提利尔这样的贵族姑娘基本不会。领主之女的初夜权多半交给了胯下坐骑而不是新婚丈夫，而从学会走路起就开始骑马的玛格丽便更容易磨破了。“朝中有不少骑士仰慕咱们的小王后。包括雷德温的双胞胎，塔拉德爵士……哎，你说说，还有哪些人常去呢？”

玛瑞魏斯夫人耸耸肩，“蓝柏特爵士，把一只好眼睛用绷带遮住的傻瓜；拜亚德·诺科斯爵士；库塔内·格林希尔；伍德怀特兄弟，有时候是波提菲，更多时候是卢坎迪。噢，对了，派席尔国师时常造访。”

“派席尔？真的？”莫非这只摇摇摆摆的老蛆虫抛弃狮子投靠了玫瑰？若是真的，他一定会付出代价。“还有谁？”

“穿羽毛披风的盛夏群岛人，哈哈，我怎可能忘了他？他的皮肤黑得跟墨水似的。还有许多人专程来向她的表亲们致敬。埃萝虽与安布罗斯家的孩子订了婚，但她很喜欢卖弄风情；梅歌平均两星期换一位追求者，她甚至在厨房中吻过帮厨小弟。听说她被许给布尔威伯爵夫人的弟弟，但我看如果让她自己挑，她会选马克·穆伦道尔。”

瑟曦大笑，“那位在黑水河上丢了半条胳膊的蝴蝶骑士？要个残废来做什么？”

“梅歌认为他可爱极了，她甚至恳求玛格丽夫人给他找只新猴子。”

“啊，猴子，”太后不知该说什么好。麻雀与猴子，这个国家真是疯了。“咱们英勇的洛拉斯爵士呢？他经常去见妹妹吗？”

“他去得最多。”坦妮娅皱眉时，黑色的大眼睛之间出现了一道细细的纹路。“每天早晚各一次，除非有事脱不开身。她哥哥对她无微不至，他们之间无话不谈……噢……”密尔女人突然惊讶地住了口，接着又满脸堆笑，“我刚才有个邪恶的念头，陛下。”

“自己心里知道就好。山上全是麻雀，我们都晓得麻雀们标榜自己有多么纯洁，厌恶邪恶。”

“我看他们厌恶的是肥皂和水，陛下。”

“是啊，这帮家伙实在是太臭了，如果可以，我会要求新任总主教帮他们清洗清洗。”

帷幕卷动，掀起一阵绯红丝绸的波浪。“奥顿说新任总主教没有名字，”坦妮娅夫人道，“这是真的吗？至少在密尔，每个人都有名字的。”

“他以前当然有名字，修士都有名字，”太后不耐烦地挥挥手，“比方说他若是贵族，发下誓言加入教会时会去掉家族姓氏，只保留自己的名，而一旦成为总主教，戴上水晶冠，就必须放弃所有姓名——教会认为他已当上诸神的代言人，不再需要凡人的名字。”

“那总主教与总主教之间如何区分呢？”

“有点难度。通常叫这位为‘胖子’，叫那位作‘胖子前的那位’或‘睡觉时死去的那位’。当然，你还是可以用他们的俗名来称呼，但会得罪人的，因为这提醒了他们出身平凡，他们不喜欢这样。”

“我夫君说新任总主教不是贵族，而是个肮脏的贱民。”

“据说是这样。其实照惯例，大主教们一般会推选彼此间的一位，偶尔才破例。”派席尔不厌其烦地向她讲述过这段冗长的历史。“在受神祝福的贝勒王统治时期，一名石匠被授意选为总主教，因为他的工艺如此精巧，让贝勒以为他是铁匠的肉体凡身。然而此人不会读写，甚至连最简单的祷告都学不会。”许多人相信他是被贝勒的首相，即后来的韦赛里斯二世毒死的，以防国家继续蒙羞。“他死后，教团在贝勒王敦促下，又选出一位八岁男童。国王宣称这孩子能施行奇迹，不过他那双医疗圣手却无法挽回国王在绝食斋戒中丧命的结局。”

玛瑞魏斯夫人清脆地笑道：“八岁？看来我儿子也有机会当总主教喽，他快满七岁了。”

“他会祷告吗？”太后漫不经心地问。

“他更喜欢练武。”

“好孩子。他知道七神的名字吗？”

“都清楚。”

“嗯，我会将他列入考量。”瑟曦才不在乎戴上水晶冠的儿童会做些什么，反正比教团推出的这位贱民好应付。这回听任白痴和懦夫们选择首领，下次就没那么便宜了——如果新任总主教不合我意，这个“下次”很快就会到来。贝勒王的首相是我的榜样。

“清空街道！”奥斯蒙·凯特布莱克爵士大叫，“为摄政王太后陛下让路！”

轿子开始慢下来，应是快登上山丘顶了。“你把儿子带进宫吧，”瑟曦告诉玛瑞魏斯夫人，“六岁男孩不小了。托曼需要别的孩子陪伴，你儿子不是可以做他的朋友吗？”乔佛里就没有同龄朋友。可怜的孩子，一直那么孤单，我小时候都有詹姆……和梅拉雅，直到她掉入水井。噢，小乔很喜欢猎狗，可他们之间并非友情，他只是在寻求从劳勃那里没有得到的父爱。一位养兄弟将把托曼从玛格丽和她那群小鸡身边夺过来。假以时日，他们之间将会像劳勃和奈德·史塔克那样亲密。是，奈德是个傻瓜，却是个忠诚的傻瓜。托曼需要忠心耿耿的人替他防备后方。

“陛下您真是太好心了，但鲁赛尔从未离开过长桌厅，恐怕会在这座大城市里迷途呢。”

“刚开始也许会，”太后承认，“但他能适应的，和我一样。当年我父亲要我入宫时，我拼命地哭，而詹姆怒火冲天，最后是我姑妈拉我到石头花园里坐下，促膝长谈，她说君临城内没有一个人值得我害怕。‘你是头母狮，’她告诉我，‘别的野兽应该怕你才对。’毫无疑问，你的孩子也能找到勇气，而且你就不想多见到他吗，每天都见到他？他是你唯一的孩子，对吧？”

“目前是。我的夫君恳求诸神再给我们添一个小子，以防……”

“我懂。”她想起了乔佛里抓抠喉咙的模样，在那最后时刻，他绝望地看着她，发出无言的求告；随后，另一段回忆占据了她的脑海，令她血液凝结：那是烛光下的一滴鲜血，沙哑的声音在谈论后冠与裹尸布，谈论VALONQAR的谋杀。

轿外，奥斯蒙爵士叫嚣着什么，有人竟朝他吼回去。轿子突然停下。“你们是死人吗？”凯特布莱克咆哮道，“妈的，滚开！”

太后掀开帘子一角，招呼马林•特兰爵士：“怎么回事？”

“是麻雀们，陛下。”马林爵士的白披风下穿着全套白色铠甲，头盔与盾牌悬在鞍头。“他们在街上露营，妨碍交通。”

“把他们赶开，但动作不要太大。我可不想引发另一场暴动。”瑟曦松开帘子。“真荒唐。”

“是啊，陛下，”玛瑞魏斯夫人表示同意，“应该是总主教前来拜见您才对。这帮可恶的麻雀……”

“他供养他们，惯坏了他们，甚至祝福了他们。但到目前为止，他却没为国王陛下祝福。”祝福只是项空洞的仪式，但在无知的平民眼中，仪式具有不可替代的象征意义。征服者伊耿便把总主教在旧镇替他抹上圣油的那一天作为登基纪念日。“这混蛋僧侣若不乖乖听话，我就让他晓得自己还是个肉体凡胎。”

“奥顿说他想要的不过是钱，换言之，在王室还债之前，他不会祝福国王。”

“等国家恢复和平，教会自能得到金子。”对此，托伯特修士与雷那德修士表示理解……讨厌的布拉佛斯使节却很顽固，他一直纠缠着可怜的盖尔斯大人，直到后者终于因呕血而卧床不起。我们必须重建海军，我不能依靠着青亭岛，因为雷德温是提利尔的封臣。瑟曦需要兰尼斯特的舰队。

黑水河上建造中的大帆船是她的希望所在，其旗舰的桨数将是劳勃国王之锤号的两倍。奥雷恩请示能否将其命名为泰温公爵号，太后欣然应允——她等着听人们将以她父亲之名命名的船称呼为“她”。另一艘大船得名甜美瑟曦号，船首像是太后的镀金形体，身穿锁甲，头戴狮盔，长矛在手。另外几艘分别是英勇乔佛里号、乔安娜夫人号和母狮号，以及玛格丽王后号、金玫瑰号、蓝礼公爵号、奥莲娜夫人号、弥赛菈公主号——瑟曦错误地允许托曼为一半的船只命名，才出现这样的结果。男孩甚至想把最后一艘船命名为月童号，只是奥雷恩提出水手们可能不愿在以弄臣为名的船只上服役后，托曼才勉强换成姐姐的名字。

“若这贱人以为我要花钱来买他祝福托曼，他可大错特错。”她对坦妮娅保证。堂堂七国之后决不会曲意逢迎一帮修士。

轿子又陡然停止，以至于瑟曦被摔了一下。“噢，搞什么鬼啊？”她再度探出身子，发现已经到了维桑尼亚丘顶，前方就是贝勒大圣堂巍峨的拱顶与七座闪亮高塔——然而，在队伍和圣堂的大理石阶之间，人山人海，数不清的穿褐色粗布衣服、肮脏不堪的人们。麻雀们，她嗤之以鼻地想，他们比真麻雀还臭。令瑟曦惊骇的是，尽管科本向她报告过麻雀的人数，真正见到了还是觉得不可思议。广场上有数百人露营，花园中还有数百人，炊烟缭绕，粗布帐篷和泥巴废料搭建的简陋小屋玷污了纯白大理石，他们甚至在大圣堂讲坛下的阶梯上铺了铺盖卷。

奥斯蒙爵士策马回来找她，旁边是金马金袍的奥斯佛利爵士。作为凯特布莱克三兄弟中的老二，奥斯佛利比其他两位都要沉静，笑容也比较少，经常愁眉苦脸。如果传说属实，他也是最冷血的一位。或许我该派他去长城。

派席尔大学士认为应让“更有战争经验的人”指挥金袍军，其他重臣也表示赞同。“奥斯佛利爵士经验丰富。”她告诉大家，但他们并不信服。一帮不听话的小狗。总而言之，她对派席尔的耐心算是彻底告终了，后者居然蛮横地反对她邀请多恩领派来新教头，他坚持认为这是对提利尔的冒犯。“你以为我是为什么找他来？”她轻蔑地回敬老人。

“请恕罪。陛下，”奥斯蒙爵士报告，“我弟弟正在调集更多金袍卫士前来。放心，我们一定会扫开道路。”

“我没空多等，就步行前去吧。”

“不，陛下，”坦妮娅抓住她的手，“他们让我害怕。成百上千的，又那么肮脏。”

瑟曦吻了她的脸。“狮子何惧麻雀？……但我谢谢你，我知道你关心我，夫人。奥斯蒙爵士，扶我下轿。”

早知道得步行，我就换身衣服了。太后今天穿金线镶边的白裙服，华美而不失端庄，但这件服装已有多年未曾穿用，腰部很有些紧。“奥斯蒙爵士，马林爵士，请随我来。奥斯佛利爵士，护住我的座轿。”有些麻雀看起来形容枯槁、眼窝深陷，似乎能吃了她的马。

她在衣衫褴褛的人群中穿行，越过篝火、马车和陋屋，不禁想起了与劳勃·拜拉席恩成亲时广场上的空前盛况。当年，数千平民专程前来为她喝彩，所有女人都穿上最漂亮的衣服，一半的男人肩头上坐着孩子。她与年轻的国王手拉着手从圣堂走出来时，群众的欢呼连兰尼斯港都能听见。“他们爱你，我的王后，”劳勃凑在她耳边低语，“瞧，每张脸都笑得那么开心。”那一瞬间，她的婚姻是如此美满幸福……直到她看见詹姆。不，她心想，不，不是每张脸，陛下……

今天，没有一张笑脸。麻雀们表情迟钝、阴郁、充满敌意，他们勉勉强强地让开。他们是真麻雀就好了，吼一嗓子就统统被吓走。或者该派一百名金袍子带着棍棒、长剑与钉头锤前来清路？泰温大人就会这么做。他会狠狠收拾他们，决不会下马走路。

当太后发现他们对受神祝福的贝勒王的雕像做了些什么时，她开始后悔自己的软心肠了。那座露出慈祥的微笑，照看广场长达百年之久的雄伟大理石雕像，如今自腰部以下堆满了各种骨头和头骨，其中很多仍残留着血肉。一些乌鸦停在上面，享用干涩的便餐。到处是嗡嗡叫的苍蝇。“这是为何？！”瑟曦质问群众，“你们打算把腐尸堆成山，用来掩盖受神祝福的贝勒王吗？”

一位独腿男人拄着木拐杖走上前。“陛下，这些都是圣人与圣女的遗骨，他们身在教会为世人服务，却惨遭谋杀。被害者不仅包括修士、修女，还包括穿褐衣、棕衣和绿衣的弟兄，穿白衣、蓝衣和灰衣的姐妹。他们有的被吊死，有的被开膛破肚，修士遭遇抢劫，处女和母亲被不信神的匪徒和恶魔崇拜者强暴——连静默姐妹也不能幸免于难。天上的圣母在悲痛中呐喊，所以我们把他们的遗骨从全国各地收集到这里，恳请神圣的教会予以见证。”

瑟曦能感觉到周围目光的重量。“国王会恢复王国的和平，”她庄严保证，“托曼与大家感同身受。这些都怪史坦尼斯和他身边那红袍女巫，都怪崇拜树木和狼的北方蛮子。”她提高声调，“七大王国的善男信女们，我一定会为你们死去的亲人复仇！”

几声欢呼，仅仅几声。“我们不要复仇，”独腿男人说，“只要您保护生者。保护圣堂和其他圣地。”

“铁王座应该维护教会，”一个额头文着七芒星的大块头抱怨，“不能保护人民的国王不是真正的国王。”周围的人们呢喃着表示同意。一个男人突然站起来抓住马林爵士的手腕：“是时候了，所有涂抹圣油的骑士都应该抛弃俗世的主人，团结在神圣的教会周围。与我们一起战斗吧，爵士先生，如果您还热爱七神。”

“放手。”马林爵士用力挣脱开来。

“你们的请愿我都听到了，”瑟曦道，“我儿子年纪虽小，但他热爱七神。你们会得到他和我的庇护。”

额上文七芒星的男人浑不在乎。“战士庇护我们，”他说，“而这位胖胖的小国王什么也没做。”

马林·特林的手伸向剑柄，但瑟曦及时制止了他亮兵器。身处麻雀的海洋里，她只有两位骑士。她看见了棍子、镰刀、木棒、短棒、斧头等等。“不成体统！怎能在圣地里动粗，爵士？”*你这大白痴，把眼前的家伙砍翻，我们三人顷刻间便会被五马分尸。*“毕竟，我们都是圣母的子孙，来吧，总主教在等我们。”她越过群众，待要走上石阶，却被一群武装的男子挡住去路。他们身披锁甲和煮沸皮甲，还有几件零散的、打凹了的板甲。有的握长矛，有的拿长剑，大部分人装备着斧头，所有人都穿缝有红色星星的漂白外套。其中两位傲慢无礼地将长矛交叉，不准她向前。

“你们就是这么迎接太后陛下的吗？”她质问，“行行好，托伯特和雷那德在哪里？”这两人不大可能错过这个奉承她的好机会啊。托伯特尤其喜欢夸张地跪下来吻她的脚。

“我不认识您说的这两位，”外套缝有红色星星的男人回答，“不过只要他们身在教会，总归是服务七神。”

“雷那德修士和托伯特修士都是大主教，”瑟曦难以置信地说，“你们竟敢阻挡我，待会有得瞧了。怎么，你们真打算禁止我进入贝勒大圣堂吗？”

“陛下，”一个驼背灰胡子说，“我们欢迎您，但您的随从们必须解下剑带。遵照总主教大人的命令，武器不能带进圣堂。”

“即便在国王身边，御林铁卫的骑士也无须解除武器。”

“国王身边，国王作主，”这位上年纪的骑士回答，“但这里是教会的殿堂。”

瑟曦脸上挂不住了。只消吩咐马林·特林一个字，就能送这驼背去会他的诸神。不，这里不行，现在还不行。“在外面等着。”她简短地吩咐御林铁卫，独自走上阶梯。长矛手拿开武器，另两个人顶住门用力推，大门叽叽嘎嘎地打开。

进入灯火之厅，瑟曦发现二十多位修士跪在地上，却并非在祈祷，而是就着水桶与肥皂擦洗地板。由于他们身穿粗布袍子和凉鞋，瑟曦起初都当成了麻雀，直到其中一人抬起头。此人的脸红得像甜菜根，手上磨破的水疱正在流血，“陛下。”

“雷那德修士？”太后不敢相信自己的眼睛，“你怎么跪着？”

“他在搓地板，”说话的人比太后矮了好几寸，瘦得像扫把杆，“劳动也是祷告的一种形式，尤其取悦于铁匠。”他手握板刷站起来，“陛下，我等候您多时了。”

此人的胡子半褐半灰，修剪整洁，稀疏的头发梳到脑后，扎成一个结，他的袍子虽很干净，却有破磨和补丁。他把袖子挽到肘部，方便劳动，但膝盖以下全打湿浸透了。他的脸棱角分明，深陷的眼睛是泥巴色。他竟然赤脚，她讶异地发现，黑糊糊的如树根般坚硬粗糙，老茧遍布，无比丑陋。“你就是总主教？”

“正是在下。”

父亲，请赐予我力量。太后依礼应该跪下，但地板上全是肥皂和污水，她不想弄脏这件裙服。她瞥了身边跪着的老人一眼。“我的朋友托伯特在哪儿？”

“托伯特修士正在密室中禁闭悔过，悔过期间我们只提供面包和清水。半个国家都在挨饿，他发胖至此，实是罪过。”

瑟曦今天受够了，她要让对方见识见识她的怒火，“你就是这样欢迎我的吗？拿着淌水的刷子？你知道我的身份吗？”

“陛下乃是七大王国的摄政王太后，”对方回答，“但《七星圣经》有云，人民向领主致敬，领主向国王致敬，国王和王后必须向七面一体神致敬。”

想强迫我下跪？哼，你打错了算盘。“遵照礼仪，你应该穿着最得体的长袍，头戴水晶冠到阶梯上迎接我。”

“我没有冠冕，陛下。”

她眉头皱得更紧了，“我父亲大人给了你的前任一顶无比华美的冠冕，由金丝和水晶铸成。”

“为这顶礼物，我们替他祈祷。”总主教说，“但穷苦大众饿着肚子，我无权把金子和水晶戴在头上，因此卖掉了它，我还卖掉了储藏室内其他的冠冕、所有的戒指和金丝银丝纺织的袍子。七神创造了绵羊，羊毛已足够为人类保暖。”

他是个疯子。大主教们也疯了，居然选出一个怪物来……哦，他们是被门口的大批乞丐吓怕了。科本的线人举报说当时卢琛修士只差九票，大门忽被冲开，麻雀们手执斧头，举起自己的领袖，蜂拥而入。瑟曦冷冷地瞪着小个子，“总主教大人，我们可以私下谈谈吗？”

总主教将板刷交给身边的大主教们。“陛下请随我来。”

他领她穿过双开内门，走向大殿，脚步声在大理石板上回荡。七彩虹光从大穹顶上的镶铅玻璃窗外斜射而进，无数灰尘在光束中舞蹈。空气中弥漫着熏香，七座祭坛前的蜡烛犹如星火闪耀。圣母像前燃放着一千根蜡烛，少女像前也差不多，但献给陌客的十指就能数完。

连这里也有麻雀。十来个脏乱不堪的雇佣骑士跪在战士的祭坛前，恳求神灵赐福于他们放在他脚边的长剑；圣母的祭坛前，一名修士带领上百位麻雀在作祷告，他们的声音犹如远海的波涛。总主教把瑟曦带到提灯笼的老妪身前，率先跪下。太后别无选择，只得跪在他身边。老妪保佑，这怪物千万别像从前那位胖子那么长篇大论。做到这点，我就谢天谢地了。

但等祷告完成，总主教却丝毫没起身的意思，他打算和太后跪着交流。小个子耍小聪明，瑟曦轻蔑地想。“总主教大人，”她率先开口，“这伙麻雀在都城内引发了恐慌。我要他们离开。”

“那他们该上哪儿去呢，陛下？”

七层地狱，随便哪层。“从哪儿来，打哪儿去。”

“他们来自全国各地，因为麻雀乃是最谦卑、最普通的鸟儿，他们也是最平凡的老百姓。”

至少这点我们有共识，他们不过是平头百姓。“你看见他们对受神祝福的贝勒王的雕像做了些什么吗？他们甚至用猪、羊和屎尿玷污广场！”

“屎尿易洗，鲜血不易。陛下，如果说广场受到玷污，那也是来自于不义的判决与刑罚。”

你好大胆子，竟拿奈德•史塔克来诘问我？“对此，我们都很遗憾。乔佛里年轻，头脑容易发热，将史塔克公爵处以极刑的事应该放在别处，不应当着受神祝福的贝勒王进行……但别忘了，那家伙是个罪大恶极的叛徒。”

“贝勒王曾赦免了阴谋推翻他的人。”

贝勒王囚禁了自己所有的姐妹，仅仅因为她们长得太美。瑟曦头一次听过这个故事后，不禁跑去提利昂的摇篮边，使劲地掐这小恶魔，直到对方哇哇大哭。我真该掐断他的鼻子，再把袜子塞进他嘴里。她强迫自己微笑，“托曼国王也会赦免麻雀们，只要他们各自回家。”

“他们中大部分人已没有家了。到处都是苦难……到处都是悲哀与死亡。来君临之前，我负责照料五六十个小村庄，那些村庄由于太小，都没有自己的修士。我从一个村子走到另一个村子，主持婚礼，免除罪孽，还替孩子命名。如今，这些村庄统统不见了，陛下，昔日美丽的花园里杂草与荆棘丛生，白骨散乱地堆积在路边。”

“战争是可怕的，这些暴行都是北方人和史坦尼斯的恶魔崇拜者们造孽。”

“然而不少麻雀声称遭到狮子的抢劫……比如，猎狗是陛下您的人吧？在盐场镇，他杀害了一位老修士，强奸了一名十二岁的幼女——那可是许给了教会的纯洁孩子。他穿着盔甲施暴，钢铁磨破撕裂了女孩柔嫩的皮肤，完事之后，他还把她扔给部下，他们则割了她的鼻子与乳头。”

“国王陛下不可能为每一个曾为兰尼斯特家族服务的人犯下的罪行负责。桑铎•克里冈既是叛徒，也是屠夫，否则我怎会把他赶走呢？他现下为强盗贝里•唐德利恩效命，非为托曼国王。”

“如您所言，但有一个问题我不得不追问——当暴行在国内四处蔓延时，国王的骑士们在做什么？难道‘仲裁者’杰赫里斯没有对着铁王座发誓，王室会永远庇护教会吗？”

瑟曦不清楚“仲裁者”杰赫里斯发过什么誓。“他发了誓，”她同意，“而总主教大人为他祝福，涂抹圣油，尊他为七国之君。总主教大人为新君祝福，这是历朝惯例……你却拒绝祝福托曼国王。”

“陛下您误解了。我没有拒绝。”

“那为何拖延？”

“因为时机尚未成熟。”

你究竟是总主教还是卖菜的？“嗯，如何……方能让时机成熟？”*他敢提个钱字，我会像对付上任总主教那样对付他，然后找个八十岁的老糊涂蛋来戴水晶冠。*

“到处都是国王，对于教会而言，供奉哪一个得谨慎选择。三百年前，龙王伊耿在这山丘下登陆，当时的总主教大人把自己锁在旧镇的繁星圣堂内闭关祷告，七日七夜，期间只用了面包和清水。当他终于出关时，他宣布教会将不反对伊耿和他的妹妹们，因为这是老妪提起金灯为他指引的道路，若是旧镇起兵反抗，龙焰将把闹市、学城、参天塔和繁星圣堂统统付之一炬。海塔尔大人是个敬神的好人，他听取预言，按兵不动，此后便为伊耿大开城门，让总主教大人亲手把七圣油涂抹在征服者的额头上。三百年后，我也会做他做过的事，但我首先必须闭关，斋戒祷告。”

“七日七夜？”

“需要多久，就多久。”

瑟曦简直想抽这个假正经的僧侣一耳光。*我可以助你斋戒，她愤愤地想，我可以把你锁进塔里，而且保证在诸神开口之前，没人进来送饭。*“虚伪的国王供奉虚伪的神灵，”她提醒对方，“只有托曼国王捍卫七神教会。”

“然而全国各地的圣堂却遭遇掠夺焚烧，连静默姐妹也被强暴，她们的哭泣呼吁上达天听。陛下刚才有没有看见圣人圣女们的累累白骨呢？”

“我看见了，”她不得不承认，“把祝福给予托曼，我保证他会立即制止暴行。”

“他怎么制止，陛下？他会派骑士贴身保护路上行走的乞丐帮兄弟吗？他会派士兵来警卫我们的修女不被豺狼和狮子伤害吗？”

哼，我姑且假装你没提到狮子。“国家处于战争状态，托曼国王陛下需要人手来平叛，暂时抽调不出那么多骑士和士兵。”瑟曦不打算浪费一兵一卒去照顾乌鸦，或者保护老修女们起皱的阴道。*反正，她们中大概有一半人祈祷着被人强暴吧。*“我看见你的麻雀拿着棍棒和斧头，他们可以自己保卫自己。”

“梅葛王的律法严禁他们动武，陛下很清楚，当年那道敕令解除了教会的武装。”

“当今王上是托曼，不是梅葛，”残酷的梅葛三百年前颁布的法令与她何干？而且他本不该解除教会的武装，应该将其收归己用才对。于是她指指战士那尊由红色大理石砌成的祭坛。“看看，你们的神手里握着什么？”

“一把宝剑。”

“他忘了如何使用它吗？”

“梅葛王的律法——”

“——可以废除。”她刻意顿了顿，等待大麻雀上钩。

他没让她失望。“教团武装的重生……回应了我辈三百年来日夜不息的祈祷，陛下，战士将再度挥舞闪亮的宝剑，来洗涤这个罪孽国度里的邪恶。如若太后陛下允许我重建古老的圣剑骑士团和星辰武士团，七大王国里每位善男信女都将心怀感激，并且拥戴您的儿子为真正的、唯一的国君。”

果不出所料，但瑟曦不愿表现得太急切。“说起赦免，总主教大人，如今时局艰辛，若能免除王室亏欠教会的债务，托曼国王将不胜感激。据我所知，此刻王室对教会的负债约为九十万金龙。”

“九十万零六百七十四枚金龙。这批金子足以养活饥民，并重建一千座圣堂。”

“你想要金子？”太后问，“还是要废除梅葛尘封的律法？”

总主教沉思了一会儿，“如您所愿，教会免除王室的债务，并给托曼国王施以祝福。在诸神的看护荣宠下，战士之子不日即将护送我面见国王，同时我的麻雀将学着古代穷人集会的样子，保护全国各地的平民百姓。”

听罢此言，太后放心地起身，理了理裙子。“我会尽快把敕令写好，让国王陛下签署，并盖上王家印章。”说起托曼对当国王最感兴趣的部分，毫无疑问就是盖印章了。

“七神保佑国王陛下，托曼国王万岁，”总主教双掌合十，仰望穹顶，“让恶徒们颤抖吧！”

你听见了吗，史坦尼斯大人？瑟曦情不自禁地微笑。父亲大人也不可能做得更漂亮了。略施雕虫小技，她便令君临摆脱了麻雀们的困扰，确保托曼得到祝福，还替国库减免了近一百万金龙的债务。当总主教护送她返回灯火之厅时，她的心因狂喜而怦怦直跳。

玛瑞魏斯夫人分享了太后的喜悦，但她表示自己从未听说过战士之子和穷人集会。“都是伊耿征服之前的组织了。”瑟曦向她解释，“战士之子乃直属教会的骑士团，入团骑士宣布放弃领地和财产，只为总主教大人服务；而穷人集会……参加者虽地位卑贱，但数量庞大，类似于当今的乞丐帮，不过他们手里拿的不是碗，而是武器，他们会沿道路巡逻，保护旅行者从一个圣堂到另一个圣堂，从一个城镇到另一个城镇。穷人集会的标志是红色七芒星，以白色为底，所以又被老百姓们尊为星辰武士团。战士之子披挂彩虹披风，并在粗毛衬衫外穿镀银铠甲，他们的长剑圆头是星星形状的水晶，因而又称圣剑骑士团。他们中产生过许多著名的圣人、修行者、狂信徒、巫术师、屠龙勇士、恶魔猎手……无数故事。故事的相同之处在于，它们都歌颂了骑士们捍卫教会、对抗仇敌的勇气与决心。”

玛瑞魏斯夫人顿时领悟，“比如，史坦尼斯和红袍巫女那样的仇敌？”

“这借刀杀人之计真是屡试不爽，”瑟曦像个小女孩似的咯咯笑道，“我们边走边来壶香料甜酒如何？为了咱们热情似火的战士之子？”

“为了热情似火的战士之子和神机妙算的太后摄政王，为了瑟曦·兰尼斯特一世！”

香料甜酒跟她的胜利一样滋味美妙，轿子穿城过市，太后逍遥自在。但走到伊耿高丘底部时，队伍遭遇了骑马回城的玛格丽·提利尔和她的表亲们一行。她处处跟我作对，处处想把我比下去。瑟曦望着小王后，心头又生恨意。

玛格丽身后跟了一大帮廷臣、卫兵和仆人，仆人们大都提着装满新采摘的花朵的篮子。她的三位表亲身边都有追求者陪伴：身材瘦长的侍从埃林·安布罗斯骑在埃萝身边，他和她订了婚；塔拉德爵士跟随害羞的雅兰；独臂的马克·穆伦道尔奉承着爱笑的胖梅歌；雷德温的双胞胎护送玛格丽的其他女伴，包括梅内狄斯·克连恩和洁娜·佛索威夫人。女人们发间插满鲜花。贾拉巴·梭尔和一只眼睛绑绷带的蓝柏特·特拔瑞爵士也在队伍里面，随行的还有英俊的歌手蓝诗人。

*当然会有御林铁卫贴身保护小王后，而该人选毫无疑问会是百花骑士。*洛拉斯爵士身穿镂金白鳞甲，容光焕发。国王虽没再让他教武，仍喜欢邀他做伴，每当托曼与小王后下午出行返回后，总会兴奋地讲述洛拉斯爵士的新故事或引用洛拉斯爵士的话。

两支队伍相遇时，玛格丽冲上前来欢迎致意，随后骑在太后轿边。她面颊潮红，棕色卷发披散在肩，被风微微吹拂。“我们在御林里摘秋天的花朵呢。”她告诉太后和玛瑞魏斯夫人。

*不用说，我对你的行踪一清二楚，*瑟曦心想。她的线人日夜不停地监视着玛格丽。*你真是个坐不住的女孩。*玛格丽从没有连续三天不出去骑马，有时候她带队巡游罗斯比路，在海边拾捡贝壳，然后野餐；有时候她到河对岸鹰狩半日。小王后也爱乘船，常坐游艇在黑水河上无目的地漫游；偶尔虔诚之心犯了，又会远离城堡去贝勒大圣堂祷告。她的衣服分别交给十几位出名的女裁缝制作，都城的金匠们也对她有口皆碑，她甚至出烂泥门到鱼市去视察日常收成。

无论走到哪里，她都会引起平民百姓们的狂热，而玛格丽尽其所能地回馈群众。她向乞丐施舍财物，从面包师傅的推车上买热派吃，亲切地与小贩交谈。

若能做主的话，她还会把托曼带去做这些事。她不厌其烦地邀请国王与她和她的小鸡们一起外出冒险，托曼便不厌其烦地恳求母亲的准许。太后偶尔会表示同意——那只是为了给奥斯尼爵士多创造些机会。枉我设计得如此周全，奥斯尼太让人失望了。“你忘了你姐姐去多恩那天发生的事吗？”瑟曦通常如此教训儿子，“你忘了暴民将我们一路赶回城堡吗？忘了他们扔的石头、忘了他们骂的脏话？”

但国王不肯信服，这都怪他身边的小王后。“如果我们与平民百姓打成一片，他们会喜欢我们的。”

“是啊，暴民们太喜欢那肥胖的总主教了，所以才把他撕成碎片。你记住，他可是日常与民众打交道的神职人员。”她好意提醒儿子，儿子却更不开心。我敢打赌，这是玛格丽•提利尔施用手腕、从中作祟的结果，每一天每一个小时，她都想尽办法要把他从我身边夺走。换成她的长子乔佛里，必能看穿她微笑背后的阴谋，并教她认清自己的位置，可惜托曼很傻很天真。是了，她明白小乔不好操纵，瑟曦想起科本找到的金币，为巩固提利尔家族的权势，一定会除掉他。玛格丽与她那丑恶的祖母曾定计让珊莎•史塔克嫁给残废的维拉斯•提利尔，只不过泰温大人落棋在先，用提利昂夺走了珊莎。我明白了，阴谋家们并不甘心，他们在继续策划，提利尔家贿赂狱卒放走提利昂，并保护他沿玫瑰大道西行，与自己作恶的老婆会合。现在，他们两个一定安安全全地待在高庭，享受玫瑰的庇护。

“您真该一同去看看，陛下，”大队人马缓缓登上伊耿高丘，小阴谋家活泼无邪地说，“噢，想想看，我们会度过一个多么甜美的下午。树叶呈现金、红和橙色，鲜花遍野，还有栗子……回城路上，我们烤了不少呢。”

“我没空到树林里骑马摘花，”瑟曦硬邦邦地说，“我有一整个国家等着统治。”

“一个国家，陛下？谁统治其他六个呢？”玛格丽发出小女孩特有的欢快笑声，“噢，请原谅我的玩笑话吧。我很清楚您肩挑重担，其实，我可以为您分担，我一定能为您做些什么——至少，就算做做样子，也可以终止所谓我和您争夺国王的谣言哪。”

“谣言这么说？”瑟曦笑了，“真愚蠢，我可从来没把你当成竞争对手，一刻都没有。”

“我很高兴您这么说，”女孩似乎没领会她言下之意。“噢，您下次和托曼一起来嘛，我知道，陛下他会喜欢的。有蓝诗人为咱们献唱，塔拉德爵士表演棍棒，就像平民那样。噢，秋天的树林真的好美。”

“我的先夫热爱森林。”在他们婚姻前期，劳勃没完没了地恳求她同去打猎，但瑟曦一律婉言谢绝，因为国王狩猎期间，她才好跟詹姆幽会。金色的白昼，银色的夜晚。自然，这是场危险的游戏，不仅红堡内耳目众多，关键是谁也拿不准劳勃的心意，不知道他何时会回来。然而，危险却让他们的结合更刺激了。“美丽的外表之下往往隐藏着危险，”她警告小王后，“劳勃就在那片树林里丢掉了性命。”

听罢此言，玛格丽不由得朝洛拉斯爵士微笑，那是兄妹之间甜蜜的笑，充满亲切。“陛下为我担心，实在太仁慈了，但我有哥哥的保护，绝对安全。”

去吧，去打猎啊，瑟曦年复一年地劝促劳勃，*我有弟弟的保护，绝对安全*。她想起坦妮娅早先的反应，不由得笑出声来。

“陛下笑得真可爱，”玛格丽探询似的笑道，“想到什么如此开心，我可以分享这个玩笑吗？”

“你会的，”太后说，“我保证，你会的。”

掠夺者

鼓点敲出战斗的节奏，无敌铁种号冲向前去，船头劈开汹涌的绿色水面。前方那艘较小的敌舰正在拐弯，船桨拍打大海，玫瑰旗迎风飘荡：船头和船尾是红底盾牌纹饰中的白玫瑰，桅杆顶端则是一朵金玫瑰，镶在草绿色底子上。无敌铁种号狠狠撞向她侧面，力道之猛，乃至准备接舷战的半数船员都跌倒了。船桨噼噼啪啪地折断，这在司令耳中犹如美妙的乐章。

于是他当先跃过舷缘，落到下面甲板上，金色披风在身后招展。白玫瑰们纷纷从全副武装、头戴海怪盔的维克塔利昂•葛雷乔伊面前退开，向来如此。他们紧握长剑、长矛和斧子，但十人中九人没穿盔甲，剩下的那一个也只着缝合的鳞甲。*他们并非铁种*，维克塔利昂轻蔑地想，*他们怕被淹死*。

“干掉他！”有人喊，“他只有一个人！”

“来啊！”他咆哮着回应，“*有种就来杀我。*”

玫瑰战士从四面八方围上来，寒铁在手，但眼神慌张，维克塔利昂尝着他们浓烈的恐惧。他左冲右突，砍下第一个人的手臂，劈穿第二个人的肩膀，第三个人将斧子劈进维克塔利昂松软的松木盾里，而他反手将盾牌砸到那笨蛋的脸上，将其撞翻，然后趁其试图站起来时猛下杀招。他正奋力将斧子从死人肋骨间拔出，一支长矛戳进他肩胛骨之间，感觉像被人拍了一下后背。维克塔利昂回身砍向长矛兵的脑袋，钢铁劈开头盔、头发和颅骨，手上一阵酥麻。那人略微摇晃了片刻，等铁船长抽回斧子，尸体已四仰八叉跌倒在甲板上，看上去更像是醉酒，而不是死了。

此时铁民们已随他跳到敌舰上。他听见“单耳”沃费发出一声号叫，又瞥到拉格诺•派克穿着生锈的甲胄投入战团，而“理发师”纽特扔出旋转的飞斧，击中敌人的胸膛。维克塔利昂又接连杀死两个，他本打算杀第三个，但拉格诺先下手了。“干得好！”维克塔利昂朝他喊。

他转身替自己的斧子寻找下一个牺牲品，发现对方船长就在甲板另一边。此人的白色外套上沾染着点点血浆，但维克塔利昂能辨认出他胸口的纹章，红底盾纹中一朵白玫瑰。那人的盾牌上也有同样的徽纹，白玫瑰镶在红色底子上，四周围着一圈盾牌形状的白色城垛。“你！”铁船长在杀戮战场中大喝，“戴玫瑰的！你是南盾岛领主？”

对方掀开面罩，露出一张没胡子的脸，“我是他的继承人，塔尔勃特•西瑞爵士。你呢，海怪？”

“我是你的死神。”维克塔利昂朝他冲去。

西瑞一跃而起，迎上前来。他的钢剑是城堡中铸就的上等货，而这个年轻骑士将它舞得呼呼生风。他第一击砍向下盘，维克塔利昂用斧子拨开，还不及举盾，又被第二击打中头盔。维克塔利昂的斧子从侧面还击，西瑞以盾牌抵挡，木屑飞散，随着一声动听而尖锐的断裂声，白玫瑰折成上下两半。随即，年轻骑士的剑接二连三敲到他的大腿，在铁甲上发出刺耳声响。这小子动作很快，铁舰队司令意识到，于是他用盾牌撞击西瑞的脸，将其跌跌撞撞地逼至舷缘，随后高举斧头，压上身体的重量，意图将年轻人整个儿劈成两半，却被西瑞一旋身躲开了。斧子猛劈入栏杆，碎片四散，他试图拔出来再劈，不料它却被卡住了。甲板在身下摇晃，他一失足，单膝跪倒在地。

塔尔勃特爵士扔掉破碎的盾牌，长剑下砍。维克塔利昂的盾牌在跌倒时扭到了另一边，他只得用钢甲铁拳抓向西瑞的剑。铁手套上的关节吱嘎作响，一阵刺痛令他闷哼一声，但维克塔利昂坚持忍住。“我动作也很快，小子。”他边说边把剑从骑士手中夺下，扔进海里。

塔尔勃特爵士瞪大了眼睛：“我的剑……”

维克塔利昂用带血的拳头抓住年轻人的咽喉。“去找它吧。”他使劲将对方推下船沿，推入染血的大海中。

这为他赢得了拔斧子的时间。白玫瑰们正在铁潮面前退却，有些人试图逃到甲板底下，其他人呼喊求饶。维克塔利昂感觉到热血在锁甲、皮甲和铁手套下沿着手指流淌，但这算不了什么。一大群敌人聚集在桅杆旁继续战斗，肩并肩围成一圈。*他们至少还是男人，宁死不降。*维克塔利昂打算亲自成全他们中一部分人。于是他用斧子一敲盾牌，冲了过去。

淹神造就维克塔利昂•葛雷乔伊，不是让他在选王会上作口舌之争，也不是让他去对抗无尽沼泽中隐秘潜行的敌人。他诞生于世，就是为了身穿铁甲，手握染血长斧，每一次挥击都带来死亡。

他们从前后一起袭来，但他们的剑像柳条一样无法对他造成伤害。没有东西能砍穿维克塔利昂•葛雷乔伊厚重的板甲，他也不会给敌人找到关节薄弱点的机会——那里只有锁甲和皮甲的保护。不管攻击他的是三个、四个还是五个人，都没区别，他逐一杀死，心中坚信自己的钢甲能抵御攻击。每当一个敌人倒下，他便将怒气转移到下一个敌人身上。

最后一个人一定是位铁匠；公牛样的肩膀，一边比另一边粗壮得多。那人身穿镶钉锁甲，头戴熟皮帽。他唯一命中的一击使得维克塔利昂的盾牌最终完全损毁，但铁舰队司令回砍一斧，便将其脑袋劈成两半。*对付鸦眼要这么简单就好了。*他将斧子拔出，铁匠的头颅仿佛爆裂一般，骨头、鲜血和脑浆洒得到处都是。尸体扑倒下来，靠在他腿上。*现在求饶太晚了，*维克塔利昂边想边甩脱死尸。

他脚下的甲板变得滑腻腻的，左右躺满一堆堆死尸和濒死的人。他扔开盾牌，深吸一口气。“司令官，”“理发师”就在他身边，“今天的胜利属于我们。”

海上布满船只，有些在燃烧，有些在下沉，有些被撞得支离破碎。船壳之间的水面犹如一锅炖汤，点缀了无数尸体、断桨和趴在残骸上的人。远处，十几艘南方人的长船正疾速逃进曼德河。让他们逃，维克塔利昂心想，让他们去传扬这个故事。夹着尾巴逃跑的不是男人。

淋漓的汗水刺疼了他的眼睛，两个桨手帮他解开海怪盔，好让他摘下来。维克塔利昂擦擦额头。“那个骑士，”他用低沉的嗓音说，“那个白玫瑰骑士。有人打捞他吗？”领主之子值一笔可观的赎金。假如西瑞伯爵今天活下来的话，他将会付钱，否则就由他高庭的主君承担。

然而手下人都没在意落水的骑士。那人多半已经淹死。“他战斗得勇猛，愿他在淹神的流水宫殿里欢宴。”尽管盾牌列岛的人都自称为水手，但他们怀着恐惧出海，战斗时只敢穿轻型防具，生怕淹死。年轻的西瑞不一样。他是位勇士，维克塔利昂心想，几乎就像铁民。

他将俘获的船交给拉格诺•派克，并指派十二个水手充当船员。“缴下俘虏的武器防具后，替他们包扎伤口，”他吩咐“理发师”纽特，“将濒死者扔进海里。若有人乞求慈悲，先割喉咙。”对这类人他只有鄙视。淹死在海水中比淹死在血水中强得多。“记得清点赢得的船只，还有被俘的骑士与贵族。我要他们的旗帜。”将来，他会把它们统统挂在自己的大厅里，这样，等老迈体衰之后，还可以回忆年轻力壮时杀死的所有敌人。

“好的。”纽特咧嘴笑道，“这是一场大胜仗。”

没错，他心想，对鸦眼和他的巫师们来说这是一场大胜仗。

等消息传到橡盾岛，船长们又会高呼他哥哥的名字。攸伦凭借伶牙俐齿和微笑的眼睛魅惑他们，用来自远方的诸多战利品吸引他们为他效力：金、银、釉彩盔甲，镀金圆头的弯刀、瓦雷利亚钢匕首、斑纹虎皮、花斑猫皮、翡翠狮身蝎尾兽、古老的瓦雷利亚斯芬克斯像、一箱箱豆蔻、丁香和藏红花、象牙与独角兽角、来自盛夏群岛的绿、橙和黄色羽毛，精致的丝绸与闪亮的锦缎……但跟现在的成果比起来，这些都显得微不足道。*他让他们去征服，他们便永远成了他的人*，司令舌尖苦涩。*这是我的胜利，不是他的。他在哪儿？在后方橡盾岛，在城堡里游手好闲。他偷走我的妻子，偷走我的王座，现在又偷走我的荣耀。*

维克塔利昂•葛雷乔伊惯于服从，生来如此。他在兄长的阴影下成长，跟随巴隆，每件事都恪忠尽守。后来，巴隆的儿子们出世，意味着将来有一天他们中的一位将取代父亲坐上海石之位，而他也早早作好准备向其屈膝。但全能的淹神召唤巴隆和他的儿子们去了流水宫殿，现下要维克塔利昂称攸伦为“国王”，实在让人难以接受。

海风吹拂，神清气爽，他感觉口渴极了。战斗之后，他总想喝葡萄酒，于是便将甲板交给纽特，自己走到下面去。在他狭小的舱室里，深色皮肤的女人情欲高涨，或许战斗也让她的血变热了。他跟她做了两次，之间间隔很短，完事之后，她的乳房、大腿和肚子上血迹斑斑，那是从他手掌的伤口里流出来的血。深色皮肤的女人用烧滚的醋替他清洗。

“我承认，这计划很好，”她跪在维克塔利昂身边时，他说，“现在曼德河已向我们敞开，和古时候一样。”曼德河水流和缓，河面宽广，布满叵测的暗礁和沙洲。大多数海船不敢驶过高庭，但长船吃水浅，可以逆流航行一直到达苦桥。古时候，铁岛人曾大胆驶入河道，劫掠曼德河沿岸及其支流……直到青绿之地的国君将曼德河口四座小岛上的渔民武装起来，指命他们为他的盾牌。

两千年过去了，但沿着这些岛屿参差的海岸线，瞭望塔里仍有灰胡子老人沿袭古老传统，保持警戒。只要看到长船，他们就点燃烽火，让讯息从一个山头传至另一个山头，从一座岛传到另一座岛。警报！敌人！掠夺者！掠夺者！渔民们看到高处燃烧的火焰，便放下渔网和犁耙，拿起剑与斧。他们的领主会从城堡里冲出，带着骑士和士兵。从绿盾岛到灰盾岛，从橡盾岛到南盾岛，战争的号角在水面回荡，反击的长船从沿岸苔藓覆盖的石洞里悄然驶出，船桨翻飞，涌入海峡，封锁曼德河，将掠夺者赶向上游去消灭。

这回，攸伦派“褐牙”托沃德和“红桨手”带十二艘最快的长船驶向曼德河上游，引诱盾牌列岛的领主们涌出来追赶。当主力舰队抵达时，便只剩少数人员防御岛屿。铁民趁晚潮袭来，躲在落日余晖中，瞭望塔上的灰胡子们无法及时发现。况且，自老威克岛出发之日起，风向始终有利于他们。舰队中窃窃私语，说攸伦的巫师与此大有关联，说鸦眼以血祭满足风暴之神。否则他怎敢向西航行如此之远，而不照惯例沿海岸线前进？

铁民们将长船直开到碎石滩上，在紫色的黄昏中蜂拥而出，手执明晃晃的钢铁利刃。此时火焰已在高处燃烧，但留下的人中能拿起武器的不多。灰盾岛、绿盾岛和南盾岛日出前便被攻陷，橡盾岛多坚持了半天。而当四个岛屿的战士停止追击托沃德和“红桨手”，转回下游时，铁舰队正等在曼德河口。

“一切尽在攸伦的掌握之中，”维克塔利昂告诉深色皮肤的女人，她正给他的手绑绷带，“他的巫师一定都预见到了。”宁静号上共有三个巫师。科伦•汉博利曾悄悄向他透露，他们尽是些怪人，很可怕，在鸦眼驱使下当奴仆。“可他仍需要我为他打仗，”维克塔利昂强调，“巫师再管用，战争本身仍要靠铁和血去赢取。”醋让他的伤口痛到极点。他推开女人，握手成拳，强忍剧痛，“拿酒来。”

他在黑暗中一边喝酒，一边思索哥哥的事。假如我不亲自下手，算不算弑亲呢？维克塔利昂不怕任何人，但淹神的诅咒令他却步。假如指使别人动手，我手上还会不会沾哥哥的血？湿发伊伦知道答案，但牧师留在了铁群岛，希望唤起民众反对新加冕的国王。“理发师”纽特能在二十码开外用飞斧给人刮胡子，攸伦身边的混血杂种也对付不了“单耳”沃费或“不苟言笑的”阿德利克。他们中任何一个都可以下手。但他知道，一个人能做什么跟会做什么是有区别的。

“不敬神的攸伦将引来淹神的愤怒，”伊伦曾在老威克岛上预言，“我们必须阻止他，哥哥，我们是巴隆的骨血，对不对？”

“他也是，”维克塔利昂说，“我跟你一样不喜欢他，但攸伦已经当上国王了。是你的选王会让他登上王位的，而你亲手将浮木王冠戴到他头上！”

“我把王冠戴到他头上，”牧师的头发里缀满海草，“也很乐意把它再摘下来，戴到你头上。只要你有力量与他对抗。”

“淹神扶他登上王位，”维克塔利昂抱怨，“就让淹神再把他赶下来吧。”

伊伦恶狠狠地瞥了他一眼，那一瞥据说能让井水腐败、让妇女绝育。“这并非神的意旨。众所周知，攸伦在那艘红船上圈养魔法师和邪恶的巫师，他们施了法术，使大家听不见大海的声音，使得船长和头领们陶醉于那些龙的废话。”

“他们不仅陶醉，而且惧怕那号角。你也听过它的声音……算了，这些都不重要，重要的是攸伦已经当上了国王。”

“他不是我的国王。”牧师宣称。“淹神会帮助勇士，不会眷顾那些暴风雨来临时畏缩在甲板底下的人。若你不愿对抗鸦眼，我将亲自承担。”

“你如何办得到呢？你既没船，也没剑。”

“我有我的声音，”牧师回答，“还有神灵的支持。我的力量来自于大海，鸦眼无法与之抗衡。请记得，海浪遇上高山时或许会散开，然而它们必将卷土重来，一波接一波，直到最后，山脉成了鹅卵石，很快，连鹅卵石也会被卷走，永远沉淀在海底。”

“鹅卵石？”维克塔利昂咕哝，“你想靠谈论海浪与鹅卵石来推翻鸦眼，真是疯了。”

“铁民将成为海浪，”湿发说，“不是那些大人物，领主头目之流，而是普通百姓，日常耕地捕鱼的人们。船长和头领们扶持攸伦，平民百姓将把他推翻。我要去大威克岛，去哈尔洛岛，去橡岛，最后去派克岛，上他的大本营，让每个村镇都听见我的话：*不敬神的人将永不能坐上海石之位！*”他摇了摇长发蓬乱的脑袋，走回夜色之中。第二天日出时，伊伦·葛雷乔伊便从老威克岛消失了，甚至他属下的淹人也不知他去了哪里。据说鸦眼听了只是哈哈大笑而已。

牧师虽离开了，但他可怕的警告声犹在耳。维克塔利昂还时时想起贝勒·布莱克泰斯的话：“*巴隆是个疯子，伊伦也是，而攸伦比他们两个更疯狂。*”选王会后，年轻的头领拒绝接受攸伦作为主君，试图起航回家，但铁舰队封锁了海湾——服从的习惯在维克塔利昂·葛雷乔伊心中根深蒂固，而现下攸伦戴着浮木王冠。夜行者号遭到扣押，布莱克泰斯头领被锁链绑着带到国王跟前。攸伦手下的哑巴和混血儿将他切成七块，以示供奉他所信仰的青绿之地上的七神。

为奖励维克塔利昂的忠心效劳，新王把深色皮肤的女人赏给他，她是从一艘里斯贩奴船上夺来的。“我不要你的残羹剩饭。”他板着脸告诉兄长，但鸦眼说除非他收下，否则就要杀那女人，于是他心软了。她的舌头已被割掉，但其他地方毫无损伤，而且她确实很美，棕褐色皮肤像上了油的柚木。然而有时候看着她，他便想起了兄长给他的第一个女人，那是为了让他成为真正的男人。

维克塔利昂想跟深色皮肤的女人再做一次，却发现自己不行了。“给我再拿一袋红酒，”他吩咐她，“然后出去。”她拿来一袋酸红酒，船长将它带到甲板上，去呼吸海上清新的空气。他喝下半袋酒，将其余的洒入海中，献给所有死去的人们。

无敌铁种号在曼德河口逗留了数小时。铁舰队主力已上路去橡盾岛，维克塔利昂留下悲伤号、达衮大王号、铁风号和少女克星号随他殿后。他们捞起幸存者，并眼看着强手号缓缓下沉。她撞毁了一艘船，但那艘船的残骸将她拖下水去。等她消失在水面，维克塔利昂收到了清点结果：损失六艘船，俘虏三十八艘。“不错，”他告诉纽特，“船桨就位，回赫威特伯爵镇。”

他的桨手们弓起背朝橡盾岛划，铁舰队司令又回到甲板下。“我可以杀了他，”他告诉深色皮肤的女人，“但弑君是极大的罪孽，弑亲则更糟。”他皱起眉头，“当初，阿莎应该出声支持我的。”她怎能指望用松果和芜菁赢得王位呢？她有巴隆的血统，但仍是个女人。选王会之后她逃跑了，浮木王冠戴到攸伦头上当晚，她和她的船员们一起消失。对此，维克塔利昂心中稍感庆幸。假如那女孩有脑子，就会跟某个北境领主结婚，住进城堡，远离海洋和鸦眼攸伦。

“赫威特伯爵镇到，司令官。”一个船员喊。

维克塔利昂站起身。红酒缓和了手上的痛，也许该让赫威特的学士检查检查，若那人没死的话。他回到甲板上，船经一道陆岬，赫威特伯爵的城堡矗立在港口上方的山丘。这里让他想起了君王港，不过这座城镇有君王港的两倍大。二十艘长船在港外巡弋，船帆上翻腾着金色海怪，还有数以百计的长船沿碎石海滩停泊，系在码头边的一排石柱上。石码头中耸立着三艘巨型平底货船和十来艘较小的货船，满载战利品和补给。维克塔利昂命无敌铁种号下锚，

“准备一条小船。”

他们逐渐靠近，城镇安静得有点怪异。大多数店铺和房屋遭遇洗劫——破碎的门窗可以作证——但只有圣堂被焚。街道布满死尸，每一具都吸引了一群食腐乌鸦。一队神情阴郁的幸存者在它们中间行走，赶走黑色的鸟儿，将死者扔进一辆马车背后，送去埋葬。看到这番景象，维克塔利昂满心厌恶。真正的海洋之子决不愿在地下腐烂，否则怎能找到淹神的流水宫殿，并在其中永远饮酒欢宴呢？

维克塔利昂凝视着宁静号船首的铁像，那无嘴的少女头发迎风飘荡，手臂向外伸展，珍珠母眼睛仿佛随着他移动。*她本来跟其他女人一样有嘴巴，后来鸦眼将其封住了。*

海岸越来越近，他注意到妇孺们被赶上一艘巨型平底船的甲板，有的双手绑在背后，所有人脖子上都套着麻绳。“这是干什么？”他问帮他们系小船的人。

“寡妇和孤儿，将被卖成奴隶。”

“卖掉？”铁群岛没有真正意义上的奴隶，所谓的奴隶实际是指奴工，区别在于奴工不能买卖。他们虽无人身自由，必须侍奉主人，但并非私有财产。他们的孩子出生时，只要交付给淹神，就成了自由人。而要获得奴工，只有付清铁钱一途。“他们应成为奴工或盐妾。”维克塔利昂抱怨。

“这是国王的命令。”对方说。

“弱肉强食，”“理发师”纽特评价，“做奴工还是奴隶都没差。他们的男人无法保护他们，因此他们现在属于我们，我们想怎样处置就怎样处置。”

*这并非古道，*他想分辩，却没有机会——胜利的消息早早传达，人们围聚过来向他祝贺。维克塔利昂任由他们恭维，直到有人赞美攸伦的勇敢。“航出陆地的视野之外确实勇敢，至少我们抵达

之前消息没传到岛上，”他低沉地说，“但穿越半个世界去抓龙，就是另一回事了。”他没等待回答，便挤过人群，向城堡走去。

赫威特伯爵的城堡虽小但很坚固，有厚厚的城墙，橡木城门上嵌了铁钉，令人联想起其家族的古老纹章：蓝白斜纹上一面镶钉橡木盾牌。但现在他们家的绿顶塔楼上高高飘扬的是葛雷乔伊家族的海怪旗，巨大的城门被砍倒焚毁，城墙上走动的也是手执长矛和斧子的铁民，还有若干攸伦的混血杂种。

维克塔利昂在院子里碰上葛欧得•古柏勒和老卓鼓，他们正跟罗德利克•哈尔洛轻声交谈。“理发师”纽特看见他们后发出嘘声。“读书人，”他叫道，“你的脸干吗拉得这样长？你穷担心什么？我们今天赢得了胜利，赢得了战利品！”

罗德利克头领努努嘴：“战利品，你指这些石头吗？四个岛加起来还不及哈尔洛岛大。我们赢得了岩石、树木和琐碎杂物，外加提利尔家族的敌意。”

“玫瑰家族？”纽特哈哈大笑，“玫瑰打得过深海中的海怪？我们夺下了他们的盾牌，砸得粉碎，现在谁还能保护他们？”

“高庭，”读书人答道，“是的，很快整个河湾地都将聚集起来对付我们。理发师，到时候你就会知道，有些玫瑰是带铁刺的。”

卓鼓点点头，一只手搭在红雨剑剑柄上。“塔利伯爵拥有瓦雷利亚巨剑‘碎心’，而他一直是提利尔公爵的先锋。”

听他这么说，维克塔利昂的渴望反被煽点起来。“让他来吧，我要夺下他的剑据为己有，跟你的先祖夺取红雨剑一样。让他们都来吧，把兰尼斯特也带来。狮子或许能在陆地逞威风，但在海中，海怪至高无上。”他愿用一半的牙齿换取与弑君者或百花骑士交锋的机会。这种战斗他驾轻就熟，弑亲者人神共愤，但战士受人敬畏。

“别担心，司令官，”读书人道，“他们会来的——那正是陛下的意图，不然他怎会命我们放走赫威特的乌鸦呢？”

“你书看得太多，仗打得太少，”纽特说，“你身上流的不是血而是奶。”读书人根本不予理会。

维克塔利昂进入大厅，里面正举行一场喧闹的宴会。满座都是铁民，他们饮酒，吆喝，推推攘攘，炫耀自己斩杀了多少敌人，干出多少英勇事迹，赢得多少战利品。许多人身上有了新装饰。“左手”卢卡斯•考德和科伦•汉博利从墙上扯下织锦当斗篷，吉蒙德•波特利在镀金兰尼斯特胸甲前挂了一串珍珠玛瑙，“不苟言笑的”阿德利克两边胳膊底下各夹一个女人，跌跌撞撞地走过，他虽无笑容，但每根手指上都套着戒指。船长们不再挖陈旧的干面包当盘子，改用纯银碟子就餐。

“理发师”纽特环顾四周，脸色因愤怒而阴沉下来。“鸦眼派我们去对付长船，他自己的人则占领城堡和村庄，夺走所有财物和女人。他为我们留下什么？”

“我们有荣耀。”

“荣耀是很好，”纽特说，“但金子更好。”

维克塔利昂耸耸肩：“鸦眼说我们将拥有整个维斯特洛。青亭岛，旧镇，高庭……你将在那些地方找到金子。够了。我饿了。”

凭家族血统，维克塔利昂本能在高台上占据一席之地，但他不想跟攸伦及其走狗同流合污，因此选择坐在科伦大王号的船长“跛子”拉弗旁边。“这是一场大胜仗，司令官，”“跛子”拉弗说，“这样的胜仗值得晋封领主。你该拥有一座岛屿。”

维克塔利昂头领。对啊，为什么不呢？这并非海石之位，却也不赖。

何索•哈尔洛正在桌子对面吮吸一根骨头。此刻他把骨头扔到一边，俯身凑近，“我的亲戚‘骑士’将得到灰盾岛。你听说了吗？”

“没有。”维克塔利昂隔着大厅望向正用一盏金杯饮酒的赫拉斯•哈尔洛爵士；他是高个子，长着一张长脸，表情素来严肃。“为何攸伦给他一座岛？”

何索伸出空酒杯，一个肤色白皙的年轻女人赶紧给他添满，她身穿蓝天鹅绒镶镀金蕾丝的裙服。“‘骑士’凭一己之力夺得了格林顿城。他将自己的旗帜插在城堡下，向格林家族的人发起挑战。他们一个接一个与他单挑，而他将他们全部杀死……哦，差一点，其中两人投降了。当第七个人倒下之后，格林伯爵的修士断定，诸神已显示其意愿，他们便献出了城堡。”何索哈哈大笑。“他将愉快地接受灰盾岛头领这一新身份，而没有了他，我便是读书人的继承人。”他用酒杯敲敲胸口，“我，‘驼背’何索，哈尔洛岛头领。”

“七个。”维克塔利昂寻思夜临剑跟自己的斧头相交会怎样。他没跟瓦雷利亚钢剑交过手，不过曾多次击败年幼的赫拉斯•哈尔洛。哈尔洛小时候是巴隆的长子罗德利克的密友，罗德利克后来战死于海疆城城下。

宴席很丰盛，有最好的葡萄酒和带血的半熟烤牛肉、填鸭、一桶桶新鲜螃蟹。女仆们都穿着精致的羊毛布和华丽的天鹅绒，司令官正觉诧异，何索告诉他，那其实是赫威特夫人及其女眷，让她们倒酒侍应是鸦眼开的玩笑。她们一共八个：夫人仍很漂亮，就是有点发福，其他七个年轻女子，年龄从十岁到二十五岁不等，乃是她的女儿和儿媳。

赫威特伯爵本人坐在高台上惯常的位置里，穿一身带家族纹章的华服，胳膊和大腿都被捆在椅子上，而一个巨大的白萝卜塞在齿间，使他不能说话……然而他能看也能听。鸦眼占据了伯爵大人右手的荣誉席位，一个丰满漂亮的女孩坐在他怀里，大约十七八岁，赤裸双脚，衣衫凌乱，伸出胳膊围住他脖子。“那是谁？”维克塔利昂问周围的人。

“伯爵的私生女。”何索再度笑道，“攸伦夺取城堡之前，她得在桌边服侍其他人，然后跟仆人一起吃饭。”

攸伦用蓝嘴唇亲吻她的喉咙，女孩咯咯地笑，然后在他耳边低语。他又微笑着吻她的喉咙。她白皙的肌肤上覆满红印，是被他亲过的地方，那些印记在她脖子和肩膀上连成一条玫瑰色的项链。她又凑着他耳朵轻声说了什么，这次鸦眼放声大笑，并把酒杯往桌上重重地一敲，要求大家安静。“尊敬的女士们，”他大声朝贵族女仆们说，“法莉亚为你们精致的裙服担心。她不想让它们沾上油污、酒水或肮脏的手指印，因为我答应过她，宴会过后，她可以从你们的衣柜里随意挑选衣服。所以，你们最好全脱光。”

大厅里爆发出一阵哄笑，赫威特伯爵的脸涨得通红，维克塔利昂觉得他的脑袋都快炸开了。女人们别无选择，只能服从。最年幼的女孩哭了一小会儿，但她母亲安慰她，帮她解开背后的丝带。之后，她们继续服侍，捧着满满的酒壶，沿桌边走来走去，往一个个空杯子里倒，只不过现在光着身子。

他像从前羞辱我一样羞辱赫威特，铁舰队司令心想，他记起自己揍妻子时，她如何哭泣。他知道盾牌列岛的人跟铁群岛一样，常常互相通婚，这些赤裸的女仆中很可能有塔尔勃特·西瑞的妻子。杀敌人是一回事，侮辱他则是另一回事。维克塔利昂捏起拳头，手上的伤口渗出血来，浸透绷带。

高台上，攸伦推开那婆娘，爬上桌子。船长们一边敲打酒杯，一边以脚跺地。“攸伦！”他们高喊，“攸伦！攸伦！攸伦！”这仿佛选王会的重演。

“我保证给你们维斯特洛，”喧哗渐渐平息之后，鸦眼说，“这是你们尝到的第一口，只不过一小口……但已足够让我们尽情飨宴！”沿墙排列的火炬光芒四射，犹如他的神情：蓝嘴唇，蓝眼睛，一切的一切。“海怪抓着猎物就决不松手。这些岛屿曾是我们的地盘，现在又回到我们手中……但我需要坚强有力的人来守住它们。起立，赫拉斯•哈尔洛爵士，灰盾岛头领。”“骑士”站起来，一只手搭在夜临剑的月长石圆头上。“起立，‘不苟言笑的’阿德利克，南盾岛头领。”阿德利克推开他的女人，猛地站起来，仿佛一座山从海底升起。“起立，马伦•沃马克，绿盾岛头领。”一个还没长胡子的十六岁男孩犹豫不决地站起来，沃马克头领好像兔子头领。“起立，‘理发师’纽特，橡盾岛头领。”

纽特眼神警惕，仿佛害怕那是一个残酷的玩笑，而自己成了笑柄。“头领？”他沙哑地说。

维克塔利昂以为鸦眼会将领主身份赐予自己的走狗：“石手”、“红桨手”或“左手”卢卡斯•考德。国王必须慷慨，他告诉自己，但另一个声音在轻声低语，攸伦的礼物中必然带有毒药。他想了想，便瞧得清清楚楚。“骑士”是读书人选中的继承人，“不苟言笑的”阿德利克为邓斯坦•卓鼓的左膀右臂，沃马克虽羽翼未丰，但从母亲那儿继承了“黑心”赫伦的血统。而“理发师”……

维克塔利昂抓住纽特的前臂：“快拒绝！”

纽特看着他，当他疯了一样。“快拒绝？拒绝土地和领主身份？你会让我当领主吗？”他胳膊一甩，站起身来，沐浴在欢呼声中。

他把我的人也偷走了，维克塔利昂心想。

攸伦国王招呼赫威特夫人再添一杯酒，并将酒杯高举过头。“船长们，头领们，举起你们的杯子，向盾牌列岛的新领主致意！”维克塔利昂跟其他人一起喝下去。从敌人那里得来的酒最为甜美。这话是父亲或哥哥巴隆告诉他的。有朝一日，有朝一日我定要喝尽你的酒，鸦眼，并夺走你珍爱的一切。但攸伦有什么珍爱的东西呢？

“明天我们再次起航，”国王下令，“把水桶注满泉水，带上每一袋谷物、每一桶牛肉、尽可能多的绵羊和山羊。伤员中摇得动桨的就去划船。其余人留在此处，帮助新领主守卫岛屿。托沃德和‘红桨手’很快会满载更多补给品回来。我们向东方航行，出发时甲板上挤满臭烘烘的猪和鸡，回来时将带着巨龙。”

“几时回来？”那是罗德利克头领的声音。“我们几时回来，陛下？一年？三年？五年？你的龙远在世界彼端，然而秋天已经来临。”读书人走向前去，发出危险的警告。“战舰守卫着雷德温海峡，多恩海岸干燥荒芜，沿途四百里格布满漩流、悬崖和暗礁，几乎没有一处可供安全停靠。再过去是石阶列岛，那儿不仅风暴频仍，还是诸多里斯海盗和密尔海盗的巢穴所在。一千艘船出航远征，也许能有三百艘抵达狭海对岸……接下来又该怎么办呢？里斯不会开门欢迎，瓦兰提斯也不会，你上哪儿去找淡水和食物？第一场风暴就会将我们吹得七零八落，吹散于半个世界当中。”

一丝微笑浮现在攸伦的蓝嘴唇上。“我就是风暴，大人，我是天字第一号大风暴。我率宁静号经历过更长的旅程，而且比这危险得多。你忘了吗？我曾经航行至烟海，去过瓦雷利亚。”

在场每个人都知道，末日浩劫仍然笼罩着瓦雷利亚，那儿的海水沸腾冒烟，陆地被恶魔占据。据说无论哪个水手，只消瞥见耸立于波涛上方、熊熊燃烧的瓦雷利亚山脉，就注定不得好死。然而鸦眼去过那里，又回来了。

“是吗？”读书人轻声问。

攸伦蓝唇上的笑容消失了。“读书人，”他在一片沉寂中说，“你还是扎进书堆比较明智。”

维克塔利昂察觉到大厅里不安的气氛，于是站起身来。“哥哥，”他洪亮地说，“你没回答哈尔洛的问题。”

攸伦耸耸肩：“最近，奴隶的价格大涨，我们把奴隶卖给里斯人和瓦兰提斯人，外加从这儿夺来的战利品，就有足够的钱购买补给。”

“我们现在成了奴隶贩子？”读书人问，“为什么？为了没人见过的龙？我们要去追逐水手醉酒后的幻想，直至世界尽头？”

他的责问引起一片低声赞同。“奴隶湾太远了。”“跛子”拉弗喊。“而且离瓦雷利亚太近。”科伦•汉博利大叫。“强健者”弗拉莱格则说：“高庭比较近。要我说，还是去那儿找龙吧。找金龙！”艾文•夏普赞同：“曼德河近在眼前，为什么要航行整个世界？”红拉弗•斯通浩斯一跃而起：“旧镇有的是钱，青亭岛更是尤有过之，趁雷德温的舰队离开时，我们伸手便能摘取维斯特洛最成熟的果子。”

“果子？”国王的眼睛现在看上去更接近黑色，而不是蓝色，“站在整片果树林前，胆小鬼才会只偷一颗果子。”

“我们要青亭岛。”红拉弗说，其他人跟着一起叫嚷。鸦眼任由呼喊声朝他涌来，然后跳下桌子，抓住那婆娘的胳膊，拽着她离开大厅。

*逃了，像狗一样逃了。*攸伦对海石之位的掌控突然变得不像刚才那么牢固。*他们不愿随他去奴隶湾。也许他们不像我担心的那样，是一群走狗和傻瓜。*维克塔利昂如此欣慰，以至于又多喝了几杯。这回他跟“理发师”干杯，表示对对手的领主身份并不忌恨，即便那是从攸伦手中得来的。

屋外的太阳已经落下，黑暗聚集在城墙之外，但室内燃烧的火炬闪烁着橙红光芒，散发出烟雾，聚集在房椽底下，仿佛一片灰云。醉酒的人们开始耍手指舞。“左手”卢卡斯•考德决定要干赫威特伯爵的一个女儿，便将她按到桌上，而她的姐妹们尖叫哭泣。

维克塔利昂感觉有人拍了拍他肩膀。攸伦的一个混血儿子站在他身后，那是个十岁男孩，蓬松的卷发，泥浆色皮肤。“我父亲有话跟你讲。”

维克塔利昂摇摇晃晃地站起来。他身材魁梧，酒量很大，但即便如此，今天也喝得太多了。我亲手把她打死，他心想，不过鸦眼进入她的时候已经杀了她。我别无选择。他随私生子离开大厅，走上一道蜿蜒的石阶梯，随着攀爬，强暴和欢闹的声音逐渐减弱，直到最后，只剩下靴子轻轻摩擦石头的回响。

鸦眼跟那私生女霸占了赫威特伯爵的卧室。女孩赤裸身子，摊开手脚躺在床上，轻声打鼾。攸伦站在窗边，正用一只银杯喝酒，除了从布莱克泰斯那儿夺来的貂皮披风和自己的红皮革眼罩外，他什么也没穿。“我小时候梦见自己会飞，”他开口道，“醒来后却不能飞……至少学士这么说。假如他说谎呢？”

虽然屋里满是红酒、鲜血和性爱的味道，但透过敞开的窗户，维克塔利昂能闻到海洋的气息。冰冷咸涩的空气有助于他恢复清醒。“你什么意思？”

攸伦将脸转向他，深蓝色嘴唇向上翘起，折出半个微笑。“或许我们能飞。我们都能飞。不跳下高塔，又怎会知道呢？”一阵风穿过窗户，掀起貂皮披风，他赤裸的身子让人厌恶。“没人清楚自己的能力，除非他坠落下去。”

“窗口就在这儿，你跳吧。”维克塔利昂没耐心听他废话，受伤的手正越来越痛。“你究竟想要什么？”

“全世界。”火光在攸伦眼里闪烁。他那只微笑的眼睛。“你要不要喝杯赫威特伯爵的葡萄酒？从敌人那里得来的酒最为甜美。”

“不要，”维克塔利昂将视线移开，“盖好你自己。”

攸伦坐下来，拉拉披风，盖住私处。“我忘了他们是如此渺小而吵闹的民族，我的铁民。我将把龙带给他们，他们却嚷着要葡萄。”

“葡萄很真实，你可以大口大口地吃。它们不仅汁液甘甜，而且是红酒的原料。龙能做什么？”

“制造悲哀。”鸦眼从银杯里呷了一口，“我曾握着一枚龙蛋，弟弟。有个密尔巫师向我保证，只要给他一年时间，再支付许多黄金，他便能使它孵化。后来，当我对他的借口感到厌烦时，我宰了他。他眼看着自己的肠子从指间滑出，辩解道，‘还没到一年呢。’”攸伦哈哈大笑。“你知道，克莱贡死了。”

“谁？”

“吹我的龙之号角那个人。学士解剖了他，发现他的肺烧得像焦炭。”

维克塔利昂打个冷战：“给我看看那枚龙蛋。”

“我心情不好时把它扔进了海里。”攸伦耸耸肩，“读书人说得没错。这次航行路途遥远，大舰队无法聚集行动。很多船不仅行不了那么远，而且经受不住途中的危险。我们最好的舰船和船员才有希望航行至奴隶湾，并从那边返回。我指铁舰队。”

*铁舰队是我的，维克塔利昂心想。*他什么也没说。

鸦眼把两个杯子都倒满奇怪的黑酒，黏糊糊的酒液，犹如蜂蜜。“跟我喝一杯，弟弟，尝尝滋味。”他将其中一杯递给维克塔利昂。

铁船长拿过攸伦没给他的那杯，怀疑地嗅嗅。从近处看，它更像蓝色，而非黑色，黏稠油腻，有股腐肉的味道。他试了一小口，立即吐出来。“恶心的东西。你想毒死我吗？”

“我想打开你的眼界。”攸伦从自己杯子里喝了一大口，露出笑容。“这是夜影之水，男巫的美酒。我俘虏了一艘魁尔斯的三桅帆船，发现一桶这种东西，还有丁香、肉桂，四十匹绿丝绸及四名男巫。他们讲了一个有趣的故事。其中一个胆敢威胁我，于是我杀了他，然后把他喂给其他三人吃。起初，他们拒绝吃朋友的肉，但等饿到一定程度，便改变主意了。毕竟，人都是肉做的。”

巴隆是个疯子，伊伦也是，而攸伦比他们两个更疯狂。维克塔利昂转身欲走，鸦眼叫道：“国王必须要有王后来给他生育子嗣。弟弟，我需要你。你愿不愿去奴隶湾，把我的爱人带回来？”

我也有过一个爱人。维克塔利昂双手成拳，一滴血“啪”的一声滴落到地上。我要把你打得鲜血淋漓，丢去喂螃蟹，跟她一样。“你有很多儿子。”他告诉哥哥。

“一帮混血杂种，妓女和哭哭啼啼的婊子所生。”

“他们出自你的身体。”

“我夜壶里的屎也是。他们没一个配坐上海石之位，更不用说铁王座了。不，为生出合适的继承人，我需要一位与众不同的女人。当海怪与巨龙联姻时，全世界都要屏住呼吸。”

“什么龙？”维克塔利昂皱眉问道。

“最后的巨龙。他们说她是世上最美丽的女人，银金色头发，眼睛仿佛紫晶……你无须质疑我的话，弟弟，去奴隶湾亲眼见识她的美貌吧，然后把她带回来给我。”

“我凭什么要去？”维克塔利昂质问。

“为了爱。为了职责。为了你的国王的命令。”攸伦咯咯窃笑，“也为了海石之位。一旦我获得铁王座，它就是你的了，你将继我之后坐上海石之位，正如我继巴隆之后一样……有朝一日，你的嫡子也将坐上它。”

我的嫡子。要有嫡子，先得有妻子，而维克塔利昂无幸娶妻。攸伦的礼物中必然带有毒药，他提醒自己，不过……

“你自己挑，弟弟，像奴工一样活着，还是以国王的身份死去。你敢不敢飞？除非跳下去，否则永远不会知道。”攸伦微笑的眼睛里闪烁着嘲弄，“或许我对你要求太高了？航行至瓦雷利亚永远是件可怕的事。”

“去你的，若有必要，我可以带领铁舰队航向地狱。”维克塔利昂松开手，掌心满是鲜血，“我会去奴隶湾，是的，我会找到这个龙女，并带她回来。”但并非为你。你夺走我的妻子，我也要夺走你的。世上最美丽的女人，给我自己。

詹姆

戴瑞城外的土地已有人耕作，烧毁的作物被当成肥料，亚当爵士的斥候说女人们负责割荒草，一队公牛在树林边犁地，而十几个留胡子的男人拿着斧头在旁边警卫。

但当詹姆的队伍来到城堡前时，人畜都逃回了城中。戴瑞城大门紧闭，和之前的赫伦堡无异。*我自家的血亲就是这样欢迎我的。*

“吹响号角！”他下令，于是凯切镇的肯洛斯爵士再度吹响赫洛克之号。詹姆望向表弟城头飞舞的棕色与绯红旗帜。

蓝赛尔用蓝尼斯特的狮子和戴瑞的农人组合成四分纹章——这旗帜，连同挑选新娘，都是叔叔的主意。自安答尔人征服三河流域的先民以来，戴瑞家就一直统治着这片土地。毫无疑问，凯冯爵士认为只有与古老的血统联系起来，儿子的江山才坐得稳，想长期待下去，靠的是血缘而非一纸诏书。*凯冯应该当首相辅佐托曼才对，哈瑞斯·史威佛是个白痴，而我老姐也差不到哪里去。*

城堡大门缓缓开启。“老表的地儿没法招待一千人，”詹姆吩咐壮猪，“在西墙下安营扎寨，挖好壕沟，安置尖桩，不可懈怠。附近仍有土匪出没。”

“除非吃了豹子胆，否则没有人敢来招惹这么一支庞大的正规军。”

“饥饿能让人铤而走险，”在明确土匪的实力与动向之前，詹姆不打算冒一丝一毫的风险。“挖好壕沟，安置尖桩。”他强调之后，催促荣誉向城门跑去。

德莫特爵士高举王家的雄鹿狮子旗，跑在他旁边，雨果·凡斯爵士则打着御林铁卫的纯白旗帜，詹姆不想再见到红罗兰，便发配他押送威里斯•曼德勒去女泉城。

皮雅和侍从们走在一起，骑着小派为她找来的母马。“真像座玩具城堡。”詹姆听见她说。她一辈子都住在赫伦堡，他心想，如此一来，全国上下其他城堡对她而言都显得渺小，当然，除了凯岩城。

乔斯敏•派克顿也如此向她解释：“你不能以赫伦堡的标准来衡量，当年黑心赫伦的野心实在太大了。”皮雅严肃地受教，好像五岁的女孩听修女讲课似的。她不正是一个小女孩么？女人的外表，女孩的心，满怀恐惧，伤痕累累。小派对她很好，詹姆怀疑年轻的侍从从未接近过女生，而皮雅只要把嘴巴闭紧，还是很漂亮的。只要她愿意，他们俩睡睡没什么不好。

在赫伦堡，有一名魔山的手下又来强暴她，当詹姆命令伊林•派恩将其斩首示众时，此人表现得相当困惑。“我操过她，操过一百次，”士兵们将他按倒在地，他不住地抗议，“一百次啊，大人。我们都操过她。”后来伊林爵士把他的脑袋拿给皮雅看，女孩透过破烂的牙齿开心地微笑。

五王之战中，戴瑞城屡次易主，它被烧毁过一次，被洗劫过至少两次，但蓝赛尔已经迅速地着手修复。城门是新铸的，刚砍伐的橡木板用钢钉加固，烧焦的马厩原址盖起了一座新马厩，堡垒的木阶和若干窗户也都重新换过。虽然黑黝黝的石头在无言地诉说着往日的大火，但时间和雨水终究会洗去伤痛。

城墙之内，十字弓手们在城垛上巡逻，有的戴狮盔披绯红披风，有的穿佛雷家族的蓝灰服饰。詹姆在庭院中策马小跑，小鸡在荣誉的蹄边四散逃命，绵羊咩咩叫，农民们闷闷不乐地打量他。他们都有武器，农民装备着镰刀、棍棒、削尖的锄头等等，甚至有斧头，有些不修边幅的男人在他们褴褛肮脏的外套上缝着红色七芒星。又是该死的麻雀，他们怎么会聚集在这里？

凯冯没出现，蓝赛尔亦然，前来迎接的是一名学士，灰袍裹在他骨瘦如柴的大腿上。“队长大人，戴瑞城对您……对您出乎意料的造访深感荣幸。请原谅我们准备不周，因为得到消息说您是打奔流城去的。”

“我顺道过来瞧瞧而已，”詹姆撒谎道。我不想去奔流城。如果城堡在他抵达之前就告沦陷，他便不必背上背誓反对徒利家的黑锅。他翻身下马，把坐骑交给马房小弟。“我叔叔何在？”无须指名道姓，凯冯爵士是他仅存的叔叔，也是泰陀斯•兰尼斯特唯一剩下的儿子。

“他不在这里，大人，婚礼之后凯冯爵士便离开了。”学士扯扯颈链，好像它箍得太紧。“蓝赛尔大人很高兴会见您……和您麾下诸位英勇骑士，但有件事实在羞于启齿：戴瑞城供养不了这么多士兵。”

“我们自带口粮。你怎么称呼？”

“奥托莫学士，听候您差遣，大人。阿蕊丽夫人本想亲自出来迎接，只是忙着为您张罗接风宴，脱不开身。她希望您和您麾下的骑士队长们今晚都能赏光赴宴。”

“吃顿热餐就好——外面实在又潮又冷——不用太麻烦了。”詹姆扫视庭院，看着麻雀们胡子拉碴的脸庞。他们人数太多了，佛雷家的兵也太多了。“‘顽石’呢？”

“我们接到报告说三叉戟河对岸有土匪出没，哈尔温爵士便带五名骑士和二十名弓箭手前去清剿。”

“蓝赛尔大人呢？”

“大人在祈祷，他祈祷时不许打搅。”

他和博尼佛爵士真是一对活宝。“很好，”待会儿有的是时间盘问表弟，“带我去房间，我要洗个澡。”

"若大人不嫌弃，就在农人堡居住吧。我来引路。"

"我识得路。"詹姆对这座城堡并不陌生，他和瑟曦两度在此留宿，起初是和劳勃一起去临冬城访问，回程时又在这里发生了大事件。这座城很小，但好歹比旅馆舒适，而且河边是打猎的好场所——劳勃•拜拉席恩最流连的就是这点。

农人堡内一点没变。"墙壁还是这么空空如也啊，"学士带他穿过走廊时，他评价。

"蓝赛尔大人说以后会挂上宗教画，"奥伦莫道，"以助于修养和虔诚。"

修养和虔诚。他好容易才忍住笑。从前造访时墙上也是一片空白，但提利昂指出黑色方石上有织锦悬挂的痕迹。雷蒙爵士移走了装饰，却抹不去蛛丝马迹，小恶魔甚至花一把银鹿买通仆人，拿到了收藏织锦的地窖的钥匙。烛光下，他咧嘴笑着指给詹姆看，原来那是坦格利安历代君王的群像，从征服者伊耿直到疯王伊里斯。"如果我向劳勃告密，说不定他会封我为戴瑞城伯爵呢。"侏儒嘻嘻笑道。

奥托莫学士带詹姆来到顶楼。"愿您过得愉快，大人。屋内有厕所，窗户面朝神木林，卧室隔壁就是夫人的房间，中间隔着仆人的小屋。"

"这是戴瑞城伯爵的居所。"

"是的，大人。"

"我表弟实在太好心了，但我不能喧宾夺主。"

"蓝赛尔大人一向在圣堂里面睡。"

老婆就住在隔壁，却要去挨着圣母和少女睡？詹姆不知该哭还是该笑。或许他在祈祷自己那话儿坚强起来？君临城内传说，蓝赛尔的伤势让他失去了男人的能力。就算是这样，他也该试着去"重振雄风"呀。须知，表弟的新封号是不巩固的，除非他和自己那有戴瑞血统的老婆产下子嗣。詹姆有些懊悔来此地的冲动了。他对奥托莫表示感谢，并要他准备好洗澡水，再让小派去帮忙。

领主的卧室倒有了很大改观——越改越差了。精致的密尔地毯被收走，换成陈旧腐烂的草席，家具也都改为简陋的制品。雷蒙·戴瑞爵士的床足以睡下六人，有褐色天鹅绒帷幕和雕成藤蔓叶子形状的橡木床柱；蓝赛尔的床是稻草床，而且放置的角度刚好确保第一缕天光便能将人唤醒。就算原来的床被烧了、砸了或是偷了吧，这样也太……

澡盆端来后，小个子卢替詹姆脱了靴子，解开金手，小派和加列特负责提水，而皮雅为他拿来点心。替他脱外套时，女孩羞涩地笑了，詹姆则不自在地透过她的粗布褐裙服，打量起乳房和臀部的曲线。他想起了赫伦堡那一夜，科本派她来服侍他时说的话。*后来我和许多男人睡过，*皮雅轻声软语，*每次我都闭上眼睛，假装那是你。*

幸亏澡盆够深，洗澡水隐藏了勃起。他将头埋进热气，想起了另一次洗浴，和布蕾妮那次。当时，他因失血而虚弱，还发着高烧，在迷乱中说出了从没说过的心里话。今天不能再犯同样的错误。*牢记你的誓言。皮雅更适合提利昂而不是你。*“去给我拿肥皂和刷子，”他吩咐小派，“皮雅，你先下去休息吧。”

“是，大人。谢谢您，大人。”她说话时以手掩嘴，以防露出被打断的牙齿。

“你想上她？”皮雅走后，詹姆问小派。

侍从的脸红得像甜菜根。

“若她采取主动，你可以接受，毕竟，她能教你很多东西，将来你新婚之夜用得上。而且这应该不会留下私生子女。”皮雅曾为他父亲军中无数士兵张开大腿，并未怀孕，看来已经不孕了。“但请记得，要对她温柔。”

“温柔，大人？怎么……我该怎么……？”

“说些甜蜜的话，手脚轻点。你不会娶她，但睡她的时候，当她是你的新娘。”

少年点点头：“大人，我……我该在哪里去跟她好？没地方……没地方……”

“……独处？”詹姆咧嘴一笑，“晚餐会很漫长。稻草床有点扎人，将就将就吧。”

小派的眼睛瞪得跟鸡蛋一样：“在大人您的床上……”

“皮雅是个懂事的孩了，待会儿你会感觉到自己成为‘大人’的。”*这张可怜的稻草床也该好好利用利用了。*

晚宴准备妥当后，詹姆·兰尼斯特换上一件镶金线的红天鹅绒外套，搭配黑钻石金项链，再绑好打磨光亮的金手。他不想穿上纯白衣裳，因为目的地是奔流城，黑暗的未来在等待他。

戴瑞的会客厅实在朴素，搁板桌堆在墙边，房梁都被熏黑。詹姆坐到高台上蓝赛尔座位的右手边，蓝赛尔却没有到。“我表弟不来用膳吗？”他落座时询问。

“我的夫君正在绝食，”蓝赛尔的夫人阿蕊丽答道，“他很为可怜的前总主教大人难过。”这女人腿长，乳房鼓胀，就十八岁的年龄来说，相当健壮，不过那张皱紧了、没下巴的脸让詹姆想起无人惋惜的表弟克里奥爵士，随时随地看着都像黄鼠狼。

*绝食？他比我料想的更痴呆。*心智正常的话，蓝赛尔应该忙着跟寡妇产下小黄鼠狼，而不是饿死自己才对。不知凯冯爵士如何看待儿子新近的狂热，莫非这正是他匆匆离去的原因？

先上的是豌豆培根汤，阿蕊丽夫人告诉詹姆，她的前夫被格雷果·克里冈杀害了，当时佛雷家族还在为罗柏·史塔克打仗。“我恳求他别上战场，但我的佩特实在非常非常非常英勇，他发誓自己一定会是那个除暴安良的人。他渴望赢取名声。”

我们不都一样？“我作侍从时，常对自己说我一定会是那个除掉微笑骑士的人。”

“微笑骑士？”她不明白，“他是谁？”

他是我生命中的魔山，有格雷果一半的身材和两倍的疯狂。

“死了很久的土匪。夫人不用挂心。”

听罢此言，阿蕊丽嘴唇发抖，褐色的眼睛里滚下泪珠。

“请原谅我女儿的失态，”一位老妇人接口。阿蕊丽结婚时随身带来了十几个佛雷家人，包括一位妹妹、一位直系叔叔、一位旁系叔叔、许多表亲……还有自己的母亲，土生土长的戴瑞家人。“她还在悼念父亲。”

“土匪们谋杀了他！”阿蕊丽夫人啜泣，“爸爸只是去赎疙瘩脸培提尔的，他带去了他们要的金子，却被他们挂了起来。”

“是吊死了，阿丽，你父亲可不是一面织锦。”玛丽亚夫人转向詹姆，“您认识他，对吗，爵士？”

“我们俩一同在秧鸡厅当侍从，”他不愿夸口彼此是朋友，实际上，詹姆到那儿的时候，梅里•佛雷堪称城堡里的小恶霸，所有小孩子都被他欺负过。然后他胆敢欺负我……“他……他很强壮。”这是唯一能给的夸奖。梅里虽然迟钝笨拙又愚蠢，但他确实很强壮。

“你们并肩扫荡御林兄弟会，”阿蕊丽夫人抽着鼻子，“爸爸喜欢给我讲当时的故事。”

爸爸是个吹牛大王。“是的。”佛雷主要的贡献是被营妓传染了疹子，随后又教“白鹿”俘虏。土匪女王把自己的标志烙在他屁股上，随后才让萨姆纳•克雷赫赎回他。整整半个月，梅里都无法坐下，不过红铁烙印没有同辈侍从们逼他吃的屎那么伤人。少年郎，睚眦必报的怪物。于是他用金手握住酒杯，高高举起。“为了梅里。”詹姆说，喝酒总是比议论他人短长来得容易。

祝酒之后，阿蕊丽夫人停止了哭泣，席间谈话转到四条腿的狼上面。丹威尔•佛雷爵士说连他祖父一辈子也没见过这么多的狼。“它们毫不怕人，自李河城南下的路上，野狼成群结队地攻击辎重车队，直到弓箭手射杀了十几只方才撤退。”

亚当•马尔布兰爵士承认自己的斥候自君临北上途中也遭遇了同样的麻烦。

詹姆兴趣缺缺，将关注焦点早早放在面前的食物上。他用左手撕开一块块面包，用右手去够酒杯。他看着亚当•马尔布兰和身边的女孩调情；看着史提夫伦•史威佛爵士用面包、坚果和萝卜重演君临之战；看着肯洛斯爵士将一名女仆拉到膝盖上，让她吹他的号角；看着德莫特爵士向侍从们吹嘘自己在雨林行侠仗义；桌子彼端，雨果•凡斯闭上了眼睛。*他是在发呆，詹姆心想，还是在打盹呢？*他转向玛丽亚夫人。“害你夫君的……是贝里大人的匪帮？”

“我起初也这么想，”玛丽亚夫人已生华发，但仍然很美，“杀人犯们在荒石城作案后就四散逃亡。瓦尔平伯爵追踪其中一群人去到美人市集，但在那里失去了踪迹；黑瓦德带领猎狗和猎人深入女巫沼泽，农民们起初否认见过土匪，严加审问后有所收获。他们声称看到了一位独眼男人、一位黄袍大个子……还有一个戴兜帽的女人。”

“女人？”他以为白鹿温妲已给了梅里很好的教训——远离一切女土匪。“御林兄弟会中也有个女人。”

“我知道她。”*怎会不知道*，她言下之意十分明显，*她在我丈夫屁股上留了记号*。“都说白鹿年轻漂亮，这女人可不同。农民们说她的脸完全毁伤，眼睛十分恐怖。他们声称她是土匪的总头目。”

“总头目？”难以置信。“贝里•唐德利恩与红袍僧……”

“……没人见过。”玛丽亚夫人肯定地说。

“唐德利恩死了，”壮猪道，“魔山用一把匕首刺穿了他的眼睛，有人看见的。”

“这只是一种说法，”亚当•马尔布兰提出异议，“有人认为贝里大人是杀不死的。”

“哈尔温爵士认定谣言不足以采信，”阿蕊丽夫人用手指玩弄发辫，“他答应我，要把贝里大人的人头献上。他真是个大英雄。”透过层层泪水，她的脸红了。

詹姆想起了自己献给皮雅的人头，耳中回荡着弟弟的嘲笑。何不给女人鲜花呢？提利昂会这么讲。说实话，让他对哈尔温•普棱爵士下评语的话，“英雄”二字是无论如何不沾边的。普棱家的兄弟们高大肥胖，脸红脖子粗，精力充沛，喜欢吵闹，爱笑、易怒、也易于和解；哈尔温大不相同，他眼神坚硬，沉默寡言，不懂宽恕之道……虽然战锤使得很好。他是个高手，却不能赢得爱戴。然而女人想的是……詹姆瞥瞥阿蕊丽夫人，什么也没说。

仆人们把鱼端上来，河里的梭子鱼，用捣碎的坚果与草药烹调。蓝赛尔的夫人先尝了一口，大加赞赏，命仆人将最好的部分给詹姆。趁仆人们将鱼放在他面前的机会，阿蕊丽夫人越过丈夫的座位，把手搁在詹姆的金手上。“您一定能杀掉贝里大人，詹姆爵士，正如从前杀那个微笑骑士。求您了，大人，我求您，留下来帮我们对付贝里大人和猎狗吧。”她苍白的指头缠绕在他的金手指上。

你以为我能感觉到你指尖的触摸吗？“微笑骑士是被拂晓神剑杀掉的，夫人，即亚瑟•戴恩爵士。他是个比我好太多的骑士。”詹姆抽回金手，转向玛丽亚夫人，“黑瓦德一直追到哪里？”

“他的狗追逐那女人和她手下的气味到了女巫沼泽北部，”老妇人说，“他发誓最多只差半日路程了，但这群人最终消失在了颈泽里。”

“让他们在那边烂掉吧，”肯洛斯爵士兴高采烈地叫道，“诸神慈悲，教他们被流沙吞噬或给蜥狮吃掉。”

“给吃青蛙的煮了也好，”丹威尔·佛雷爵士声称，“泽地人不收容土匪。”

“泽地人不会，”玛丽亚夫人说，“但许多河间地的领主会，他们都在暗中协助贝里大人。”

“老百姓们也串联一气，”她女儿又开始抽鼻子，“哈尔温爵士说他们不仅藏匿土匪，供养土匪，而且还撒谎，以隐瞒土匪的行踪。您能想象吗？他们竟对自己的领主撒谎！”

“把他们舌头拔掉。”壮猪建议。

“是啊，这样他们就能说真话了。”詹姆讥刺道，“听着，需要用人，先得赢取人心。当年对付御林兄弟会时，亚瑟·戴恩爵士正是这么做的。他把军粮分给平民，替民众向伊里斯王诉苦，他拓展了属于各村落的牧场范围，甚至为平民赢得了每年砍伐一定数量的树木和在秋天猎取几只国王的鹿的权利。森林里的居民曾把托因当成保护神，如今亚瑟爵士为他们做的比兄弟会能做的多得多，最终他们纷纷倒向官家，平叛工作顺利多了。”

“队长大人说得在理，”玛丽亚夫人道，“若是老百姓不能像爱戴我父亲和祖父那样爱戴蓝赛尔，领地终究不会安宁。”

詹姆望向表弟空空如也的座位。光凭祷告，蓝赛尔不能赢得任何人的爱戴。

阿蕊丽夫人撅起嘴唇：“詹姆爵士，我求您，不要抛弃我们。我的夫君需要您，我也一样。在这个恐怖的年代，有时我晚上害怕得睡不着觉。”

“我必须守护国王，夫人。”

“让我来吧，”壮猪提出，“攻打奔流城对我而言还不过瘾。再说，贝里·唐德利恩非我对手，在比武大会上他披着可爱的披风，但身材瘦弱又缺乏经验。”

“那是他死前的事了，”年轻的阿伍德•佛雷爵士道，“百姓们说，死亡改变了他。你能杀他，但他不会死。你怎么和有不死之身的人交手呢？还有猎狗，他在盐场镇杀了二十个人。”

壮猪捧腹大笑：“二十个胖得走不动的店家，二十个吓得尿裤子的脯人，二十个拿讨饭碗的乞丐帮兄弟。不会是二十个全副武装骑士，不会是我。”

“盐场镇正是某位骑士的领地，”阿伍德爵士坚持，“当克里冈和他那群疯狗们洗劫镇子时，骑士本人却躲在城内不敢出来。您没见过当时的惨状，爵士，报告传到孪河城后，我跟哈瑞斯•海伊、他弟弟唐纳尔以及五十名士兵和弓箭手即刻南下清剿。我们以为是贝里大人干的，打算就此将他抓获归案，来到盐场镇才发现全镇除了城堡，什么都没了。老昆西爵士吓得不轻，甚至不愿为我们打开城门，只肯在城垛上搭话。遍地骸骨与灰烬，全镇不复存在，猎狗烧毁了所有建筑，杀了所有的人，哈哈大笑着离开。特别是女人……你无法相信他对女人们做了些什么。在餐桌上，我不想说，当时看得我呕吐。”

“听到这些的时候，我哭了。”阿蕊丽夫人倾诉。

詹姆吮了口酒：“你能确定是猎狗？”他们说的更像格雷果而非桑铎，桑铎此人纵然强横残忍，但他不是克里冈家中真正的怪物。

“有目击证人，”阿伍德爵士道，“他的头盔很容易辨认，令人印象深刻。少数几个人活了下来——被他强暴的少女，几个躲躲藏藏的男孩，被烧焦的梁柱压着的女人，以及在远处的渔船上观望这场屠杀的渔民……”

“屠杀？这不是屠杀。”玛丽亚夫人轻声说，“把这称为屠杀简直是对屠夫的侮辱。盐场镇的悲剧是披人皮的野兽干的。”

夫人，这正是野兽的时代，詹姆心想，这个时代属于狮子、奔狼和疯狗，属于渡鸦与食腐乌鸦。

“真是恶贯满盈，”壮猪把酒杯满上，“玛丽亚夫人、阿蕊丽夫人，若你们不嫌弃，等我打下奔流城，即刻回来抓捕猎狗。我不怕狗，我会出力为你们杀了他。”

难说。他们两个都强壮有力，但桑铎·克里冈的速度更快，而且打起架来比李勒·克雷赫野蛮。

阿蕊丽夫人的感动溢于言表，“您是个真正的骑士，李勒爵士，您向危难中的妇人伸出援手。”

她至少没管自己叫“处女”。詹姆去够杯子，却打翻了，酒水被亚麻桌布享用，红色污迹迅速扩散，同伴们佯作不见。这不过是贵族餐桌上的礼貌，他安慰自己，心里明白大家都在可怜他。于是詹姆粗暴地站起来，“夫人，请原谅。”

阿蕊丽夫人有些不知所措：“您这就走了？鹿肉正餐都没上呢，还有填满韭菜和蘑菇的阉鸡。”

“毫无疑问，它们都非常美味，但我实在吃不下了。我去会会表弟。”詹姆鞠了一躬，匆匆离开宴席。

更多人在庭院里用餐。麻雀们燃起十几堆篝火，以抵御黄昏的寒意，肥厚的腊肠在火堆上滋滋作响。他们大概有一百名。全是些无用的嘴巴，詹姆不清楚表弟到底拿出了多少腊肠，等腊肠吃完后打算怎么办。除非马上丰收，否则这城堡冬天里只有老鼠可吃。时至深秋，要想获得丰收，谈何容易。

圣堂建于城堡内院，在木构架上涂抹灰泥搭造，七面墙壁，没有窗户，有雕刻装饰的木门和瓦片屋顶。三个麻雀坐在台阶上，当詹姆靠近时，他们站起来。“你想上哪儿去，大人？”三人中最矮小的人问，他胡子留得最多。

“进去。”

“大人在里面祈祷。”

“大人是我的表弟。”

“是的，大人，”另一个麻雀接口，他是个秃头壮汉，一只眼睛上方描着七芒星，“但您不能打扰您表弟祈祷。”

“蓝赛尔正在祈求天上的天父给予指引，”第三个麻雀说，这人没长胡子。詹姆乍以为是男孩，不料声音却是女声，这人穿着没有形状的破衣服，外套生锈锁甲，“他在为已故总主教和所有死去的人们的灵魂祈祷。”

“他们明天也不会活过来，”詹姆告诉她，“而天父的时间比我空闲。你可知道我是谁？”

“领主罢了。”眼睛上画有星星的大个子说。

“残废而已。”胡子稠密的小个子道。

“你是弑君者，”女人宣布，“但我们不是国君，只是穷人集会的成员——听着，未经大人允许，你别想进去。”她拿出带尖刺的棍棒，小个子举起斧头。

他们身后的门突然开了。“朋友们，让我表哥进来，”蓝赛尔柔声说，“我正等着他。”

麻雀们立即站开。

蓝赛尔比在君临时更瘦了。他打赤脚，穿一件用未染色的羊毛做的粗糙外衣，看起来像乞丐不像领主。除了顶门正中，他的头发都已剃了干净，胡子倒长了出来，再称之为桃子毛就是在侮辱桃子，但尽管它们一直围拢到耳朵边，颜色却是花白的。

“表弟，”房门关闭后，詹姆说，“妈的，你失去理智了吗？”

“我找到了信仰。”

“你父亲在哪里？”

“走了，我们吵了架。”蓝赛尔在天父的祭坛前跪下。“你会跟我一起祈祷吗，詹姆？”

“如果我好好祈祷，天父会不会还我一只手？”

“不会。但战士会赐予你勇气，铁匠会赐予你力量，老妪会赐予你智慧。”

“我只要一只右手。”七神高高耸立在精雕的祭坛上，黝黑的木雕在烛光下闪烁。空气中有一点微弱的熏香。“你就在这儿睡？”

“每晚，我都把床铺在不同的祭坛前，七神带给我不同的愿景。”

受神祝福的贝勒就号称能目睹什么愿景。尤其是绝食的时候。“你有多久没吃饭了？”

“信仰为我提供所需。”

“好吧，信仰好比粥，得添加牛奶与蜂蜜。”

“我梦见你会来。在梦中，你知道我做过什么，知道我的罪恶。所以你杀了我。”

“你这样绝食，迟早会把自己饿死，用不着别人动手。你难道不清楚，受神祝福的贝勒就是这么进棺材的吗？”

“《七星圣经》有云：凡人性命风中之烛也，徐徐清风皆能熄灭。在这个世上，死亡离我们并不遥远，七层地狱等待着那些未能悔悟的罪人。跟我一起祈祷吧，詹姆。”

“如果我做了，你能答应我，喝一碗麦粥吗？”见老表不答，詹姆叹口气。“你应该和老婆一起睡，而不是心向少女。要让这座城堡长治久安，你必须产下戴瑞血统的子嗣。”

“这里不过是一堆冰冷的石头，我没想过要它。我只想……”蓝赛尔抖了抖，“七神宽恕，我只想成为你。”

詹姆忍不住笑了：“那敢情好，我这人好歹比受神祝福的贝勒正常些。听我说，戴瑞城需要一只真正的狮子，老表，你的佛雷小妻子也需要。知道吗？一提起顽石，她两腿间就不安分。就算她现在还没跟他上床，那也是指日可待的事。”

“如果她真喜欢他，我祝愿他们爱情美满。”

“狮子不容忍姘头。毕竟，你娶了那女孩为妻。”

“我说了几句空洞的话，给了她一张红色斗篷，只为了让父亲开心。未经圆满的婚姻算不得真正的婚姻。贝勒王也曾与妹妹戴安娜成亲，但他们没有过夫妻生活，等他称王后，便立刻废除了婚约。”

“如果他闭上眼睛，狠狠地操她，国家便会减少许多纷乱与争斗。谢了，我在历史书上读过这一章。听着，再怎么做，人民也不会把你当成受神祝福的贝勒转世。”

“不会，”蓝赛尔承认，“他是不出世的高尚灵魂，纯粹、勇敢而清白，不受尘世的邪恶玷污。我只是个罪人，今生今世都无法还清。”

詹姆将手按到表弟肩上：“说到罪恶，你算什么呢，老表？我杀了自己的国王。”

“勇士用剑，懦夫用酒，我们都是弑君者，爵士。”

“劳勃只是个篡夺者。有人甚至认为，雄鹿乃是狮子天生的猎物。”詹姆透过肌肤感觉到表弟突出的骨头……还有别的……蓝赛尔穿着苦行用的粗毛衬衣。“你做了什么，需要如此赎罪？告诉我。”

表弟低下头颅，热泪滚下脸颊。

泪水给了詹姆所有的答案。“你杀了国王，”他说，“睡了王后。”

“我没有……”

“……没有和我亲爱的老姐上床。”*说啊，承认啊！*

“没有把种子撒在……撒在她的……”

“……身体上？”詹姆提示。

“……子宫里，”蓝赛尔把话说完，“没撒在里面，便不算叛国。国王死后，我给她安慰。当时你作了俘虏，你父亲出门打仗，而你弟弟……她怕你弟弟，而且是有理由的。你弟弟逼我出卖她。”

“是吗？”蓝赛尔、奥斯蒙·凯特布莱克，还有谁？还有谁？还有月童？“你对她用强了吗？”

“没有！绝对没有！我爱她，我只想保护她。”

我只想成为你。他的幻影手指又开始抽搐。姐姐来到白剑塔上恳求他放弃誓言的那一天，在被拒绝之后，她曾笑言自己成百上千次地对他撒谎。詹姆原以为那只是在他伤害了她之后，瑟曦嘴硬而已。看来那是她这辈子对我讲的唯一的真话。

“你千万别对当今太后心生不满，”蓝赛尔求道，“肉体是孱弱的，詹姆，我们之间的罪恶终究没带来伤害。没有……没有留下私生子女。”

“是啊，私生子女是不会从肚子外面长出来的。”他不晓得要是把自己的罪孽向表弟倾诉，要是把那三个被瑟曦分别命名为乔佛里、托曼和弥赛菈的叛国逆种的真相说出来，蓝赛尔会怎么讲。

“大战之后，我很生陛下的气，但总主教大人要我宽恕她。”

“结果你向他忏悔了所有事情，对吗？”

“我受伤时，他为我祈祷。他是个好人。”

所以他才一命呜呼，君临城中我亲耳听见了丧钟。詹姆怀疑表弟究竟清不清楚自己的话造成了什么后果。“蓝赛尔，你真他妈蠢。”

“你说得没错，”蓝赛尔道，“但那个愚蠢的我已经死去，爵士先生。我恳求天父为我指引一条明路，而他响应了我的呼吁。我即将放弃爵位和妻室，你说顽石想接管这一切，我很欢迎。明日我就会返回君临，宣誓为新任总主教大人和七神教团效命，我打算宣誓加入战士之子。”

这孩子果真疯了不成：“战士之子三百年前就被废黜了。”

“新任总主教大人恢复了它，他正召唤全国上下所有怀有正义感的骑士，用生命与宝剑捍卫七神。穷人集会也相应地恢复了。”

“铁王座居然允许这种事发生？”坦格利安王朝早期的某位君主花了若干年工夫，才把这两大教团武装镇压下去，詹姆记得这回事，却想不起来那是哪位国王。梅葛？杰赫里斯一世？提利昂一定知道。

“总主教大人信中说，托曼国王废除了以往的律法。你想看的话，我可以把信给你。”

“即便这是真的……你也别忘了自己的身份，你是凯岩城的狮子，更是国内响当当的诸侯。你有老婆、有城堡、有土地和人民需要你的保护。若诸神慈悲，将来你还能延续血脉。你为何要放弃一切荣华，就为了……为了几句誓言？”

“那你又是为什么？”蓝赛尔轻声问。

为了荣誉，詹姆想说，为了光辉。然而这并非全部真相，荣誉和光辉固然美妙，但它们加在一起也比不上瑟曦。他不由得哈哈大笑。“你想见的是总主教，还是我亲爱的老姐呢？祈祷吧，老表，用力祈祷吧。”

“你会跟我一起祈祷吗，詹姆？”

他扫视圣堂，望向诸神。圣母脸上写满慈悲，天父公正而严肃，战士一手握着宝剑，陌客躲在阴影里，非人的面孔隐藏在兜帽底下。若干年以来，我认为自己是战士，瑟曦是少女，没想到她却是陌客，永远隐藏着真面目。“如果你愿意，替我祈祷吧，”他告诉表弟，“我已经记不得祷词了。”

当詹姆出门，踱进夜色中时，麻雀们还坐在台阶上。“谢谢，”他对他们说，“我从来没有感觉自己如此虔诚。”

他拿来两把钝剑，找到伊林爵士。

城堡庭院中到处是人，于是他们来到戴瑞的神木林。这里没有麻雀，只有光秃秃沉默的树，黑色的枝条向天空中伸展，枯死的叶子铺了一地。

“看见那扇窗户了吗，爵士？”詹姆举剑指去，“那是雷蒙•戴瑞爵士的卧房。我们从临冬城返回时，劳勃国王就睡在里面，你不记得吗？当初奈德•史塔克的女儿放狼去咬小乔。我姐姐想要那小女孩一只手，这是前朝惯例，对王族动手者，处斩手之刑。劳勃认为她既残酷又疯狂，他们争斗了半夜……好吧，瑟曦动手，劳勃喝酒。午夜过后，王后召我觐见，国王已在密尔地毯上打起了呼噜。我问姐姐要不要把他抱回床上，她告诉我把她抱上床，然后脱去睡袍。于是我越过劳勃的身体，就在他的寝室和姐姐做爱——如果国王当时醒转，我会毫不犹豫地宰了他。他不是第一个死在我手下的国王了……你都知道的，不是吗？”他反手一剑，将树枝劈为两半。“我操她的时候，瑟曦说‘*我要。*’我以为她指的是我，结果却是要废掉那史塔克女孩，不杀也弄个残废。”*好好想一想，我为爱情做了些什么。*“于是我星夜点兵出发。史塔克的人先找到女孩，算他们走运，如果教我抓住……”

伊林爵士脸上的麻子在火光映照下犹如一个个无底黑洞，犹如詹姆的灵魂。他又发出那种粗嘎的声音。

*他在嘲笑我，*詹姆•兰尼斯特心想。“你也干过我老姐吗，麻脸杂种！？”他吐口唾沫，“放马过来吧，把鸟嘴闭上，来杀我啊！”

布蕾妮

修道院坐落在离岸半里远的岛屿上，水流和缓的三叉戟河在此通过宽广的河口注入螃蟹湾。即便远远看去，也能发现岛上的富庶：梯田覆盖斜坡，下有鱼塘，上有风车，木头与帆布制成的桨叶在海湾吹来的轻风中慢慢转动。布蕾妮看到绵羊在山坡上吃草，鹳鸟在渡船码头周围的浅水里行走。

“盐场镇就在对岸，”梅里巴德修士指着海湾北面说，“修士兄弟们会趁早潮把我们摆渡过去，但我很担心在那边将要看到的景象。在此之前，让我们先享用一顿热餐吧，兄弟们总是有骨头给狗儿。”狗儿摇着尾巴叫了一声。

现在正赶上退潮，而且退得很快，将岛屿与陆地隔离的河水急速后撤，留下一片广阔的褐色泥滩，微微泛光，一个个潮水坑遍布其中，在下午的阳光里像金币般闪烁。布蕾妮挠挠颈背，一只小虫咬了她一口。她已将头发盘起来，太阳照得皮肤暖洋洋的。

“为什么管它叫寂静岛？”波德瑞克问。

“因为居住在此的都是忏悔者，他们寻求在沉思、祈祷与静默当中偿还罪过。岛上只有长老和监理们能说话，并且那些监理也只有七天中的一天可以。”

“静默修女从不说话，”波德瑞克说，“听说她们没有舌头。”

梅里巴德修士微微一笑：“我在你这个年纪时，我的长辈也如此吓唬孩子，其实无论何时何地，这说法都非事实。立誓保持静默乃是表达忏悔的方式，作出牺牲来证明自己对天上七神的虔诚，而哑巴发誓沉默就好比没腿的人宣言放弃舞蹈一样无聊。”他牵驴子走下斜坡，招呼他们跟上。“如果今晚想睡在屋檐底下，现在就必须下马，随我一起穿越泥沼。我们称它为信仰之路，信仰坚贞的人才能安全通过，而心怀歹意的将会被流沙吞没，或在潮水涌回来时淹死。你们中没有人心怀歹意吧？即使如此，我仍会小心落脚之处。记住，只踩我踩过的地方，就能到达另一边。”

布蕾妮发现信仰之路果真蜿蜒曲折，那座岛看起来耸立在西北方，梅里巴德修士却没直接朝它走，而是折向东方，往海湾中水深处进发。远处海水闪烁着银蓝色光芒，褐色烂泥“吱吱咯咯”地挤进他脚趾间，他不时停下来，用木杖试探前方。狗儿紧跟在他脚后，嗅着每一块岩石、每一只贝壳和每一丛海草。但这回它既没在前面蹦蹦跳跳，也没有四处游走。

布蕾妮跟在后面，小心留意狗、驴子和修士留下的一排足印，然后是波德瑞克，海尔爵士收尾。一百码之后，梅里巴德突然转向南方，几乎背对修道院行进。他朝那个方向又走了一百码，带领他们从两个浅浅的潮水坑之间穿过。狗儿将鼻子探进其中一个，一只螃蟹用螯夹它的鼻子，令它吠叫起来，接着是一场短暂但剧烈的搏斗，最后狗儿小跑着回来，浑身湿漉漉的，沾满烂泥，口中叼着那只螃蟹。

“不是要去那地方吗？”海尔爵士在后面指着修道院喊，“我们好像在到处乱逛，就是没朝那里走。”

“这是信仰之路，”梅里巴德修士劝导，“信仰，坚持，虔诚，才能找到所寻求的安宁。”

泥滩在周围泛着潮湿的光，映衬出近百种斑驳色调。烂泥是深黯的褐色，差不多跟黑的一样，但也有一片片金色沙地，一块块灰色与红色的突起岩石，以及一丛丛黑色与绿色的海草。鹳鸟在潮水坑中跋涉，留下许多脚印，螃蟹则在浅滩表面疾走。空气带有海盐和腐败的味道，泥巴吸住人们的脚，直到人们用力，才“啪”的一声不情不愿地放开，伴随着吱吱嘎嘎的叹息。梅里巴德修士转了一个又一个弯，留下的脚印里很快注满了水。等地面变得坚固，并开始上升，她估计至少走了一里半路。

他们爬过环绕岛岸的碎石堆，三个人正在等候。他们穿修士兄弟的棕褐长袍，袍子有宽大的钟形袖口和尖顶兜帽，其中两位还用长长的羊毛布裹住脸的下半部分，只能看见眼睛。开口说话的是第三位。“梅里巴德修士，”他大声说，“差不多一年没见了。欢迎你，还有你的伙伴们。”

狗儿摇摇尾巴，梅里巴德甩掉脚上的烂泥。“我们请求一晚的住宿。”

“当然可以。今晚有炖鱼肉。你们早上要坐渡船吗？”

“希望那不是太过分的要求。”梅里巴德转向旅伴们，“纳伯特兄弟是教会监理，每七天中有一天可以讲话。兄弟，这些善良的人一路帮助我。海尔•亨特爵士是河湾地的英勇骑士；这孩子波德瑞克•派恩，来自西境；这位是布蕾妮女士，塔斯的处女。”

纳伯特兄弟愣了一下：“女人。”

“是的，兄弟。”布蕾妮解开头发，甩甩脑袋。“你们这儿没有女人？”

“目前没有，”纳伯特说，“前来造访我们的女人不是生病就是受伤，或者怀了孩子。七神赐予长老医疗之手，他让许多连学士们都无法治愈的男女恢复健康。”

“我没生病，也没受伤或怀孩子。”

“布蕾妮女士是位女战士，”梅里巴德修士透露，“她在追捕猎狗。”

“是吗？”纳伯特似乎吃了一惊，“为什么呢？”

布蕾妮摸摸守誓剑的剑柄。“为这个。”她说。

监理打量着她。“你……作为女人，算是非常强壮，但……也许我该带你去见长老。他会安排你穿越泥沼。来吧。”

纳伯特领他们沿鹅卵石小径行走，穿过一片苹果树林，来到一间粉刷过的马厩跟前，马厩有尖尖的茅草屋顶。“你们将牲畜留在此处。吉拉曼兄弟负责给它们喂食饮水。”

马厩中超过四分之三的部分空着。近处角落有五六头骡子，由一名罗圈腿的兄弟照看，布蕾妮推测他就是吉拉曼。而在更远的角落里，一匹硕大的黑牡马被与其他动物隔开，它听见话音，便嘶鸣起来，蹬踢畜栏门。

海尔爵士把缰绳交给吉拉曼兄弟，赞赏地看着这匹高头大马。“漂亮的马儿。”

纳伯特兄弟叹口气。“七神赐福，同时也赐予劫难。‘浮木’是很漂亮，但它一定生于地狱当中。当我们想给它套上犁时，劳尼兄弟的胫骨被踢断两处。我们希望阉割能改善它的坏脾气，结果……吉拉曼兄弟，你愿意给他们瞧瞧吗？”

吉拉曼兄弟放下兜帽。他长着一头金色短发，头皮有削过的痕迹，染血的绷带缠着耳朵所在之处。

波德瑞克倒抽一口冷气，“那马咬掉了你的耳朵？”

吉拉曼点点头，盖上脑袋。

“原谅我，兄弟，”海尔爵士说，“但假如你拿着剪刀朝我走来，我会咬掉你另一只耳朵。”

这个玩笑没能打动纳伯特兄弟。“你是骑士，爵士先生，‘浮木’不过是一头负重的牲畜。铁匠造就马匹，是为了帮人类劳作。”他转过身。“请这边走。长老等着呢。”

斜坡比远处看来要陡了许多，为便于攀爬，修士们搭起一座木楼梯，沿山坡在建筑物之间来回穿梭。布蕾妮在马鞍上颠簸了一整天，很高兴有机会伸伸腿。

上山途中经过十来个教会中的兄弟；这些人穿深褐色衣服，拉起兜帽，好奇地看着他们走过，但没开口致意。其中一位牵着两头奶牛走向一间低矮的茅草顶畜棚，另一位在搅拌黄油，山坡较高处，有三个赶羊的男孩，再往上是一片墓地，一位比布蕾妮更高大的兄弟正在奋力挖坟，从动作来看，显然是腿瘸了。只见他将满满一铲子沙砾高高抛过肩头，其中一些恰好散落在他们脚边。“你小心点，”纳伯特兄弟斥责，“梅里巴德修士差点吃到一口泥。”掘墓人低下头。当狗儿上前嗅他时，他放下铲子，挠了挠狗耳朵。

“一个学徒。”纳伯特解释。

他们继续沿木阶梯攀登。“给谁挖的坟墓？”海尔爵士问。

“克莱蒙特兄弟，愿天父公正地裁判他。”

“他很老吗？”波德瑞克•派恩问。

“假如你认为四十八岁算老的话。他并非老死，而是死于在盐场镇所受的伤。歹徒们袭击镇子那天，他正好带着我们的蜜酒去集市交易。”

“猎狗干的？”布蕾妮说。

“另一伙人，但残忍程度有过之而无不及。可怜的克莱门特不愿说话，就被割了舌头。歹徒说，既然他立誓保持沉默，要舌头也是多余。长老了解更多情况，他把外界最糟的消息留给自己，以免打扰修道院的宁静。我们许多兄弟来此处是为了逃避世间的恐怖，不愿去多想。克莱蒙特兄弟并非我们当中唯一受伤的人，有些伤口外表是看不出来的。”纳伯特兄弟指指右侧。“那是我们的夏日葡萄架，葡萄又小又酸，但酿出的酒还能喝。我们也自酿麦酒，而我们的蜜酒与苹果酒名声远扬。”

“战争从未波及此处？”布蕾妮问。

“这次没有，赞美七神。祈祷保护了我们。”

“还有潮水。”梅里巴德提示。狗儿叫了一声以示赞同。

山眉上有一圈未经泥浆砌合的低矮石墙，围着一大簇建筑物：叶片吱嘎作响的风车，修士们睡觉的屋子、吃饭的大厅，祈祷与冥思的木制圣堂。圣堂窗户是镶铅玻璃，宽阔的门上雕刻着天父与圣母的像，七边形尖塔上有走道。圣堂后面是蔬菜园，一些较年长的兄弟正在拔除杂草。纳伯特兄弟带访客们绕过一株栗子树，来到嵌入山腰的一扇木门前。

“带门的山洞？”海尔爵士惊讶地说。

梅里巴德修士笑笑。“这叫隐士洞。第一位寻到此岛的圣人就居住在里面，他创造出许多奇迹，引来其他人加入。那是两千年前的事了，门是后来添的。”

两千年前，隐士洞也许阴暗潮湿，泥土遍布，回荡着滴水声，现在早已改观。布蕾妮与伙伴们进入的山洞变成一间温暖舒适的密室，地板铺羊毛毯，墙壁覆盖织锦，长长的蜂蜡烛散发出充裕的光线，家具样式奇异而朴素，包括一张长桌、一条高背长凳、一个箱子，几只摆满书籍的高大书柜，还有一些椅子。这些家具全用浮木制成，奇形怪状的木条巧妙地拼凑起来，打磨抛光，在烛光之下泛出暗金色。

长老跟布蕾妮想象的大不一样。首先，他几乎算不上长者，菜园里除草的兄弟都是弯腰驼背的老人，他却高大挺拔，充满活力，正当壮年；其次，他的脸不像她想象中的医疗圣人那般和蔼慈祥。他脑袋大而方，眼睛敏锐精明，鼻子布满红色纹路。尽管他削过发，但头顶跟厚实的下巴上都布满短须。

他不像是位能给人接骨疗伤的圣人，反倒像是随时要折断别人关节的打手，塔斯的少女心想。长老穿过屋子，拥抱梅里巴德修士，又轻轻拍了拍狗儿。“每次我们的朋友梅里巴德和狗儿来访，总是个快乐的日子，”他宣告，然后转身面对其他宾客，“我们也欢迎新面孔。啊，最近见到的新面孔太少了。”

梅里巴德照例客套一番，然后落座于高背长凳上。与纳伯特修士不同，长老并没因布蕾妮的性别而不安，但当修士提起布蕾妮和海尔爵士旅行的原因时，他还是收起了笑容，只说句“我明白了”，便将话题岔开。“你们一定渴了。请尝尝我们的甜苹果酒，润一润经历旅途风尘的嗓子。”他亲自给他们倒酒。杯子也由浮木制成，没有两只是相同的。当布蕾妮表示赞赏时，他回答说：“小姐您过奖，我们只不过将木头雕刻抛光，加以利用罢了。在这个地方，我们受到诸神的保佑，这里是河流与海湾的交接处，河水与潮水互相角力，许多稀奇古怪的东西因而被冲上岸堤，馈赠给我们。浮木在其中算是最不起眼的，我们找到过银杯、铁锅、一袋袋羊毛、一卷卷丝绸、生锈的头盔、闪亮的宝剑……对了，甚至还有红宝石呢。”

这引起了海尔爵士的兴趣：“雷加的红宝石？”

“也许吧，谁说得准呢？战斗发生在上游很远处，但河流耐心而不知疲倦。我们已经发现了六颗红宝石，我们都在等待第七颗。”

“宝石比骨头强。”梅里巴德揉着脚，泥土在他手指下纷纷剥落。“河流的礼物并非总令人愉快，善良的兄弟们也会收到骨骸。淹死的牛或鹿，死猪肿胀至马的一半大，对，还有人的尸体。”

“最近尸体太多了，”长老叹气，“掘墓人都没休息过。三河人，西境人，北方佬，全冲到了这里。有骑士也有无赖。我们将他们埋在一起，史塔克与兰尼斯特，布莱克伍德与布雷肯，佛雷与戴瑞……统统在一起，这是河流交给我们的责任，以回报它的丰厚馈赠，我们尽力而为，然而有时候找到女人……有时更糟，找到小孩。那是最为残酷的礼物。”他转向梅里巴德修士。“我希望你有时间为我们告解。自土匪杀死老贝内特修士之后，我们就没人听取忏悔了。”

“我会抽时间的，”梅里巴德说，“希望你们有比上次我经过时更好的罪过。”狗儿叫了一声。“看到没？连狗儿也感到无聊。”

波德瑞克·派恩很疑惑。“我以为没人可以说话。嗯，不是没人。是那些兄弟。另外的兄弟，不是你。”

“我们忏悔时允许打破沉默，”长老说，“用手势和点头很难说清罪孽。”

“他们烧了盐场镇的圣堂？”海尔·亨特问。

微笑消失了。“他们烧了盐场镇的一切，除了城堡，因为城堡是石头……然而它对镇子一点用也没有，跟板油做的却也没什么区别。治疗幸存者的责任落到我头上，等大火熄灭，渔民们认为可以安全登陆时，便将幸存者载过海湾，送来我这里。有个可怜的女人被强暴了十几次，她的胸口……女士，你穿着男人的盔甲，我就不向你隐瞒了……她的乳房被撕咬下来吃了，仿佛是……被野兽吞食。我尽全力治疗，最终却归于失败。她临死前发出的恶毒诅咒并非针对那些强暴她的人，或者活生生吞吃她血肉的畜生，而是昆西·考克斯爵士。歹徒们来到镇子时，他闩上城堡大门，安全地躲在石墙背后，听任自己的人民尖叫死亡。”

“昆西爵士是个老人，”梅里巴德修士轻柔地说，“他的儿子和养子不是远在他乡就是已经死去，他的孙子们还小，他还有两个女儿。凭一己之力又怎么对付得了那么多歹徒呢？”

他至少应该试一试，布蕾妮心想，宁肯战死。无论年龄，真正的骑士誓死保护弱者，把他人的性命放在自己的前面。

“你的话没错，也很睿智，”长老对梅里巴德修士说，“等你摆渡到盐场镇，无疑昆西爵士也会找你告解。我很高兴你可以宽恕他。我做不到。”他放下浮木杯子，站起身来。“晚餐的钟声快要敲响。朋友们，在坐下来分享面包、肉和蜜酒之前，你们愿意跟我去圣堂，为盐场镇善良人们的灵魂祈祷吗？”

“乐意之至。”梅里巴德说。狗儿叫了一声。

修道院的晚餐是布蕾妮见过最奇怪的组合，但并非令人不快。食物朴素而可口：刚出炉的面包松脆温热，新搅拌的黄油放在罐子里，罐子里还有修道院蜂房产的蜜，浓稠的炖汤中有蟹肉、蚌肉及至少三种不同的鱼。梅里巴德修士和海尔爵士喝过兄弟们酿制的蜜酒之后都说棒极了，而她和波德瑞克心满意足地用了点甜苹果酒。席间并不沉闷。食物上来之前，梅里巴德先祈祷，当兄弟们在四张长板桌前用餐时，其中一人弹奏起古竖琴，大厅里充满甜美柔和的乐声。等长老让乐手进餐，纳伯特兄弟和另一个监理又开始轮流朗读《七星圣经》中的章节。

诵读结束之后，最后一点食物已被担当侍者的学徒们清理干净。他们大多跟波德瑞克年龄相仿，或者更小，但也有成年人，他们在山坡上遇到的大个子掘墓人便在其中，他笨拙地迈着一瘸一拐的步伐。大厅逐渐空旷，长老让纳伯特带波德瑞克和海尔爵士去回廊里的床铺。“你们不介意共用一间房吧？不大，但挺舒适。”

“我要跟爵士住一起，”波德瑞克说。“我是说，小姐。”

“你和布蕾妮小姐在别处怎样，那是你们和七神之间的事，”纳伯特兄弟说，“但在寂静岛，男人和女人不能睡在同一屋檐下，除非他们结了婚。”

“我们有些简陋的小屋，专为来访的妇女留出，不管她是贵族女子还是村里的普通女孩，”长老说，“它们不常使用，但我们经常打扫，保持其清洁干燥。布蕾妮小姐，让我为你带路好吗？”

“好，谢谢你。波德瑞克，跟海尔爵士一起去。我们是修道院的客人，在他们屋檐下，得遵守他们的规矩。”

女人住的小屋在小岛东侧，面向宽阔的泥沼和远处的螃蟹湾，比背风的另一侧更冷、更荒芜。山坡陡峭，小路蜿蜒，穿过杂草、荆棘和风化的岩石，扭曲多刺的树木顽强地附着于坡道上。长老点了一盏灯，照亮下坡的路。他在一个拐角处停下来。“在晴朗的夜晚，你可以从这里看到盐场镇的灯火。海湾对面，那儿。”他指点着说。

“什么也没有。”布蕾妮说。

“只有城堡留下，连那些歹徒到来时正好出海的幸运渔民们也纷纷离开。他们眼看着自己的房屋被焚毁，听到尖叫与哭喊在码头回荡，他们太害怕，不敢让船靠岸。等最后上岸时，只能埋葬亲戚朋友，对他们而言，盐场镇除了尸骨和苦涩的回忆，还有什么呢？他们去了女泉城，或其他城镇。”他用灯比画了一下，然后继续往下走。“盐场镇从来不是什么大港口，但时而有船只停靠，歹徒们要找的就是这个，找一艘划桨船或平底货船，载他们穿越狭海。可惜当时正好连一艘都没有，于是他们将绝望的怒气发泄在镇民身上。我很疑惑，小姐……你究竟在找什么？”

“一个女孩，”她告诉他，“一位十三岁的贵族处女，漂亮的脸蛋，枣红色头发。”

“珊莎·史塔克。”他轻轻说出这个名字，“你相信那可怜的孩子跟猎狗在一起？”

“多恩人说她正往奔流城去——提蒙说的，他是勇士团的佣兵，是个杀人凶手、强奸犯和骗子，但我认为这件事他没说谎——半途却被猎狗劫走了。”

“我明白了。”路拐了个弯，那些小屋就在前方。长老说它们很简陋，确实如此，看上去就像石头蜂房，又矮矮又圆，没有窗户。“这一幢。”他指指最近的一个小屋，只有这幢有烟从屋顶中央的烟孔里升起。布蕾妮进去时得弯腰才能避免脑袋撞到门梁。里面是泥土地面，干草床铺，保暖用的兽皮和毯子，一盆水，一壶苹果酒，一些面包和奶酪，一小堆火，还有两只低矮的椅子。长老坐到其中一只上，放下灯。“我可以多待一会儿吗？我想我们应该谈谈。”

“假如你愿意的话。”布蕾妮解下剑带，挂在第二张椅子上，然后盘腿坐上床。

“你的多恩人没说谎，”长老开口，“但我恐怕你没明白他的意思。你追的是另一只母狼，小姐，艾德·史塔克有两个女儿。桑铎·克里冈带走的是另一个，小的那个。”

“艾莉亚·史塔克？”布蕾妮惊得目瞪口呆，“你知道？珊莎的妹妹还活着？”

“当时还活着，”长老说，“现在……我不知道。她也许就是在盐场镇被屠杀的孩子之一。”

这番话好像匕首插进她肚子里。不，布蕾妮心想。不，那太残酷了。“也许……就是说你不能肯定……？”

“我肯定在十字路口的旅馆，那孩子跟桑铎·克里冈在一起，开店的是老玛莎·海德，后来被狮子绞死。我肯定他们正往盐场镇去。除此之外……就没有了。我不知她现在在哪里，甚至不知她是否活着。然而有一件事我确实知道：你追捕的人已经死了。”

这又让她吃了一惊：“他怎么死的？”

“他凭剑而活，死于剑下。”

“你肯定？”

“我亲手埋了他。若你想打听，我可以告诉你他的墓在哪里。我用石块盖住他，以免被食腐动物挖出来，然后将他的头盔置于坟头上，标志他的安息之地。但这是个严重错误，其他人找到了我设置的墓标，并将其据为己有。在盐场镇杀人奸淫的并非桑铎·克里冈——尽管他或许同样危险——河间地如今充满了这样的野兽。我不会称他们为狼，狼比他们更有尊严……连狗也是。”

“我对桑铎·克里冈此人略知一二。多年他来一直担任乔佛里王子的贴身护卫，即便在这儿，也能听说他的故事，其中有好也有坏，而即使我们听说的只有一半真实，这也是一个苦难而饱受折磨的灵魂，一个嘲笑着诸神同时也嘲笑人类的罪人。他忠诚效力，却感受不到由此带来的自豪；他努力战斗，但胜利中没有喜悦；他饮酒如水，企图淹没感受；他没有爱，也不爱自己，驱使他的是仇恨。他虽犯下许多罪孽，却从不寻求宽恕。其他人梦想爱情、财富和荣耀，而这个人，桑铎•克里冈梦想着杀死自己的兄长，这是如此可怕的念头，单单说出来就令我战栗。然而那是滋养他的面包，那是让他生命之火继续焚烧的燃料，他期望看到哥哥的血染在自己的剑上，这悲哀而充满愤怒的生灵为此而活着……然而现在连这点希望也被夺走了，多恩的奥柏伦亲王以一根毒矛刺穿了格雷果爵士。”

“听起来你好像同情他。”布蕾妮说。

“是的。倘若你看到他临终的样子，也会流下同情的眼泪。我在三叉戟河边遇到他，是他痛苦的嘶喊声把我吸引了过去。他恳求我给他慈悲，但我已发誓不再杀戮。相反，我用河水擦洗他发烫的前额，给他喝红酒，并在伤口抹上药膏，但我做的实在太少，也太迟了。猎狗死在那里，死在我双臂之中。你也许在我们的马厩里见过一匹高大黑马，那便是他的战马，陌客。一个亵渎神明的名字，我们为它改名浮木，因为是在河边找到它的。我恐怕它带有前任主人的脾性。”

那匹马。她见过那匹牡马，听到它乱踢的声音，她一直不相信战马会被训练得又踢又咬。在战争中，它们也是武器，就像骑着它们的人。就像猎狗。“这么说是真的，”她木讷地道，“桑铎•克里冈死了。”

“他已经安息。”长老顿了一下。“你还年轻，孩子，而我已过了四十四个命名日……我猜我的年龄是你的两倍还多。如果我说自己曾是个骑士，你会不会感到惊讶？”

“不。你看上去更像骑士，而不像什么圣人。”他的胸膛、肩膀和硬朗的下巴都清楚地显示出这点。“你为什么放弃骑士身份？”

“我不曾选择当骑士。我父亲是骑士，祖父也是，还有我的每一位兄弟。自他们认为我够大，能握住木剑的那一天起，就训练我战斗。我明白自己是他们中的一员，也从没让他们蒙羞；我有过许多女人，这点却让我感到羞耻，因为有些是以暴力获取的。我曾满心希望迎娶一位女孩，一位地方领主的幺女，但我是父亲的第三子，既无土地也无财富……唯有一把剑，一匹马和一面盾牌。总而言之，我很悲哀，不打仗时，便喝酒。我的生命用红色写就，血与酒。”

“什么时候改变的呢？”布蕾妮问。

“当我死于三叉戟河之战时。我为雷加王子战斗，尽管他从不知道我的名字，这很正常，我侍奉的领主侍奉另一个领主，而这另一个领主决定支持龙而非鹿。假如他作出相反的决定，我也许就站在河的另一边。战斗血腥残酷。歌手们总是让人们相信，在河中苦斗的只有雷加和劳勃，为了一个他们同时爱上的女人，但我向你保证，其他人也在奋战，我就是其中之一。我大腿中箭，另一支箭射中了脚，胯下的马也被杀死，然而我继续战斗。我记得当时不顾一切想要再找一匹马，因为我没钱买，若没有马，就不再是骑士。老实说，我所想的只有这个，根本没看见将我打倒的那一击。我听见背后有马蹄声，于是心想，**一匹马**！但还没来得及转身，脑袋就给砸了一下，被打落到河里，按理应该淹死。”

“但我在这儿醒转，在寂静岛上。长老告诉我，我被潮水冲上来，像命名日时一样浑身赤裸。我只能假设，有人在浅滩中发现了我，剥下铠甲、靴子和裤子，然后推回深水中。接下来的事全交给河水了。我们出生时都光着身子，当我第二次生命开始时也是如此，我觉得那再合适不过。接下来的十年，我一直保持沉默。”

“我明白了。”布蕾妮不知他为什么告诉她这些，也不知能说些什么。

“是吗？”他俯身向前，一双大手搭在自己膝盖上。“倘若如此，放弃你的任务吧。猎狗死了，况且再怎么说，他也从没跟你的珊莎•史塔克在一起。至于那个戴着他头盔的畜生，迟早会被抓住绞死。战争快结束了，歹徒们终须伏法。蓝道•塔利坐镇女泉城，瓦德•佛雷从孪河城发兵追捕，戴瑞城也有了一位年轻的新领主，他很虔诚，一定会整治好自家的领地。回家吧，孩子，你有一个家，在这个黑暗时代，很多人都没这么幸运。你还有一个贵族父亲，他一定很爱你。假使你再也回不去，想想他该有多么悲伤。也许你死后，人们会将你的剑与盾带回给他，也许他甚至会将它们悬在墙上，骄傲地看着它们……但如果你问他，我相信他会告诉你，他宁愿有一个活生生的女儿而不是碎碎的盾牌。”

“一个女儿。”布蕾妮眼中充满泪水。“他该有个女儿，为他唱歌，为他的大厅增添光彩，为他生下外孙。他也该有个儿子，英勇强壮，为他带来各种荣誉。然而我四岁时加勒敦便淹死了，当时他八岁，亚莉珊和亚莲恩死于襁褓。我是诸神让他保有的唯一一个孩子。畸形的怪胎，不男不女。”所有的一切都向布蕾妮涌来，犹如伤口中黑黑的血；那些背叛，那些婚约，红罗兰与他的玫瑰，蓝礼大人与她共舞，关于她贞操的赌局，她的国王与玛格丽特•提利尔结婚当晚她洒下的伤心泪，苦桥的比武会，她引以为豪的彩虹披风，国王帐篷里的阴影，蓝礼在她怀中死去，奔流城与凯特琳夫人，三叉戟河上的旅程，与詹姆在树林里的决斗，血戏班，詹姆高喊“蓝宝石！”，詹姆在赫伦堡的浴盆里，蒸汽从他身上升起，她咬下瓦戈•霍特耳朵时鲜血的滋味，熊坑，詹姆跳到沙地上，骑往君临的漫长路途，珊莎•史塔克，她向詹姆立的誓言，她向凯特琳夫人立的誓言，守誓剑，暮谷城，女泉城，机灵狄克，蟹爪半岛，轻语堡，被她杀死的人……

“我必须找到她，”她最后坚定地说，“其他人也在找，他们都想抓住她卖给太后。我得先找着她。我答应过詹姆。他将那把剑命名为‘守誓剑’。我必须去救她……不成功便成仁。”

瑟曦

"一千条长船！"小王后未经梳理的棕发蓬乱地披散在肩，火光映照下，她的脸红彤彤的，好像刚从男人的怀抱中挣脱出来。"陛下，必须狠狠回击他们！"她激动的话语震动房梁，回荡在巨大的王座厅里。

瑟曦坐在铁王座下铺有金色和绯红垫子的高位上，感觉怒气逐渐上扬。必须，她心想，她竟然对我说"必须"。太后很想站起来抽提利尔女孩一巴掌。她应该跪下，哭求我的援助才对。她竟然对摄政王太后陛下说"必须"！

"一千条长船？"哈瑞斯•史威佛爵士还没睡醒，"肯定弄错了。没有哪位诸侯拥有一千条船。"

"我看是哪个傻瓜吓傻了，把数目翻了番，"奥顿•玛瑞魏斯提出，"不然就是提利尔的封臣有意撒谎，以逃避失守之罪。"

黑暗的墙壁上，火炬摇曳，使得铁王座扭曲的影子延伸了半个大厅，大厅底部则伸手不见五指。瑟曦感觉无数阴影朝她包围过来。我的敌人无处不在，而我的朋友净是些白痴。只消看看重臣们就知道了，除了科本和奥雷恩•维水，其他人都一副睡眼惺忪的模样。不久前，玛格丽的信使挨个敲门，将他们统统唤醒，没头没脑地带来这儿。

厅外，夜色深沉，城堡和城市还在熟睡。柏洛斯•布劳恩与马林•特林虽然人站在这里，脑筋却是稀里糊涂，连奥斯蒙•凯特布莱克也公然打起呵欠。但洛拉斯没有，我们的百花骑士十分警醒。他站在他的小妹身后，犹如一道腰悬长剑的苍白阴影。

“就算数目减半，仍然高达五百艘，大人，”维水向玛瑞魏斯指出，“一支五百艘长船的舰队，可不是闹着玩的，唯有青亭岛的力量能与之抗衡。”

“我们新造的大帆船呢？”哈瑞斯爵士狐疑地问，“铁民的长船无法与大帆船相提并论，没错吧？记得劳勃国王之锤号是维斯特洛最雄伟的战舰……”

“她当然是，”维水承认，“甜蜜瑟曦号也不逊色，而泰温公爵号一旦建成，其尺寸等于前两者相加。不过大帆船迄今只完成了一半，船员也未齐备。就算他们做好了准备，数量差距也太过悬殊。海战中，普通长船无法与战舰抗衡，但别忘了，敌人也有大船。巴隆大王的泓洋巨怪号与铁岛舰队中的若干舰只是专门设计用来制海非为劫掠的，在速度和力量上，它们都可同我方较小的划桨战舰匹敌，而水手和船长两方面又更为精良。毕竟，铁民们一生都在海上讨生活。”

*当年巴隆·葛雷乔伊起兵造反，劳勃就该把他的群岛清扫个一干二净，*瑟曦心想，*他毁灭了他们的舰队，烧毁了他们的村镇，粉碎了他们的城堡，但当他们屈膝臣服，他又亲手把他们扶了起来。他本该用头骨堆砌一座新岛。*她父亲就会这么做，劳勃只想维持所谓的和平，他没有当国君的魄力。“自达衮·葛雷乔伊之后，还没有哪个铁民敢于劫掠河湾地，”太后道，“他们现今怎么如此大胆？谁给他们这样大的胆子？”

“是他们的新国王，”科本的双手隐藏在衣袖里，“巴隆大王的弟弟，外号鸦眼。”

“乌鸦会在尸体和垂死人畜身上展开盛宴，”派席尔国师道，“但不敢来打搅健康人。这位攸伦大王将肆意掠夺金银财宝，但等我们出兵，他自会返回派克，从前的达衮大王也是如此。”

“你大错特错，”玛格丽·提利尔声称，“掠夺者们的兵力从

未如此强盛。一千条长船！他们简直倾巢出动！赫威特伯爵、切斯塔伯爵和西瑞伯爵的长子继承人遇害，西瑞本人带着仅存的几条船逃回高庭，格林伯爵则被关在自己的城堡里。维拉斯说铁群岛之王另立了四位新领主来统治攻占的土地。”

维拉斯，瑟曦心想，那个残废。全是他的错。呆子梅斯•提利尔把河湾地的防务交给一个不能胜任的废物。“从铁群岛到盾牌列岛行程漫长，”她指出，“一千条长船怎么可能神不知鬼不觉地出现呢？”

“维拉斯认为他们没靠海岸行驶，”玛格丽解释，“而是远离大陆，深入落日之海，最后从正西方直扑而来。”

多半是残废没安排好海岸的瞭望措施，事到临头便如此搪塞，而小王后在为自己的哥哥开脱罢。想到这里，瑟曦不由得嘴唇一阵干涩，我喜欢青亭岛的金色葡萄酒，假如铁民们下一个目标是青亭岛，全国上下很快都会口渴的。“史坦尼斯一定与此有关联，巴隆•葛雷乔伊曾向我父亲提出结盟，或许他弟弟转向史坦尼斯……”

派席尔皱眉：“史坦尼斯大人能从中得到什么……”

“得到另一个立足点，外加大量经由劫掠所得的财富。史坦尼斯需要金子来维持佣兵，而袭击西部也能分散我们对龙石岛和风息堡的关注。”

玛瑞魏斯大人点头同意，“没错，这就是一次佯动。史坦尼斯比我们估计的更狡猾，而陛下明察秋毫，洞悉了他所有奸谋。”

“史坦尼斯大人正拼了命想赢取北境的支持，”派席尔质疑，“与铁群岛结盟，完全南辕北辙……”

“这说明北方人不上他的当，”瑟曦打断道，她闹不明白，一个学识渊博的老人怎么可能如此愚蠢。“瞧，曼德勒大人砍了洋葱骑士的头和手，有佛雷家人亲眼为证，而其他五六个北方诸侯业已倒向波顿大人。敌人的敌人就是朋友。史坦尼斯不寻求铁民和野人——北方人的两大夙敌——的帮助，他还能找谁呢？不过，他若是以为我会踏进他设下的陷阱，那他可真是蠢到家了。”太后转向小王后。“盾牌列岛位于河湾地，格林、西瑞等人都是向高庭宣誓效忠的封臣，迎击侵略自是高庭分内之事。”

“高庭当然会迎击，”玛格丽•提利尔回答，“维拉斯已紧急通知雷顿•海塔尔伯爵，要他做好旧镇的防御。加兰正在召集人马，准备夺回各岛。不过，我军精锐由我父亲大人指挥，我们必须给风息堡送信，立刻送信。”

“撤销围攻？”瑟曦才不关心玛格丽的呼吁，她在意的是“立刻”两个字。*她把我当成她的侍女了吗？*“正中史坦尼斯大人下怀。你没听我分析吗，女士？他正是要分散我们对龙石岛和风息堡的注意力，通过攻击这堆石头……”

“*石头？*”玛格丽气鼓鼓地道，“*陛下说它们是石头？*”

百花骑士伸出一只手，按住妹妹的肩膀。“陛下您有所不知，以这堆‘石头’为基地，铁民可以直达旧镇和青亭岛。从盾牌列岛上的要塞出发，长船也能直溯曼德河，深入河湾地的心脏——远古时代，他们就是这么干的。如果兵力雄厚，他们甚至能威胁高庭。”

“是吗？”太后无辜地问，“如果是这样，那你英勇的哥哥们就该迅速采取行动，把他们清出这堆石头。”

“没有足够的船只，陛下的愿望又如何能实现呢？”洛拉斯爵士说，“两周之内，维拉斯和加兰能集结一万士兵，花上一月，数目还可以翻番。但陛下明鉴，人再多也没法从海上走过去。”

“曼德河自高庭城下流过，”瑟曦提醒对方，“而你们家的封土横亘上千里格的海岸线。海边没有渔民吗？河上没有游艇、渡船、河上战舰、划桨小船之类吗？”

“有很多很多。”洛拉斯爵士承认。

"把它们集中起来，应该不难运载一支军队渡过这么短短距离罢。"

"当我们的军队渡过'这么短短距离'的时候，如果铁民的长船攻向这支乞丐船队，请问太后陛下，该如何抵御？"

统统淹死最好，瑟曦心想。"高庭有的是钱，可以从狭海对岸雇佣舰队。"

"您是指密尔和里斯的海盗？"洛拉斯轻蔑地说，"自由贸易城邦的渣滓？"

他跟他妹妹一样傲慢无礼、目中无人。"很遗憾，我们大家都得时不时地与'渣滓'打交道，"她用满含恶意的甜蜜声调提示，"或许你有更好的办法？"

"青亭岛的舰队才有能力把铁民赶出曼德河口，并保护我哥哥们的部队渡海攻击。我恳请陛下，传信龙石岛，令雷德温大人立即返航。"

至少他知道说"恳请"二字。派克斯特·雷德温有两百余艘战船，还有五倍于此的商船、运酒船、贸易划桨船和捕鲸船。不过此刻雷德温驻于龙石岛下，大部分舰只一面负责封锁，一面将陆军运过黑水湾，准备夺取城堡。另有一个分队在南方的破船湾巡逻，以阻止风息堡从海上获得补给。

奥雷恩·维水首先出来反对洛拉斯爵士的意见，"若雷德温大人率舰队返航，那龙石岛上我军官兵的给养问题如何解决？没有青亭岛的船，又如何确保包围风息堡不出纰漏？"

"包围可以稍后再加紧，等——"

瑟曦不让他说完："风息堡的重要性，百倍于所谓的盾牌列岛，而龙石岛……只要龙石岛仍在史坦尼斯·拜拉席恩手中，它就好比悬在我儿咽喉的一把匕首。不行，城堡陷落后，我们才能放雷德温大人和他的舰队回家。"语音未落，太后便即起身，"多言无益。派席尔师傅，还有事吗？”

老人回过神来，好像她的话刚将他从年少的梦想中唤醒，但他还不及开口，只见洛拉斯几个大步迈向前，走得如此坚定迅捷，令瑟曦顿时警觉，慌忙后退。她正要召唤奥斯蒙爵士过来保护，百花骑士却单膝跪在她面前。“陛下，请让我去夺回龙石岛。”

他妹妹用手掩住了嘴巴：“不，洛拉斯，不。”

洛拉斯爵士不理会玛格丽的抗议：“用饥饿降伏龙石岛，至少得花半年——派克斯特大人正打算这么做。让我统领全军，陛下，半月之后，城堡就是您的了，我就算赤手空拳也要把它挖穿。”

自从珊莎·史塔克跑来把艾德·史塔克的计划和盘托出之后，瑟曦还未收到过如此大礼。她很高兴地看到，玛格丽的脸全然刷白。“你的勇气让我窒息，洛拉斯爵士，”瑟曦赞许，“维水大人，我们新造的大帆船有没有哪艘适合出海呢？”

“甜蜜瑟曦号做好了准备，陛下，这是一艘敏捷的大船，而且跟陛下您一样有力量。”

“太好了。就让甜蜜瑟曦号载我们的百花骑士立即前往龙石岛。洛拉斯爵士，我给你统率全军的权力，你必须向我发誓：在龙石岛归还于托曼陛下之前，你决不回来。”

“我保证，太后陛下。”他站起来。

瑟曦吻了他的双颊，也吻了他妹妹，还在她耳边低语：“你有一个英勇的哥哥。”然而玛格丽没有回答，不知是因为愤怒还是恐惧，她一句话都说不出口。

黎明还有许久才会到来，瑟曦从铁王座后的国王门离开。奥斯蒙爵士拿着火炬走在前面，科本伴随在她身旁。派席尔国师努力追上来。“等等，陛下，”他上气不接下气地说，“年轻人自以为是，只想到战斗的光荣，不考虑其中的危险。洛拉斯爵士……他这样冒进是要付出代价的。强攻龙石岛的城墙……”

“……实在太勇敢了。”

“是，是，很勇敢，然而……”

“我毫不怀疑，咱们的百花骑士将是头一个登上龙石岛城墙的人。”但愿也是头一个摔下来的。史坦尼斯留下来守城的麻疹脸杂种可不是什么比武会上的冠军，而是经验丰富、杀人如麻的军官。若诸神保佑，他将给予洛拉斯爵士梦寐以求的光荣结局。这小子也可能被淹死。昨晚海湾内又有风暴，势道猛烈，几个时辰内，倾盆大雨犹如黑色帷幕，覆盖天地。这不是很令人伤感吗？太后饶有兴致地想，淹死是最粗鄙的死法，既然洛拉斯爵士像真正的男人渴望女人一样渴求光荣，那诸神让他死于大海，没有一首歌谣会传诵他，多么大快人心啊！

再说，无论这小子在龙石岛上结局如何，太后都是赢家。倘若洛拉斯拿下城堡，就是拔下她的眼中钉肉中刺，沉重打击了史坦尼斯；假如他做不到，狮子便能名正言顺地羞辱玫瑰——没有什么比失败更能损伤偶像的名誉了。即便他带着伤痕和光荣回来，等他回救盾牌列岛时，奥斯尼爵士也将成为那个安慰他妹妹悲伤的人。

笑意再也无法抑制。瑟曦“扑哧”一声笑出声来，笑声回荡在走廊里。

“陛下，”派席尔国师莫名其妙地眨眨眼睛，下垂的嘴唇合不拢来，“为何……为何发笑啊？”

“还能为什么，”她不得不道，“不笑我就会感动得哭了。噢，咱们的洛拉斯爵士实在太勇敢，我的心因为仰慕而颤抖。”

她在螺旋梯前告别了派席尔国师。这老不死比之以前更加没用了，太后认定。派席尔近来唯一做的，就是用无穷无尽的告诫和异议来烦恼她。他甚至反对她同总主教达成的新谅解，当太后要他起草法律文本时，他竟用潮湿晦暗的眼睛瞪着她，唾沫横飞地讲历史。瑟曦只能打断，“梅葛王几百年前就进了坟墓，他的敕令也早该进坟墓，”太后肯定地说，“现在是托曼的天下，我的天下。”我怎不听任他烂在黑牢里呢？

“洛拉斯爵士死后，陛下要挑个合适人选填补御林铁卫的位子。”跨越去往梅葛楼的干涸护城河时，科本大人道。

“一个堂皇的人，”她表示同意，“一个年轻敏捷强壮足以让托曼把洛拉斯忘得一干二净的人。一点点的英勇是上好的作料，但此人脑筋里不能净是些骑士的蠢念头。你有这样的人选吗？”

“啊，很抱歉，还没有。”科本承认，“我想到的是另一位武士。他不具备堂皇的外表，却对您有绝对的忠诚。他会不顾一切地保护您的儿子，消灭您的敌人，守卫您的秘密，而没有活人可以与他匹敌。”

“是吗？言语就像风，讲得过于夸张了。好吧，什么时候你可以把这位楷模献上，我们再来瞧瞧他够不够格。”

“我发誓，人们将来会为他写一首歌，”科本围满皱纹的眼睛里兴致勃勃，“陛下，盔甲的事情有进展吗？”

“我给武器师傅说了你的要求，他以为我在发疯。他向我说明，穿上如此沉重的板甲，没有人能够移动，更别说打架了。”瑟曦用眼神警告没颈链的学士。“你敢耍我，将来会尖叫着死去，明白吗，嗯？”

“我很明白，太后陛下。”

“很好，这件事一句话也不准说出去。”

“太后英明。红堡里隔墙有耳。”

“是的。”夜里，就算在自己的房间，瑟曦也能听见异样的声音。只不过是墙中鼠罢了，她安慰自己，仅此而已。

床边有根蜡烛在燃烧，但壁炉已熄，没有旁的亮光，很冷。瑟曦脱掉衣服，滑进毯子，任裙服堆在地板上。床上的坦妮娅动了动。“陛下，”她低声呢喃，“现在是什么钟点？”

“猫头鹰时。”

瑟曦经常独守空闺，但她从未喜欢过一人睡的滋味。最早，她和詹姆同床，那时候他们还小，相貌如此相似，几乎没人能将彼此区分开；后来，等他俩分开之后，她有过许多床伴和侍女，其中大都是同龄女孩，是他父亲的骑士和封臣的女儿。没有一个人能真正取悦她，甚至在她身边待得长一点的也为数寥寥。净是些神经兮兮的小家伙，眼泪汪汪、索然寡味，只会讲一些无聊的故事，怎能取代詹姆的地位？不过话说回来，在凯岩城深处漆黑的夜晚，她会很欢迎她们的温暖。空床是多么冷啊。

在君临就更难忍受了。王家居室内充满寒气，她糟糕透顶的前王夫就死在这面遮罩之内。劳勃•拜拉席恩一世，但愿永远也不会有二世，但愿这个迟钝、酗酒的蛮子在地狱里哭泣。坦妮娅同样能带来温暖，而且不会强行分开她的两腿。近来，坦妮娅和太后同床的时间逐渐多过了与玛瑞魏斯大人的，奥顿似乎不怎么在意……或者，他知道乖乖闭嘴。

“醒来时您不见了，我很担心。”玛瑞魏斯夫人呢喃道，她靠着枕头坐起来，被单纠结在腰部，“出事了吗？”

“没有，”瑟曦说，“一切皆在掌控中。明天一早洛拉斯爵士便要航向龙石岛，去攻陷城堡，去解放雷德温的舰队，去证明自己是个男人。”她把在铁王座变幻的阴影笼罩下发生的事原原本本地告诉了密尔女人。“没有了英勇的哥哥，咱们的小王后就等于是赤身裸体。当然，她身边还有侍卫，但我在城里跟他们的侍卫队长接触过几次。那是个喋喋不休的老头，外套上绣了一只松鼠，你知道，松鼠是会在狮子面前逃窜的。他不敢违拗铁王座的权威。”

“玛格丽可能获得其他人援助，”玛瑞魏斯夫人提醒，“她在宫中结交了不少朋友，她和她的表亲也有很多仰慕者。”

“几个仰慕者起不了大作用，”瑟曦表示，“我关心的是风息堡方面的军队……”

“您打算怎么做，陛下？”

“你问这个干什么？”对方的问题尖锐了些，不合瑟曦口味。“希望你不是要把我这些胡思乱想收集起来汇报给咱们的小王后吧？”

“决不可能。您把我当成塞蕾娜了么？”

提起塞蕾娜，瑟曦还是很恼火。她用背叛来回报我的善意。珊莎·史塔克也这样干，正如之前的梅拉雅·赫斯班和胖胖的简妮·法曼——遥想当年，她们三个都是小女孩，不是她俩的缘故，我根本不会进那个帐篷，根本不会允许“蛤蟆”巫姬吸吮我的一滴鲜血来预言我的未来。“若你背叛我的信任，我会很难过的，坦妮娅。到时候我别无选择，只能将你交给科本大人，尽管我知道，我会为此而哭泣。”

“而我决不给您哭泣的理由，陛下。如果我做了不该做的事，只需您一句话，我立刻自愿献身于科本大人。我只想跟您亲近，为您服务，满足您所有需求。”

“为这份服务，你想要怎样的奖励呢？”

“什么都不要。您快乐就是我快乐。”坦妮娅翻身过来，靠近她，橄榄色皮肤在烛光下发着油亮，她的乳房比太后大，顶端还有硕大的乳头，黑如煤炭。她比我年轻，奶子还没下垂。瑟曦不晓得吻她是什么滋味——不是在脸上轻轻地吻，不是贵妇人之间的礼仪——坦妮娅的嘴唇好丰满；瑟曦也不晓得吸吮她的乳头是什么滋味，她想把密尔女人翻过来，分开双腿，像男人一样干她。每当劳勃醉酒之后，每当她无法用手和嘴巴安慰他时，他便会这么做。

那些是最糟糕的夜晚，她只能无助地躺在他身下，任其淫乐。他嘴里散发出葡萄酒的臭味，呻吟声活像头野猪，大多数时候，他满足后就会翻身去睡，她大腿上他的种子还没干，他便打起了呼噜，留她一个人在夜里疼痛，两腿累累磨伤，连乳房也被扯出了血痕。他唯一让她湿过的一次是他们的新婚之夜。

新婚之时，劳勃确实很帅气，高大、魁伟、充满力量，但他的头发是厚厚的炭黑，胸部和男根处的毛也是。从三叉戟河上回来的不该是他，每当国王用力播种时，王后便这么想。最初几年，他们的交媾十分频繁时，她总是闭上眼睛，幻想他是雷加。她没法幻想他是詹姆：劳勃和詹姆是全然不同，完全相反的两个人，就连味道也泾渭分明。

对于劳勃来说，这些夜晚也并不快乐。等到清晨，他便忘得一干二净——至少他让自己如此相信。曾有一回，那是在他们婚姻的第一年，起床时瑟曦抱怨了几句。“你弄痛我了。”她抗议，他倒是像模像样地感到惭愧。“不能怪我，夫人，”他闷闷不乐地低声说，就像一个从厨房偷苹果被逮个正着的孩子，“是酒的原因，喝得太多了。”为洗刷自己的窘迫，他又顺手拿了一角杯酒，但没等送到嘴边，瑟曦便抄起她的杯子狠狠地砸了过去，力道如此刚猛，以至于打断了他一颗牙齿。多年以后，在宴会上，他还在向别人解释自己的牙齿是比武中被敲掉的。是啊，我们的婚姻就是一场比武，她心想，他这句话倒是实话实说。

其他的就统统是谎言了。从他的眼睛里，她确信，他非常清楚自己晚上干了些什么，只是假装记不得罢了。蛮干总比承担后果容易。在内心深处，劳勃·拜拉席恩毫无疑问是个懦夫。随着时间流逝，他占有她的次数也越来越少，从头一年的至少半月一次到临终前，变成了几乎一年才做一次。但他从没有彻底地放弃占有她。或迟或早，总有那样的夜晚，他会醉醺醺地闯入，宣扬作为丈夫的权利。白天让他羞愧的那些理由，在夜晚却给了他最大的刺激和愉悦。

“陛下，”坦妮娅·玛瑞魏斯道，“您的神情不太对劲，不舒服吗？”

“我，我只是在……只是在回忆，”她喉咙干涩，勉勉强强地应道，“你是我的好朋友，坦妮娅，我已经很久很久没有真正的朋……”

有人敲门。

又来了？急切的敲打不禁让她发起抖来，又有一千条长船来攻打我们了吗？她套起睡袍，打开房门。“请原谅打扰您，陛下，”守卫报告，“史铎克渥斯夫人在下面，紧急求见。”

“现在？”瑟曦叫道，“法丽丝疯了吗？告诉她，我很累了，告诉她，就说盾牌列岛的居民遭遇屠杀，我为此处理了大半夜公务，叫她明天再来找我。”

守卫犹豫了：“陛下，请容我一言，她……她不太对劲，如果陛下明白我的意思。”

瑟曦皱紧眉头，她本以为法丽丝是来通报波隆的死讯的。“好吧，我先换好衣服。你带她去书房等。”玛瑞魏斯夫人见状也起身要跟她同去，却被太后制止。“不，你留下。我们两个总得有一人休息休息。我很快就回来。”

法丽丝夫人的脸肿了，上面全是淤伤，眼睛哭得红红的，下嘴唇破裂，被扯烂的衣服又脏又乱。“诸神在上，”瑟曦大步踏进书房，关上房门，“你的脸怎么搞的？”

法丽丝对她的问题仿佛充耳不闻，“他杀了他！”她颤声道，“圣母慈悲，他……他……”她开始哭泣，身体抖得厉害。

瑟曦倒了一杯酒，递给痛哭流涕的女人，“喝吧。葡萄酒能让你平静下来，喝吧。再喝点。好了，别哭，告诉我发生了什么？”

足足花了一壶酒，太后才把这个伤感的故事从法丽丝口中断断续续地哄出来。她不知该嘲笑还是该发怒。“一对一决斗，”太后重复道。七大王国上下就没有一个值得依靠的朋友吗？难道我是全维斯特洛唯一头脑清醒的人？“你说巴尔曼爵士跟波隆一对一决斗？”

“他说是——一对一决斗。他说，长枪是骑——骑士的武器，而波——波隆并非真正的骑士。巴尔曼说他会把波隆打下马来，再把晕——晕——晕过去的佣兵解决掉。”

没错，波隆并非真正的骑士，他是个久经沙场的杀手。你那白痴丈夫自寻死路。“完美的计划，究竟哪里出了差错呢？”

“波——波隆直接用长枪刺穿了巴尔曼可怜的坐——坐——坐——坐骑。巴尔曼，他……他的腿摔下来压断了。他惨叫连连，要求慈悲……”

佣兵没有慈悲，瑟曦心想。“我明明让你们安排一次打猎事故。一只偏离的箭，一次落马，一头恼怒的野猪……有无数办法可以让男人到森林里一去不回，但其中没有一种需要长枪帮忙。”

法丽丝仍然充耳不闻，自说自话：“我急忙冲到我的巴尔曼身边，佣兵、兵、兵打我耳光。他要我丈夫忏——忏——忏悔。巴尔曼哭叫着要法兰肯师傅去帮忙，然而佣兵、兵、兵、兵……”

“忏悔？”瑟曦不喜欢这个词，“我想，咱们勇敢的巴尔曼爵士没说什么吧。”

“波隆用一只匕首刺穿了他的眼睛，还要我在天黑以前离开史铎克渥斯堡，否则也要刺穿我的眼睛。他说要把我送给卫——卫——卫兵们，假如他们中任何人想要我的话。我下令逮捕波隆，结果他手下一名骑士居然要我尊重史铎克渥斯伯爵。他叫佣兵‘史铎克渥斯伯爵’！”法丽丝死命抓住瑟曦的手。“陛下您给我做主，给我做主啊！求您赐予我一百名骑士！还有十字弓手，好让我夺回城堡。史铎克渥斯堡依权利属于我！他们甚至不允许我带走几件衣服！波隆说那些东西现在都是他老婆的了，我所有的丝——丝衣和天鹅绒。”

什么道理，叫我去抢回你的破衣柜。太后把手指从对方潮湿的双手中抽出来。“我要你们为国王熄灭一支蜡烛，你们却给我打翻了野火罐子。你那没长脑子的巴尔曼究竟有没有说出我的名字？告诉我，告诉我没有。”

法丽丝舔舔嘴唇。“他……他很痛苦，他的腿断了。波隆说可以给他慈悲，只要……对——对了，我可怜的母——母——母亲会出事吗？”

我想她死定了。“你觉得呢？”坦妲伯爵夫人多半已死，波隆可不会照顾骨盆摔碎的老夫人。

“您一定得帮帮我。我该去哪里？我该怎么做？”

你应该嫁给月童，瑟曦几乎冲口而出，他和你前夫一样，都是大傻瓜。从现实的角度讲，目前这个时候，她不愿在君临的门口引发一场战争。“静默姐妹欢迎寡妇，”她建议，“她们过着与世无争的生活，一辈子祈祷、沉思、行善，为生者带来安慰，为死人送去平静。”而且她们不会乱说话。太后不允许对方在七大王国散播危险的故事。

法丽丝仍然在自说自话：“我们所做的一切，全是为陛下您服务。‘忠诚是我的骄傲’，您答应过……”

“我都记得，”瑟曦强作笑颜，“你就留下来吧，好夫人，直到我们想出办法为你夺回城堡。让我再为你倒杯酒，以助你入睡。看得出来，你疲倦又伤心。我可怜的亲爱的法丽丝，快喝吧，休息休息。”

趁客人沉迷于杯盏间的工夫，瑟曦打开门，召唤侍女。她要多卡莎立刻把科本大人找来，又派乔斯琳·史威佛去厨房，“取面包和奶酪，一张肉派，一些苹果，还有酒。我们渴了。”

科本在食物端上来之前便已赶到。法丽丝喝下三杯酒，情绪逐渐稳定，虽然时不时又会突然开始啜泣。太后把科本拉到一旁，告诉他巴尔曼爵士的愚行。“我不能让法丽丝到城里去乱说。她的悲伤紊乱了她的脑子。你需要女人来完成你的……工作吗？”

“需要的，陛下，之前那两个演傀儡戏的已经用光了。”

“把她带走，想怎么干就怎么干，一旦她进了黑牢……需要我提醒吗？”

“不需要，陛下，我全明白。”

“很好。”瑟曦重新戴上笑容，“亲爱的法丽丝，科本师傅来了，他会好好照顾你的。”

“噢，”法丽丝朦朦胧胧地应道，“噢，太好了。”

等房门关上后，瑟曦为自己又倒了一杯酒。“我身边除了敌人就净是些低能儿。”她自言自语。她连自己的血亲都不能信任，连詹姆都不能信任，从前他可是她的另一半啊。他本应成为我的剑和盾，本应成为我强壮的胳膊，为什么他不肯乖乖听话，非要来惹恼我呢？

不过波隆就不是惹恼不惹恼的问题了。她从未真正相信佣兵会收容小恶魔，而她那畸形的小弟也不会让洛丽丝照自己的名字来为婴儿命名——那肯定会招惹太后的关注。是的，玛瑞魏斯夫人分析得没错。这场闹剧是佣兵自己的主意，她能想象那傲慢的波隆一面看着红彤彤的继子吸吮洛丽丝肿胀的乳头，一面挂着轻慢的笑容开怀畅饮。笑吧，波隆爵士，趁现在还有时间，好好享受你那弱智的老婆和偷窃的城堡吧。时机一到，我会像拍苍蝇一样消灭你，让你在尖叫中死去。若百花骑士能自龙石岛生还，或许我该拿他当苍蝇拍。多么美妙，诸神保佑，教他二人同归于尽才好呢，就像孪生兄弟伊利克爵士和亚历克爵士。至于史铎克渥斯堡……噢，她受够了史铎克渥斯堡，管它作甚。

回到卧室时，坦妮娅已经沉沉睡去，太后昏昏沉沉。我喝得太多，睡得太少，她对自己说，好在并非每晚都会被坏消息弄醒两次。至少我起得来。换成劳勃，醒过来都难，遑论发号施令。还不得把麻烦全扔给琼恩•艾林。想到自己是一个比劳勃更好的国君，瑟曦就觉得高兴。

窗外的天空已有了亮色，瑟曦坐在床沿，听身边的玛瑞魏斯夫人轻柔呼吸声，看对方的乳房起起伏伏。她梦见了密尔人吗？太后心想，梦见了那位脸带伤疤、一头黑发、无法拒绝的危险情人？她能肯定，坦妮娅梦见的绝不会是奥顿大人。

瑟曦捧起女人的乳房，起初十分轻柔，几乎没用力，只是感觉着手中的暖意，皮肤柔如绸缎。接着她轻轻挤了一下，把拇指甲压在黑色大乳头上，来回来回，来来回回，直到奶子硬起来。她抬起眼睛，坦妮娅已醒了。“舒服吗？”太后问。

“是的。”玛瑞魏斯夫人回答。

“这个呢？”瑟曦用力捏向乳头，先使劲拉长，随后在手指间揉搓。

密尔女人发出一声痛苦的喘息：“您弄痛我了。”

“是酒的原因，喝得太多了。我晚餐时喝了一壶，又陪史铎克渥斯堡的寡妇喝了一壶。我必须陪她喝，才能让她镇静下来。”太后开始玩弄坦妮娅另一边的乳头，她用力去拉，直到密尔女人再度呻吟。“我是你的女王，这是我的权利。”

“是的，您想怎么做就怎么做吧。”坦妮娅的头发和劳勃一样黑，两腿间的也是。瑟曦伸手向下，发觉对方湿透了——劳勃那儿从来都是粗糙干涸的。“求您，”密尔女人说，“继续啊，我的女王。您想怎么做就怎么做，我是您的人。”

然而她并不兴奋。她感觉不到劳勃在晚上疯狂地骑她时所体验的激情。没有，真的没有，坦妮娅不一样。密尔女人的两个乳头涨成了两颗硕大的黑珍珠，私处湿漉漉地冒出热气。劳勃会喜欢上你的，哪怕只是一个钟头。太后将一根手指伸进密尔女人的沼泽地，接着是另一根，两根手指缓缓运动。但等他在你体内射出来，就连你的名字也不记得了。跟女人做爱会不会比跟劳勃做更痛快？

陛下，你可知道？你的千万个孩子凋零在我掌心，她边想边将第三根手指插进密尔女人的私处，当你呼呼大睡毫无知觉时，我从脸上舔光你的儿子，那些黏糊糊、白净净的小王子们啊，我一个接一个地捏死。你尽可以伸张你的权利，陛下，但在黑暗中我吃光了你的继承人。坦妮娅开始发抖，用异国的语言含含糊糊说了一大堆，接着又继续颤抖，这回她弓起背，大声尖叫。她听来就像被刺穿了似的，太后觉得，她开始幻想自己的手指是野猪的獠牙，将这密尔女人从裆下到咽喉撕成两半。

她还是兴奋不起来。

除了詹姆，没人能让她兴奋。

当她收手时，坦妮娅一把抓住，亲吻她的指头。“可爱的女王陛下，我能取悦您吗？”她把手滑进瑟曦下体，触摸太后的私处，“我的爱，请你告诉我，我能为你做些什么？”

“别碰我，”瑟曦翻过身去，抓起睡袍，盖住颤抖的身躯。曙光已现，寒意渐褪。很快就是黎明，所有的一切都将被遗忘。

它们从未发生过。

詹姆

黄铜喇叭高奏，搅动了黄昏忧郁寂寞的空气。乔斯敏·派克顿应声而起，一边摸索主人的剑带。

这孩子有本能。“土匪是不会吹喇叭预报的，”詹姆告诉他，“无须拿剑。这一定是我表弟，新任西境守护驾到。”

他走出帐篷时，来客已纷纷下马，包括六名骑士、四十名骑兵和马弓手。“詹姆！”一名身穿镀金锁甲与狐皮披风、胡子拉碴的男人大吼，“你瘦了，那么苍白！还蓄了胡子！”

“这点毛吗？和你相比，小巫见大巫喽，老表。”达冯爵士竖立的鬓须长满整个下巴，浓厚有如树篱，头上是一窝黄色乱发——被那顶他刚摘下来的头盔压得扁扁的。在满脸毛发中，挤出来一只狮子鼻和一对炯炯有神的淡褐色眼睛，“啧，啧，你的剃刀被土匪偷了吗？”

“我发过毒誓，为父报仇之前，决不修面，”达冯·兰尼斯特的模样像狮子王，语气却十分随意，“但很遗憾，那少狼主先我一步干掉卡史塔克，剥夺了我复仇的权利。”他把头盔递给侍从，用手指狠狠梳理被压得不成形的头发。“结果我发现自己喜欢上了这些毛。夜里越来越冷，正如大树需要叶子，多几根毛可以保持温暖。而且吉娜姑妈说我的下巴像块砖，哈！”他双手抓住詹姆的胳膊。“呓语森林之后，我们都很为你担心，听说史塔克的冰原狼撕开了你的喉咙。”

“你为我大哭一场，老表？”

“半个兰尼斯港都在哀悼——女人的那一半。”达冯注视着詹姆的断肢。“不过这是真的，那帮杂种要了你用剑的手。”

“抱歉，我有了一只新手，纯金打造。其实单手有很多好处，比方说害怕打翻杯子出丑，就得少喝酒，再比如上朝时我也不大会挠痒痒抠屁股了。”

“哈哈，有道理，搞不好哪天我把自己的手也切掉。”表弟大笑。“凯特琳•史塔克干的？”

“瓦格•霍特干的。”这些事怎么流传出去的？

“科霍尔人？”达冯爵士啐口唾沫，“去他妈的勇士团！我告诉你父亲，我可以为他下乡征集粮秣，但他拒绝了我，坚持派佣兵。他说，有的任务适合狮子，但抢劫还是交给山羊和疯狗。”

泰温公爵确实是这么说的，詹姆清楚，父亲的话声犹在耳。“进来吧，老表，我们谈谈。”

加列特已点起火盆，燃烧的煤炭让帐内热气腾腾。达冯爵士抖开披风，扔给小个子卢。“你是派柏家的吧，孩子？”他嚷道，“长得真矮。”

“我是林斯•派柏，愿为大人效劳。”

“我曾在团体比武中把你老哥打得很惨。那蠢东西也是个矮子，我问在他盾牌上跳舞的裸体少女是不是他妹妹，他便勃然大怒。”

“那是我们家族的纹章，我和我哥没有姐妹。”

“真可惜，纹章上的女人的乳头顶漂亮。男人怎么会躲在裸女后面呢？活见鬼，我每敲你老哥的盾牌一下，就觉得自己不像个堂堂正正的骑士。”

“够了，”詹姆笑道，“你出去吧。”皮雅正为两位兰尼斯特温酒，并用勺子搅拌酒罐。“我需要了解确切情况。”

表弟耸耸肩，“无休无止的围困。黑鱼坐在城堡里面，我们坐在城堡外面。说实话，真他妈无聊。”达冯爵士拉过一张折椅坐下。“徒利认死了当缩头乌龟，连一仗都没打过。结果呢，结果佛雷家的人根本紧张不起来，净他妈添乱，比方说那个莱曼，除了喝酒啥都不干，噢，艾德温就更糟糕了，他没他老爸那么胖，肚子里却净装些坏水，活像个脓包。至于咱们的艾蒙爵士……噢，不不，该叫艾蒙老爷，七神保佑，怎么给了他这个头衔……咱们的新任奔流城伯爵每天喋喋不休地指导我如何攻城。他要我拿下城堡，但又不准伤它一根毫毛，因为这是他的领地。”

“酒好了吗？”詹姆扭头问皮雅。

“好了，大人。”女孩说话时，刻意用手掩住嘴巴。小派把酒放在镀金盘子上端来，达冯爵士摘下手套，抓起一杯，“谢谢你，孩子。你又是谁呢？”

“乔斯敏•派克顿，愿为大人效劳。”

“小派是黑水河上的英雄，”詹姆插嘴，“杀了两个骑士，还抓了两个。”

“你一定比外表看上去更危险，小子。那是胡子吗，还是你忘了洗脸？听说史坦尼斯•拜拉席恩的老婆会长胡子。你几岁了？”

“十五岁，爵士先生。”

达冯爵士喷口鼻息，“你知道什么叫英雄，詹姆？就是年纪轻轻便一命呜呼，把美女留给我们这号人的蠢货。”说罢，他将杯子扔还给侍从。“再来一杯，我就会叫你英雄了，小子。我口渴。”

詹姆用左手举起自己的酒杯，喝了一口。一股热气顿时在胸膛扩散开来。“看来这几位佛雷令你深恶痛绝，莱曼、艾德温、艾蒙……”

“还有瓦德•河文，”达冯说，“名副其实的婊子养的。他痛恨自己是个杂种，更恨别人不是杂种。除此之外嘛，派温爵士正常些，至少可以忍受，不过他们家的女人也都不像话。据说我得迎娶她们中的一位。随带一提，这事儿你父亲本该跟我商量商量。我老爹在牛津过世前，替我向派克斯特·雷德温求了亲，你晓得吗？他们家的嫁妆很丰厚……”

“黛丝梅拉？”詹姆笑了，“你喜欢雀斑脸哪？”

“要我在佛雷和雀斑脸之间选的话，嘿嘿……瓦德大人一半的种长得都像黄鼠狼。”

“一半？乖乖，我才在戴瑞城见识过蓝赛尔的老婆。”

“诸神在上，是‘门房’阿丽，对吧？我简直不敢相信蓝赛尔竟挑了她。那小子有毛病啊？”

“他变虔诚了，”詹姆吐露，“不过挑老婆这事还真怨不了他。阿蕊丽夫人的老妈是戴瑞家的人，我叔叔认为阿丽能帮蓝赛尔稳定戴瑞领地的民心。”

“怎么稳定，靠操她吗？你知不知道她那‘门房’的外号是怎么得来的？他们说她会为每个靠近的骑士打开城门。哈，蓝赛尔应该去找武器师傅为自己打造一顶绿头盔才是。”

“不需要。咱们的老表已前往君临，宣誓为总主教服务。”

即便詹姆告诉他蓝赛尔要当杂耍艺人肩上的猴子，达冯爵士也不会更吃惊了。“这不是真的吧？你一定在跟我开玩笑。门房阿丽的本事哪儿那么大，居然让那小子……？”

实际上，当詹姆告别阿蕊丽夫人时，她只是轻轻哭泣，眼睁睁看着蓝赛尔解除婚约，并任李勒·克雷赫安慰自己。然而教詹姆担心的并非她的眼泪，而是庭院里她亲戚们的神情。“希望你不会悔婚，老表，”他告诉达冯，“佛雷家的人把婚约看得极重，我不想再让他们失望了。”

达冯爵士哼了一声，“放心，我会把我的黄鼠狼娶回家，我很清楚罗柏·史塔克的下场。就艾德温透漏的情况来看，我最好是挑个还没初潮的女孩，否则迟早会发现自己在吃黑瓦德的残汤剩羹。我敢打赌，他上了门房阿丽很多次，或许这可以解释蓝赛尔的古怪行为和他父亲的反应。”

“你见过凯冯爵士？”

“是啊。他西归途中路过大营。我邀他协力攻城，却被一口回绝。他一直闷闷不乐，不晓得想些什么，虽然面子上挺照顾大伙儿，但态度冷冰冰的。我对他发誓，我没想当这个西境守护，荣誉理应属于他，他却说自己对我没有半点意见——从他的口气里，你可听不出来。他在这里待了三天，对我说的话不超过三句。唉，他留下就好了，那样不仅我能借重他，而且我们的佛雷朋友决不敢像怠慢我一样怠慢凯冯爵士。”

“怎么回事？”詹姆问。

“怎么回事，这从何说起呢？好吧，当我忙着建造撞锤和攻城塔的时候，莱曼却修了一座绞架。每天清晨，他都会把艾德慕•徒利带上去，用绳索套住脖子，威胁说除非城堡投降，否则就吊死他们的公爵。黑鱼对他的闹剧漠不关心，弄得他下不了台，只能天天早上把艾德慕带上去，晚上又放下来。对了，你知道艾德慕的老婆怀孩子了吗？”

啊？“难道说经历红色婚礼之后，艾德慕还有闲情雅致睡她？”

“他是在红色婚礼进行时开她苞的。萝丝琳是个可爱的小东西，半点也不像黄鼠狼，而且奇特的是，她竟真喜欢上了艾德慕。派温听见她祈祷自己生女儿。”

詹姆思考半晌：“原来如此，若艾德慕有了儿子，瓦德大人就不需要他了。”

“正是。咱们的姑丈艾蒙爵……呃，艾蒙老爷，又说错了……坚持要立即吊死艾德慕。徒利公爵存在的事实让他如鲠在喉，同样他也不希望生出另一个。他天天跑来要求我让莱曼爵士玩真的，简直不厌其烦，加文•维斯特林大人则坚决反对——他老婆被黑鱼扣在城内，外加他们家三个崽儿，他害怕一旦佛雷家吊死艾德慕，徒利家就会报复到他头上。他女儿曾是少狼主的老婆呢。”

詹姆见过简妮•维斯特林，但已记不得对方的长相。她一定很漂亮，因为她一人便覆灭了一个王国。“布林登•徒利决不会对孩子下手，”詹姆向表弟担保，“他外号黑鱼，心可不黑。”他开始明白为何僵持不下了。“讲讲你的部署，老表。”

“我军将城堡围得水泄不通。莱曼爵士率佛雷家的人马驻于腾石河北；红叉河南岸由艾蒙老爷负责，佛勒•普莱斯特爵士率你的旧部也归他节制，外加红色婚礼后倒戈的三河诸侯——我必须承认，他们中很多人并不高兴，幸好到目前为止，其反感只闷在心里；两河之间是我的大营，直面护城河与奔流城的大门。对了，我们在红叉河上设置了拦阻堤坝，在城堡下游，由曼佛利•尤尔和雷那德•鲁特格尔负责，确保没人能自水路逃脱。我还准备了若干渔网，交给他们在闲暇时多捞几条鱼回来。”

“这么说，能饿降奔流城喽？”

达冯爵士摇摇头：“黑鱼早把与防御无关的闲杂人等统统赶出城，并将城外搜刮一空。他目前储存的粮草估计能支撑整整两年。”

“那我们呢？”

“只要河里有鱼，我们还撑得住，然则马儿怎么办，我就不知道了。佛雷家源源不断地把粮草从孪河城运来，然而莱曼爵士声称他连自己人都满足不了，要我军另想办法。我派去征集的人有一半没回来，有的当了逃兵，有的被吊死在树上。”

“我前天见过这场面。”詹姆说。是亚当•马尔布兰的斥候发现的，一棵硕大的苹果树上，吊满脸色发黑的尸体。他们都没穿衣服，各人嘴里咬一个苹果。无人带伤，显然事先都投降了，结果却像尖叫的猪一样死去。见此状况，壮猪勃然大怒，发下毒誓要歼灭这帮侮辱士兵的匪徒。

“或许是土匪干的，”詹姆把话说完后，达冯猜测，“或许不是。北军的小股残余仍在四处游荡，而且依我看，河间地这帮领主即便弯下了膝盖，他们内心里……还是向着狼的。”

詹姆瞥瞥自己的两名小侍从，他俩围在火盆边，假装没听见。林斯•派柏与加列特•培吉都是三河诸侯的子嗣，他喜欢上了他们，如果有一天不得不把他们交给伊林爵士，他会很难过的。“绞绳听起来是唐德利恩的主意。”

“闪电大王并非唯一会扎绳子的人，我也不想只盯住贝里伯爵。流言纷飞，他一会儿在这里，一会儿在那里，到处都有他的踪影，但每每派军围剿，他的队伍又像露水般融化。三河诸侯在暗中协助他，这毫无疑问，真令人难以置信，他们居然协助一个该死的边疆地伯爵！前一天你听说他死了，第二天传来的消息却称他是不死之身。”达冯爵士放下酒杯。“我的斥候报告说河间地各处高地夜晚会有火光，多半是信号……这帮家伙简直把我军给反包围了。村庄内夜里也在烧火，似乎用来表达对某位新神的崇拜……”

并非什么新神。“索罗斯追随唐德利恩，就是那个以前常跟劳勃对饮的密尔胖和尚。”金手放在桌上，詹姆伸手碰了碰它，看着黄金反射阴暗的火光。“情非得已的时候，我们可以发动大扫荡，把唐德利恩揪出来，但首先得解决黑鱼。必须让他搞清楚，他的事业已经失败。你没和他谈判吗？”

“莱曼爵士自告奋勇去谈过。他喝得半醉，骑到城门前，大声叫嚣威胁。黑鱼往城垛上站了站，但不愿在这么个蠢人身上浪费时间，他一箭射中莱曼胯下战马的屁股，马儿把佛雷甩在泥地里，笑得我喘不过气，连尿都快笑出来了。哈哈，我在城上的话，一定会射穿莱曼那只懂得撒谎的喉咙。”

“看来去谈判时我得戴上护喉甲了，”詹姆似笑非笑地道，

“我准备提出优厚条件。”倘若他能不流血地夺取奔流城，便算不上拿起武器反对徒利家族。

“你尽可以去试，大人，但我认为只是浪费口水。我们别无选择，唯有强攻。”

从前，或者说不久之前，詹姆会毫不迟疑地赞同表弟的办法。毕竟，他不可能坐等两年，以便把黑鱼饿出来。

“无论怎么做，都得立刻动手，”他告诉达冯爵士，“我需要尽快返回君临，回到国王身边。”

“是，”表弟道，“我知道你姐姐需要你。她怎么把凯冯赶走了？我一直以为她会任命他当首相。”

“他不肯接受。”*他不像我，他不是瞎子。*

“论资格，凯冯或者你才该担任西境守护。我提醒你，这并非说我不喜欢这份荣誉，但表叔的年龄有我两倍大，指挥经验也远远比我丰富。我希望他弄清楚我从未争夺过这份荣誉。”

“他很清楚。”

“瑟曦怎么样？还像以前那么标致吗？”

“她美丽动人，”*反复无常*，“金光灿灿，”*然而虚伪*。昨晚他梦见姐姐跟月童做爱，于是便宰了弄臣，还用金手把姐姐的牙齿打成碎片，就像格雷果·克里冈对可怜的皮雅干的那样。在梦中，詹姆总是有两只手，其中一只虽是金制的，但运用自如。“早一天解决奔流城，我便能早一天回到瑟曦身边。”到时候该怎么做，詹姆便一点头绪也没有了。

在西境守护告辞之前，他们又谈了一个钟头。谈完后，詹姆戴上金手，披挂褐色披风，前去视察营地。

说实话，这才是他喜欢的生活。在沙场上，走在士兵中间，比待在宫中舒服多了。部下都很爱戴他。一堆营火前，三名十字弓兵邀他共享逮住的野兔，一名年轻骑士则请他指导如何防御战锤攻击。他沿河向下游漫步，看见两个洗衣妇骑在两个大兵肩上，于浅滩上比武。那两个女孩喝得半醉，衣裳不整，嘻嘻哈哈笑着去抓对方凌乱的衣服，而其他十几个士兵围着加油助威。詹姆为甜嘴拉夫背上的金发女子下注一个铜星，结果这对组合颠覆在芦苇丛中，使他输了钱。

河对面，狼群仍在嗥叫，凛冽的秋风穿过柳树丛，枝条翻腾，低语沉吟。詹姆发现伊林·派恩爵士独坐在帐篷外，拿油石磨剑。“来。”他说，沉默的骑士便站起来随他走，脸上挂着淡淡的微笑。*他享受这样的时刻*，詹姆意识到，*每天晚上都能羞辱我，他感到很满意，甚至比杀了我更满意*。詹姆相信自己正在提高，然而进度过于缓慢，代价十分高昂。在铁甲、羊毛外套与皮甲下面，詹姆·兰尼斯特的肌肤就是一面由创口、割痕与淤伤拼成的织锦。

他们牵马离开营地时，哨兵上来盘问，詹姆用金手拍了拍对方的肩膀：“好好站着，外面有狼。”接着两人沿红叉河骑到一个被烧毁的村落，他们下午曾于此路过。就在这里，两人进行日常的午夜比剑，周围是烧焦的石头和冷硬的灰烬。有一段时间，詹姆竟然占到上风，似乎从前的技艺又统统回来了——他允许自己这么想，或许今天该轮到派恩遍体鳞伤地回去睡觉。

伊林爵士似乎读到了他的想法。他懒洋洋地挡下詹姆的攻击，随即迅猛反击，把詹姆驱进河里，后者的鞋子陷进湿泥，踩掉了。于是须臾之间，詹姆便已双膝跪地，剑被打飞，沉默的骑士则用剑抵住他咽喉。月光照耀下，派恩脸上的麻子活像一个个坑，他又发出那种似乎是嘲笑的粗嘎声音，把剑往上抬，一直抬到詹姆的嘴唇。最后才退开一步，收剑回鞘。

我倒不如背个婊子，去跟甜嘴拉夫比武，詹姆一边把金手上的泥巴抖掉，一边想。他心里有股冲动，直想把这只没用的手扯下来，狠狠地扔进河里，丢个无影无踪。但这没用，也不可能让左手

变强。伊林爵士走回马儿旁边，留他一个人找鞋子。妈的，至少我不是瘸子。

最后一天的路程阴冷多风，秋风一刻不停地刮，光秃秃的褐色树林里枝丫婆娑，红叉河边的芦苇被压弯了腰。即便穿着御林铁卫那套白羊毛的冬季服装，詹姆仍能感觉到寒风冰冷的利齿。表弟达冯爵士骑在他身旁，一直走到太阳快落山，方才看见位于腾石城注入红叉河的三角洲尖端的奔流城。徒利的家堡犹如滔滔江水中劈波斩浪的巨型石船，砂岩墙垒沐浴着金红阳光，似乎比以往更高大更厚实了。固若金汤，他郁闷地想，但若黑鱼不肯谈判，他又只能打破对凯特琳·史塔克的誓言——无论如何，他对国王的誓言在先。

拦江堤坝和围城大军的三座营寨正如表弟描绘的那样。莱曼·佛雷位于腾石河北岸的营地规模最大，然而也最混乱。营区之上高耸着一座灰色绞架，像投石机那么高，一个孤独的人影站在下面，脖子套着绳索。艾德慕·徒利，詹姆忽然觉得很悲哀，让他日复一日、套着绳索站在那里……倒不如砍头来得干净。

然而绞架之下，帐篷与营火是如此无序，四散蔓延，佛雷家人和他们麾下的骑士把自己的营帐舒舒服服地搭在便池上游，下游则尽是污秽不堪的小帐篷、马车和牛车。“莱曼爵士不忍心教自己的兵过无聊的军旅生活，因此特意准备了营妓、斗鸡和野猪游戏，”达冯爵士解说道，“他甚至为自己找了个该死的歌手。你相信吗？就因为咱们的姑妈把‘白色微笑’渥特从兰尼斯港带来，他便要攀比一番。咱能不能放水淹死这帮佛雷啊，老表？”

詹姆看见城齿间有弓箭手来来回回，徒利家的旗帜迎风飘扬，银色鳟鱼毫无惧色地腾跃在红蓝条纹之上。然而在最高的塔楼，却飘扬着另一面旗——长长的白色横幅绣史塔克的冰原奔狼。“我头一次来奔流城时，还嫩得像夏天的青草，”詹姆告诉表弟，“老萨姆纳·克雷赫差我去送信，他说这封信关系重大，不能信托乌鸦。信送到后，霍斯特大人以仔细回复的名义拖拉了半个月，每次用餐，都让他女儿莱莎坐到我身旁。”

“难怪你会披上白袍，换我也会的。”

“噢，当年的莱莎和现在不一样。”她那时很漂亮，精致的脸庞上长着酒窝，还有长长的枣红秀发。然而她太害羞，不爱说话，只会偷偷嬉笑，丝毫没有瑟曦的激情。她姐姐凯特琳更有吸引力，然而却已许配给了北方人，临冬城的传人……不过在那个年龄，詹姆对任何女孩的兴趣都不如对霍斯特那成名的弟弟的兴趣大，布林登·徒利刚在石阶列岛的九铜板王之战中建功，于是乎餐桌上，詹姆一直忽略可怜的莱莎，一直追着布林登询问“凶暴的”马里斯和乌木王子的故事。当年的布林登爵士比现在的我年轻，詹姆忆起，而当年的我比现在的小派更小。

红叉河最近的渡口在城堡上游，要达到达冯爵士的驻地，先得经过艾蒙·佛雷的营区，经过那些屈膝回归国王治下的三河诸侯们的帐篷。詹姆发现了莱彻斯特、凡斯、鲁特和古柏勒的旗帜，还有斯莫伍德家的橡果与派柏伯爵的舞蹈少女，但他真正在乎的是那些没看到的纹章：梅利斯特家族的银色飞鹰、布雷肯家族的红马、莱格家族的垂柳和培吉家族的缠绕双蛇。虽然这些家族一再重申效忠铁王座，但均不愿派兵参与围困。詹姆知道，布雷肯家族在跟布莱伍德家族打仗，脱不开身情有可原，但其他的……

我们的新朋友根本不是朋友。他们的忠诚只浮于表面。奔流城必须尽快拿下，拖延就是鼓励反抗，鼓励泰陀斯·布莱伍德这类人。

到了渡口，凯切镇的肯洛斯爵士吹起赫洛克之号。这大概能引得黑鱼上城头观察吧。雨果爵士和德莫特爵士走在最前，踏过浑浊的红褐河水，高举御林铁卫的纯白旗帜和托曼的雄鹿狮子旗。詹姆紧随其后，接着是大队人马。

兰尼斯特军的营地充斥着木锤敲打声，一座崭新的攻城塔正在建造中。另有两座已建立起来，用生马皮半掩。在这两座塔之间，还有一根撞锤，以大树树干制成，铁索固定，顶端削尖后用火淬硬，上面铺有木制顶篷。看来，老表并未无所事事。

“大人，”小派问，“您在哪里搭营？”

“这里，这个高地上，”他用金手一指——虽然它不太适合这任务。“把辎重和马匹分开，妥善利用我好心的表弟为我们挖的便池。亚当爵士，扎营后仔细检查外围，不得有任何疏漏之处。”一朝被蛇咬，十年怕井绳，呓语森林的事决不能再发生了。

“要我召唤黄鼠狼们来开作战会议吗？”达冯问。

“不，等我和黑鱼谈了再说，”詹姆招呼“没胡子”琼恩•本特利，“打上和平的旗帜，去城堡送信，转告布林登•徒利爵士：明天一大早，我与他谈判。我会亲自来到护城河边，跟他在吊桥上会面。”

“大人，城上的十字弓手……”小派警告。

“没事。”詹姆翻身下马，“升帐，立起我的大旗。”我们来看看谁会先到，到得有多快。

没让他久等。皮雅取出火盆，正忙着点燃煤炭，小派跑去帮她。最近一段时间，伴随詹姆入睡的往往是他俩挤在帐篷一角做爱的声音。当加列特为他解开护胫甲时，帐门被掀开了。“你终于来了，对吗？”姑妈大声说。她的身躯挤满了整个门，而她的佛雷丈夫凑在后面偷偷往里瞧，“久别重逢，你就不想给你肥胖的老姑妈一个热情的拥抱吗？”她边说边张开双臂，詹姆只能接受。

吉娜•兰尼斯特年轻时是个相当有形的女人，最爱开玩笑说自己有朝一日定会长胖。今天她的体形业已四四方方，脸庞宽阔平坦，脖子犹如粉色梁柱，胸部高耸。总而言之，她的体重应有她丈夫的两倍之多。詹姆尽责地抱着她，等待姑妈捏自己耳朵，从有记忆开始，姑妈就喜欢捏他的耳朵。不过今天她忍住了，只在他脸上印下潮湿柔软的吻。“对你失去的，我感到很遗憾。”

“我有了只新手，纯金打造。”他展示给她看。

“好看得很，不过你能用纯金为自己打造一个新父亲吗？”吉娜姑妈尖刻地问，“我指的是泰温。”

“泰温•兰尼斯特是千年一遇的传奇，”姑丈宣布。艾蒙•佛雷是个神经兮兮的人，一双手总是不安地扭动。他的体重最多十石……而且还要在浑身甲胄，被水浸过的前提之下。穿羊毛衣的他仿佛一根芦苇，没下巴，突出的喉结十分可笑。三十岁之前，他一半头发便已脱落，现在他年满六十，头顶只剩几根稀疏的白丝。

“最近有很多奇怪的谣言，”詹姆遣散皮雅与侍从们之后，吉娜姑妈说，“教我这个老妇人难以置信。提利昂怎么可能害了泰温？是不是你姐姐的诽谤中伤？”

“事情是真的。”金手越来越沉，他摸索向手腕处固定用的皮带。

“儿子谋害父亲，”艾蒙爵士道，“滔天大罪啊。如今是维斯特洛最黑暗的时代，泰温大人不在了，我真替大家担心。”

“若他此刻在这里，你才该替大家担心。”吉娜把丰满的屁股摆到一张折叠椅上，椅子顿时发出危险的“吱嘎”声。“侄儿，讲讲我们的儿子克里奥爵士，讲讲他怎么死的。”

詹姆解开最后一个索扣，把金手放下。“我们路遇土匪，克里奥爵士挺身而出，企图引开对方，不料出了意外。”谎言很容易出口，尤其是它明显安慰了面前这对夫妇。

“孩子很勇敢，我一直这么说。这来源于他的血脉，”艾蒙爵士说话时溅出粉红唾沫，他喜欢咀嚼酸草叶。

“他的尸骨应该埋在凯岩城下的英雄之厅，”吉娜姑妈宣布，“他究竟安息于何处呢？”

无处安息。血戏子们剥了他的尸体，把血肉留给乌鸦享用。

"一条小溪旁，"他撒谎道，"等战争结束，我便会带他回家。"这些日子里，只有骨头没人要。

"战争结束……"听见这话，未来的艾蒙老爷顿时来了精神，他清清嗓子，突出的喉结上上下下，"你看见外面的攻城器械了：撞锤、投石机、攻城塔。不能蛮干啊，詹姆，达冯要破坏我的城墙，砸毁了我的城门，他还说要把沥青火桶丢进去，点燃城堡。那可是我的城堡啊！"他伸手进衣袖，取出一张羊皮纸，凑到詹姆眼前。"我有王上签署的授予状，看看，上面是托曼的亲笔签名，国王的印章，雄鹿和狮子。我是奔流城的合法领主，我不允许任何人损坏我的财产。"

"噢，把这蠢东西拿开，"他夫人叫道，"只要黑鱼还在城内，你就只能拿这张纸揩屁股。"吉娜姑妈虽嫁到佛雷家五十年了，但骨子里仍是个兰尼斯特。不折不扣的兰尼斯特。"詹姆会把城堡交给你。"

"那当然，那当然，"艾蒙老爷承认，"詹姆爵士，你父亲大人信任我是很有道理的。你看，我会把封臣牢牢掌控住，但不会太过严苛。无论布莱伍德、布雷肯、杰森•梅利斯特、凡斯还是派柏，他们都将明白我艾蒙•佛雷是个公正的封君。哦，还有我父亲——他是河渡口领主没错，然而现在我是奔流城领主了。儿子有责任服从父亲，没错，但封臣更应该服从封君。"

噢，诸神慈悲……"你不是你父亲的封君，爵士。请认真阅读你手里面这张纸，它将城堡、封地和税赋赐予你和你夫人，仅此而已。培提尔•贝里席才是河间地总督，奔流城必须服从赫伦堡的管辖。"

艾蒙老爷不高兴了。"赫伦堡不过是座闹鬼的废墟，被诅咒之地，"他反对，"而贝里席……只会数铜板，能当什么总督？他的出生……"

“你若不满意，请直接去君临向我亲爱的老姐投诉。”毫无疑问，瑟曦几口便能将瘦弱的艾蒙·佛雷吞下肚，他连塞牙缝都不够——除非，除非她忙着跟奥斯蒙·凯特布莱克做爱，没空搭理。

吉娜姑妈哼了一声：“没必要用这些废话去打扰太后陛下，阿蒙，你就不能先出去，呼吸点新鲜空气吗？”

“呼吸点新鲜空气？”

“或者撒泡尿，成不成？我侄儿要跟我讨论家务事。”

艾蒙老爷脸红了：“是啊，里边太热，我还是到外面逛逛吧。夫人，爵士。”他小心翼翼地卷好羊皮纸，朝詹姆一鞠躬，颤巍巍踏出帐门。

说心里话，艾蒙·佛雷很难不让人轻蔑。他十四岁那年来到凯岩城，娶了一位只有他一半年纪的母狮子。提利昂常说泰温公爵给他的结婚礼物就是“掉肉”——艾蒙因为紧张而什么也吃不下，越来越瘦。这其中吉娜也有份。记得若干次宴会上，艾蒙只能闷闷不乐地拨弄食物，他老婆则兴高采烈地跟坐在她左手边的骑士——无论是谁——开下流玩笑，他们的谈话总是伴随着突然爆发的大笑。当然，她给了佛雷四个儿子，或者说她声称他们是他的。凯岩城内没人敢质疑吉娜，尤其是艾蒙爵士。

老公前脚离开，老婆便翻起白眼：“这便是我的夫君。你老爸究竟考虑些什么，居然封他为奔流城伯爵？”

“我猜他考虑的是你的儿子们。”

“我也在为他们打算。阿蒙当不了合格的领主，但泰可以试试，只要他懂得效法我而不是效法他爹。”她扫视帐篷。“有酒吗？”

詹姆取来酒壶，单手为姑妈倒酒。“你怎么在这儿，姑妈？照理说，城堡攻陷之前，你该留在凯岩城才对。”

“阿蒙一听说自己当上了领主，便迫不及待地前来伸张权利。”吉娜姑妈喝下一大口酒，用袖子揩揩嘴巴。“你父亲应该给我们戴瑞城才是。记得吗？克里奥的老婆是农人旗下的女子，如今这悲伤的寡妇正为自己的儿子无法继承她父亲的领地而倍感愤怒。门房阿丽不过从母系上讲拥有戴瑞的血脉，而我媳妇简妮乃是她老妈玛丽亚夫人的妹妹，论辈分是阿蕊丽的姨妈，名副其实的戴瑞家人。”

“你也知道她是妹妹，”詹姆提醒对方，“而且小泰将来会继承奔流城，这份奖赏比戴瑞城丰厚多了。”

“这是一份有毒的奖赏。戴瑞家族的男性业已绝种，徒利家族正好相反。那傻瓜莱曼爵士在艾德慕脖子上绕绳子，却不敢当真吊死他，而萝丝琳肚子里怀着一只小鳟鱼。只要徒利家的继承人还活在世上，我的儿孙们便坐不稳江山。”

她真是一针见血，詹姆心想。“若萝丝琳怀的是女儿——”

“——就把她嫁给小泰。是的，我想过这点，不过得先说动瓦德老大人。另一方面，若生出来的是男孩，他那根小鸡巴将来就会制造麻烦了。布林登爵士也不能不纳入考量，若他脱困，将来或许会以自己……或者小劳勃·艾林的名义来要求奔流城。”

詹姆记得在君临见过的小劳勃，四岁时还吸老妈的奶子，“艾林不会活到生育年龄。再说，鹰巢城公爵千里迢迢索要奔流城做什么？”

“为何有了一罐金子的人还想要另一罐？贪心不足蛇吞象哪，詹姆，泰温本该把奔流城给凯冯，戴瑞城留给我的阿蒙。如果他舍得来问我，我一定会劝他，不过你父亲除了凯冯之外还会跟谁商量呢？”她长叹口气，“算了，我不能责怪凯冯想为自己的儿子找个安全窝，我实在是太了解他了。”

“原来如此……不过凯冯想要的和蓝赛尔想要的似乎是两码事。”他把蓝赛尔弃绝妻子、封地和爵位，加入教会骑士团的事和盘托出。“你想要戴瑞城，只管写信向瑟曦请求。”

吉娜姑妈挥挥杯子，以示否定。“不行，离弦之箭收不回来了。如今阿蒙那颗尖脑袋里已经装满了统治河间地的幻想，而蓝赛尔……我看这事不妙。献身于总主教和当御林铁卫没区别，恐怕凯冯会大为光火，就跟你一时冲动披上白袍后激怒了泰温一样。好在凯冯至少还有马丁做继承人，他可以用马丁去娶门房阿丽，以代替蓝赛尔。七神保佑。”姑妈又叹口气，“说到七神，瑟曦为何准许教会重新武装呢？”

詹姆耸肩：“大概她自有道理吧。”

“道理？”吉娜姑妈粗鲁地喷了口鼻息，“不晓得她有什么好道理！连坦格利安王朝都难以应付圣剑骑士团和星辰武士团。征服者伊耿对待教会十分谨慎，处处小心，生怕出事。伊耿死后，维斯特洛的领主蜂拥而起，来造他儿子的反，这两大教团武装正是叛乱的中坚力量，因为它们，虔诚的领主纷纷倒戈，更吸引了无数平民百姓。如果我的历史记得不差，梅葛王不仅宣布他们为非法，还悬赏通缉，一颗战士之子的首级值一枚金龙，一张穷人集会成员的头皮值一枚银鹿。数千人因之被杀，但更多人在七国上下继续反抗，如燎原之势，直到铁王座杀掉了梅葛，杰赫里斯王登基后大赦天下，宣布只要放下武器，一律既往不咎，这才缓缓平息了动乱。”

“这些故事我都快忘光了。”詹姆承认。

“你和你姐姐都没长记性。”她又喝了一口酒，“听说泰温躺在棺材里面笑了，是真的吗？”

“他在棺材里面腐烂，嘴巴扭曲罢了。”

“如此而已？”听他这样说，姑妈有些悲哀。“人们都说泰温从来不笑，这不是真的。和你母亲成婚那一天，还有被伊里斯任命为首相的那一天，他都笑得十分开心。提盖还跟我讲，当塔贝克厅坍塌崩溃，埋葬了那狡诈的婆娘艾莲夫人时，泰温笑了。在你出生的时候，詹姆，他也笑过，这是我亲眼所见，绝无虚假。你和瑟曦，两个粉红色的小东西，完美无瑕，犹如一个豆荚里的两颗豌豆……呵呵，只有两腿间不同。你那时候的嗓门就很大！”

“听我怒吼嘛，”詹姆咧嘴笑道，“下回你就要称赞他是多么喜欢笑了。”

“不，泰温不信任笑容，他见过太多人嘲笑你祖父。”姑妈皱起眉头。“告诉你，这场围城的闹剧若给他瞧见，不大发雷霆才怪。现在你来了，说说，想怎么做？”

“跟黑鱼谈判。”

“谈判不管用。”

“我会向他提出慷慨的条件。”

“达成条件需以信任为基础。然而佛雷在自家屋檐下谋害宾客，你呢，好吧……我没别的意思，亲爱的，但你确实杀了自己宣誓守护的国王。”

“如果黑鱼不投降，我还会杀了他。”他抑制不住尖刻的语调，他现下可没心情听人把自己和伊里斯•坦格利安扯在一起。

“怎么杀，用你这条毒舌吗？”姑妈责难道，“我是个肥胖的老妇人，但耳朵没毛病，我敢打赌，黑鱼也一样。听着，空洞的威胁毫无意义。”

“你要我怎么做？”

她沉重地一耸肩：“阿蒙想要艾德慕的脑袋，这回我倾向于支持他，再怎么说，莱曼爵士的绞架已成了笑柄。你必须让布林登爵士看到你的利齿，事情才有转机。”

“依我看，杀害艾德慕只可能坚定布林登爵士守城的决心。”

“关于决心，黑鱼布林登从来不缺，已故的霍斯特•徒利对此体会最深。”吉娜姑妈干了杯中酒。“嗯，本来也不当由我来指导你作战，你好自为之吧，我清楚自己的位置……不像你姐姐。瑟曦真的烧了红堡？”

“她只烧了首相塔。”

姑妈翻翻白眼。“她应该将她的首相烧死，把塔留下。哈瑞斯·史威佛？诸神在上，如果说有谁最像自己的纹章，非哈瑞斯爵士莫属。还有盖尔斯·罗斯比，天哪，我还以为他八百年前就进了坟墓。玛瑞魏斯……我告诉你，你父亲称此人的祖父为‘傻笑的痴呆’，他说老玛瑞魏斯大人唯一能做的就是在国王说俏皮话时咯咯傻笑。如果我没记错，这位大人最终因为不合时宜的傻笑而遭到流放。瑟曦还在御前会议里安插进一个私生子，用什么凯特克领导御林铁卫，重新武装了教会，拒绝偿付布拉佛斯人的债务——以上种种倒行逆施，只要她简单地任命她叔叔当首相，都是绝不会发生的。”

“凯冯爵士拒绝担任国王之手。”

“是的，但他没说为什么。他一定有难言之隐，难以开口的想法。”吉娜姑妈扮个鬼脸。“凯冯从来都是尽心尽职地完成托付，拒绝承担责任，这不是他的性格。我嗅得出来，里面不对劲。”

“他说他累了。”他知道，那晚在父亲的尸身前面，瑟曦告诉他，他知道了我们的秘密。

“累了？”姑妈撅起嘴唇。“好吧，他有权喊累。凯冯活得很辛苦，一辈子笼罩在泰温的阴影下，实际上，我的哥哥弟弟们都有这份困扰。泰温洒下长长的黑影，其他人只得在影子中挣扎着寻求阳光。提盖特想凭自个儿闯出一片天地，但始终比不上你父亲，结果越来越烦躁；吉利安喜欢开玩笑，因为嘲笑游戏本身总比认输好受些；凯冯打一开始就明白自己的位置，他认准方向，终其一生尽力辅佐你父亲。”

“你呢？”詹姆问她。

“这场游戏并非女人的游戏。我是我父亲最珍爱的小公主……

也是泰温的小公主，直到我让他失望。我哥不允许别人令他失望。”她说罢站起身来。“我把要说的话说完了，不想再占用你的时间。你就照着泰温会做的那样去做吧。”

“你爱他吗？”詹姆听见自己问。

姑妈用奇特的眼光打量他，“当年瓦德•佛雷替阿蒙向我父亲大人求婚时，我才七岁，然而阿蒙是次子，连继承人都不是。我父亲本来排行老三，他知道做弟弟的有多渴望证明自己，佛雷正是嗅到他这一弱点，才用次子来做交易。我的订婚是在一场西境半数诸侯列席的大宴会上宣布的，听罢消息，艾莲•塔贝克哈哈大笑，而那红狮子愤然离席。其他人沉默不语，只有泰温站起来坚决反对——十岁的他，言辞激烈，吵得父亲大人脸色惨白，犹如马奶，而瓦德•佛雷浑身打战。”姑妈微微一笑，“经历了这件事，我怎能不爱他呢？当然，我爱他不代表我就赞成他做的所有事情，或者欣赏他后来变成的那个样子……但每个小姑娘心中总是希望有大哥哥保护的。泰温从小就是个巨人。”她发出第三次叹息，“今天，谁来保护我们呢？”

詹姆吻了她的脸：“他留下一个儿子。”

“是啊，他的确留下一个。但说实话，这才是最让我担心的。”

她的说法很奇怪。“有什么好担心的呢？”

“詹姆，”姑妈伸手拉住他耳朵，“亲爱的，我是看着你在乔安娜的奶子上吸奶，一点一点长大的。你笑的模样像吉利安，打起仗来像提盖，你身上还有某些属于凯冯的精神，否则就不会披上白袍了……但提利昂才是泰温的儿子，不是你。这话我对你父亲说过一次，之后他整整半年没有理睬我。男人就是这样顽固的傻瓜，即便像他这么千年一遇的人物也不例外。”

第五卷《魔龙的狂舞》精彩段落抢先试读

序幕

人味在夜空中飘荡。

狼灵停在一棵树下，嗅了嗅，灰棕色的毛皮上洒满了班驳阴影。松林的风为他送来了人味，里面混合着更淡的狐狸、兔子、海豹、鹿，甚至狼的气味。其实这些东西的气味也是人味：旧皮的臭气，死亡和酸败的气息，且被更浓烈的烟、血和腐物的味道所覆盖。只有人类才会剥取其他动物的毛皮毛发，穿戴起来。

狼灵不怕人，就和狼一样。他腹中充满饥饿与仇恨，于是他发出一声低吼，呼唤他的独眼兄弟，呼唤他的狡猾小妹。他在林间奔跑时，族群的同胞紧跟在后。他们都闻到了气味。奔跑时，他也能透过他们的眼睛看出去，看到奔跑在前的自己。群狼透过长长的灰下巴喷出温暖的白色蒸气。他们的爪子结了冰，像石头一样硬。狩猎开始了，猎物就在前方。血，狼灵心想，肉。

落单的人类是脆弱的。尽管人类身材巨大、体格强壮，有双锐利的好眼睛，但他们耳朵不灵，鼻子也不灵。不过，虽然鹿、麋鹿乃至兔子跑得更快，熊和野猪的战斗力更强，但结成族群的人类却最危险。狼群靠近猎物时，狼灵听到了幼崽的哭嚎，听到昨晚的积雪在粗糙的人爪子下碎裂，还听到人类的硬皮和灰色长爪碰撞的叮当声。

……

即将上市，敬请期待……